BUCH&media

Nachdem er den Mord an seiner Schwester gerächt hat, sieht sich Roberto Bassner, der *dirigente* der Mordkommission in Padua, dem letzten Anführer des *Tre-Condottiere*-Syndikats, Gattamelata, gegenüber, dessen Identität im tiefen Dunkel der Geschichte liegt. Gleichzeitig muss sich Bassner gegen die besessenen Nachstellungen der Witwe Angela Saccardo wehren, der jedes Mittel recht ist, den Kommissar an sich zu binden. Bassner, der gesundheitlich angeschlagen ist, und seine Verlobte, die deutsche Studentin Julia, die Zeugin in zwei wichtigen Mordfällen war, ziehen sich nach Norddeutschland zurück und heiraten. Kurz darauf findet Julia im Nachlass ihrer Großeltern, die vor langer Zeit in Padua lebten, Hinweise auf die Identität Gattamelatas. Der Plan eines Blumenparterres in der Form eines keltischen Knotens und ein kostbarer Ring führen schließlich zurück nach Padova und in die euganeischen Hügel, wo Julia ihr Leben aufs Spiel setzt, um Gattamelata zu enttarnen ...

WIEBKE LÜBBERS studierte Pädagogik und Anglistik in Berlin und Flensburg. In der unterrichtsfreien Zeit arbeitete sie fast ein Jahrzehnt lang ehrenamtlich als Campleader in internationalen Workcamps des *Aufbauwerks der Jugend* (heute *prointernational e. V.*) in Deutschland und Israel. Nach 22 Jahren als Schulrektorin lebt sie jetzt in der Nähe von Hannover. Sie ist mit einem Rechtsanwalt verheiratet und hat drei erwachsene Kinder. Von ihr liegen bereits die historischen Romane »Fra Moriale« (2006) und »Carmagnola« (2008) bei Buch&media vor.

Wiebke Lübbers

Gattamelata

Historischer Roman

BUCH&media

Weitere Informationen über den Verlag und sein Programm unter
www.buchmedia.de

Bibliografische Information der Deutschen Bibliothek

Die Deutsche Nationalbibliothek verzeichnet diese Publikation in der Deutschen Nationalbibliografie; detaillierte bibliografische Daten sind im Internet über http://dnb.d-nb.de abrufbar.

Oktober 2008
© 2008 Buch&media GmbH, München
Umschlaggestaltung: Kay Fretwurst, Freienbrink
Herstellung: Books on Demand GmbH, Norderstedt
Printed in Germany · ISBN 978-3-86520-340-3

Inhalt

PROLOG
Padova A.D. Winter 2001 9

GATTAMELATA I

NARNI, UMBRIEN A.D. 1370 13
Vom Kind zum Mann 13

KAPITEL 1 A.D. 2001 / FEBRUAR 16
Lugo di Vicenza 16
Maser 18
Torreglia 20
Padova 23
Provinzia di Padova 27
Padova 30
Montegrotto Terme 34
Torreglia 40

GATTAMELATA II

MITTELITALIEN A.D. 1394–1424 47
Höhen und Tiefen mit Braccio da Montone 47

KAPITEL 2 A.D. 2001 / FRÜHLING 50
Torreglia 50
Colli Euganei 53
Montegrotto Terme 56
Este 59
Montegrotto–Torreglia 63
Provinz von Vicenza und Padova 64
Torreglia 70
Campalto 72
Torreglia 79
Provinzia di Padova 83

Gattamelata III

L'Aquila / Abruzzen A. D. 1424 89
Niedergang? Die Schlacht von L'Aquila 89

Kapitel 3 A. D. 2001 / Frühling 94
Padova 94
Padova 97
Torreglia 101
Torreglia 105
Alto Adige 108
Nalles 112
Nalles/Alto Adige 115
Bassner-Hof/Nals 119
Bassner-Hof/Nals 124
Meran/Nals 126

Gattamelata IV

A. D. 1425–1434 133
Im Dienste des Papstes 133

Kapitel 4 A. D. 2001 / Sommer 137
Hannover 137
Hannover 140
Steinhuder Meer 143
Hameln 148
Steinhuder Meer 152
Steinhuder Meer 155

Gattamelata V

Venezia A. D. 1434–1443 161
Auf dem Höhepunkt seines Ansehens 161

Kapitel 5 A. D. 2001 / Sommer 166
Steinhuder Meer 166
Landkreis Hannover 170
Lübeck 173
Niendorf 180
Wakenitz 182
Lüneburger Heide 185
Steinhuder Meer 188

Gattamelata VI

Veneto A.D. 1427–43 193
IL Gattamelata und Graf Brandolino IV. Brandolini 193

Kapitel 6 A.D. 2001 / September 197
Lübeck 197
Lübeck 201
Colli Euganei 206
Pergine 209
Padova 212
Torreglia 217
Noventa Padovana 219

Gattamelata VII

Padova, Veneto A.D. 1441 ff. 227
Tod und Vermächtnis 227

Kapitel 7 A.D. 2001 / Ende September 232
Padova 232
Laguna Veneta 236
Padova 239
Colli Euganei 241
Asolo 247
Colli Euganei 256
Ca'Vecchia Brandolin 258
Ca'Vecchia Brandolin 261

Gattamelata VIII

Padova A.D. 1443–1477 267
Donatellos Reiter und Giacomas Grabkapelle 267

Epilog Veneto A.D. 2001 272

Literatur 275

*Der Krieg ist also ein Akt der Gewalt,
um den Gegner zur Erfüllung unseres Willens zu zwingen ...
List setzt eine versteckte Absicht voraus
und steht also der geraden, schlichten, das ist unmittelbaren Handlungsweise entgegen.*

(Carl von Clausewitz: *Vom Kriege.* 1831)

Gattamelata
(»Die gefleckte, listige Katze«)
alias
Erasmo da Narni
* 1370 in Narni/Umbrien
† 16.01.1443 in Padua

PROLOG

Padova A. D. Winter 2001

An keinem Morgen der eisigen Februartage ließ es sich Gattamelata nehmen, noch in der Dunkelheit zur ersten Messe in der *San Antonio Basilika* zu erscheinen. Loyalität war sein Schicksal, und nur die Loyalität gegenüber Gott konnte er uneingeschränkt und ausschließlich ehrlich ausleben, auch wenn er sich die katholische Beichte ersparte und lieber selber mit Gott kommunizierte. Zwar hatte er nichts gegen das Beichtgeheimnis, aber er hatte entschieden etwas gegen die Vorstellung, dass im Beichtstuhl eine Wanze angebracht war.

Er trat aus dem Kirchenportal, schlug den Pelzkragen seines Mantels hoch und sinnierte den ersten Sonnenstrahlen dieses Februarmorgens auf dem Vorplatz von *Il Santo* nach.

Gegenüber den Menschen prägten Kompromisse und Notlügen, Täuschung und Unwahrheiten sein Leben. Wie einfach hatte es doch sein historischer Namensgeber Gattamelata gehabt, auf dessen Reiterstandbild sein Blick jeden Morgen ruhte; Treue gegenüber Gott und den Menschen halten zu können, war ihm gegeben gewesen.

Gattamelata seufzte tief, versenkte seine Hände in den Manteltaschen und schritt zu der kleinen, den Kirchenvorplatz umgrenzenden Mauer. Die ersten Souvenirstände öffneten, und tatsächlich, obwohl es noch Ende Februar war, drangen die gurrenden Laute einer Taube an sein Ohr. Als Gattamelata sich noch einmal der Kirche zuwandte, sah er sie: Mit aufgeblasenem Kropf und angeberisch gefächertem Schwanz stolzierte sie über das Kopfsteinpflaster des Kirchenvorplatzes, bevor sie sich demonstrativ erhob und über dem Oratorium des Heiligen Georg einschwebte, um noch einmal hoch zur Kirchentür von *Il Santo* zu flattern und endlich Kurs auf das Reiterstandbild zu nehmen, wo sie zwischen den Ohren des Streitrosses landete und zu gurren begann.

Schließlich gesellte sich die Taube zu dem balzenden Täuberich auf das Pflaster. Er war ein Bastard und möglicherweise wie viele Bastarde unfruchtbar, aber balzen konnte er prächtig.

Ein honiggelb gefleckter, streunender Kater hatte sich hinter dem Sockel von Gattamelatas Denkmal an den Täuberich herangeschlichen. Ein Satz, ein Biss und der Kopf des Vogels schlenkerte wie eine Gliederpuppe hin und her. Es stoben kaum Federn – eine saubere Hinrichtung!

Gattamelatas Gedanken wanderten zu seinem Kollegen Carmagnola, auch er hatte gebalzt, geblendet und betrogen, und auch bei ihm war es eine saubere Hinrichtung gewesen, und er, Gattamelata, hatte sich nicht widersetzt.

Il gatto melato, der honiggelbe Kater, ließ den toten Vogel fallen, blickte Beifall heischend in die Runde und schnürte davon. Ihm hatte das Töten Spaß gemacht, Hunger hatte er keinen.

Mors certa, hora incerta, der Tod ist sicher, die Stunde ungewiss, dachte Gattamelata, aber Spaß am Töten habe ich nicht.

Gattamelata

I

Narni, Umbrien a. D. 1370

Vom Kind zum Mann

aolo, der Bäcker, schaute zufrieden in das grüne Tal des Nera; er stand an der höchsten Stelle des Bergsporns, dort, wo der Nera sich einen Durchbruch in eine Schlucht gegraben hatte. Stolz auf den lang erwarteten Stammhalter erfüllte ihn. Erasmo würde sein Nachfolger in der Bäckerei werden. Befriedigt machte er sich auf den Rückweg nach Narni. Vor dem duomo verhielt er seinen Schritt, betrat das selbst am Tage dämmrige Gebäude und ging ins südliche Seitenschiff, von wo er in die uralte Kapelle der Heiligen Giovenale und Cassio trat. Er musste erst eine Kerze anzünden und den Heiligen danken, bevor er beschwingt nach Hause eilte.

Melania Gattelli, die junge Mutter, hielt das Neugeborene im Arm, wiegte es und betete leise zu Gott, dass er ihren so heiß ersehnten Sohn Erasmo beschützen möge. Und es war durchaus ein Segen, dass sie nicht wusste, dass der erste historisch nachweisbare Erasmo vor über tausend Jahren als Märtyrer in Kampanien gestorben war, nachdem man ihm die Därme herausgedreht hatte.

»Wenn er erst den Teig kneten kann, wird es leichter für mich«, sagte der eben eintretende Vater.

»Du sollst dir kein Bildnis machen, auch nicht von deinem Sohn und seiner Zukunft«, wagte die junge Frau zu widersprechen.

»Mein Vater war Bäcker, sein Vater war Bäcker, was gibt es da von Bildnissen zu reden! Erziehe ihn christlich und lasse ihn Vater und Mutter ehren! Dann wird er schon Bäcker werden wollen!«, sagte Paolo und verließ unwillig das Schlafgemach.

Aber das Schicksal hatte anderes mit dem kleinen Erasmo aus Narni vor. Vielleicht wäre alles nach dem Willen des Vaters gegangen, wenn nicht der Heranwachsende dem Lehrer der Kriegskunst, dem condottiero *Ceccolo Broglio, begegnet wäre. Insgeheim hatte Erasmo sich immer etwas anderes gewünscht, als Bäcker wie sein Vater zu werden.*

Erasmo überragte seine Kameraden nicht an Körpergröße, aber an Mut und Geschicklichkeit. Beim jährlichen corsa all'Anello, *das seit 1348, also seit fast vierzig Jahren stattfand, und zwar meistens am letzten Freitag im April, und bei dem es auf die Schnelligkeit des Pferdes, das scharfe Auge des*

Reiters und die Präzision der Lanze ankam, die in den Ring gestochen werden musste, holte der junge Erasmo manchen Preis gegen weitaus Ältere.

Mit seinem wehenden, lockigen Haar, der damals schon ausgeprägten Nase und den leuchtenden Augen sah er nicht wie ein Bäckersohn, sondern eher wie ein junger Krieger aus. Flink und gewandt war er, dabei angenehm im Umgang und allen seinen Altersgenossen an Körperkraft weit voraus. Sein Sinn stand nicht nach Broten und Brötchen, sondern nach Heldentaten und Abenteuern.

Verschiedene condottieri *und ihre Söldner nutzten gern die alte Flaminische Straße und überquerten den Nera auf der von Kaiser Augustus gebauten, einhundertachtundzwanzig Meter langen Brücke in Narni. Wenn der junge Erasmo die Tritte auf der Brücke hörte, stahl er sich von zu Hause fort und bestaunte mit großen Augen die vorbeiziehenden Lanzen, die kleinsten, aus je drei Berittenen bestehenden taktischen Einheiten eines Ritterheeres. Zu ihnen gehörte jeweils ein* uomo d'arme *als Hauptkämpfer auf einem ausgesucht guten Pferd, ein* paggio, *der sich mit einem im Volksmund* ronzino *genannten Klepper zufrieden geben musste, und ein* piatto *mit einem Muli. Als Ceccolo Broglio Signore d'Assisi wieder einmal durch Narni kam, einen Dienstknecht suchte und an dem stattlichen, jungen Erasmo Gefallen fand, folgte dieser ihm bedingungslos nach Assisi, ohne noch einmal zurückzuschauen.*

Sein Vater, der in Narni nicht umsonst Paolo detto Lo Strenuo *hieß, also* Paolo der Tapfere, *platzte insgeheim vor Stolz; Erasmos Mutter weinte ein bisschen und murmelte ebenso stolz:*

»Siehst du, du solltest dir kein Bild von deinem Sohn machen!«

Wie Erasmo diente auch der junge, aus dem vornehmen Haus der Boccarini stammende Adelige Gentile da Leonessa unter condottiero *Ceccolo Broglio. Gentile kam aus dem gleichnamigen, am Fuß des 1776 Meter hohen Monte Tilia gelegenen Ort Leonessa. Mit ihm, seinem zukünftigen Schwager, dessen Vater Herr auf Montegiove bei Orvieto war, im Übrigen ein* capitano di ventura *wie Erasmo selbst, sollte ihn eine lebenslange Freundschaft verbinden.*

Bald erwies sich Erasmo als so talentiert, dass Ceccolo ihm eine ausgediente Rüstung mit seinem Brustpanzer überließ – die so heiß ersehnte lorica insigne *– und er Erasmo mit der Aufgabe betraute, eine Lanze zu führen. Sie bestand zu dieser Zeit meistens schon aus Italienern, die die ausländischen Söldner abgelöst hatten, auch die* condottieri *selbst waren fast ausnahmslos italienischer Herkunft.*

So hatte Erasmo da Narni den Frieden seiner engeren Heimat verlassen, um zum kriegerischen Leben aufzubrechen, das Höhen und Tiefen, Niederlagen, Gefangenschaft, Siege und höchste Auszeichnungen für ihn bereithielt.

Ob sie ihm damals schon den Beinamen Gattamelata *verliehen, weil er listig wie eine Katze und honigsüß im Umgang war, bleibt im Dunkel der Geschichte verborgen, manche behaupten auch, er habe den Namen seiner Mutter, Melania Gattelli, in Gatta Melata umgewandelt, um nicht nur nach seinem Geburtsort benannt zu werden.*

Lange hielt es den jungen, kampfstarken Mann nicht in Assisi. 1394 folgte der Vierundzwanzigjährige dem nur zwei Jahre älteren condottiero, *dessen Name zu den Glänzendsten der damaligen Zeit gehörte: Andrea Fortebracci da Montone, genannt Braccio da Montone.*

Es kann dem Betrachter nicht verborgen bleiben, dass der Bäckersohn Erasmo aus Narni eine gewisse Affinität zur Aristokratie zeigte und diese systematisch sein ganzes Leben lang ausbauen sollte.

Von Beginn seiner Ausbildung schuf sich Erasmo da Narni den Ruf des absolut treuen und zuverlässigen Gefolgsmanns, er stellte sich nie in den Vordergrund und blieb jahrzehntelang nichts weiter als ein hervorragender Soldat Braccio da Montones, dessen Stern alle anderen condottieri *der damaligen Zeit überstrahlte.*

Aus Erasmos Leben ist nur wenig bekannt, die Geschichtsschreiber vernachlässigten ihn. Vielleicht auch deshalb, weil Treue und Zurückhaltung nicht zu den bemerkenswerten Eigenschaften eines Söldnerführers der Renaissance gehörten. Dreißig Jahre lang folgte Erasmo da Narni detto Il Gattamelata *dem berühmten* condottiero *Braccio und befehligte bis zu dessen Tod seine gesamte Kavallerie. Und gleich Braccio da Montones Schatten sehen wir* Gattamelata *ihm dreißig lange Jahre treu in allen Kämpfen folgen.*

kapitel 1

a. ð. 2001/februar

Lugo di Vicenza

hr bellt den falschen Baum an!«
Julia saß auf einem kleinen Steinmäuerchen, das an diesem sonnigen Februarnachmittag die Wärme der Sonne schon ein wenig gespeichert hielt.
»Auch wenn ihr die Villa äußerst palladianisch findet: Dreht euch um neunzig Grad! Dann bellt ihr den richtigen Baum an!«
»Ehrlich, Giulia! Das kann nicht sein.«
Dave drehte sich um einhundertachtzig Grad und sah sie empört an.
»Schau dir die Säulenanordnung an, die Lage, die Freitreppe!«
»Und dieser alte rechteckige Kasten daneben soll von Palladio sein? Du irrst dich, Julia!«
Steven sprang seinem Freund bei, obwohl sie sich die ganze Fahrt von Torreglia bis zu diesem kleinen, am östlichen Hochufer des Astico und an den südlichen Ausläufern der Sette Comune gelegenen Ort Lugo di Vicenza wieder unermüdlich darüber gezofft hatten, ob die Amerikaner die Bauweise des Renaissance-Architekten Palladio über den Architekten und späteren Präsidenten der USA, Thomas Jefferson, kennengelernt oder sie über das Vereinigte Königreich importiert hatten, wie Steven felsenfest behauptete. Sie hatten den hellen Fleck der Villa am Berghang nicht einmal wahrgenommen. Schon aus ziemlich großer Entfernung hätten sie sie sehen können. Nachdem sie den Astico überquert hatten, mussten sie nur noch eine kleine Strecke bis zu den beiden Villen bergan fahren.
Wenn man die Villa an einem Fluss errichten kann, ist dies eine sehr schöne und angenehme Sache, schreibt Palladio in seinem zweiten der vier Bücher zur Architektur und fährt nach langatmigen Begründungen fort: *... man wähle einen Punkt aus, der gegen die gemäßigte Himmelsrichtung ausgerichtet ist und der nicht von höheren Bergen ringsum beschattet wird, noch durch die Einstrahlung der Sonne auf einen nahegelegenen Felsen die Glut quasi zweier Sonnen zu spüren bekommt.*
Julia fröstelte und stand auf.
»Ein bisschen Glut könnte heute nicht schaden.«
»Das trifft auf beide Villen zu. Aber schau! Diese heißt *Villa Porto Godi*, da steht es!«

Steven schaute durch das Prunkportal die prachtvolle Freitreppe hinauf und nickte mehrmals mechanisch. Wie einer der Hunde hinten im Auto auf der Hutablage.

Julia hielt ihnen den Grundriss vor die Nase.

»Ja, ihr beiden Ungläubigen, aber wir suchen die *Villa Godi Valmarana*, hier rechts von uns. Das Geschlecht der Godi ist für beide Villen verantwortlich. Und ja, es geht die Mär, dass die von euch bevorzugte Villa ein Spätwerk Palladios sein könnte, aber sie ist in seinen *Quattro libri* nicht erwähnt. Die *Villa Godi Vamarana* aber schon. Sie ist die allererste von Palladio erbaute Villa, 1538 begonnen und unverwechselbar, weil er bei dieser dreigliedrigen Villa den Mittelteil zurückgesetzt hat.«

Endlich gaben sie ihr recht.

»Ich klingle mal nach der Kustodin«, sagte Steven, »sie wollte uns um diese Zeit hier treffen. Sie öffnet die Villa, die im Winterhalbjahr sonst geschlossen ist, extra für uns, weil ich ihr versprochen habe, sie in meinem Buch namentlich zu erwähnen.«

»Du siehst schlecht aus, Julia«, sagte Dave. »Was ist?«

Sie zuckte mit den Schultern.

»Willst du darüber reden?«, fragte Dave mitfühlend.

Sie lächelte blass.

»Ich glaube, Palladio macht mich etwas schwermütig, er erinnert mich dauernd an jemanden, der für mich unerreichbar ist. Ach, ist schon vorbei!«

»Ist er verheiratet?«, wollte Dave wissen.

»Nein, aber ich habe seine Liebe verspielt, unwiederbringlich. Doch Schluss damit!«

»Und du bist wirklich nicht krank?«

»Ich schlafe nur schlecht und träume wild«, wiegelte Julia in leichtem Ton ab, »und ich warte auf die Sonne und den Frühling.«

»Du trauerst wirklich nur über deine verlorene Liebe?«

»Erwähne sie lieber nicht, ich komm schon darüber hinweg.«

Aber der trostlose Blick ihrer Augen strafte ihre vorgeschobene Leichtigkeit Lügen.

»He, wo bleibt ihr?«, rief Steven.

Innen kroch einen die Kälte an und Juli zog den Reißverschluss ihrer Winterjacke bis unters Kinn. Auch die Kustodin fröstelte in ihrem dicken Mantel. Sie wollte das Ganze möglichst schnell hinter sich bringen und schlug ihnen im Eiltempo die Namen der beteiligten Renaissancemaler Zelotti, Gualtieri Padovano und Battista Dell'Angelo um die Ohren, wies im Sturmschritt auf die gemalte Tugendmetapher am westlichen Portal des Saales hin, wo Herkules sich zwischen Tugend und Laster entscheiden sollte, aber sie bekamen nicht einmal mit, wie er sich entschied, denn die Kustodin trieb zur Eile an und antwortete auch nicht auf Julias Frage, warum der sonst der Malerei in seinen Villen so kritisch gegenüberstehende Palladio sich über diese Malerei in seinen *Quattri libri* fast euphorisch äußerte.

Die totale Bemalung aller Wände und Decken in jedem Zimmer erdrückte sie fast. Die Kustodin fand in der *stanza del putto* einen, wie sie fand, schönen Hintergrund und forderte Steven auf, sie vor ein paar besonders niedlichen Putten abzulichten.

»Ohne diesen allegorischen Zinnober«, hörte Julia Dave murmeln, »wäre das Gebäude doppelt so schön!«

»Ihr wolltet eine Innenbesichtigung, nun mäkel nicht!«, tadelte Julia und zog ihn nach draußen, damit Steven das Finanzielle mit der Kustodin unbeobachtet regeln konnte.

Maser

Von Lugo di Vicenza fuhren sie in Richtung Bassano, nahmen danach die SS 248 und bogen in Höhe Asolo nach Norden in Richtung Maser ab. Julia hatte für diesen Tag nur Villen ausgesucht, die sie selbst noch nicht kannte, um jegliche Gedanken und Erinnerungen an Roberto gar nicht erst hochkommen zu lassen.

Aber Daves Bemerkung hatte alles wieder freigelegt, und nun suchte sie verbissen Vergessen in der Kunstgeschichte und mit Palladios Villen.

Sie hatte die erste seiner Villen, die *Godi Valmarana*, ausgesucht und danach diese in Maser, eine aus der mittleren Schaffensperiode des Meisters, und vielleicht schafften sie es noch, am Nachmittag *La Malcontenta*, ein weiters Werk aus der mittleren Schaffensperiode, zu besichtigen, wieder mit Malereien von Zelotti.

Ein strahlend blauer Himmel mit anmutig dahinziehenden weißen Wölkchen wolbte sich über der *Villa Barbaro*, die die Brüder Marcantonio und Daniele Barbaro in Auftrag gegeben hatten. Palladio hatte ihnen wunschgemäß eine Villa, ähnlich einer antiken, längst vergangenen Villa des Plinius, entworfen.

»Wenn ich nicht den Grundriss in den *Quattro libri* gesehen hätte, würde ich Palladios Urheberschaft leugnen«, sagte Steven bewundernd, während Dave sein Auto gegenüber dem Haupttor parkte; der uralte und gewaltige Magnolienbaum protzte mit einer Vielzahl von Knospen, die, wenn das Wetter so bliebe, bald aufspringen würden.

»Ja«, stimmte Dave ihm zu, »neben der festungsartigen Villa *Godi Valmarana* sieht diese wie eine an Leichtigkeit und Verspieltheit nicht zu übertreffende Variante aus, ein römischer Tempel in der Mitte, Barchessen* mit ihren typischen Rundbögen an beiden Seiten, jeweils abgeschlossen von zwei vorspringenden Bauten mit Giebeldreiecken, darunter jeweils einer großen Sonnenuhr; wenn diese äußeren Gebäudeteile wirklich als Taubenschlag dienten, waren die Tiere äußerst luxuriös untergebracht! Sehr schön!«

»Sehr schön, sehr schön!!«, äffte Steven nach. »Göttlich ist auch der Mittelteil, den du einfach als Tempel beschreibst. Weißt du überhaupt, wer sein Vorbild ist?«

»Warte mal!«

Julia blätterte mit Feuereifer in der deutschen Ausgabe der *Quattro libri* und hielt den beiden triumphierend das Kapitel dreizehn im vierten Buch hin.

»Hier beschreibt Palladio den Tempel der Fortuna Virilis im *Forum Boarium*, einem der bedeutendsten Märkte im alten Rom.«

»Klar«, bestätigte Steven, »habe ich doch schon im Original gesehen, steht in Rom in der Nähe des Tibers, und er hat dieselben vier Säulen mit ionischen Kapitellen, genau wie diese Villa, das gleiche Giebelfeld und sogar die Treppen davor sind von Palladio übernommen. Kennst du es eigentlich nicht wieder, mein lieber Dave? Diese fünfteilige Anordnung sollte doch heimatliche Gefühle in dir wecken!«

Dave grinste.

»Jetzt, wo du es sagst, muss ich es doch aussprechen. Ich wollte nur den Finger nicht wieder in deine Wunde legen. Thomas Jefferson, der die Architektur Palladios in die USA gebracht hat, ist nämlich dafür verantwortlich, dass das United States Capitol nach dieser fünfteiligen Anlage konzipiert wurde, allerdings plus einer imposanten Kuppel; und anstelle der Taubenhäuser stehen bei uns in Washington die *Houses of Congress*.«

Doch erstaunlicherweise führte Steven den sonst von ihnen so geliebten Disput nicht weiter, und so fuhr Dave unwidersprochen fort.

»Palladio hat bestimmt auch Vitruv abgekupfert: Dessen *Zehn Bücher über Architektur* hat er unter Garantie gekannt.«

Es klang ein bisschen abwertend, und sofort ging Julia in Verteidigungsstellung.

»Das schon, aber immerhin hat Palladio die verschiedenen antiken Vorbilder zu einer vollkommenen Komposition verschmolzen, die bis heute als Vorbild dient – zum Beispiel für Staatsempfänge; und diese Villa ist nicht ohne Grund bis heute ein Hauptanziehungspunkt für Touristen geblieben: Sonntags sollen die Leute hier Schlange stehen, um reinzukommen, selbst im Winter.«

---

* Wirtschaftsgebäude

Steven verpackte seine Kamera und warf Julia einen fragenden Blick zu, aber Julia setzte unbeeindruckt ihren Vortrag fort.

»Daniele Barbaro war es übrigens, der *De architectura libri decem* von Vitruv aus dem Lateinischen ins Italienische übersetzt hat. 1556 war das, zwei Jahre vor Fertigstellung der *Villa Barbaro*. Und da er mit Palladio befreundet war, hat er ihm sicher seine Wünsche untergejubelt. Er war der Intellektuelle der Familie Barbaro, geboren in Venedig, Diplomat in London und Theologe, Philosoph, aber auch Forscher: Professor an der Universität in Padova für Optik. Er war der erste bekannte Forscher, der die *camera obscura* und eine Bikonvexlinse miteinander verband.«

»Julia, unser wandelndes Lexikon!«, rief Dave mit bewunderndem Spott aus.

Doch Julia reagierte umgehend empfindlich.

»Wenn ich euch langweile …«

»Lass dich durch diesen amerikanischen Kulturbanausen nicht beeindrucken«, stichelte Steven.

»Hör nicht auf diesen arroganten Engländer und red, Julia«, forderte Dave sie auf, und sie ließ sich nicht zweimal bitten.

»Bis 1838 gehörte diese Villa den weiblichen Nachkommen der Barbaros. 1934 kaufte Giuseppe Volpi di Misurata das Objekt und ließ es restaurieren. Jetzt bewohnt es seine Enkelin mit ihrer Familie.«

»… und vermietet es für Staatsempfänge«, meldete sich Dave.

»*Vero!*«, rief Julia anerkennend aus. »Wenn ihr jetzt schon von der Villa so begeistert seid, dann müsst ihr euch unbedingt das Innere anschauen. Ich sage nur eins: Paolo Veronese!«

Sie lösten ihre Eintrittskarten und schlossen sich der Führerin an.

Gleich nach Fertigstellung der Villa im Jahre 1558 begannen Paolo und sein Bruder Benedetto die Innenräume auszumalen. Obwohl Paolo Veronese ein beeindruckendes Werk hinterließ, ist nach der Zerstörung der Arbeiten in der *Villa Soranza* dies sein einziges in einer Villa.

Julia mochte besonders die *stanza del cane* wegen des Hündchens am Fuße der Wand, und nach all dem allegorischen Zinnober, wie Dave bemerkte, fanden alle drei die Trompe-l'Œil-Motive besonders interessant.

Vollgestopft mit Eindrücken, beschlossen sie, sich *La Malcontenta* für ein anderes Mal aufzubewahren und nach Padova zurückzufahren, um dort, sozusagen als Kulturschock, eine Pizza im *Le Pen* zu essen.

Torreglia

Sie musste damit leben, dass sie für Roberto Geschichte war, und vielleicht noch schlimmer: mit dem Wissen um ihre Schuld. Sie ganz allein trug die Verantwortung dafür, dass Erasmo Saccardo ihn angeschossen hatte und er nun im schlimmsten Fall mit einem steifen Bein würde leben müssen. Das konnte er ihr nie verzeihen.

Julia vergrub sich in die Arbeit und richtete mit viel Liebe zum Detail den alten Hof mit ihren Möbeln aus dem *Ca'Rosso* ein. Die Zanellas und Nina halfen tatkräftig mit, die Wohn-Ess-Küche, das winzige Schlafzimmer und das Bad herzurichten.

Clementes und Ninas ausgiebig erörterte Pläne für ihre Hochzeit stürzten Julia in tiefe Verzweiflung, die sie aber zu verbergen verstand; immer enger schloss sie sich an Kjersti und Dave an, die mit ihr eifrig den versäumten Vorlesungsstoff nachholten. Sie hielt sich stundenlang in der Uni auf und ließ sich von ihrer ehemaligen Sprachschullehrerin stundenweise als Assistentin anwerben. Mit Freunden, zu denen jetzt auch Steven gehörte, besuchte sie Villen und Gärten und skizzierte und aquarellierte sie für seine Artikel. Als Bertolini wieder Kontakt zu ihr aufnahm und sie um Mitarbeit bei einem kleinen Renovierungsprojekt im alten Stil bat, lehnte sie nicht ab, und an den Wochenenden arbeitete sie jede freie Minute mit der *Autarchia*; noch bestand diese Selbsthilfegruppe, in der man sich gegenseitig bei Bau- und Renovierungsarbeiten half, aber es zeigten sich schon erste Auflösungserscheinungen.

Sie telefonierte oft mit ihrer Familie; ihre Tage und Wochen waren restlos ausgefüllt, wobei Musik ihr ständiger Begleiter wurde: Stille konnte sie nicht ertragen.

Vivaldis Winterkonzerte in f–Moll, in denen der südliche *scirocco* mit dem eisigen Nordwind zu kämpfen schien, entsprachen genau ihrer trübsinnigen Stimmung.

> »*Sentir uscir dalle ferrate porte*
> *Scirocco Botrea, e tutti i venti in guerra*
> *Quest è l'inverno, mà tal, che gioja apporte ...*

Mir fallen nur die letzten Worte des Winter-Sonetts ein. Weißt du, dass bei der ersten Edition der *quattro stagioni* 1725 jedem Konzert ein von anonymer Hand geschriebenes Sonett vorangestellt war und dass jeder Kompositionsabschnitt mit einer Zeile des Sonetts überschrieben war?«

Robertos Worte hallten in ihrem Kopf, und immer, wenn sie eine Kassette mit Vivaldis Konzerten einschob, hörte sie neben der Musik seine Stimme, und trotz der Tränen, die auf mehr als ein Aquarell tropften und dort wunderliche Muster hinterließen, hörte sie die Konzerte wie unter Zwang immer wieder.

Am schlimmsten ging es Julia in den albtraumgeplagten Nächten, in denen sie Nacht für Nacht Roberto mit dem Grafen Brandolin sterben sah. Meist wachte sie von ihren eigenen Schreien auf. Aber ob es sich im Traum um Robertos Tod handelte oder um seine Abkehr, die ihr im Wachzustand bewusst wurde, sie musste sich mit dem Verlust seiner Liebe abfinden, und irgendwann würden auch die Albträume blasser werden.

Lange Zeit hatte Julia geglaubt, Kjersti sei Daves Freundin, aber nach ein paar Wochen stellte er ihnen seine in Bologna Politische Wissenschaften studierende Freundin Donata Gabrièlla vor, eine kleine, auffallende Erscheinung mit großen dunklen Augen, die beim Diskutieren fanatisch aufblitzen konnten. Donata, Tochter eines Arabers und einer Italienerin, hatte lange, üppige schwarze Locken, sinnliche Lippen und eine Figur, nach der sich die Männer umdrehten.

Wenn sie in der Stadt war, bekamen Kjersti und Julia Dave kaum zu Gesicht, denn Donata Gabrièlla belegte ihn völlig mit Beschlag. Kjersti schien dann ein wenig traurig, scheinbar war sie doch in den großen lässigen Amerikaner verliebt, während Julia in ihm einfach einen netten Kerl sah, hilfsbereit, fröhlich und das Leben genießend. Indem sie Kjersti durch Stadtbesichtigungen von ihrem Kummer abbrachte, lenkte sie auch sich selbst ab, zumindest so lange sie sich nicht an Orten aufhielt, die sie an Roberto erinnerten.

Santa Giustina war so ein Ort und sie erforschten die von acht Kuppeln gekrönte Kirche mit Goethes Hilfe.

So verweil ich auch gern in der Kirche der heiligen Justine, hatte er am 27. September 1786 vermerkt, *diese, 445 Fuß lang, verhältnismäßig hoch und breit, groß und einfach gebaut. Heut abend setzte ich mich in einen Winkel und hatte meine stillen Betrachtungen; da fühlt ich mich recht allein, denn kein Mensch in der Welt, der in dem Augenblick an mich gedacht hätte, würde mich hier gesucht haben.*

Noch lange saßen die beiden jungen Frauen in einer Kirchenbank und fühlten sich, eins mit Goethe, in diesem verborgenen Winkel wohl, bis Kjersti seufzte und meinte, dass sie, sobald sie nicht mehr unbedingt auf das Geld angewiesen wäre, diesen miesen Job in der Diskothek hinschmeißen würde.

Überraschenderweise kehrte Steven nach einer Woche wieder aus den Staaten zurück, sein Artikel über die Villen des Veneto und Julias Illustrationen hatten den Verleger begeistert, Steven solle in lockerer Folge weitere Schönheiten und Persönlichkeiten des Veneto porträtieren, und Julias zarte Aquarelle dürften dabei nicht fehlen. Als Nächstes solle eine historische Figur an die Reihe kommen. Julia schlug ihm den *condottiero* Carmagnola vor, dessen Leben und Sterben sei recht spektakulär gewesen, aber Steven zog Gattamelata vor, weil der mit einem schönen Standbild geehrt worden sei, während die Markusrepublik alle Bilder von Carmagnola habe vernichten lassen, und gerade dieses Standbild müsse Julia unbedingt malen, und wenn er dazu das Foto liefern würde, ergäbe das den perfekten Aufhänger.

»Außerdem können wir in den venezianischen Archiven stöbern, da soll es noch Originalverträge und Aufzeichnungen über Gattamelata geben. *Andiamo*, Julia?«

»*Per forza!*«

Es war doch egal, wie sie sich ablenkte, dachte sie, und so machten sie sich auf den Weg zu *Il Santo*, wo Julia Steven die Sakramentskapelle zeigte, in der der *condottiero* Gattamelata in Stein gehauen mit seinem Kommandostab in der Hand auf einem Sarkophag gegenüber seinem Sohn lag, jugendlich und mit einem marmornen Lockenkopf. Gianantonio Gattolin Melata hatte seinen berühmten Vater nur um ein gutes Jahrzehnt überlebt.

Padova

Die Trostlosigkeit und Hoffnungslosigkeit ihrer Gefühle ließen Julia den Garten und das *Ca'Rosso* meiden, bis die Botschaft des alten Pietro sie erreichte, dass er ihre Hilfe brauche.

Er lag im Sterben. Als Julia sich um ihn zu kümmern begann, flackerte sein Lebenslicht für ein paar Tage wieder kurz auf. Außer ihren Vorlesungen und der Arbeit in der Sprachschule sagte sie alle anderen Verpflichtungen ab. Die geplanten Villenbesichtigungen wurden verschoben. Jede freie Minute verbrachte Julia tagsüber im *Ca'Rosso*.

Der alte Pietro konnte das Bett nicht mehr verlassen, sein einziges Sinnen und Trachten galt Julias Ankunft.

Zweimal täglich erschien eine von der *marchesa* beauftragte Nachbarin, der er in den letzten Tagen jegliches Essen verweigert hatte. Erst als Julia wieder für sich und ihn zu kochen begann, aß er; wenn er auch oft vor Schwäche den Löffel nicht halten konnte und sie ihn füttern musste.

Für eine kurze Zeit lebte er auf, die Nachbarin wusch und bettete ihn, das Julia tun zu lassen, lehnte er ab. Oft saß sie an seinem Bett, hielt seine gichtgekrümmten Finger und las ihm aus der Bibel vor, am liebsten hörte er Psalmen, und den zweiundvierzigsten musste Julia immer und immer wieder vorlesen.

Wie der Hirsch schreit nach frischem Wasser, so schreit meine Seele, Gott, zu dir ...

Wenn er schlief, arbeitete sie im Garten, das milde Wetter ließ die frühen Tulpen und Narzissen vorzeitig üppig erblühen, und während sie die Erde lockerte, Unkraut jätete und Abgeblühtes entfernte, flossen ihre Tränen reichlich. Der alte Pietro war das letzte Bindeglied zwischen ihr und Robertos Familie, wenn er starb, gab es für sie keine Berechtigung mehr, im *Ca'Rosso* zu sein.

Die Erinnerungen an die Begegnungen und die mit Roberto verbrachten Stunden im *Ca'Rosso* begannen sie schon zu quälen, wenn sie den Schlüssel ins Schloss steckte, aber noch mehr fürchtete sie sich vor der Zeit, in der sie nicht mehr herkommen würde.

Während der zehn Tage, die sie ohne ihre Freunde, nur mit der Vergangenheit und Pietros langsamen Erlöschen in dem dunklen, vom Verfall bedrohten *Ca'Rosso* verbrachte, nahmen ihre Albträume dramatisch zu. Vor den entsetzlichen Schatten der Nacht flüchtete sie abends mit dem letzten Bus nach Torreglia und nahm morgens den ersten wieder in die Stadt.

Aber auch in der vertrauten Umgebung ihrer sie wie eine Schutzmauer umgebenden Wohnung griff der sie immer länger in seinen Krallen haltende Angsttraum nach ihr, manchmal glaubte sie, von Krakenarmen umschlungen und langsam erdrückt zu werden. Meist erwachte sie von ihren eigenen Angstschreien, hatte Erstickungsanfälle und Mühe, wieder in die Wirklichkeit aufzutauchen.

Sie verlor immer mehr an Gewicht, ihre Nase ragte spitz aus dem Gesicht, und ihre Wangenknochen traten scharf hervor; ihre tief verschatteten Augen spiegelten Hoffnungslosigkeit wider, doch zu ihrer Familie nach Deutschland konnte sie nicht fliehen, der alte Pietro brauchte sie, und sie hatte sich das Semesterende als Frist gesetzt, bis dahin musste sie durchhalten.

Umberto und seine Familie mied sie ebenso wie die Zanellas. Sie sprachen arglos über Roberto, die Vergangenheit und die Zeit nach seiner Rückkehr – einer Zukunft, von der sie wusste, dass es sie nie geben würde.

An dem Abend, der sein letzter in diesem Leben sein sollte, bat Pietro sie mit einer unerwartet klaren Stimme, in dieser Nacht nicht fortzugehen. Wenn er in das Schattenreich des Todes einträte, sollte *La Tedesca* seine Hand halten, aber erst bräuchte er den Priester, damit er reinen Gewissens gehen könne.

Julia klingelte bei der Nachbarin, die den Priester zur letzten Ölung herbeirief, und während sich der Priester bei dem alten Pietro in der kleinen Kammer aufhielt, saß Julia still in der Küche und legte immer wieder Holzscheite auf das glosende Feuer und weinte lautlos, auch noch, als sie neben dem Bett saß und die zitternde Greisenhand in der ihren hielt. Die Tür zur Küche stand offen. Das flackernde Kaminfeuer brannte langsam nieder und verbreitete kaum Wärme.

Es war stockdunkel, als Julia aus ihrem Dämmerschlaf hochschreckte, weil sie Pietros verstärkten Griff spürte. Das Feuer war inzwischen erloschen, Kälte hatte sich ausgebreitet, doch die Kälte des kommenden Todes übertraf sie noch.

Julia schaltete die Nachtischlampe ein. Pietros Augen blickten sie klar und wie um Verständnis bittend an, doch er konnte nicht mehr zusammenhängend artikulieren, was er ihr mitteilen wollte.

»*La Tedesca* ... hüte dich vor Gattamelata, Carmagnola und Fra Mo ... Ich hinrichten ... Ich kenne Verräter. Tommaso ist kein Verräter, der Verräter hat den Ring.«

Er fiel zurück, der Druck seiner Hand verstärkte sich noch einmal.

»Brandolin, ich komme!«, rief Pietro erregt, bevor seine Stimme endgültig erstickte.

Sein Begräbnis war ein großes Ereignis. Julia hatte geglaubt, stellvertretend für die Familie Visian als Einzige dem Sarg zu folgen, aber seine ehemaligen Waffenbrüder und sogar deren Nachkommen beerdigten ihn mit großem Pomp auf dem Monumentalfriedhof von Padova. Die Veteranen erschienen mit Fahnen und einer Kapelle in alten und neuen Uniformen, und die nachfolgenden Beerdigungen verzögerten sich unprogrammmäßig.

Bertolini, der *conte* Berini, Umbertos Vater und viele andere alte Männer, die Julia alle nicht kannte, gaben Pietro das letzte Geleit. Bertolini und der *vice-questore* nahmen Julia wortlos in ihre Mitte. Gemächlich schritten sie hinter dem *questore*, wie um die Endgültigkeit des Abschieds hinauszuzögern. Als man am Platz seiner letzten Ruhestätte angekommen war, intonierte die Kapelle die italienische Nationalhymne. Voller Inbrunst sangen die alten Männer:

Fratelli d'Italia, l'Italia s'è desta
dell'elmo di Scipio s'è cinta la testa.
Dov'è la Vittoria?
Le porga la chioma,
che schiva di Roma
Iddio la creò.

Und ihre Stimmen schwollen noch einmal an, als sie die letzten drei Zeilen sangen:

Stringiamoci a corte,
siam pronti alla morte,
Italia chiamò.

Julia schloss sich Umberto und seinem Vater an, die beide von den übrigen Veteranen fast unmerklich geschnitten wurden. Der alte Tommaso Tamassia hatte die ganze Feier über den Blick gesenkt gehalten, auch nun hob er ihn nicht, sondern murmelte: »Wie oft haben wir sie gesungen, auch als alle anderen laut *La Giovanezza* grölten.«

»Die Faschistenhymne«, erklärte Umberto Julia und blickte trotzig in die Runde.

Für die Rückfahrt bot Deganello ihr einen Platz in der Dienstlimousine des *questore* an. Während sich der Fahrer gemächlich in den Verkehrsstrom einordnete und Tramontan ihr immer wieder forschende Blicke aus seinen stahlblauen Augen zuwarf, reichte ihr Robertos Onkel sein Taschentuch.

»Weinen Sie nicht, mein Kind! Pietro war einer der ganz Stillen und Zuverlässigen in der *resistenza* und auch in seinem weiteren Leben. Aber seine Zeit war abgelaufen, er passte in die heutige nicht mehr hinein. Sie haben ihn zehn Tage lang bis zu seinem Tode gepflegt? *Brava*! Es gibt doch noch Barmherzigkeit.«

Julia fasste sich allmählich, so viel wie in den letzten Wochen hatte sie in ihrem ganzen Leben nicht geweint.

»*La Tedesca*!«

Der Ernst in seiner Stimme ließ sie aufhorchen.

»Der *marchese* ist noch nicht wieder da, um auf Sie aufzupassen …«

Sie schluchzte auf:

»Das braucht er auch nicht, mir droht keine Gefahr mehr, das hat auch *commissario* Tamassia mir versichert!«

»Nein, aber das Syndikat besteht noch! Man lässt Sie in Ruhe, sicher, aber Vorsicht schadet nie! Tun Sie mir einen Gefallen. Falls jemand zu neugierig nach den letzten zehn Lebenstagen von Pietro fragen sollte, zum Beispiel, ob er über die Vergangenheit gesprochen oder Namen genannt hat oder Ähnliches, schweigen Sie, oder noch besser: Sagen Sie, dass er nicht mehr reden konnte. Das *Tre-Condottieri*-Syndikat hat immer noch Wurzeln in der Vergangenheit und einen gefährlichen Einfluss in der Gegenwart. Ich habe oft mit Pietro darüber gesprochen und habe versucht, ihn auszufragen, aber er wusste nichts.«

Er hielt inne und blickte nachdenklich aus dem Fenster.

Der *questore* beobachtete sie weiterhin unablässig, und ihr war unbehaglich wie eigentlich immer in seiner Gegenwart. Er hatte etwas unheimlich Inquisitorisches an sich.

»Haben Sie jemanden speziell in Verdacht?«, erkundigte sich Julia, aber er schüttelte den Kopf.

»Leider nein, theoretisch kann jeder von den alten Männern, die Sie heute gesehen haben, nach dem Krieg den Schritt in eine bürgerliche Existenz getan haben. Oder eben auch nicht!«

»Genauso hat Pietro im vergangenen Herbst gesprochen. Jetzt hat er nur noch gestammelt. Tommaso sei kein Verräter, und der Verräter habe den Ring. Das habe ich nur *commissario* Tamassia anvertraut.«

»Siehst du!«, unterbrach sie Tramontan und blickte Deganello direkt ins Gesicht. »Mein Vater hatte doch recht!«

Sein Blick schnellte zu Julia zurück.
»Und was hat er noch gesagt?«
»Brandolin, ich komme!«
»Sie wissen, wer Brandolin war?«
»Der Großvater des *commissarios* hieß in der *resistenza* so«, antwortete sie; Robertos Namen brachte sie nicht über die Lippen. »Soll ich Sie anrufen, wenn irgendwer mich über Pietro auszufragen versucht?«
»Darum wollten wir Sie bitten, *La Tedesca*«, sagte der *questore*. Er schien äußerst zufrieden zu sein.

Provinzia di Padova

Als die Albträume sie nach Pietros Beerdigung sogar am helllichten Tag überfielen, gab Julia auf und entschloss sich, das Ende des Semesters nicht mehr abzuwarten, alle ihre Bindungen im Veneto zu lösen und nach Deutschland zurückzukehren.

Sie hatte es mit Musik versucht, und statt der leicht traurigen Winterkonzerte von Vivaldi legte sie nun die Frühlingskonzerte auf, deren Fröhlichkeit konnte sie erst recht nicht ertragen, und wenn sie dann noch Robertos Stimme in sich hörte, stellte sie die Musik ganz schnell wieder ab.

Gib auf, was vollendet ist, das Gelebte ist tot ... sprach sie die Gedichtzeile laut vor sich hin, die die Grundlage für ihre Abschlussrede beim Abitur gewesen war. Damals allerdings hatte sie vom Aufbruch in die Zukunft gesprochen, während sie heute ihre Liebe begrub.

Julia warf den Schlüssel für das *Ca'Rosso* in den Briefkasten. Es war unwiederbringlich.

Tagelang packte sie Umzugskisten und Koffer (allein für ihre Kleidung brauchte sie zwei große Koffer), steckte ihre zahlreichen Skizzen und Zeichnungen in eine ganze Batterie von Versandrollen und wunderte sich, was sich in diesem einen Jahr in Italien alles angesammelt hatte.

Am Donnerstagmorgen fuhr sie ein letztes Mal mit dem Bus nach Padova, um ihre Verpflichtungen zu lösen und sich unwiderruflich von Umberto zu verabschieden.

Sie rief ihn vom *Caffè Pedrocchi* in der *questura* an, die nur ein paar Minuten entfernt lag.

»Giulietta? Gibt's dich wirklich noch? Ich hab ein schlechtes Gewissen, weil ich mich nie bei dir gemeldet habe, aber erst hatte Massimo Keuchhusten, danach Cinzia Mumps, dann lag Gianni ebenfalls mit Mumps, und die Kleine hat sich auch angesteckt! Aber warum hast du dich nicht gemeldet?«

Sie ging auf seinen Redeschwall nicht ein.

»Ich wollte mich verabschieden. Ich gehe nach Deutschland zurück.«

Die Traurigkeit in ihrer Stimme versetzte ihn in Alarmbereitschaft.

»Wo bist du? So, im *Pedrocchi*! Warte, ich bin sofort da!«

Bevor sie Einwände erheben konnte, hatte er aufgelegt. Sie setzte ihre Sonnenbrille auf (er musste die Trostlosigkeit ihrer Seele in ihren Augen ja nicht lesen) und beschloss, ihm aus dem Weg zu gehen, aber da kam er schon zur Tür rein. Er musste in Rekordzeit von der *questura* hierher gesprintet sein. Er schnaufte wie eine Museumslokomotive, ließ sich auf einen Stuhl fallen und meinte, als er wieder zu Atem gekommen war, sie sähe nicht gerade wie das blühende Leben aus, was denn mit ihr los sei.

Endlich sprudelten aus ihr die ganze Enttäuschung der letzten Monate und alles Elend ihrer Einsamkeit heraus.

»Dass er mich für die Lösung seines Gattamelata-Falles gebraucht hat«, schloss sie, »habe ich ja geahnt! Und dass er mich für seine Verletzung verantwortlich macht und mir das nicht verzeihen kann, weiß ich. Aber trotzdem, dass er mich ohne ein Wort des Abschieds, ohne eine Zeile aus seinem Leben gestrichen hat, so, als habe es mich nie gegeben, verstehe ich nicht, Umberto! Das begreife ich einfach nicht!«

Die Tränen quollen unter den Gläsern ihrer Sonnenbrille hervor, bis sie sie endlich absetzte und Umbertos Taschentuch in Empfang nahm, es schien zur Standardausrüstung der paduanischen Polizei zu gehören.

Er ignorierte die neugierigen Blicke einiger Kaffeehausgäste und ergriff ihre Hand.

»Willst du damit sagen, *cara*, dass du Roberto nicht mehr gesehen und ihn nicht mehr gesprochen hast, seit du ihm das Leben gerettet hast? Er hat sich dafür nicht einmal bedanken können?«

Sie schüttelte den Kopf und Verzweiflung ergriff sie wieder.

»Und du hast keinen Versuch gemacht, ihn zu treffen oder ihm zu schreiben oder anzurufen?«

»Ich hab gedacht, anrufen oder schreiben kann er auch, wenn er mich sehen will. Ich wollte mich ihm nicht aufdrängen, nicht nach dem, was ich ihm angetan habe. Und dann ist er gleich mit seiner Mutter weggefahren, das war doch deutlich, oder?«, verteidigte sie sich.

»Weißt du, dass er auf ein Lebenszeichen von dir gewartet hat? Als du dich nach Tagen und Wochen nicht gemeldet hast und dich nicht hast sehen lassen, ist er ziemlich verzweifelt abgefahren. Ich hatte das Glück schon in der Hand, hat er gesagt, nun ist es für immer dahin, nie wird sie mir verzeihen, was ich ihr angetan habe.«

»Das sind deine Worte, nicht seine!«

»Das waren damals seine Worte, Wort für Wort. Ich schwöre es!«

»Warum hat er sich dann nicht gemeldet? Ich habe Tag und Nacht gewartet!«

»Er wollte sich dir nicht aufdrängen! Ha! Sein Stolz verbot es ihm. Du würdest ihm nicht verzeihen, dass er dich erstens in die Arme der *Tre Condottieri* getrieben und zweitens seine Rache an Gattamelata deiner Sicherheit vorgezogen hat. Aber das war gar nicht so, *niente affatto*, ich kann das bezeugen!«

Er berichtete ihr von dem Protokoll, das Giulietta zwar unterschrieben, das er dann aber auf Anweisung von Roberto vernichtet hatte. Sie saß sprachlos da und versuchte, das Gehörte zu verarbeiten, während Umberto munter von dem Ärger erzählte, den die Justiz ihm wegen des Protokolls gemacht hatte, er aber vom *questore* in Schutz genommen worden war.

»Was seid ihr doch für komplizierte Menschen, du und dein Roberto! Er meint zu wissen, was du denkst, und du meinst zu wissen, was er denkt, und er fühlt sich schuldig, und du fühlst dich schuldig. *Santo cielo*, ein einfaches *ti amo* wäre die einfachste Lösung!«

Umberto schüttelte den Kopf.

»Glaubst du, er denkt immer noch so, obwohl inzwischen acht Wochen vergangen sind? Ich meine, das mit dem Glück?«

»*Al cento per cento*! Hundertprozentig! Aber er wird nie den ersten Schritt tun können. Sieh mal, mehr als zwanzig Jahre hat er alle Gefühle außer Rache und Pflicht unterdrückt. Mit der Liebe kann er noch nicht umgehen, und du hast sein Leben total durcheinandergebracht. Er muss erst lernen, ein normales Leben mit einer normalen Frau und normalen Problemen zu führen. Du bist jung und flexibel: Versuch du es mit dem ersten Schritt!«

»Das will ich! Ich danke dir, Umberto!«

Sie erhoben sich, und Julia fiel ihm um den Hals.

»Du kompromittierst mich, *La Tedesca*! Na, nun lächelst du erstmals wieder. Kopf hoch, *ragazza*! Er ist übrigens seit Montag wieder in der Stadt, aber noch nicht arbeitsfähig. Ich muss zurück in meine Besprechung. Bis bald, *ciao*!«

Was sollte sie tun? Die Angst vor seiner abweisenden und unnahbaren Miene ließ sie zögern.

Mit langen Schritten durchmaß sie die Laubengänge und fand sich vor Gattamelatas Denkmal wieder.

Gattamelata blickte unbeirrbar und besitzergreifend über die Stadt, er hatte mit Francesco Sforza um die Macht gerungen, Petrarcas Verse und Giottos Malerei erlebt, die Nachwirkungen des erbitterten Kampfes zwischen Welfen und Ghibellinen gespürt, seine Loyalität verschiedenen Päpsten gewährt, und zum Schluss war der Bäckersohn in die *nobiltà* aufgestiegen. Was kümmerte ihn die Liebe einer jungen Frau so viele Jahrhunderte später?

Julia strebte entschlossen dem *Ca'Rosso* zu. Die *marchesa* musste ihr helfen, Zugang zu dem verschlossenen Mann zu finden, schließlich liebte sie ihn.

Padova

Missmutig ließ Roberto sich mit einem Taxi vom Kloster der Barmherzigen Schwestern zum *Ca'Rosso* fahren. Man hatte ihm in der ebenerdigen Krankenstation eines der Besuchszimmer überlassen, denn Treppensteigen war ein Ding der Unmöglichkeit für ihn. Er konnte sein linkes Knie nur leicht beugen, es schmerzte bei jeder Bewegung. Am Montag hatte der ihn behandelnde Chirurg sehr unzufrieden reagiert und gemeint, mit einer oder zwei Folgeoperationen müsse er rechnen.

Missmut beschrieb seinen Gemütszustand unzureichend, Depression traf ihn besser. Sein Leben hatte seine zwei, wenn er Giulias Verlust mitzählte, seine drei Hauptinhalte verloren. Die Verfolgung Gattamelatas hatte durch seinen plötzlichen Tod ein jähes Ende gefunden, und wann und ob er überhaupt seinen Beruf noch würde ausüben können, stand in den Sternen.

Was blieb? Das, was er in seiner spärlich bemessenen Freizeit unternommen hatte: Tennis spielen, Ski fahren, Berg steigen und vielleicht das *Ca'Vecchia* Brandolin renovieren. Das alles konnte er jetzt getrost vergessen. Sein Leben lang war er kerngesund gewesen, und nun konnte er nicht einmal mehr Auto fahren!

Von seinem bisherigen Leben blieb nichts außer Musik hören und Lesen übrig. Aber konnte man damit auf Dauer ein Leben ausfüllen? Wohl kaum. Beim Lesen mangelte es ihm außerdem noch an Konzentration, seine Augen nahmen zwar die Buchstaben wahr, aber sein Gehirn setzte sie nicht zu Wörtern und Sätzen zusammen, denn seine Gedanken wanderten.

So lag er meistens mit Kopfhörern auf dem schmalen Besucherbett und dröhnte sich mit Beethoven, Schubert und Brahms voll, wohl zweimal täglich hörte er Mendelssohns zweiundvierzigsten Psalm *Wie der Hirsch schreit nach frischem Wasser, so schreit meine Seele, Gott, zu dir...* und innerhalb kürzester Zeit verwandelte sich seine Schwerblütigkeit, die seine Mutter ihm während der letzten Wochen mehrfach vorgehalten hatte, in Schwermut.

Ein Psychiater hatte ihm während der Rehabilitationsmaßnahmen erklärt, dass er an einer reaktiven Depression litt, seine nacherlebbare

Verzweiflung war aus dem Verlust seiner Gesundheit entstanden. Der Verlust eines geliebten Menschen könne auch zu solch einer Depression führen, aber Roberto hatte ihm nicht verraten, dass beide Ursachen für seine allgemeine Entschlusslosigkeit zutrafen.

Das Taxi hielt vor dem *Ca'Rosso*. Eigentlich hatte Roberto an diesem Donnerstagabend nicht die geringste Lust, seine Mutter zu treffen, sechs Wochen mit ihr waren mehr als genug gewesen. Zwar hatte sie sich unten im Lazio in seiner Hilflosigkeit, die ihn insgeheim rasend vor Zorn machte, um ihn gekümmert, hatte für seine Wäsche gesorgt und ihn mit Büchern und Zeitschriften überhäuft, war aber ansonsten ihre eigenen Wege gegangen und hatte sich mit vielerlei Korrespondenz beschäftigt, ohne ihn allerdings an ihren Gedanken und Plänen teilhaben zu lassen, dennoch ertrug er einen erneuten einsamen Abend im Kloster der Barmherzigen Schwestern schwerer als einen Abend mit seiner Mutter.

Auf sein Klingeln öffnete niemand. Umständlich suchte er nach seinem Schlüssel, die Gehhilfen, ohne die er hilflos war, hinderten ihn. Als er schließlich die schwere Eingangstür aufschob, bemerkte er erstaunt, dass die Halle strahlend hell durch einen riesigen, vorher nicht da gewesenen Muranolüster erleuchtet war und ein mächtiges Feuer im restaurierten Kamin loderte. Der gesamte Raum war frisch gestrichen und durch eine breite Glasschiebetür mit dem Garten verbunden.

Die *marchesa* stand auf halber Treppe in einem schulterfreien Abendkleid aus schwarzem und weißem Taft mit einem Champagnerkelch in der Hand, als habe sie dort schon seit Stunden auf ihren Sohn gewartet. Es handelte sich tatsächlich um Champagner, wie Roberto nach einem Seitenblick auf die in einem Silberkühler stehende Flasche bemerkte.

»Heute ist der richtige Zeitpunkt für Champagner!«, eröffnete sie ihrem Sohn und schritt die letzten Stufen hinunter.

Sie hatte Sinn für theatralische Auftritte, und dieser war bühnenreif. Auf seine bissige Frage, ob sie sich das überhaupt leisten könne, antwortete sie schlicht und ohne beleidigt zu sein:

»Der Anlass rechtfertigt es.«

Kopfschüttelnd und auf eine Erklärung wartend setzte Roberto sich mühsam und schenkte sich ein Glas ein. Zehn weitere mundgeblasene und eindeutig aus Murano stammende Champagnerkelche mit eingearbeiteten Goldfäden standen auf dem Tisch, eines davon war benutzt, registrierte der Kriminalist in ihm automatisch.

»Du siehst hier«, sie kam zu ihm und hielt ihm ihr Glas zum Anstoßen entgegen, »eine engagierte Geschäftsfrau. Ob auch erfolgreich, wird sich zeigen. Heute beginnt ein neuer Lebensabschnitt für mich und das *Ca'Rosso*. Mein Geschäftspartner hat Sinn für Qualität, wie du unschwer an seinem heutigen Gastgeschenk erkennen kannst.«

Sie wies auf die Gläser, die Champagnerflasche im Silberkühler und auf den mit verschiedenen gläsernen Blumen verzierten Lüster.

»Ein bemerkenswerter Anfang, findest du nicht?«

»Du hast getrunken, Mutter!«

»Ja, und mit Grund! Erinnerst du dich an die bröckelnde Pracht dieser Halle?«, deklamierte sie und zeigte mit einer vagen Geste weit in die Runde. »Das ist Vergangenheit! Die Zukunft gehört dem *Ca'Rosso* – eine Messingtulpe wird unser Logo sein –, und zwar als Im- und Exportlager mit den Geschäftsräumen hier. Die von Giuliana angelegten Schauflächen im Garten sind schon fertig, komm! Mein Geschäftspartner hat während der letzten zwei Wochen nach Pietros Tod, als ich mit dir im Süden war, perfekte Arbeit geleistet.«

Die *marchesa* öffnete die Glasschiebetür zum Garten und trat hinaus, ungeduldig auf Roberto blickend, der mit seinen Gehhilfen nur langsam nachkam. Durch einen Bewegungsmelder schaltete sich die erst provisorisch installierte Gartenbeleuchtung ein und beleuchtete die von Giulia im vergangenen Herbst gesteckten Blumenzwiebeln. Sie bildeten ein Meer aus früh blühenden weißen und roten Tulpen, gelben und weißen Narzissen und blauen Hyazinthen, wundersam angeordnet in den Mustern der alten Blumenparterre. Das Plätschern des Springbrunnens verlieh den sich in der leichten Abendbrise wiegenden Blüten einen zauberhaften Schmelz.

Die Erinnerung an Giulia und ihre gemeinsam in diesem Garten verbrachten unzähligen Arbeitsstunden versetzte Roberto einen schmerzhaften Stich, hatte er doch geglaubt, alle Gedanken an Giulia endgültig getilgt zu haben, aber der kleinste Anlass reichte schon, um ihm ihren Verlust wieder vor Augen zu führen.

»So, Mutter, nun reiß dich zusammen und erkläre!«

Aber sie hatte ihren Auftritt noch nicht beendet.

»Morgen unterschreibe ich den Vertrag, unser Familienanwalt hat ihn, glaube ich, sehr gut aufgesetzt«, verkündete sie, erneut zum Champagner greifend, den Roberto im letzten Moment abfing und ihr aus der Hand nahm; woraufhin sie ein wenig irritiert, aber ansonsten unbeeindruckt fortfuhr: »Carlo hat die Vorleistungen fristgerecht und überaus großzügig erbracht, der Unterzeichnung steht nichts mehr im Wege außer deiner Zustimmung. Ich möchte, dass du den Vertrag noch einmal durchsiehst.«

»Wer ist Carlo? Was für ein Vertrag? Vielleicht hättest du das ja auch ein bisschen früher mit mir besprechen können. Schließlich waren wir sechs Wochen zusammen!«

»Damit wollte ich dich während deiner Rekonvaleszenz nicht behelligen! Carlo hat zwar dauernd mit mir telefoniert und Pläne gefaxt, aber du solltest nicht beunruhigt werden. Wenn du Carlo kennenlernst, wirst du feststellen, was für einen reizenden Onkel Giuliana hat!«, deklamierte sie weiter. »Obwohl er Deutscher ist.«

»Ich wünschte, du würdest ihren Namen in meiner Gegenwart nicht mehr nennen!«

»Warum nicht? Sie war übrigens heute Nachmittag auch hier.«

»Mutter, hör auf, das ist dein Wunschdenken!«

»Keineswegs! Ich soll dir etwas von ihr ausrichten, was war es nur?«

Sehnsüchtig blickte sie nach der zu weit von ihr entfernt stehenden Champagnerflasche.

»Ach, jetzt fällt es mir wieder ein. Du möchtest morgen, fast genau am ersten Jahrestag eures Spaziergangs zu irgend so einer Villa …«

»*Villa Draghi*?«

»Ja, richtig, zur *Villa Draghi* kommen, sie will sich von dir verabschieden oder auch nicht. Gibst du mir nun den Champagner?«

»Aber Mutter!«

»Wenn du jetzt sagen willst, du seist zu alt für sie, dann sage ich dir, mein Sohn: Für die Liebe ist man nie zu alt! Giuliana würde dich auch wollen, wenn du dreißig oder achtzig wärst. Sie liebt nicht dein Alter, sondern dich als Menschen!«

»Aber Mutter!«

»Wenn du glaubst, du habest schon zu viele kaputte Polizistenehen gesehen, halte ich dagegen, dass es auch glückliche gibt, denke an deinen Freund Umberto. Und Giuliana ist bestimmt kein Mensch, der dich um geregelter Arbeitszeiten willen haben will!«

»Mutter!«

»Wenn du jetzt das schlechte Beispiel deiner Eltern vor Augen hast und denkst, Giuliana käme aus einer anderen Welt und einem anderen Kulturkreis, dann sage ich dir: Sie wird bestimmt nicht den Fehler machen, den ich gemacht habe, und dich in ihre Welt hinüberziehen wollen! Und mach du nie den Fehler, sie italienisieren zu wollen!«

»Mutter!«

»Wenn du jetzt sagst, dass sie gern tanzt, Tennis spielt, wandert und was weiß ich noch, dann sag ich dir: Klammer dich nicht an diese äußerlichen Gemeinsamkeiten! Ihr habt so viele andere Dinge, die euch verbinden, ihr liebt alte Musik, dieselbe Kunst und habt so viele gemeinsame Interessen – ist das nicht Ersatz genug für das, was ihr nicht gemeinsam tun könnt? Nur weil du meinst, wegen deines steifen Beines behindert zu sein …«

»Hör mal, Mutter!«

»Wenn du wenigstens einmal im Leben auf deine Mutter hören wolltest: Geh morgen hin und lass sie nicht nach Deutschland fahren, zumindest nicht allein!«

Ein langes, bedeutungsvolles Schweigen folgte.

»Wirst du gehen?«

Dieses Feuerwerk von Argumenten und Gegenargumenten löste in Roberto die unterschiedlichsten Gefühle aus, von Widerspruch über Unglauben bis hin zu einer immer mächtiger schwelenden Hoffnung.

Sicher hörte er die Stimme seiner Mutter, verstand ihre Worte, aber das waren kaum ihre Gedanken, so konnte sie sich nicht in ihn hineinversetzen, das konnte nur eine!

»Giulia hat dich gut vorbereitet«, sagte er und lächelte das erste Mal seit fast drei Monaten. »Ich rufe gleich Umberto an, er bringt mich sicher morgen früh nach Montegrotto zur *Villa Draghi*. Nun brauche *ich* Champagner. Und jetzt erzähl mir alles ganz genau.«

»Eine zweite Flasche steht im Kühlschrank. Nein, lass! Ich hole sie.«

»Am liebsten führe ich sofort zu Giulia.«

Roberto öffnete die Flasche und schenkte ein.

»Das geht nicht! Sie ist mit ihrem Onkel ins Hotel *Terme Preistoriche* zum Essen gefahren, wo er wohnt. Es liegt nicht weit von ihrem Häuschen bei den Zanellas in Torreglia. Ich war auch eingeladen, aber ich musste ja auf dich warten! Da habe ich abgelehnt.«

»Meinetwegen, Mutter?«

»Euretwegen!«

Roberto blieb über Nacht im *Ca'Rosso* und schlief auf der Couch in der Halle, das Kästchen mit dem Ring der Visians unter dem Kopfkissen.

Montegrotto Terme

Der Nebel hing dicht und wattig über der Poebene, schob sich langsam nach Norden, wo er sich mit dem Seenebel an der Küste von Julisch-Venezien bis hin zur Mündung der Brenta im Veneto vereinigte, stetig in die Täler der Colli Euganei kroch und an den Berghängen hochleckte, bis auch sie unter ihm verschwanden.

Wenn kein Wind käme, konnte diese Wetterlage tagelang andauern; Rettungswagen, Feuerwehr und Polizei warteten schon gespannt, ob wenigstens dieses eine Mal eine Massenkarambolage auf den Autobahnen der Umgebung ausbleiben würde.

Umberto fuhr im Schritttempo, rechts neben ihm ragte der Deich des Battagliakanals schemenhaft empor, die Sichtweite betrug weniger als zehn Meter, links tauchten die Nebelscheinwerfer entgegenkommender Autos auf wie verschwommen beleuchtete Milchglasfenster. Als er scharf rechts abbog, um über eine kleine geschwungene Brücke in Richtung

Montegrotto zu fahren, lagen nur Millimeter zwischen den Bruchsteinen der Brückenbegrenzung und der Stoßstange von Robertos Auto.

Obwohl es nach Umbertos Meinung unmenschlich früh, beinahe noch Mitternacht war, schaute Roberto wohl alle dreißig Sekunden nervös auf seine Uhr, deren Zeiger sich, wie er fand, doppelt so langsam drehten wie sonst. So musste er Giulia verpassen!

Aber das Ganze war bei Tageslicht sowieso eine Schnapsidee! Sie würde niemals kommen, nicht wegen des Nebels, sondern weil Umberto und seine Mutter Wunschträume gesponnen hatten. Seine Zweifel wuchsen und wuchsen.

»Wir sollten umdrehen, Umberto, Giulia kommt bei dem Wetter nicht, und auch sonst nicht!«

»Halt um Himmels willen die Klappe, ich muss mich konzentrieren! Schau lieber, ob da vorn die Ampel eingeschaltet ist!«

»Giulia wollte mich nicht sehen, ihr habt sie überredet! Und weil sie nie *nein* sagen kann, hat sie euch nachgegeben!«

»Da! Die Ampel war rot! Und du bist ein kompletter Idiot! Ich bring dich zur *Villa Draghi*, und wenn ich dich eigenhändig hinaufschleppen muss! Du wirst Giulietta ins Gesicht sagen müssen ... *Merda*, pass doch mit auf und lenk mich nicht ab! Eben habe ich die Seitennarbe des Grasstreifens aufgerissen!«

Den Kreisverkehr übersahen sie fast, aber dann ging es nur noch geradeaus. Umberto stellte den Wagen direkt vor dem Eingangstor des Parkgeländes ab, wo Clemente schon mit seinem Motorrad wartete. Gemeinsam halfen sie Roberto beim Aussteigen und in seinen Lammfellmantel, steckten dem Widerstrebenden den Autoschlüssel in die Tasche und drückten ihm die beiden Gehhilfen in die Hand. Dann verschwand er im dichten Nebel, nachdem er sich durch das Drehkreuz gezwängt hatte.

»Sie ist kurz vor mir mit dem Fahrrad los«, flüsterte Clemente Umberto zu. »Meinst du, die finden sich bei dem Nebel?«

»Wenn Giulietta sich etwas vornimmt, wird es schon klappen.«

Auch Umberto flüsterte, obwohl der Nebel alle Geräusche dämpfte.

Der Weg hinauf zur *Villa Draghi* war für Roberto trotz der beiden Gehhilfen sehr mühsam. Jede Bank nutzte er zu einer Ruhepause und stand mehr als einmal vor dem Aufgeben. Er hätte Umbertos Angebot, ihn hochzufahren, annehmen sollen. Clemente und er hätten das Schloss des Eingangstores bedenkenlos für ihn gesprengt, aber Roberto hatte sie glauben lassen, dass es ihm eigentlich gar nicht so schlecht ginge.

Als er schließlich das zerfallene Wirtschaftsgebäude mit seinen Rundbögen erreichte, pochte der Schmerz in seinem Knie unerträglich, er glaubte, keinen Schritt weiter gehen zu können und atmete schwer. Zwischen der hoch aufragenden Mauer der *Villa Draghi* und den Rundbögen lag in einer Nische ein umgestürzter Mauerpfeiler, auf dem Roberto sich mühsam abstützend niederließ. Die nur geringe Steigung bis zum eigentlichen Villenplateau würde er niemals schaffen.

»Giulia?«

Seine Stimme schien wie von einem Watteberg verschluckt zu werden, eine fast gespenstische Stille umgab ihn, von Giulia kein Laut, keine Spur. Acht Uhr, neun Uhr, nichts regte sich, Nebelschwaden wie aus einer Waschküche zogen auch in seine Nische. Einmal meinte er, Schritte zu hören, aber ob sie von unten aus der Ebene oder von oberhalb kamen, ließ sich nicht feststellen, vielleicht gab es sie auch nur in seiner Einbildung.

»Giulia?«

Nichts. Zehn Uhr. Kein Zeichen von Giulia, er sollte langsam an den endlosen Rückweg denken, vor dem ihm graute, nicht nur der Schmerzen wegen, sondern auch wegen der vergeblichen Hoffnungen, die er an diesen Morgen gehängt hatte. Roberto nahm sein Handy heraus – trotz seiner Handyphobie hatte er es seit zwei Monaten immer betriebsbereit bei sich: Giulia hätte ihn ja zu erreichen versuchen können –, um Umberto anzurufen, aber da erschien Giulias Nummer auf dem Display! Hatte sein Unterbewusstsein seine Finger gesteuert?

Was schadete es, sich telefonisch von ihr zu verabschieden?, dachte er und bestätigte den Rufaufbau. Ein feines, fernes Klingeln drang an sein Ohr, es schien direkt über ihm aus der Nebelglocke zu kommen. Und noch ehe sie abnehmen konnte, schrie er mit aller Kraft:

»Giuli, bist du da oben? Komm runter!«

Dann hörte er eine sehr gedämpft klingende Stimme, es war unverkennbar ihre.

»Wo bist du, Roberto?«

»Unterhalb der Villa, bei den Glyzinien!«

Er schaffte es gerade, sich mühselig zu erheben, die Gehhilfen hinter dem umgestürzten Pfeiler zu verstecken und sich an die Mauer zu lehnen, da tauchte ihr Schatten aus dem Nebel auf. Sie blieb ein paar Schritte von ihm entfernt abwartend stehen, und er musste seine Überraschung erst einmal hinunterschlucken. Irgendwie hatte er erwartet, dass sie wie vor einem Jahr aussähe, und nun stand ein schmales, blasses Mädchen mit einer kurzen Lockenfrisur vor ihm. Ihre einst so strahlenden hellgrauen Augen sahen ihn wie hinter Wolken versteckt und unendlich traurig an.

Sie hatte den Anfang gemacht, nun lag es an ihm, wie es weiterging, aber er tat sich schwer: Schuldgefühle hemmten ihn, und er räusperte sich.

»Du wolltest dich von mir verabschieden?«

So ein blöder Anfang, dachte er und verfluchte seine Schwerfälligkeit.

Sie zog die Oberlippe mit den Zähnen ein und schüttelte leicht mit dem Kopf.
»Eigentlich nicht! Wo ist das Protokoll geblieben, Roberto?«
»Vernichtet!«
»Vor oder nach meinem Gang zum Staatsanwalt?«
»Umberto hat es dir erzählt. Vorher.«
»Warum, warum hast du nur gedacht, ich glaube dir nicht? Warum hast du mich so allein gelassen? Und selbst wenn dir die Rache an Gattamelata das Wichtigste auf der Welt gewesen wäre: Mir hätte das nichts ausgemacht! Ich wäre auch zufrieden gewesen, das Zweitwichtigste in deinem Leben zu sein! Du hattest einfach kein Vertrauen zu mir!«
»Und wo war dein Vertrauen, Giuli? Konntest du allen Ernstes glauben, ich hätte dich nur als Lockvogel für Gattamelata benutzt?«
»Das habe ich auch nicht! Aber du wirst mir nie verzeihen können, dass ich schuld an deinem ... deiner Verletzung bin! Das begreife ich und akzeptiere es!«
Sie blickte traurig zu Boden, musterte ihre Schuhspitzen und wagte nicht hochzuschauen, und so entging ihr seine fassungslose Sprachlosigkeit. Eine Ewigkeit schien zu vergehen, und als er ihr immer noch nicht antwortete, breitete sich erneut Hoffnungslosigkeit in ihr aus. Aller Optimismus, den Umberto gestern auf sie übertragen hatte, war verschwunden. Sie wagte nicht, Roberto anzusehen und wandte sich zum Gehen, sein Schweigen bestätigte sie darin.
Als ihr Schatten mit dem Nebel verschmolz, erwachte er aus seiner Fassungslosigkeit.
»Giuli! Bitte geh jetzt nicht!«
Verzweiflung ließ ihn gegen die weiße Nebelwand sprechen, obwohl er nicht wusste, ob sie ihn überhaupt noch hörte.
»Ich habe geglaubt, du könntest mir nicht vergeben, dass ich dich immer und immer wieder Gefahren ausgesetzt habe, um mein Ziel zu erreichen. Durch meine egoistische Eifersucht habe ich dich Gattamelata in die Arme getrieben, der dich dann so schrecklich zugerichtet hat! Bitte, komm zurück!«
Er konnte nicht ahnen, dass sie, keine zehn Meter von ihm entfernt, nun selbst von Sprachlosigkeit überfallen wurde.
»Du bist nicht schuld, dass Gattamelata auf mich geschossen hat, dieser Gedanke ist mir nicht ein einziges Mal gekommen! Sein und mein Kampf hatte eine Dimension erreicht, die nur uns beide noch betraf, die mit dir nichts mehr zu tun hatte. Wenn nicht an diesem Abend, so hätte er mir an einem anderen Ort zu anderer Zeit aufgelauert!«
»Deine Schuldgefühle sind unsinnig, Ro!«
Erleichtert erkannte er ihren schemenhaften Umriss im Nebel.

»Ein einziges Mal, damals in Treviso, hast du mich ohne mein Einverständnis einer Gefahr ausgesetzt! Und dass Gattamelata mich in die Finger bekam, war doch ganz allein meiner eigenen Unbesonnenheit zuzuschreiben!«

»Auf Vertrauen gibt es keine Garantie, hast du einmal gesagt, Giuli, wie wahr!«

»Willst du, dass wir es mit dem Vertrauen noch einmal probieren?«, fragte sie zögernd.

Er zeigte auf die Mauer, an der er sich abstützte:

»Die Mauer ist zur Zeit meine einzige Stütze, Giuli! Ich käme dir gern entgegen, aber dann verlöre ich meinen Halt. Allerdings würde ich die Mauer gern mit dir tauschen.«

Viel komplizierter konnte er es nicht ausdrücken, aber sie verstand ihn auch so und kam ihm entgegen. Dann klammerten sich beide aneinander, wortlos, wohl fünf Minuten lang, nur das Hämmern ihrer Herzen hörend.

»Ich muss mich setzen«, sagte Roberto schließlich, löste sich von Julia und ließ sich mit ihrer Hilfe umständlich auf dem Mauerrest nieder. »Ich habe die ganze Nacht gefürchtet, du kämst nicht. Ich habe drei Stunden hier gewartet und war gerade dabei, aufzugeben.«

»Mir ging es genauso. Seit drei Stunden warte ich auf dem *Belvedere*, das hatte ich deiner Mutter gesagt. Ich bin hintenherum von Torreglia gekommen.«

Sie atmete seufzend aus.

»Und nun, Roberto?«

»Was wirst du mir antworten, wenn ich dich jetzt frage, ob du mit zu mir in meine Wohnung kommst?«

»Natürlich nein!«

Sie sah die Enttäuschung in seinen Augen und beeilte sich mit der Erklärung ihres Neins.

»Dein Kopf will es zwar heute, aber deine Beine schaffen keine vier Treppen. Was wirst du mir antworten, wenn ich dich jetzt frage, ob du mit zu mir auf den Alten Hof kommst, vielleicht sogar für immer?«

Sie stand vor ihm, sah auf ihn hinab und wartete gespannt auf seine Antwort. Er ergriff ihre Handgelenke und zog sie langsam zu sich herunter, bis ihre Gesichter ganz dicht beisammen waren.

»Soll das etwa ein Heiratsantrag sein, Julia Andresen?«

Wenn er feierlich wurde, sprach er ihren Namen deutsch aus.

»Nnein ... doch ... Ich ...«

»Ja oder nein?«

»Ich ...«

»Ja oder nein, habe ich gefragt.«

»Ja!«
»Angenommen!«
Er küsste sie zart.
»Und was fangen wir nun mit dem Rest des Tages an?«
»Du ziehst bei mir ein, und ich packe wieder aus. Im Alten Hof gibt es keine Treppen für dich.«
Ihr Pragmatismus fand seine ungeteilte Zustimmung.
»*D'accordo!*«
Er reichte ihr die Autoschlüssel.
Bergab ging es für ihn nicht leichter. Julia zeigte sich sehr bestürzt über die Mühseligkeit seiner Bewegungen. Auf jeder Parkbank legten sie eine längere Ruhepause ein, und Roberto sprach erstmals über seine Ängste und Sorgen.
Sie lächelte.
»Wir sind das ideale Paar, Ro! Du kannst nicht laufen, und ich kann nicht schlafen!«
Sie berichtete von ihren Problemen und warum sie nach Deutschland hatte zurückkehren wollen.
Vor den Rundbögen der Terrasse am Alten Hof blühten Tulpen, Osterglocken, eine große Anzahl blauer Perlhyazinthen gemischt mit gelben Stiefmütterchen und jede Menge weißer Terzettennarzissen, trotz der Nebeldunstglocke lag ein Duft von Frühling und neu erwachendem Leben in der Luft.
Die Kühle im Haus vertrieb Julia mit einem kräftigen Feuer im Kamin. Roberto sah sich neugierig um. Zuletzt hatte er dies Häuschen im Rohzustand gesehen. Die Einrichtung trug eindeutig Julias Handschrift. Auch wenn im Augenblick überall Kisten und gepackte Koffer herumstanden, fand er es hier anheimelnd.
Sie half ihm in einen Sessel, schob ihm eine mit einem Kissen gepolsterte Bücherkiste unter sein schmerzendes Bein und kündigte an, Kaffee kochen zu wollen, mehr habe sie nicht im Haus, sie müsse als Nächstes noch dringend einkaufen. Während das Wasser kochte, holte sie einen großen Strauß Narzissen ins Zimmer und stellte sie in einem bauchigen Krug auf den Wohnzimmertisch.
»So, nun sieht es etwas gemütlicher aus«, sagte sie, kam kurz darauf mit dem Kaffee und setzte sich lächelnd ihm gegenüber.
»Giuli«, sagte er ernst, »nimm, was ich dir jetzt sage, um Himmels willen nicht als Rückzieher von mir. Aber das, was wir tun wollen, muss gut überlegt sein. Denk einmal, ich habe schon mehr als die Hälfte meines Lebens hinter mir, und du, hochgerechnet, drei Viertel noch vor dir!«
»Ro«, antwortete sie ebenso ernst, »ich habe nicht die Absicht, meine Augen aus lauter Liebe vor Problemen zu verschließen. Du hast viele

Vorbehalte ... Nein, nein, das ist keine Kritik. Du wärest nicht du, wenn es anders wäre. Aber da wir sie kennen, können wir ihnen begegnen. Und vor allem: Du musst mich nicht heiraten, ich bin mit jeder anderen Möglichkeit auch zufrieden.«

»Deine Großzügigkeit in allen Ehren, *l'anima mia,* aber das kommt überhaupt nicht in Frage! Wir heiraten, wenn ich die nächste Operation gut überstanden habe. Keine Widerrede, nicht vorher, denn sollte mir dabei etwas zustoßen, sollte ich etwa zum Pflegefall werden, möchte ich dich nicht an mich gebunden wissen! Nein, nein, keine Diskussion!«

»Wenn wir schon bei Bedingungen sind, habe ich auch eine. Du bist Katholik, ich Protestantin, dies Problem haben wir überhaupt noch nicht erwähnt. Wenn wir heiraten, dann in Deutschland auf dem Standesamt. Eine Scheidung ist bei uns wohl immer noch einfacher als bei euch in Italien.«

»Du machst mir Spaß! Noch nicht einmal verheiratet und schon von Scheidung reden!«

»Jede Eheschließung ist eine potenzielle Scheidung, pflegt mein Vater zu sagen.«

»Ein weiser Mann! Es liegt ja wohl in eurer Familie, Probleme zu erkennen, anzupacken und zu lösen! Aber weißt du, eigentlich wollte ich nicht auf dich warten, bis wir zufällig einmal nach Deutschland kommen, um zu heiraten!«

»Vielleicht brauchen wir gar nicht nach Deutschland zu fahren, wenn wir hier ...«

Sie zögerte, und er sah, wie eine feine Röte ihr Gesicht überzog.

»Wenn wir hier und heute feststellen, dass wir nicht zueinander passen«, fuhr sie fort.

Nur sein Bein hinderte ihn daran, aufzuspringen und sie in die Arme zu nehmen, und so rührte er nur sehr intensiv in seinem Kaffee herum.

»Du hast Angst davor, Giuli? Lass es uns mit dem Vertrauen ganz ernst nehmen. Du musst nichts tun, wovor du Angst hast, hörst du? Lass dir Zeit, wir haben hoffentlich viel davon miteinander.«

Torreglia

Die erste Kerze verlosch, Roberto schob alles Geschirr und das Blumengesteck aus Narzissen und Efeu zwischen ihnen zur Seite und ergriff ihre Hände, die sie ihm bereitwillig überließ.

»Weißt du, dass ich das erste Mal in meinem Leben das Gefühl habe, zu Hause zu sein?«

Draußen herrschte immer noch dichter Nebel. Julia war am Nachmittag zum Einkaufen fortgefahren, während Roberto bei den Zanellas die Zustimmung zu seinem Einzug im Alten Hof einholte. Dann hatte er immer unruhiger werdend im Wohnzimmer auf sie gewartet, sich ausmalend, was ihr draußen im Nebel und auch sonst alles zustoßen könnte, das Einkaufen musste doch längst erledigt sein.

Sie habe seinen Koffer aus dem *ospedale* der Barmherzigen Schwestern geholt, wo Umberto sie erwartete und Robertos halbe Wohnung in sein Auto lud, erklärte sie entschuldigend, und außerdem habe sie für ein langes Wochenende eingekauft. Sie schleppte Karton auf Karton herein und begann mit großem Eifer, das Abendessen vorzubereiten. Vielleicht hatte sie das »Nachher« auch nur ein wenig hinausschieben wollen.

Als er aus dem Bad gekommen war und sich umgezogen hatte, veranlasste sein feierlicher schwarzer Anzug Julia, sich ebenfalls umzuziehen. Während er eine Flasche des Rotweins entkorkte und dekantierte, eine Flasche *Serprina* aufzog und sich ein Glas einschenkte, überlegte er, dass er vor weniger als vierundzwanzig Stunden noch von Depressionen beherrscht war und allen Lebensmut verloren hatte. Und nun musste er erstmals in seinem Leben für die Zukunft planen. Er merkte, wie es ihm darin an Übung mangelte, aber Giulia würde ihm mit Sicherheit helfen.

Voller Wohlbehagen lehnte er sich entspannt zurück und betrachtete zufrieden den mit gelbem Damast, weißem Geschirr und funkelnden Gläsern gedeckten Tisch.

Das von Giulia improvisierte köstliche Essen und ihr Anblick erfüllten ihn mit Wärme. In dem schulterfreien Kleid, das sie zum TCCP-Ball getragen hatte, sah sie wie eine begehrenswerte Meernixe aus, dachte er.

»Richtig zu Hause fühle ich mich!«, wiederholte er nach einer langen Pause, in der sich seine Finger mit Giulias verflochten. »Und ich meine es verdammt ernst mit dir! Wenn du wüsstest, wie schwer es mir im vergangenen Jahr gefallen ist, so viele günstige Gelegenheiten ungenutzt verstreichen zu lassen!«

Er löste seine Hände von ihren und zog ein abgegriffenes Kästchen aus der Tasche, das er umständlich öffnete, um ihm einen alten Ring zu entnehmen. Über Gefühle zu reden, gehörte nicht zu seinen Stärken, und er räusperte sich mehrmals, bevor er sagte:

»Willst du, Julia Andresen, meine Frau werden und in guten wie in schlechten Tagen zu mir halten?«

»Ja, ich will! Und willst du, Roberto Bassner, mein Mann werden und in guten wie in schweren Zeiten zu mir halten?«

»Ja, ich will!«

Er streifte ihr einen mit Goldstrahlen überzogenen Karneolring über.

»Die Bassners zeichnet Treue aus, und die Visians Loyalität. Hiermit übergibt der älteste Sohn der Visians wie schon seit Generationen diesen

Ring an seine Frau. Ich hoffe, ich bekomme ihn nie von dir zurück! Die Sonne ist ein Teil unseres Familienwappens, verbreite du sie weiter um mich, Giuli, denn wo sie ist, kann mein Schatten nicht hinfallen!«

Er schenkte ihnen beiden erneut von dem samtigen Rotwein der Colli Euganei nach und hob sein Glas.

»Auf dein Wohl, *l'anima mia*, der Rosenstrauß wird nachgeliefert.«

»Da ist einer in deinem Kofferraum, Ro, allerdings getrocknet.«

Er stutzte und erinnerte sich.

»Ach, ja? Der muss aber schrecklich vergammelt sein!«

»Nein, exzellent getrocknet und in meiner Lieblingsfarbe. Warte, ich hole ihn.«

»Es müssten sich eigentlich noch weitere Geschenke im Kofferraum befinden!«, rief er ihr nach. »Bring sie mit!«

Während sie draußen im dichten Nebel am Kofferraum hantierte, schluckte er zwei Schmerztabletten. Trotz seines allgemeinen Glücksgefühls pochte der Schmerz ständig und dumpf in seinem Knie.

Er ließ sich auf der Couch nieder und beobachtete Giulia, wie sie sich an ihren Lieblingsplatz auf den Teppich setzte und erwartungsvoll auf die eingewickelten Geschenke schaute.

»Pack aus!«

Die Rosen hatten tatsächlich ihre Farbe behalten und standen nun in einem Glasgefäß auf dem Tisch.

»Alles für mich? Wann hast du denn das nur eingekauft? Danke!«

Sie blätterte in den Gartenbüchern und betrachtete den alten Stich.

»Vor mehr als vier Monaten in Bologna! Als ich dich fragen wollte, ob du mich heiraten willst.«

Sie wickelte eben den grün-türkisfarbenen Pullover aus, und es dauerte eine Weile, bevor sie den Inhalt seiner Worte erfasste. Der Pullover entglitt ihren Händen, und ihre Augen weiteten sich glitzernd.

»Was ist los, Giuli? Habe ich etwas Falsches gesagt?«

Sie sah zu ihm auf, schüttelte mit dem Kopf und ließ ihren Tränen freien Lauf. Er zog sie zu sich heran, und sie klammerte sich an ihm fest.

»Jetzt bin ich sicher, dass du mich wirklich willst und dich nicht nur verpflichtet fühlst, wegen Gattamelata und so«, hauchte sie.

»Dann sind das wohl Freudentränen, ja?«, sagte er und küsste sie sanft weg. »Auch Freudentränen schmecken salzig, meine kleine Wassernixe, meine *nereide*.«

Und nun küsste er sie weder freundschaftlich noch brüderlich, diese Zeiten waren vorbei.

»Aber eigentlich sollte ich böse auf dich sein! Wo ist dein Vertrauen, *l'anima mia*? Und wie willst du mir beweisen, dass du mich nicht nur aus Mitleid aufnimmst?«

Statt einer Antwort küsste sie ihn, und nach einer Weile meinte er etwas atemlos:

»Das reicht als Beweis! Nun pack weiter aus!«

Die Jugendstilbrosche begeisterte sie, und als sie das nachtblaue Seidennachthemd auspackte, errötete sie.

»Es ist sehr schön.«

»Immer noch Angst, meine *nereide*?«

Sie vergrub ihren Kopf an seiner Schulter.

»Wenn mich einer von meiner Angst befreien kann, dann du«, flüsterte sie. »Und weißt du was? Je eher, desto besser.«

Er reagierte überrascht, dann erfreut: »*Subito*?«

Sie sah ihn an, nickte, und während sich ihre Lippen wieder fanden, zog er den Reißverschluss ihres Kleides herunter. Als sie sich erhob, fiel es seidenraschelnd zu Boden, und zu seiner grenzenlosen Freude sah er, dass sie nichts darunter trug.

»Noch nie habe ich eine Frau so begehrt wie dich!«

Sie streifte sich das tief dunkelblaue Seidennachthemd über und sah noch mehr wie eine *nereide* aus, kniete sich neben ihn und flüsterte ihm etwas ins Ohr.

»Du bist noch gar keine? Also, eine Seejungfrau!«, rief er spontan. *Santo cielo*, ich bin im Glückshemd geboren!«

»Aber …«

Er hielt ihr den Mund zu.

»Was *Colombo* dir angetan hat, ist für mich nicht von Belang. Und für dich?«

»Er hatte mich beide Male unter Drogen gesetzt: Ich war bewusstlos.«

»Also verdränge oder vergiss es, wenn du kannst; unser Leben fängt eben erst an!«

So eine positive, ja optimistische Aussage hätte er sich bis heute nicht zugetraut.

Gattamelata

II

mittelitalien a. ð. 1394–1424

Höhen und Tiefen mit Braccio da Montone

ddo Fortebraccio, Herr von Montone, einem kleinen befestigten Ort nicht weit von Perugia, und Jacopa Montemelini aus altem perugianischem Adel freuten sich über ihren kleinen Sohn Andrea, allerdings nicht so lange, dass sie den Triumph ihres Sohnes miterleben durften. Die Eltern getötet, den Jugendlichen Andrea fortgejagt, der bittere Rache schwörend sich Alberiano da Barbiano anschloss, der wiederum seine Vorfahren bis zu den Karolingern zurückverfolgen konnte und als Vater des rein italienischen Kondottieretums angesehen wurde.

Andrea Fortebraccio lernte bei ihm das Kriegshandwerk zusammen mit anderen, später berühmt gewordenen condottieri wie Jacopo dal Verme, Facino Cane und Muzio Attendolo, genannt Sforza, mit dem Andrea Fortebraccio Freundschaft schloss und sich fortan Braccio da Montone nannte.

Diese beiden sollten die beherrschenden condottieri der nächsten Generation werden und zwei verschiedene condottieri -Schulen begründen: die Sforzesken und die Braccesken, erstere der Tradition Albericos folgend, in großer Anzahl und voller Breite in die Schlacht zu reiten, während Braccio auf kleine Gruppen mit qualifizierten Offizieren baute, die beweglicher waren und immer dort eingesetzt werden konnten, wo es gerade brenzlig wurde. Diese Art des Kampfes kam auch Gattamelata entgegen, bald schenkte Braccio ihm nicht nur seine lorica, sondern Gattamelata durfte auch sein Wappen führen, den schwarzen Widder auf gelbem Grund.

Schnell löste sich Braccio da Montone von Alberico. Gattamelata wird ihm als Unterführer gefolgt sein, denn mehrere Chronisten bestätigen, dass Gattamelata quasi trent'anni, also dreißig Jahre, mit ihm zusammen war, obwohl sich die beiden nicht in allem verstanden haben konnten.

Während Gattamelata von jeher und bis an sein Lebensende tief religiös veranlagt war, gab sich Braccio da Montone als Feind Gottes und der Kirche, nie besuchte er die Messe, denn Braccio glaubte nur an Braccio; eine gewisse Grausamkeit war ihm auch nicht abzusprechen; ein oft ungezügeltes Temperament bestimmte seine Handlungen, und es konnte schon passieren, dass er psalmodierende Mönche vom Turme werfen ließ, nur weil sie ihn nervten.

Wenn sie auch in der Religion nicht harmonierten, musste die Chemie sonst aber zwischen ihnen gestimmt haben, sonst hätte Gattamelata ihm keine dreißig Jahre lang Gefolgschaft geleistet; und tatsächlich, die drei Eckpfeiler in Braccios Leben waren die gleichen wie Gattamelatas, er hatte sie nicht nur akzeptiert, sondern sie auch zu den seinen gemacht: militärische Strenge, höfisches Wesen und bürgerliche Bescheidenheit.

Braccio wusste mit Sicherheit, was er an dem loyalen Gefolgsmann und absolut verlässlichen Gattamelata hatte, denn sowohl Verrat, erst durch Alberico, der ihm nach dem Leben trachtete, als auch 1409 ein Treuebruch mit Mordversuch durch König Ladislaus von Neapel, mit dem Braccio eine condotta ausgehandelt hatte, zeigten die Sittenlosigkeit nicht nur eines condottiero und eines Herrschers, sondern standen stellvertretend für viele in dieser gewaltschwangeren Zeit.

Ladislaus hatte auf das falsche Pferd gesetzt, nun im Dienste der Florentiner vertrieb Braccio die Neapolitaner schnell und gründlich am 2. Januar 1410 aus Rom, Gattamelata befehligte wie gewohnt seine Kavallerie, wobei Braccio sicher nicht mit Billigung Gattamelatas ausgesuchte Gefangene von ausgesuchten Türmen werfen ließ, eine gewisse Grausamkeit war ihm eben nicht abzusprechen.

Wahrscheinlich aber hatte Gattamelata, nun bereits vierzigjährig, 1410 anderes im Kopf, denn in diesem Jahre heiratete er die Schwester seines alten Freundes Gentile da Leonessa. Sie muss eine Schönheit gewesen sein, seine Giacoma Bocarini Brunoli di Leonessa, Tochter von Milla und Francesco Bisenzia. Ihre Mutter Milla war eine verwitwete Beccarino della Leonessa, und ihre Tochter wuchs auf mit den beiden Brüdern Arrigo und Gentile in dem Kastell von Montegiove, dem sie auch später verbunden bleiben sollte.

Klug war sie dazu, seine Giacoma, und wie in der Renaissance üblich, vielseitig gebildet, besonders der Kunst und der Musik zugeneigt und auch sehr fromm; aber die Geschichtsschreiber verraten uns weder, wo sie ihren Erasmo geheiratet hat, noch wo sie während dieser ersten Zeit ihrer Ehe gelebt haben, und auch nicht, wo sie ihre fünf Töchter und den einzigen Sohn, Gianantonio, geboren hat.

Mit der Heirat in eine adlige Familie war für Gattamelata der erste Schritt in Richtung eines sozialen Aufstiegs getan, und der bedeutete ihm mehr, als Herr über ein vergängliches Reich zu werden, seine Zielstrebigkeit in Hinsicht auf diesen Aufstieg war bewundernswert hartnäckig und weitschauend.

Das unstete Leben der condottieri hielt diese nicht davon ab, das Ehe-

glück zu suchen, und so nimmt es nicht Wunder, dass auch Braccio zu dieser Zeit bereits seit Langem mit Elisabetta Ermanni verheiratet war, die ihm drei Kinder gebar. Aber wo sie lebten, blieb auch ein Geheimnis, zumindest bis 1416.

Braccios Wunsch, Signore von Perugia zu werden, sprach sich ebenso herum wie seine nicht nur in Rom verübten Grausamkeiten, weswegen die Perugianer ihn nicht unbedingt zum Herren haben wollten, der er aber unbedingt werden wollte und es 1416 nach längerer Belagerung und mithilfe seines Heeres auch wurde. Und sehr zum Erstaunen der Bevölkerung, die Grausamkeiten und Vergeltung wegen ihres Widerstands erwartete, blieben diese aus, ja, er pflegte staatsmännische Ambitionen und führte die Stadt zu neuer Blüte.

Jetzt hätte Gattamelata nach den glänzenden Siegen der Braccesken den mit Macht und Land ausgestatteten Signor und condottiero Braccio da Montone e Perugia verlassen müssen, doch eines scheint Gattamelata gänzlich abgegangen zu sein: der Wunsch nach eigener Herrschaft, eigenem Land und Besitztum, und auch der ständige Wechsel einer condotta reizte ihn nicht.

Er brauchte sich keine neue zu besorgen, denn Braccio kämpfte weiter für die Florentiner und für sich selbst gegen den Einfluss der Kirche und eroberte einen Besitz des Papstes Martin V. nach dem anderen, und dazu brauchte er natürlich den tapferen und verlässlichen Gattamelata und dessen Lanzen für seine Kavallerie.

1419 endlich, nachdem viele Städte und Burgen dem Papst Martin V. durch Braccios Angriffe im Auftrag von Florenz verloren gegangen waren, entschloss man sich zum Frieden. Die alten Freunde Braccio und Muzio Attendolo detto Sforza hatten sich wiederholt gegenüber gestanden, und die Braccesken setzten sich meist durch.

Persönlich brachte Braccio dies Jahr den Tod seiner Frau Elisabetta nach siebenundzwanzig Ehejahren, aber er war eben ein guter Stratege, und so schaffte er es im Jahre 1420 nicht nur, im Februar im Triumph in Florenz einzureiten, Frieden mit dem Papst zu schließen, von der Signoria als Vikar von Perugia, Assisi, Orvieto und einigen anderen Städten eingesetzt zu werden, sondern auch kurz darauf Nicolina da Verano zu ehelichen, die ihm schon im Jahr darauf den Sohn Carlo gebar. Zwischenzeitlich war ihm auch noch der illegitime Sohn Oddo gelungen.

Gattamelata wurde fünfzig, Braccio zweiundfünfzig, war es nicht an der Zeit, an einen ruhigen, beschaulichen Lebensabend zu denken? Nicht diese beiden! Und so machten sie sich vier Jahre später auf, um eine neue Schlacht zu schlagen, die legendäre Schlacht von L'Aquila.

Kapitel 2
a. d. 2001/Frühling

Torreglia

enau sechsunddreißig Stunden Zeit ließ man ihnen, sich auf dem Alten Hof am Hange der Colli Euganei ganz allein zu gehören, verborgen im Nebel und wie im Außerirdischen schwebend. Am Sonnabend um zehn Uhr abends knirschten plötzlich Schritte auf der Kiesauffahrt, ein Brief wurde unter der Tür durchgeschoben, und die Schritte entfernten sich wieder. Die Zanellas luden am Sonntag zum Mittagessen ein, die *marchesa* und Julias Onkel Carlo würden auch kommen.

Roberto reagierte unwillig, den Sonntag hätte man ihnen beiden doch nun auch noch lassen können, verweigerte sich und gab der Bitte Julias um Vermeidung eines Familienzwistes nur zögernd und um ihretwillen nach.

»Meine Mutter wird sich bis ans Ende ihrer Tage zugutehalten, uns beide zusammengebracht zu haben«, meinte er finster, »und stille Freude war noch nie ihre Stärke. Gott und die Welt müssen teilhaben, getreu ihrem Motto: Tue Gutes und rede darüber!«

»Dann passt sie gut zu meinem Onkel«, sagte Julia, um die Schärfe aus seiner Bemerkung zu nehmen und ihn abzulenken. »Nur sollte deine Mutter sich vor allzu großen Erwartungen hüten. Carlo wird immer das schwarze Schaf der Familie bleiben. Ein Windhund, pflegte meine Großmutter zu sagen, aber ein genialer!«

Roberto ging auf ihr Ablenkungsmanöver nicht ein.

»Ihre Gönnerhaftigkeit den Zanellas gegenüber ist mir jetzt schon zuwider!«

»Sei nicht so widerborstig! Vielleicht wird das Essen ganz harmonisch. Du kannst es ihnen schließlich nicht verübeln, dass sie neugierig sind«, Julia versuchte noch einmal, seine menschen- und mutterfeindliche Haltung zu durchbrechen.

»Fünfzehn Stunden noch, komm her, *nereide*!«

Bevor die Umwelt in Person der *marchesa* und Carlos am folgenden Tag ihre neugierigen Fühler nach ihnen ausstreckte, registrierte Julias Unterbewusstsein schon das Ende ihrer glücklich unbeschwerten Stunden im Alten Hof. Der Nebel begann sich zu lichten, und kurz nach

Mitternacht, obwohl Robertos Arme sie schützend umfingen, kehrte der Albtraum in unverminderter Schwere zurück.

Roberto lag auf einer Treppe, unaufhörlich quoll Blut aus seiner Brust. Es floss die Stufen hinunter, sammelte sich wie in einem See und stieg und stieg. Julia drohte in ihm zu versinken und versuchte verzweifelt, die Stufen hinaufzukriechen, wurde aber von dem Blutstrom hinweggeschwemmt. Sie schrie um Hilfe, sank langsam tiefer und tiefer, bis das Blut über ihr zusammenschlug. Die Luft wurde knapp, es gelang ihr, aus dem klebrigen, warmen Nass an die Oberfläche zu kommen, und endlich fühlte sie, wie sie hochgezogen wurde. Ihr Retter war Erasmo Saccardo, er beugte sich über sie und öffnete das Visier seines Helmes. Sein heißer Atem strich über ihr Gesicht, und sie las Mord in seinen Augen. Nun funkelte zwischen ihrem und seinem Gesicht nur mehr die Klinge eines Schwertes, aber bevor er zustoßen konnte, wurde er beiseitegeschoben. Ein zweiter Ritter mit geschlossenem Visier drückte sie unausweichlich in den Blutsee. Bevor sie versank, erkannte sie auf dem Brustpanzer ein Wappen, sie hatte es schon einmal irgendwo gesehen, aber wo nur, wo? Und dann fehlte ihr die Luft, sie schrie, schrie und schrie und ihre Lungen füllten sich mit Blut, Robertos Blut ...

»Giulia, wach auf! Giuli! *L'anima mia*, wach auf!«

Robertos Stimme holte sie aus dem Traum in die Realität zurück. Er hielt die in kaltem Schweiß Gebadete und wie Espenlaub Zitternde im Arm und strich ihr beruhigend immer wieder übers Haar. Sie fing sich langsam, verlor aber die Angst und Beklemmung erst unter der Dusche, wohin Roberto sie durch Zureden und sanften Druck gebracht hatte. Willenlos ließ sie sich ein Badelaken umlegen und abtrocknen, ein Nachthemd überziehen und sich zurück ins Bett bringen.

»Lass das Licht an«, bat sie und suchte seine Nähe.

»Ist das jede Nacht so gewesen?«, fragte er voller Mitleid.

Sie nickte.

»Aber so schnell wie heute bin ich noch nie wieder in die Wirklichkeit zurückgekommen. Ich brauche dich, Ro, ich brauche dich so!«

»Ich verlasse dich nicht, *l'anima mia*! Magst du über deinen Traum reden?«

Sie erzählte ihm, wie sie ihn jede Nacht tot habe liegen sehen, manchmal über, dann wieder unter der Leiche seines Großvaters, oft habe sie beide auch an den Balken des Portikus hängen sehen, und beim Erwachen habe sie jedes Mal lange gebraucht, um Traum und Wirklichkeit voneinander zu scheiden.

»Aber jetzt weiß ich doch, dass du da bist! Warum kommt dieser Traum trotzdem? Als du für mich verloren schienst, machte er Sinn.«

»Die schrecklichen Erinnerungen vom November und Dezember letzten Jahres werden sich in dein Unterbewusstsein eingegraben haben, von dort müssen wir sie verjagen. Das wird Zeit brauchen, viel Zeit!«

Lange lagen sie wach; Robertos Bein schmerzte, aber noch mehr sein Gewissen. Wieder fühlte er diesen Druck auf seiner Seele, durch seine Schuld war Giulia in Gattamelatas Hände gefallen, damals im November; sie mochte das nicht so sehen, aber er.

»Du, Ro?«

»Was ist?«

»Wenn nun *Colombo* damals im Hotel ... du weißt schon ... Du hast gesagt, es kümmert dich nicht, aber wenn er nun HIV-positiv war? Er kam aus der Drogenszene, und die Wahrscheinlichkeit ...«

Er zog sie noch näher zu sich.

»So negative Gedanken? Die passen gar nicht zu dir, *cara*! Aber keine Bange, er war nicht aidskrank.«

»Woher willst du das so genau wissen?«

»Die Obduktion hat das ergeben, ich wollte auch um deinetwillen sicher sein.«

»Obduktion? Du meinst, er ist tot?«

Keiner hatte es ihr gesagt und sie nie nach *Colombo* gefragt, Robertos Onkel hatte nur gesagt, sie hätten *Colombo* endlich geschnappt, er würde ihr nie wieder etwas tun.

Sie setzte sich auf und schlug die Hände vors Gesicht. Roberto fühlte Eifersucht in sich hochbrodeln, Eifersucht auf einen Toten.

»Trifft sein Tod dich so sehr?«

Julia nahm die Hände vom Gesicht.

»Ich schäme mich!«

»Weil du immer noch an ihm hängst?«

Die Betroffenheit in seiner Stimme alarmierte sie.

»Aber nein! Ich schäme mich für meine Gedanken. Gott sei Dank, war meine erste Reaktion, nun kann er mir nichts mehr tun, und dafür schäme ich mich.«

Er seufzte erleichtert auf, zog sie zu sich herunter und gestand ihr, dass nun er sich schäme, er werde in Zukunft zwar nicht krankhaft, aber doch mit großer Wahrscheinlichkeit eifersüchtig auf jeden Mann sein, der Giulia auch nur anschaue; und dann berichtete er ihr so schonend wie möglich von *Colombos* schrecklichem Ende.

»Dann bin ich schuld an seinem Tod.«

Julias Fazit klang betroffen.

»Wenn ich das Versteck des Schlüssels gleich verraten hätte, lebte er noch.«

»Und du wärst tot. Nein, wenn jemand den Tod verdient hatte, dann

Colombo! Überleg doch mal, wie viel Unglück er durch seinen Drogenschmuggel ausgelöst hat! Hier hat es ausnahmsweise den Richtigen getroffen, wie selten kommt das vor!«

Colli Euganei

Julia glaubte ihren Augen und übrigen Sinnen nicht zu trauen, so verändert benahm Roberto sich, als die *marchesa* gegen zwölf mit Carlo erschien, den Roberto nach der Vorstellungszeremonie distanziert begrüßte; die abweisende Wortkargheit seiner Mutter gegenüber wirkte fast schon beleidigend.

Auch der übergroßen Herzlichkeit der Zanellas begegnete er reserviert, alles an ihm igelte sich ein, er blieb eine abweisende Stachelkugel und lehnte es unmissverständlich ab, jemanden an seinem Glück teilhaben zu lassen.

Da seine Mutter ausschließlich auf Carlo fixiert blieb, schien sie die Haltung ihres Erstgeborenen nicht zu bemerken, und Julia versuchte durch einen etwas übertriebenen Frohsinn und eine übergroße Lebhaftigkeit die gespannte Atmosphäre zu entschärfen, obwohl Robertos Gesichtsausdruck ein deutliches Lasst-mich-doch-alle-in-Ruhe anzeigte.

Das vorzügliche Essen trug vorübergehend zur Entspannung bei, Roberto gab sich *mamma* gegenüber Mühe, seine schlechte Laune nicht zu zeigen, und lobte das *risotto con rospo di mare* mit Zucchinistücken und Rosmarin, aber er wäre viel lieber mit Julia und ohne Verwandtschaft allein im Alten Hof gewesen, wenigstens drei Tage hätten sie ihnen lassen können! Nur Julias Anblick versöhnte ihn; sie wirkte so glücklich und unbeschwert, als habe es den Albtraum der vergangenen Nacht nie gegeben. Robertos Herz hüpfte, noch immer konnte er es nicht richtig fassen, dass sie ihr Leben mit ihm teilen wollte, und ihretwegen nahm er sich zusammen und beteiligte sich am Gespräch.

Carlo akklimatisierte sich schnell, *mamma* fand seine blauen Augen umwerfend und da er auch sonst recht gut aussah und piekfein gekleidet war, bot er mit der temperamentvoll aufgeblühten *marchesa* ein schönes Bild. Er lobte das Essen, den Wein und sprach beidem durchaus gut zu, nur konnte er weder Italienisch verstehen noch sprechen. Julia versuchte, für die Zanellas zu übersetzen, bis die pausenlose Selbstdarstellung ihres Onkels bis hin zur Prahlerei ihr peinlich wurde und sie ihn der *marchesa* überließ. Hoffentlich hielt Roberto ihren Onkel nicht für einen typischen Repräsentanten ihrer Familie, denn der Bruder ihres Vaters hatte im Obstgarten damals auch keinen guten Eindruck auf ihn gemacht.

Schließlich gab Julia den Versuch, ein gemeinsames Gespräch zu führen, ganz auf und unterhielt sich mit den Zanellas, lobte das *coniglio al coriandolo*, der Koriander als Gewürz zum Kaninchenbraten harmonierte perfekt, während die *marchesa* und Carlo sich prächtig allein unterhielten.

Robertos Stimmung sank auf den absoluten Tiefpunkt, als seine Mutter nach dem überaus reichlichen Essen aus welchem Grund auch immer sich plötzlich an das *Ca'Vecchia* Brandolin erinnerte und es Carlo unbedingt als einen winzigen Teil des ursprünglich riesigen Visian-Besitzes zeigen wollte. Der Tag versprach, ein totales Fiasko zu werden, jedenfalls nach Robertos verschlossener Miene zu urteilen.

»Ich bin seit Jahrzehnten nicht mehr hier gewesen«, rief die *marchesa* erstaunt aus. »Ich habe es als Ruine in Erinnerung. Das ist ja ein Verkaufsobjekt, das ich gar nicht mehr auf der Rechnung hatte!«

Julia entging Robertos resignierende Haltung nicht, er tat ihr leid, wie er da, auf seine beiden Gehhilfen gestützt, einsam vor dem *Ca'Vecchia* Brandolin stand und es schon verloren gegeben hatte.

»Komm, Onkel Carlo, ich zeig dir, wo ich deine Zwiebeln gesteckt habe«, sagte sie und zog den Widerstrebenden weg von Mutter und Sohn, die einiges zu bereden hatten.

Oder auch nicht, denn Julia sah, wie Roberto sich steifnackig auf der Bank an der Ostseite des Hauses niederließ und die *marchesa* ihnen nachfolgte. Vielleicht kann ich sie vom Verkauf abbringen, dachte Julia und schilderte in den glühendsten Farben, wie sie sich die endgültige Gartengestaltung dachte.

»An beiden Seiten müssten wieder Steinbalustraden errichtet werden oder Laubengänge«, sagte sie und führte die *marchesa* und Carlo durch die Mittelachse der freigelegten Parterres zum geplanten Springbrunnenbecken und weiter zur Treppe, die in den Obstgarten führte, und erklärte wortreich und weitausholend, wie der gesamte Garten auch hinter dem Haus mit einem Töpfegarten von ihr konzipiert sei. Dieser solle in den Wald übergehen, wo wiederum eine Längsachse bis zu einem vermoosten Quellbecken im Wald führen müsse.

Carlo ging es suchen.

Als die *marchesa* sich zu Julias Plänen nicht äußerte, wurde sie direkt.

»Bitte, verkaufe das Haus nicht, Francesca! Es ist Robertos große Liebe, hier hat er seine Wurzeln. Sieh, was er schon alles renoviert hat, das ganze Dach wurde im letzten Juli neu gedeckt.«

Das Gesicht der *marchesa* verschloss sich, und nun ähnelte sie ihrem ältesten Sohn verblüffend, als sie ebenso abweisend wie er antwortete:

»Warum kann er mir das nicht selbst sagen? Warum kränkt er mich, indem er Carlo und mich und unsere Bedürfnisse einfach ignoriert!

Wird er mir denn nie verzeihen, dass ich ihn und Giuliana damals in Nalles zurückgelassen habe?«

Sie hatte Robertos ablehnende Haltung sehr wohl registriert und reagierte nun verletzt. Julia dachte bei sich, dass beide, Francesca und ihr Sohn, unterkühlter taten, als sie in Wirklichkeit waren.

»Wenn er mich bäte, das *Ca'* nicht zu verkaufen, ich ließe es sofort! Auch wenn ich das Geld gut brauchen könnte. Aber nein! Er erwartet, dass ich seine Gedanken lese! Er ist wie sein Vater!«, schloss Francesca erbittert, lenkte aber sofort ein, als sie Julias enttäuschtes Gesicht sah, und schloss sie spontan in die Arme.

»Ich bin so froh, dich zur Schwiegertochter zu bekommen, Giuliana! Ich wollte es letztes Jahr schon mit Adriano, aber so ist es mir noch lieber. Du bist die Einzige, der Roberto sich öffnet, glaube ich, er braucht dich.«

Eine Träne kullerte ihre Wange hinunter, und sie drückte Julia noch einmal fest an sich, wischte die Träne fort und blickte dem zurückkommenden Carlo entgegen.

»Ihn verdanke ich dir, Giuliana, danke! Und nun zum *Ca'* hier: Ich verkaufe es nicht! Unter der Bedingung, dass du es Roberto nicht sagst, auch nicht andeutungsweise! Versprochen?«

»Versprochen! Und danke!«

»Du bist eine Meisterin der Improvisation, Juli«, lobte Carlo seine Nichte, »jetzt weiß ich, dass ich dir die vielen Blumenzwiebeln nicht umsonst geschenkt habe.«

»Umsonst schon, aber nicht vergebens!«, lachte Julia, während er sich der *marchesa* zuwandte und ihr den Arm bot. Nur noch mit sich selbst beschäftigt, wanderten die beiden Arm in Arm zu Carlos Mercedes zurück und machten sich auf den Rückweg.

Zurückgekehrt auf den Alten Hof schloss Julia aufatmend die Tür hinter sich. Sie sahen sich an und sagten gleichzeitig:

»Meine Mutter hat sich unmöglich benommen!«

»Mein Onkel hat sich unmöglich benommen!«

Robertos Miene entspannte sich erstmals an diesem Tag. Gestern noch hatte er richtig gelacht und mit seinen Lachfalten fast jungenhaft fröhlich ausgesehen. So weit war er jetzt noch lange nicht, aber Julia freute sich, dass wenigstens die steile Falte über seiner Nasenwurzel verschwand.

Er bemängelte das Verhalten seiner Mutter, ihr Hand-in-Hand-Gehen mit einem um mehr als zehn Jahre jüngeren Mann und die Zurschaustellung ihrer Gefühle; Julia fand die viel zu häufigen Handküsse ihres Onkels peinlich; Roberto kritisierte das Angeben seiner Mutter mit dem ehemaligen Visianbesitz; Julia nahm Anstoß an der Renommiersucht ihres Onkels, was finanzielle Mittel betraf; Roberto äußerte sich abfällig

über den seiner Mutter nicht zustehenden Adelstitel, den sie trotzdem trug.
Und dann lachte Julia plötzlich laut auf.
»Ist dir eigentlich bewusst, dass wir uns mit den schlechten Eigenschaften unserer Verwandten zu übertrumpfen suchen?«
Nun endlich aktivierten sich Robertos Lachfalten.
»*Realmente*! Statt die Gegenpartei unmöglich zu finden, zerfleischen wir die eigenen Verwandten! So werden wir in dieser Welt nie bestehen: den anderen klein oder niederzumachen, bis er platt ist, und sich selbst auf Kosten anderer zu verwirklichen, das wird heute verlangt! Und wir beide? Wir benehmen uns völlig atypisch.«
»Ich suche die Schuld immer zuerst bei mir«, stimmte Julia zu.
»Und ich bei mir!«
»Wir versuchen, uns im Schuldigsein noch glatt zu übertreffen!«
»Wohl wahr!«
»Und machen uns die Gedanken des anderen!«
»Und oft die falschen!«
»Wir sind rücksichtsvoll bis zur Perversion und verstoßen dauernd gegen die christliche Forderung, *Liebe deinen Nächsten wie dich selbst*, weil wir den anderen mehr lieben.«
»Nun wirst du philosophisch. Ich gelobe Besserung, Giuli!«
»Ich auch. Also, deine Mutter flirtete etwas zu viel mit Carlo!«
»Und dein Onkel prahlte etwas zu sehr mit seiner finanziellen Potenz! Apropos: Komm her, meine *nereide*!«
Er zog die vor ihm auf dem Teppich Sitzende zu sich heran. Schon wenn er sie so nannte, entzündete er die Lust in ihr, und als er sie küsste, brannte sie lichterloh. Der Tag würde also doch noch harmonisch enden. Im Schlafzimmer.

Montegrotto Terme

Die Woche bis zu Clementes Hochzeit verging wie im Fluge. Julia, als Trauzeugin vorgesehen, trat zurück, als sie von den Bedenken hörte, die ein katholischer Geistlicher gegen sie als Protestantin angemeldet hatte, und überredete den widerstrebenden Roberto, der sich in seinem augenblicklichen Gesundheitszustand ungern in der Öffentlichkeit sehen lassen wollte, an ihre Stelle zu treten.

In dieser Woche arbeitete sie nachmittags in der Sprachschule, die sie eigentlich gern aufgegeben hätte, um bei Roberto sein zu können, aber der hatte darauf bestanden, dass sie all ihren Verpflichtungen weiter nachkam und auf gar keinen Fall ihr Leben ihm unterordnete.

Ihren Einwand, wenn sie nach Deutschland zurückgegangen wäre, hätte sie ihre Arbeitsverträge auch gelöst, wischte er mit der Bemerkung vom Tisch: »Bist du aber nicht!«

Julias Hoffnung, wenigstens die Vormittage mit ihm verbringen zu können, zerstob schon am zweiten Tag. Am Montagnachmittag hatte sie Roberto an der Universitätsklinik in Padova abgesetzt. Der ihn behandelnde Arzt hatte ihm vor der zweiten Operation Fangobäder, Massagen und Thermalschwimmen verordnet, dazu viel Gymnastik und Bewegung, damit sich die Muskulatur des linken Beines, das er naturgemäß schone, nicht noch weiter zurückbildete.

In Montegrotto Terme traf Roberto, während Julia in der *viale stazione* wegen der beschränkten Parkmöglichkeit im Auto wartete, am Dienstagmorgen in der *cassa di risparmio* auf den alten Saccardo, der nach dem Tod seines Sohnes wieder die Leitung des Hotels *Farfallone* übernommen hatte, an einer Wiedergutmachungspsychose gegenüber Roberto litt und darauf bestand, dass sich Roberto exklusiv in der Kurabteilung seines Hotels behandeln ließe.

Im Nachhinein ärgerte sich Roberto, den Bitten des *padrone* nachgegeben zu haben, aber andererseits konnte er auf diese Weise unter Ausschluss der Öffentlichkeit die ungeliebten Kuranwendungen über sich ergehen lassen, denn Roberto hasste es, Aufmerksamkeit oder gar Mitleid zu erregen.

So brachte Julia ihn jeden Morgen noch bei Dunkelheit nach Montegrotto Terme und fuhr durch einen Nebeneingang direkt bis vor die Therapieabteilung des *Farfallone*, wo ihn ein vom *padrone* ausgesuchter und nur für ihn tätiger medizinischer Assistent in Empfang nahm. Julia verbrachte den Morgen bis zum telefonischen Rückruf im Alten Hof. Der Haushalt, die Einkäufe und die Gartenarbeit lenkten ihre Gedanken von Roberto und seinen Schmerzen ab, die er ihr zu verheimlichen suchte; aber die leeren Tablettenschachteln sprachen für sich.

In der Kabine wartete auf Roberto der Inhalt von drei Eimern heißem Fangoschlamm. Wenn der Assistent die Schultern, Hüften und die Knie seines Patienten mit dem heißen Brei bedeckte, trieb ihm allein das Gewicht des Fangos auf dem linken Knie schon den Schweiß auf die Stirn, bevor sein Kreislauf überhaupt ansprang. Aber es galt, den Schmerz zu ertragen.

Im Ozonbad und während der sich anschließenden Ruhezeit ließ die Qual des Schmerzes langsam nach, um sich darauf in dem achtunddreißig Grad heißem Thermalwasser bei jeder Bewegung wieder zu verstärken. Die Ruhezeit danach brauchte er unbedingt, bevor er sich der anstrengenden Prozedur des Anziehens unterzog und Julia ihn abholte. Aber er wollte gesund werden und schonte sich deshalb nicht.

Die Schmerzen zu ertragen, forderte Roberto schon genügend Kraft ab, aber die Gegenwart fremder Menschen brachte ihn fast an den Rand seiner Duldsamkeit. Den Assistenten tolerierte er als unabänderlich, aber als der *padrone* sich am zweiten Morgen einfand, während Roberto mit dem Fangogewicht auf seinem schmerzempfindlichen Knie um Beherrschung rang, fand er diesen Zustand unerträglich.

Der alte Mann brauchte einen Zuhörer und fand in Roberto ein wehrloses, mit Fango beschwertes und in mehrere Decken eingewickeltes, zur Bewegungslosigkeit verurteiltes Opfer.

Er fing an, von seiner Frau zu erzählen, die hochgradig schizophren war und jetzt in einem Pflegeheim lebte. Ihr Sohn hatte diese Krankheit nicht geerbt, Gott sei Dank, aber da ihn immer ein inniges Verhältnis mit seiner Mutter verbunden hatte, war er ihr in ihre Welt der gespaltenen Persönlichkeiten gefolgt, immer nachempfindend, welches Leben sie gerade lebte, und immer wieder sich auf sie einstellend, gleich ob sie sich als Hotelbesitzerin oder als ein Geschöpf der Renaissance gefühlt hatte.

Zuerst hatte Erasmo Saccardo wohl nur mitgespielt, aber manchmal hatte der Vater das beunruhigende Gefühl, sein Sohn denke sich aus der Wirklichkeit fort und lebe mit seiner Mutter in der Machtwelt der Renaissance. Er identifizierte sich mit den großen *condottieri* des 15. Jahrhunderts, spielte die Rolle des Gattamelata, des Carmagnola, des Colleoni und fand die Macht über Leben und Tod beängstigend erstrebenswert. Roberto hatte diese Seite im Leben seines ehemaligen Freundes nie bemerkt.

Der alte Mann kämpfte mit den Tränen und ging. Am folgenden Morgen schluckte Roberto zwei Schmerztabletten, bevor er sich der Fangomarter unterzog, hoffend, dass der Besuch des *padrone* ein einmaliger gewesen sei.

Vergebens. Kaum lag Roberto schwitzend im Fango, setzte sich der alte Mann zu ihm und begann zu reden:

»Erasmos Mutter besaß zuweilen hellseherische Fähigkeiten. Ich weiß, Roberto, du als Polizist glaubst nur an Tatsachen. Aber sie hat oft Katastrophen vorausgesagt, nur wusste man nie, welche von ihren Vorhersagen wirklich eintrafen und wann. Den Tod deiner Schwester hat sie zum Beispiel auch vorausgeahnt. *Der* condottiero *wird die Beleidigung seiner Ehre nicht hinnehmen. Sie hat ihn abgewiesen, er wird die Schmach mit Blut abwaschen*, waren ihre Worte, die mein Sohn dann in die Tat umsetzte. Er war förmlich süchtig nach ihr!«

Der Assistent erschien, um Roberto mit einem rhetorischen *va bene?* den Schweiß abzutupfen und das Ende der Fangoschwitzkur anzukündigen. Der *padrone* empfahl sich, erschien aber trotz der frühen Morgenstunde auch am vierten Morgen wieder pünktlich, nachdem Roberto fest eingepackt und schwitzend in seiner Kabine lag, dem Druck auf dem Knie und den damit verbundenen Schmerzen ausgeliefert.

»Es tut mir leid, Roberto, dass deine Schwester sein erstes Opfer wurde.«

»Sie haben es also gewusst?«, unterbrach Roberto den Monolog des Alten.

»Was hätte ich tun sollen? Meinen einzigen Sohn dem Richter ausliefern? Meine Frau wäre darüber gestorben! Mein Schwager, der Anwalt aus Treviso, hat die Sache für uns geregelt und Erasmo dann unter seine Fittiche genommen. Allerdings habe ich erst viel später erfahren, dass mein Schwager im *Tre-Condottieri*-Syndikat eine führende Rolle spielte und Erasmo zu seinem Nachfolger aufgebaut hat. Lange Zeit musste er sich zusammenreißen, um nicht wieder Herr über Leben und Tod zu spielen.«

»Bis zum vergangenen Jahr hier im Hotel? Oder wollte er vorher schon wieder seine Macht ausüben?«

Die Brisanz des Themas lenkte Roberto vorübergehend von seinen Schmerzen ab.

»Nein, nein! Erst im vergangenen Jahr fing er wieder an, Herr über Leben und Tod zu spielen, aber das war dem Syndikat zu viel. Als sie von seinen Taten erfuhren, haben sie ihn töten lassen und ihre Macht mit seiner Hinrichtung demonstriert. Seine Mutter hatte auch sein Ende vorhergesagt: Du endest wie er!«

»Wie wer?«

»Wie der *condottiero*, dessen Namen er im Syndikat trug.«

»Und das war?«

Roberto vergaß für kurze Zeit seine Schmerzen und wartete voller Spannung. Würde der alte Mann seinen Sohn endlich als Gattamelata identifizieren?

»Carmagnola natürlich, das wusste doch jeder!«

Roberto blickte sein Gegenüber fassungslos an. Hatte Emo seinem Vater die Wahrheit gesagt oder ihn bewusst falsch informiert? Roberto war ganz sicher davon ausgegangen, dass Erasmo seinen früheren Spitznamen Gattamelata aus Studententagen mit ins *Tre-Condottieri*-Syndikat eingebracht hatte. Und nun sollte er Carmagnola gewesen sein und ein ganz anderer den Decknamen Gattamelata führen? Aber wer nur?

Doch dann unterbrach der Assistent das Gespräch.

Este

Der Samstag gehörte Clementes und Ninas Hochzeit und einer Feier mit all dem übertriebenen Aufwand, der sich laut Tradition gehörte. So wartete eine fast unübersehbare, bis in die entfernteste Verwandtschaft beider Seiten reichende Hochzeitsgesellschaft vor dem *Duomo Santa Tecla* in Este auf das Brautpaar.

Julia hatte Roberto lange vor dem allgemeinen Auftrieb in die Kirche geleitet, seinen Gesundheitszustand und seine Gehhilfen wollte er der Verwandtschaft so unauffällig wie möglich vorführen. Auf der Fahrt durch die Hügel von Torreglia, in denen die Frühnebel mit der kräftiger werdenden Märzsonne um die Vorherrschaft rangen und mit ihrem diffusen Licht eine zauberhafte Stimmung verbreiteten, hatte er Julia gebeten, in Este in die *Via Cappuccini* einzubiegen. Kurz bevor diese die *Via Stefano* kreuzte, wies Roberto auf einen Torbogen.

»Hier steht das Original des Tores von Falconetto, angeregt durch den Bogen Janus Quadrifons am *Forum Boarium* in Roma.«

Interessiert begutachtete Julia das Tor. Sie dachte an die Replik, die die Familie des alten Richters in Abano Terme vor ihre Villa hatte setzen lassen.

»Es kommt mir vor, als ob Fra Moriale und seine Villa in einem meiner vorigen Leben existiert haben«, sagte Julia und legte den ersten Gang ein.

Er legte seine Hand auf ihre.

»Ich kann mir gar nicht mehr vorstellen, wie ich die letzten zwanzig Jahre ohne dich auskommen konnte!«

Sie lächelte ihn an.

»Da war ich noch im Kindergarten!«

»Trotzdem!«

Auf dem Weg nach *Santa Tecla* kritisierte er erneut den Verlauf der Hochzeit, die er als Präsentation unnötiger Statussymbole abqualifizierte.

»Da muss ich mich nun den ganzen Tag mit Leuten abquälen, die mir trotz Verwandtschaft völlig gleichgültig sind«, murrte er, »und auch mit denen, die mir durch Adrianos Heirat zugewachsen sind. Und nun noch die Verschwägerung mit Ninas Verwandtschaft! Und wenn ich an den *conte* Berini denke, mit dem wir um siebenundzwanzig Ecken herum verwandt sind, und an Elena! Die haben doch nur Dekorationswert! Und dann meine Mutter!«

Aber am allermeisten ärgerte ihn, dass er Clementes Wunsch nachgekommen war, in Uniform zu erscheinen, nur weil Ninas Verwandtschaft einen Luftwaffenoffizier aufweisen konnte und der Zanella-Clan mit Roberto dagegenhalten musste.

»Wie ich Uniformen hasse!«, begehrte er auf, jetzt allerdings zu spät. »Der schwerwiegendste Grund, warum ich damals die *carabinieri* verlassen habe, war der, dass ich sonst bis an mein Lebensende uniformiert hätte herumlaufen müssen! Und, naja, ich habe sie auch verlassen, weil man mich keine Gewerkschaft gründen lassen wollte, aber das nur nebenbei.

Und dann diese Paradeuniform mit dem vielen Silberlametta und dieser entsetzliche Zweispitz! Er ließ mich turmhoch aus der Menge meiner Kameraden herausragen. Immer war ich es, der auffiel!«

Am Morgen hatte er sehr bedauert, dass die blank gewienerten Stiefel passten, sich aber dann beruhigt, als er merkte, dass sein linkes Bein so viel Halt bekam, dass er mit Julias Arm als Stütze ohne seine verhassten Krücken auskam.

Julia, die ihn noch nie in Uniform gesehen hatte, fand ihn beeindruckend offiziell.

»Du siehst fast so imposant aus wie Vittorio!«, zog sie ihn auf, aber er verbat sich jede Ironie.

Die verbleibende Zeit in *Santa Tecla* nutzten sie, um den Blumenschmuck zu bewundern, denn der Brautvater hatte alle Register seines Könnens und seiner Verbindungen gezogen, um die Hochzeit seiner einzigen Tochter so prunkvoll wie möglich zu gestalten. An jeder Kirchenbank prangte ein üppiges Arrangement aus weißen Lilien, Margariten und dunkelroten Rosen in der Farbe der Atlasbänder, die sechzehnfach von den Pilastern herabhingen, und exotischen Farnen, die das weiträumige Oval des Innenraums festlich schmückten. Auch an der Basis der Pilaster, zwischen denen sich ringsum Kapellen öffneten, standen Blumengestecke und vorn in der Apsis der Chorkapelle umrahmten Lilien und Rosen das Altargemälde von Giambattista Tiepolo, auf dem die heilige Tecla Gott bittet, die Stadt Este von der Pest zu befreien.

»Von der Pest der Verwandtschaft!«, knurrte Roberto, und dann begann die Zeremonie, der Julia aufmerksam folgte, während er um Julias willen seine Abneigung gegen überkommene, seiner Meinung nach überflüssige katholische Riten zu unterdrücken versuchte.

Anschließend an die Trauung, während das Brautpaar vor dem Hauptportal auf der *Piazza Santa Tecla* mit Reis überschüttet wurde, half Julia Roberto durch den Seiteneingang hinaus und fuhr mit ihm, weit vor dem hupenden und den Verkehr als Konvoi blockierenden Autokorso zum *Ristorante Al Pirio da Giona* in den Euganeischen Hügeln, natürlich mit einer weißen Satinschleife an der Antenne, wie alle anderen ihnen folgenden Autos auch.

»Es ging besser als erwartet. Oder hat man mein Hinken bemerkt?«

Sie schüttelte den Kopf und lächelte ihn glücklich an. Ja, sagte er sich, nicht ohne Genugtuung, sie ist glücklich, und vielleicht hast du alter Haudegen ja damit zu tun.

Als sie die Straße am Westrand der Hügel nahmen, stieg Robertos

Stimmung, hatte er doch die erste Hürde in der Öffentlichkeit ohne Mitleidsbekundungen der Verwandtschaft genommen.

»Da, vor uns der Monte Lozzo! Weißt du noch?«, fragte er, eine Erinnerungslawine an den vergangenen Herbst auslösend, dann bogen sie in die Straße nach Castelnuovo ein und gelangten bald zu dem unterhalb des Monte Pirio gelegenen *ristorante*, wo die Hochzeitsfeierlichkeiten ihren Fortgang nehmen sollten.

Die Märzsonne schien jetzt warm und strahlend aus einem azurblauen Himmel, und eine fantastische Fernsicht über das Tal von Luvigliano bis hin in die Ebene nach Padova ließ die beiden Platz auf der Terrasse nehmen, neben der wundervollen Aussicht die sicherlich bald endende Stille und die Gegenwart des anderen genießend.

Als die Massen der alten und neuen Verwandten und Verschwägerten ins Lokal strömten, hatte Roberto so viel Energie durch Julias wortlose Gegenwart getankt, dass er den kommenden familiären Strapazen verhältnismäßig gelassen entgegensah. Niemand fand etwas Besonderes daran, dass die beiden als Paar auftraten, da sie schon im vergangenen Jahr von den meisten als solches wahrgenommen worden waren. Und keinen ging es etwas an, dass sie zusammenlebten.

Nach den überreichlich aufgetischten Köstlichkeiten der padovanischen Küche schwebte Julia mit Robertos Bruder Adriano über die Tanzfläche; obwohl sie sich gesträubt hatte, bestand Roberto darauf, und nun folgte sein Blick ihnen, und zum wiederholten Male wunderte er sich darüber, dass diese in einem Kleid aus meergrüner Seide so wunderschön und überschäumend glücklich aussehende junge Frau zu ihm gehörte.

Elena Berini gesellte sich zu ihnen und äußerte Glückwünsche zu ihrer Verbindung, die *marchesa* habe es ihr verraten, und nicht besonders feinfühlig meinte sie, dass Roberto nun wohl seine rasanten und riskanten Skiabfahrten werde einstellen müssen. Zum Glück unterbrach das auffordernde *Baci! Baci!** der Hochzeitsgesellschaft die Peinlichkeit ihrer Bemerkung.

Bald darauf setzten bei Roberto wieder Schmerzen ein, die er vergeblich vor Julia verbergen wollte. Auf Dauer gelang es ihm nicht, sie zu täuschen, und so brachte sie ihn auf den Alten Hof zurück, nicht ohne Maria und Jano für den nächsten Morgen auf den Hof einzuladen, mit ihnen war im allgemeinen Trubel kein Gespräch möglich gewesen.

Die Braut ahnte wohl, dass Julia ihr Versprechen, allein wieder zur Hochzeitsfeier zurückzukehren, nicht einhalten würde, und wie zufällig warf sie ihr den Brautstrauß zu; allgemeiner Applaus und anzügliche Zurufe ließen sie über und über erröten. Nun wussten es alle.

---

* »Küsst euch! Küsst euch!«

Montegrotto–Torreglia

Die Widrigkeiten der nächsten Woche begannen für Roberto gleich am Montagmorgen im Fango. Er hatte sich aufatmend in den heißen Brei gelegt, als er von seinem Fangobetreuer erfuhr, dass der *padrone* mit einer leichten Grippe zu Bett läge. Der Druck der Fangomasse auf seinem Knie ertrug sich ohne Zeugen leichter, fand Roberto und schloss erleichtert die Augen.

Als ihm ein exotischer Parfümduft in die Nase stieg und er überrascht die Augen öffnete, sah er zu seinem Leidwesen Angela Saccardo auf dem Platz ihres Schwiegervaters sitzen.

»Überrascht?«

Triumphierend wischte sie ihm das Gesicht trocken und er antwortete müde, dass er sie in Milano vermutet habe.

Robertos letzte Begegnung mit ihr lag schon Monate zurück, damals, als er sie nach Julias Befreiung in ihrer Villa in Treviso aufgesucht hatte. Wenn man Umberto glaube wollte, hatten seine Kollegen, die *Guardia di finanza* und die Staatsanwaltschaft, ihr das Leben schwergemacht, aber man musste ihr aus Mangel an Beweisen abnehmen, dass sie von dem Doppelleben ihres Mannes und seinen kriminellen Machenschaften nichts gewusst hatte. Die eingeleitete, aber nicht vollzogene Scheidung war zu Angelas finanziellem Vorteil ausgegangen. Sie hatte sich nach Milano zurückgezogen, wo sie und ihre Familie erfolgreich in Immobiliengeschäften tätig und ihre Töchter nicht weit entfernt in einem exklusiven Internat untergebracht waren.

Angela eröffnete ihm, dass sie Verbindung mit einem bekannten Chirurgen in Denver, USA, aufgenommen habe, einem Spezialisten für komplizierte Knieoperationen, ein Termin Mitte April stünde fest, die Flüge seien gebucht, und sie kam überhaupt nicht auf die Idee, dass Roberto Einwände erheben könnte.

Als er das aber doch tat, verstand sie die Welt nicht mehr, wollte sie doch nichts weiter, als den Schaden beheben, den Erasmo verursacht hatte. Roberto glaubte ihr kein Wort, worauf sie beleidigt verschwand und er sich anschließend entschloss, Julia den Vorfall zu verschweigen.

Aber an der Intensität von Julias nächtlichem Albtraum konnte er ablesen, dass sie seine unbehagliche Stimmungslage sehr wohl gespürt haben musste. Am Dienstag – Roberto vermutete, ja befürchtete es zu Recht – erschien Angela wieder in der Fangoabteilung, doch diesmal war er gewappnet. Zu seiner Überraschung machte sie ihm das Angebot, nach seiner Rekonvaleszenz mit seinem abgeschlossenen Jurastudium Erasmos Kanzlei in Treviso zu übernehmen und die fehlende Kompetenz zwischenzeitlich durch ein paar Aushilfsjuristen zu überbrücken.

Ihm traten Tränen des Schmerzes in die Augen, als der Fangobetreuer ihn tiefer in den Schlamm drückte und dabei besonderes Gewicht auf Robertos linkes Knie legte; er biss die Zähne zusammen, doch auch ohne den Schmerz hätte es ihm die Sprache verschlagen.

Sie verabschiedete sich, ohne seine Meinung abzuwarten, und er sammelte Argumente, um ihr gleich am Mittwochmorgen seine entschiedene Ablehnung ihrer Pläne mitzuteilen, aber sie kam nicht.

Er wollte Julia mit seinen Schmerzen und den neuen, durch Angela verursachten Sorgen nicht belasten und versuchte alles, was ihn körperlich und seelisch schmerzte, in sich hineinzufressen. Es misslang gründlich, denn er schaffte es einfach nicht und reagierte Julia gegenüber ungeduldig; dass sie sich das gefallen ließ, war ihm dann auch wieder nicht recht und so bauten sich zwischen ihnen Spannungen auf, die sich bei ihr in einer Zunahme ihrer Albträume äußerten und Roberto zusätzlich belasteten.

Am Donnerstagmorgen rauschte Angela etwas verspätet in die Fangokabine und erklärte übergangslos, dass sie einen weiteren Schritt in Richtung Neubelebung der Kanzlei in die Wege geleitet habe. Sie selbst wolle unbedingt mit Roberto zusammenarbeiten, schließlich habe sie ihr juristisches Examen auch mit Auszeichnung bestanden, und sie habe schon beantragt, als Anwältin in Treviso zugelassen zu werden. Darüber hinaus sei sie bereit, ihm nicht nur tagsüber als Anwaltskollegin zur Seite zu stehen, in ihrer Villa sei auch des Nachts Platz für ihn. Sprach es und rauschte wieder hinaus.

Der Freitag gestaltete sich insofern anders, als Angela erst erschien, nachdem er das Thermalbad nach qualvollen Bewegungsübungen bereits verlassen hatte. Sie streifte kurz sein linkes Bein, um anschließend seinen Körper mit offensichtlichem Wohlgefallen zu taxieren. Wie Schlachtvieh kam er sich vor.

Als der Fangobetreuer Roberto informierte, dass er sich ein Taxi nehmen möge, sein Auto würde anderweitig gebraucht, drängte sich Angela ihm als Fahrerin auf. Am Alten Hof angekommen, bestand sie darauf, Roberto ins Haus zu begleiten, der, schmerzgeplagt und ohne Ruhepause, erstmals in Angelas Beisein die Gehhilfen benutzen musste und seine Abhängigkeit innerlich verfluchte.

Provinz von Vicenza und Padova

Sie standen nicht allzu weit von Vicenza vor der Villa *Almerico Capra ora Valmarana*, im allgemeinen *La Rotonda* genannt, die einzige von Goethe zweimal auf seinen Italienreisen besuchte und beschriebene Villa im Veneto. Sie waren zu viert: Dave, Kjersti und Julia, das von den italienischen Kommilitonen gehänselte Dreigestirn der *ultramontanes,* und dazu Steven aus England, der wieder über venetische Villen und Gärten einen Artikel schreiben sollte. Villenkultur – Villenleben – *villeggiatura,* unter diesen Begriffen ließen sich die Interessengebiete der Vier zusammenfassen, aber ihre Sinne richteten sich auf die unterschiedlichsten Zielgebiete. Die äußeren Elemente der Gebäudearchitektur spielten bei Dave die größte Rolle, bei Kjersti waren es Villengärten und ihre Umsetzung in Parks der Gegenwart, Julia beschäftigte sich am liebsten mit historischen Gärten und Steven mit der Ausstattung und inneren Gestaltung der Villen.

Sie stand bei den dreien im Wort, Roberto hatte darauf bestanden, dass sie ihr Versprechen den Kommilitonen gegenüber hielt, sie dürfe ihr Leben nicht seinen Bedürfnissen unterordnen, er würde, wenn nötig, ein Taxi vom *Farfallone* nach Hause nehmen.

Die Konflikte zwischen den Interessen der Kommilitonen versuchte Julia durch ein vielseitiges Besuchsprogramm zu kompensieren, sie sollten nacheinander alle auf ihre Kosten kommen. Auf diesem zweiten Ausflug stand die Architektur der Gebäude an erster Stelle; dafür bot sich seiner Vielseitigkeit wegen nur einer an, der begnadete Architekt der Renaissance: Andrea della Gondola, Palladio genannt.

Seit ihrer gemeinsamen Zeit am *College of William and Mary* in Williamsburg, Virginia, galten Dave und Steven als unzertrennliche Freunde, die alles teilten, einmal sogar die Freundin. Es gab nur einen Punkt, der diese Freundschaft auf eine Zerreißprobe stellte, und das war die Person des in Padova als Sohn des Müllers Pietro della Gondola am 30. November, dem Andreastag, im Jahre 1508 geborene Andrea della Gondola, der bereits erwähnte Andrea Palladio.

Der gebürtige Engländer Steven behauptete dogmatisch, Palladio habe für unzählige klassische, palladianische Bauten im englischen Mutterland Pate gestanden. Diese Bauweise sei neben vielen anderen englischen Kulturgütern mit den englischen Kolonialisten nach Amerika gekommen.

Dave widersprach leidenschaftlich und behauptete ebenso dogmatisch, dass die Amerikaner, nicht zuletzt der Architekt und spätere Präsident der Vereinigten Staaten, Thomas Jefferson, die klassische Bauweise der Antike und der Renaissance an ihrem Ursprung studiert oder zumindest ein Quellenstudium betrieben hatten, und dass sich somit ohne den Schlenker über England eine eigenständige amerikanische, klassische und klassizistische Architektur entwickelt habe.

»Warum über Palladio streiten?«

Julia suchte wie immer nach Kompromissen.

»Wir könnten auch die Villen anderer Renaissance-Architekten besichtigen. Palladio hat zugegebenermaßen herrliche Villen entworfen und in seinem bis heute gültigen Grundsatzwerk *I Quattro Libri dell'Architettura* veröffentlicht, aber was macht euch so penetrant sicher, dass seine rund zwanzig, durch ihre Vielfalt bestechenden Villen im Veneto stellvertretend für den Villenbau stehen? Es gibt immerhin noch über dreitausend Villen im Veneto. Warum also nicht Scamozzis Villen näher betrachten, oder ...«

»Weil Palladio bis heute auf die klassische Bauweise in den USA wirkt!«

»Weil Palladio bis heute den Neopalladianismus in Großbritannien steuert!«

Sie fielen gleichzeitig über Julia her, die ergeben die Hände hob und auf *La Rotonda* zeigte:

»Nehmt sie als Kompromiss! Von Palladio entworfen.«

Dave fand den Entwurf im zweiten Band der *Quattro Libri* und zeigte ihn herum.

»Aber Scamozzi hat den Bau vollendet.«

»Ha! Scamozzi!«

Aus Stevens Stimme tönte unverhohlener Triumph.

»Inigo Jones, unser begnadeter britischer Architekt, hat Vicenzo Scamozzi besucht« – er blähte sich ob seines Wissens förmlich auf – »und hat am 24. September 1613 *La Rotonda* selbst vor Ort besichtigt. Über ihn und die englischen Einwanderer ist die klassische Bauweise nach Amerika gekommen! Ihr habt doch nichts anderes gekonnt, als aus Bohlen Blockhäuser zu bauen!«

»Als dein Inigo Jones 1652 starb, hatten wir in der Tat andere Sorgen, als klassische Bauten zu errichten«, gab Dave zu, »aber nachdem wir euch als Besatzungsmacht aus dem Land geworfen hatten, haben wir eine eigenständige neoklassische Bauweise entwickelt!«

Er führte aus, dass sich amerikanische Architekten wie Latrobe, Jefferson und Bulfinch, um nur einige zu nennen, nicht hinter dem Palladianismus der Briten zu verstecken brauchten und in Newport, Charlottesville und an vielen anderen Orten hervorragende Arbeit geleistet hätten, bis hin zum Weißen Haus in Washington.

Innerlich seufzend gab es Julia auf, die Streithähne für die *Rotonda* zu begeistern, und beschäftigte sich mit der vom zweiten Besitzer angebrachten Inschrift auf dem umlaufenden Fries, in der er erst einmal den großen Besitzstand der Capras auflistete, bevor er in falscher Bescheidenheit betonte, dass er zwar die Villa zum ewigen Gedächtnis habe erbauen lassen, er selbst dadurch aber Entsagungen duldete und Entbehrungen litt, was Goethe zu der sarkastischen Äußerung hinriss, dass man dulden und entbehren auch mit geringerem Aufwand hätte lernen können.

»Außer ein paar Rosenstümpfen und Buchsbaumhecken gibt es hier nichts gärtnerisch Interessantes«, bemängelte Kjersti, es klang wie ein persönlicher Vorwurf, und Julia wünschte sich weit weg.

»Ich hab dir ja gesagt, heute ist Villenarchitektur pur dran«, antwortete sie und ärgerte sich, dass es wie eine Entschuldigung klang. Erst überließen es die drei ihr, eine Besichtigungstour zusammenzustellen, und nun hörte sie nichts als Streit und Kritik. Sie hätte sich gegenüber Roberto durchsetzen und zu Hause bleiben sollen.

Über die Höhenstraße der Monte Berici, an den ersten zartweißen, vor der grauen Vegetation wie hingetupft wirkenden Schaumgebilden der blühenden Mandelbäume vorbei, gelangten sie zu Vicenzo Scamozzis *La Rocca Pisana*.

»Von Weitem sieht sie aus wie Jeffersons *Monticello*.«

Dave zeigte sich überaus begeistert, als sie das auf dem Gelände einer ehemaligen Festung gelegene Gebäude vor sich sahen. Die Genehmigung zur Besichtigung hatte sich Julia übrigens ertrotzt, normalerweise wurden nur Gruppen auf Voranmeldung eingelassen.

Die Halbkugel der Kuppel, kaschiert durch einen achteckigen Aufbau, die *attica,* und darunter die deutlich vorspringende Tempelfront mit ionischen Säulen hoben sich gegen den wunderbaren blauen Februarhimmel märchenhaft ab.

»Dein Jefferson ist hier nie gewesen!«, behauptete Steven hartnäckig. »Außerdem hat *La Rocca Pisana* große Ähnlichkeit mit *Chiswick House* in London, und das entstand schon 1725 als ein Ort für die Kunstsammlung und Bibliothek von Lord Burlington, vierundvierzig Jahre bevor dein Jefferson *Monticello* überhaupt plante. Übrigens befindet sich in dieser Bibliothek in *Chiswick House* eine Palladioausgabe seiner *Quattro Libri* von 1605 mit handschriftlichen Anmerkungen Lord Burlingtons. Und er hat diese Ausgabe vor Ort gekauft!«

»Nur weil Jefferson Autodidakt war«, antwortete Dave beleidigt, »brauchst du nicht so abwertend über ihn zu reden. Er ist nicht mein Jefferson, er war unser Präsident. Dein Richard Boyle, der dritte Earl von Burlington, war auch nur ein Dilettant, hat sich aber nach typisch aristokratischer Manier mit den Federn anderer geschmückt. Und bei seinem *Chiswick House* hat er alle, von Palladio fein säuberlich aufgestellten Regeln, Berechnungen und Proportionen durcheinandergeworfen!«

Bevor sie sich auch noch in monarchistischen und republikanischen Grundsatzdiskussionen zerfleischten, schritt Julia ein.

»Palladio hat seine Entwürfe auch nicht alle umgesetzt, und daraus hat man ihm immer wieder einen Vorwurf gemacht. Lasst uns nach Montagnana fahren, an seiner Villa Pisani könnt ihr das beim Vergleich mit der Abbildung in den *Quattro Libri* unschwer erkennen.«

Ohne dass sie zum eigentlichen Ziel ihres Besuchs kamen, die wunderbare Lage der Villa mit ihrer herrlichen Aussicht zu genießen, und statt bei *La Rocca* und bei *La Rotonda* die verbindende Zentralbauidee zu würdigen, statt über die Verschiedenheit des Portikus zu fachsimpeln und statt Scamozzi nicht als Plagiator, sondern als Weiterentwickler der palladianischen Ideen zu feiern, versuchte Steven seinen Freund mit einem Feuerwerk von palladianischen Landhäusern in England zu erschlagen, von *The Vyne* bis zu *Holkham Casle* und *Ixworth Castle*; und Dave hielt dagegen mit dem *Virginia State Capitol*, und erst als Dave fast bei Rot über die Ampel vor der *Villa Pisani* gefahren war und ein Hupkonzert von allen Seiten ihn auf die Bremse treten ließ, hörten die beiden Hitzköpfe auf. Um gleich darauf, nachdem sie das Auto in der Nähe der Stadtmauer abgestellt hatten, allerdings erneut übereinander herzufallen.

»Da siehst du es!«

Triumphierend zog Dave ein Bild aus der Tasche.

»Hier, seht mal! Jeffersons erster Entwurf für sein *Monticello!* Wie die *Villa Pisani* vor uns! Die gleiche Säulenordnung! Das gleiche Giebelfeld! Die Proportionen! Schlag im zweiten Buch das Kapitel vierzehn auf, Julia! Hier ist der Beweis dafür, dass Palladios Ideen direkt vom Veneto nach Virginia gelangt sind!«

Julias Geduldsfaden riss wie eine Violinseite mit einem scharfen Knall.

»Schluss! Aus! Mir reicht es! Bilder und Bücher hätten wir auch zu Hause betrachten können! Ihr habt weder *La Rotonda* noch *La Rocca* und jetzt auch die *Villa Pisani* eines Blickes gewürdigt! Gut, dass Kjersti ein Video gedreht hat. Schaut euch das an, ich habe keine Lust mehr!«

Erst als die beiden zerknirschten Widerspruchsgeister sie innerhalb der völlig erhaltenen Stadtmauer ins *Aldo Moro* einluden und bei *baccala mantecato*, einer traditionellen Stockfischvorspeise, Besserung gelobten, redete Julia wieder mit ihnen. Bei den *bigoli* mit Entenragout glättete sich ihre gefurchte Stirn, und beim Lamm in Olivensoße zeigte sie sich vollends versöhnt.

Das Essen zog sich länger hin und man beschloss, die beiden nahe gelegenen Palladiovillen Saracena Caldogno und die Poiana an einem anderen Tag zu besichtigen, zumal Julia nicht versprechen konnte, ob die die *Saracena* renovierenden Amerikaner sie überhaupt einlassen würden, und die zweite, die Poiana, sei sowieso in einem beklagenswerten Zustand.

»Aber ein Hauch von Dekadenz und Verfall gehört zu den Villen Palladios«, sagte Julia mit einem unvermittelten Seufzer. »Nirgends wird uns die Vergänglichkeit mit einer solchen Schönheit vor Augen geführt.«

»Macht Wein dich immer so melancholisch?«, wollte Dave wissen. »Das passt so gar nicht zu dir.«

Julia schwieg und sah nach innen. Hier im *Aldo Moro* erinnerte sie alles an Roberto und den vergangenen September, als sie nach einer traumhaften Wanderung hier eingekehrt waren, und nun wäre sie tausendmal lieber bei ihm gewesen. Sie war kein bisschen melancholisch, wollte aber ihr Glück nicht zur Schau stellen.

»Julia! Julia! Wo bist du? Im Villatraumland?«

Steven berührte ihre Hand, und sie schreckte auf.

»Wie geht es weiter, was schlägst du vor?«

»Sollen wir uns auf der Rückfahrt die am Weg gelegene Scamozzivilla *Molin Kofler* von außen ansehen? Aber nur, wenn ihr versprecht, weder *Monticello* noch *Chiswick House* zu erwähnen, denn beide werdet ihr in dieser Villa wiedererkennen.«

Die sechs ionischen Säulen und das dreieckige Giebelfeld der Villa spiegelten sich in verblichener Majestät im Battagliakanal, der weit im Süden bei Este begann, spätestens ab Battaglia wieder schiffbar wurde und einer grundlegenden Renovierung entgegensah. Die Lage der Villa *Molin Kofler* mochte einst gut gewählt gewesen sein, aber jetzt brandete der Verkehr der SS 16 an ihr vorbei und die Zweckbauten auf der anderen Kanal- und Straßenseite ließen nur noch ahnen, dass Mandriola einst als Dörfchen vor den Toren Padovas gelegen hatte.

Kjersti maulte, dass wieder kein Park zu sehen sei, und Julia fand, ihre Interessen seien in der Tat heute nicht berücksichtigt worden. Ob Steven und Dave ein Problem damit hätten, noch einmal ein Stück die SS 16 zurückzufahren, kurz hinter Battaglia gäbe es die *Villa Emo*, deren Besitzer ihrem Garten zu neuem Leben verholfen hätten?

Natürlich zeigten die beiden sich kooperationsbereit. Kurz vor Schließung erreichten sie den Garten. Kjersti filmte ununterbrochen, Steven schien Kjersti nicht von der Seite zu weichen, und Julia besichtigte die jetzt Anfang März noch nicht sehr beeindruckenden Gartenanlagen. Wieder krochen glückselige Erinnerungen in ihr hoch und wieder versteckte sie ihr Glück hinter einer verschlossenen Miene.

Im vergangenen Herbst hatte Roberto mit ihr diesen üppigen Garten besucht. Julia hatte außer den Buchsbaumparterren vor dem Portikus der Villa auch die gärtnerische Gestaltung im hinteren Bereich als sehr gelungen empfunden, wenn man *mixed borders* nach englischem Vorbild im Veneto an einer palladianischen Villa gestatten wollte. Sie sei zu puristisch, hatte Roberto sie aufgezogen, endlich könne er ihr einen verschwenderisch üppigen Garten zeigen und nun sei ihr der auch nicht recht!

»Du bist noch immer nicht unbeschwert fröhlich, auch wenn du uns das glauben machen möchtest, nicht wahr, Julia?«, klang Daves Stimme neben ihr auf. »Hat dich heute wieder zu vieles an deine verlorene Liebe erinnert? Aber wenn du nicht darüber reden willst, ist das auch okay.«

»Tut mir leid, Dave. Ich kann mich nicht so richtig konzentrieren. Ja, du hast recht, ich denke zu viel an meine ...«

»... verlorene Liebe?«, fragte er lang gezogen und bemerkte das stille Strahlen ihrer Augen. »Ich streiche das *verlorene* wohl besser?«

»Ja, *mio amico*! Wenn er wieder gesund ist, heiraten wir!«

»Wenn er wieder was?«

Die Rückkehr der beiden anderen ließ ihn schweigen, und wie in stillem Einverständnis begruben sie das Thema.

»Lass uns auf dem Deich entlangfahren!«, schlug Julia vor.

Auf der Deichkrone hielten sie an. Eine orangerote Sonnenscheibe löste sich im Dunst der euganeischen Hügel im Nichts auf, einzelne Nebelschwaden stiegen vom Kanal hoch, und irgendwo dahinten, zwischen den sich verwischenden Schemen der Hügel, lag Torreglia. Roberto wartete sicher schon ungeduldig auf sie.

»Nächste Woche um die gleiche Zeit?«, erkundigte Steven sich, als Julia bei den Zanellas ausstieg. »Oder hast du die Nase voll von uns?«

»Na ja! Aber nur, wenn ihr bei der *Villa Saracena* nicht wieder einen Kulturkrieg anzettelt!«

»Versprochen!«

Torreglia

Ohne dass Julia ahnen konnte, dass eine Fremde ihr Heim betreten würde, hatte sie an diesem Morgen die meiste Zeit darauf verwandt, Blumen zu arrangieren, um es Roberto und sich am Wochenende schön zu machen.

Farblich passend zu den Chintzvorhängen und den gleichfarbenen Möbelbezügen standen auf verschiedenen Ebenen Sträuße aus altrosafarbenen Tulpen, weißen Terzetten mit gelben Glöckchen und Weidenkätzchen. In einem alten Messinggefäß reckten weiße Hyazinthen und Tulpen ihre Köpfe gegen das Licht, über deren intensiven Duft Angela die Nase rümpfte, und auch dem getrockneten Rosenstrauß von vergangenem November, der sich zwillingshaft in einem goldgeränderten Spiegel abzeichnete, schenkte sie keinen Blick.

Roberto fühlte sich hier zu Hause; mit Stolz erfüllten ihn Julias Geschmack und ihre Fähigkeit, auch den kleinsten Raum mit Harmonie zu gestalten. Selbst auf dem Spülstein sorgte ein irdenes, mit Perlhyazinthen und Efeu gefülltes Gefäß für Atmosphäre.

»Du wohnst also nicht allein!«

Angela wanderte durch den Raum, öffnete ohne Hemmungen die Badezimmertür und blickte auch ins Schlafzimmer, kehrte dann in die Wohnküche zurück und meinte, dass dies Anwesen wohl etwas reichlich schlicht sei, sowohl in den Ausmaßen als auch in der Ausstattung.

»Dann begreifst du jetzt wohl, dass ich deine Angebote nicht annehmen kann.«

Robertos Antwort klang knapp und endgültig.

Angela blieb vor Julias Schreibtisch stehen. Als sie den angefangenen Entwurf eines Knotenparterres betrachtete, ging ihr auf, bei wem er wohnte.

»So, du lebst also mit dieser kleinen Deutschen zusammen«, ihre Stimme gab keinerlei Auskunft über ihren Gemütszustand, klang belanglos, als spräche sie über etwas ganz Nebensächliches. »Bestimmt eine nette Abwechslung für dich. Wenn du zu mir ziehst, wirst du dich von ihr trennen! Aber das hätte ich eigentlich nicht sagen müssen, denn Stil hast du!«

Roberto hatte gehofft, seine Beziehung zu Julia vor Angela geheimhalten zu können, aber da sie es nun wusste, meinte er, Klarheit schaffen zu sollen.

»Ich glaube, du täuschst dich, Angela, ich habe nicht vor, deine Angebote anzunehmen, nicht eines! Du bist mir nichts schuldig, Erasmo und ich hatten einen alten Streit auszutragen. Es tut mir leid, dass er mit seinem Tod enden musste. Du hast keinerlei Verpflichtungen mir gegenüber! Geh zurück nach Milano, in deine Welt!«

Seine Eindringlichkeit prallte an ihr ab.

»Du musst dich nicht gleich entscheiden. Ich gebe dir vierzehn Tage Zeit. Ich bin sicher, du entscheidest dich für mich.«

»Sag mal, Angela«, Roberto wechselte das Thema, ihm war klar, dass sie nie auf einen gemeinsamen Nenner kommen würden, und ihm war nicht nach einer Grundsatzdiskussion mit dieser Frau zumute, »nehmen wir einmal an ...«

»Ja?«

Sie sah ihn erwartungsvoll an.

»... dein Mann, dein verstorbener Mann, führte bei dem *Tre-Condottieri*-Syndikat Carmagnola als Decknamen ... Oder war er Gattamelata?«

Sie blickte ihn enttäuscht an.

»Nein, ein Mikrofon traue ich dir hier nicht zu! Also, Roberto, nehmen wir einmal an, er hätte dazugehört, dann waren die Spuren für einen begabten Kriminalisten wie dich doch deutlich. Oder hat man dich überschätzt? – Aber lassen wir die Toten ruhen, denk über meinen Vorschlag nach!«

Ihr theatralischer Abgang zeigte ihm, dass sie nichts begriffen hatte. Er wusste, dass Julia an diesem Tag mit ihren Kommilitonen eine Besichtigungstour machte und deshalb um das Auto gebeten hatte; trotzdem wartete er ungeduldig auf ihre Rückkehr. Als sie endlich bei einbrechender Dunkelheit müde und atemlos erschien, die Arme voller Einkaufstüten, eine Kiste Pellegrino hereinschleppte und erschöpft in einen Sessel sank, fühlte Roberto Erleichterung. Aber statt sie zu äußern, polterte er seine unbestimmte Furcht um ihr langes Ausbleiben heraus und beantwortete ihre Rechtfertigung mit einer abwertenden Handbewegung.

Er wusste, er war ungerecht; der ganze Druck der vergangenen Woche entlud sich an einer völlig falschen Stelle. Er bemerkte Julias Betroffenheit, aber bevor er sich wieder unter Kontrolle bekam, war sie im Bad verschwunden, hoffentlich weinte sie nicht wieder um ihn.

Unter Mühen stand er auf, holte sich zwei Schmerztabletten und bereitete einen Bellini als Versöhnungstrunk vor, den er ihr mit einem entschuldigenden Lächeln entgegenhielt, als sie das Badezimmer verließ. Nachtragend zu sein, lag Julia nicht, sie ließ sich, nur in ein Badetuch gewickelt, auf dem Teppich nieder, und sie prosteten sich zu.

»Schmerzen? Ärger im Hotel?«

Damit war für sie sein unmögliches Benehmen vergessen und entschuldigt.

»Beides, du Hellseherin! Hattest du wenigstens einen schönen Tag mit deinen Freunden?«

Er versuchte sie zu erreichen, und als sie ihm entgegenkam, löste sich das Badetuch.

»Einen sehr schönen, nur mit dir wäre es noch schöner gewesen. Vielleicht sollten wir lieber erst die Vorhänge schließen!«

Sie wand sich aus seinen Armen; und sein Verlangen nach ihr wuchs, als er sie reihum die Vorhänge zuziehen sah, das Badetuch in einer Hand wie eine Schleppe hinter sich herziehend.

Campalto

»Vittorio wollte uns zum Essen einladen, dabei sind wir ihm doch Dank schuldig, weil er uns letztes Jahr aus der Lagune gefischt hat! Da hab ich ihn eingeladen. Er hat ein Lokal in Campalto vorgeschlagen, da treffen wir ihn morgen Abend mit seiner Frau.«

Julia freute sich, ihn wiederzusehen und ignorierte Robertos ablehnende Haltung.

»Wo hast du ihn denn getroffen?«

»Gar nicht, er hat mich angerufen. Weißt du, wo das ist, Campalto?«

Natürlich wusste er es, und er dirigierte sie problemlos durch Mestre bis zur SS 14, die zum Flughafen führte, und bald darauf erreichten sie den Ort Campalto, wo Roberto sie an der Kreuzung vor der Apotheke nach rechts abbiegen ließ. Sie fuhren durch eine Allee bis zum Canale Osellino und schienen plötzlich die *terra ferma* verlassen zu haben. Im Hafen von Campalto befanden sie sich fast in der Lagune; Venezia lag im Abenddunst zum Greifen nahe vor ihnen.

Vittorio vertäute ein kleines, mit Angelgerät vollgestopftes Motorboot, während seine Begleiterin den Außenbordmotor hochklappte, beide in warme, dunkelblaue Steppanoraks gekleidet, denn der Abend war kühl. Man traf sich kurz darauf vor dem Eingang des *Al Passo*, eines mit allerlei maritimem Schnickschnack ausgestatteten, gemütlichen Lokals, das jeden Besucher schon draußen darüber informierte, dass es hier *solo pesce* und mitnichten Fleischgerichte gab.

Vittorio stellte seine Begleiterin Maddalena vor und musterte Julia und den an Krücken gehenden Kollegen kopfschüttelnd.

»Wusste ich es doch!«

Er sah gut aus in seinem weißen Hemd mit Lederweste und Jeans; Julia und Maddalena fanden sich wechselseitig sofort sympathisch, sie eine Enddreißigerin, rothaarig und mit vielen Sommersprossen und in fast der gleichen Kleidung wie ihr Mann.

»Was wusstest du?«, fragte Robert. »Dass Julia und ich … zusammenleben?«

»Nein, Padovano, dass sie auf dich aufpasst und nicht du auf sie!«

Vittorio wandte sich an Maddalena, die mechanisch in der Speisekarte blätterte. Sie wartete auf die Empfehlung des Kellners, doch gleichzeitig folgte sie aufmerksam dem Gespräch.

»Letzten Herbst in der Lagune hat ihn *La Tedesca* vor dem Ertrinken gerettet, ich durfte ihn nur ans Ufer bringen! Und letzten Dezember …«

»Ja, ich habe es in der Zeitung gelesen, da hat sie ihm Erste Hilfe geleistet und das Leben gerettet, nicht wahr, *La Tedesca*?«

»Ich quelle ja auch vor Dankbarkeit über«, Roberto versuchte sarkastisch zu klingen, aber es gelang ihm nicht ganz. Schließlich bemerkte Julia, ohne den Blick von der Speisekarte zu heben, Roberto und sie seien quitt, sie hätten sich im vergangenen Jahr gegenseitig um die Wette gerettet, aber das sei nun Gott sei Dank vorbei, sie wollte das Thema Dankbarkeit offensichtlich nicht weiter verfolgen.

Zum Glück kam der Ober jetzt an ihren Tisch, und es setzte eine typisch venezianisch-italienische, länger andauernde Diskussion um die Bestellung ein. Sie begann damit, dass der Ober, obwohl alle die Karte gelesen hatten, noch einmal die Speisen herunterbetete, und dann folgte das Feilschen um die Abfolge, die besonderen Angebote und die Zusammenstellung der Beilagen. Man besichtigte den Fisch und das andere Meeresgetier in der bootförmigen Kühlanlage, fand den *coda di rospo* topfrisch und entzündete sich nun an der Frage, ob der Seeteufel gegrillt oder gebraten oder gebacken am besten sei.

Julia lehnte sich entspannt zurück und genoss das Ritual der Bestellung, ihr war völlig egal, wofür sich die anderen entschieden, es war einfach schön hier mit den dreien, und da das Lokal rappelvoll mit Italienern war, konnte das Essen nur gut sein. Noch zweimal kam der Ober an ihren Tisch, um Änderungsvorschläge der Küche zu diskutieren, bevor endlich der Vorgang der Bestellung als abgeschlossen betrachtet werden und man sich dem schäumenden Prosecco zuwenden konnte.

Anschließend wurden die Köstlichkeiten auf dicken ovalen Platten aufgetragen, wobei die orangerote Schale der Seespinne neben dem herausgelösten weißen Krebsfleisch, der grünen Petersilie und den gelben Zitronenspalten leuchtend ins Auge stach. Auf der zweiten Platte erfreuten *spaghetti con vongole verace*, nur mit Öl, frisch gehackter Petersilie und Zitrone angemacht. Der gebratene Seeteufel wurde als allgemeine Krönung betrachtet.

Während des Essens unterhielt sie Vittorio vornehmlich mit Betrachtungen über die Liebe und die Ehe, nachdem Roberto das Wort Verhältnis näher definiert und ihre baldigen Heiratsabsichten bekannt gegeben hatte. Vittorio entpuppte sich als ein unverbesserlicher Romantiker. Seine Begleiterin lächelte still in sich hinein und bestätigte auf Robertos Nachfrage, dass sie seit fünfzehn Jahren verheiratet seien.

»Aber nicht miteinander«, korrigierte Vittorio, »sie ist verheiratet, und ich auch, aber nicht wir miteinander. Doch seit nunmehr vierzehneinhalb Jahren sind wir beide glücklich zusammen!«

Beim *caffè* wechselte er das Thema.

»Am Beginn dieses Jahres ist bei uns etwas Merkwürdiges passiert. Es hat mit dem ermordeten Saccardo zu tun, der dich angeschossen hat. Habt ihr von der Geschichte in der Frarikirche gehört?«

Roberto verneinte, er sei wohl im Lazium in der Klinik gewesen, und auch Julia wusste von nichts.

Vittorio hatte Nachtdienst gehabt, als ein Einbruch oder Feuer in der Friarikirche gemeldet worden war. Und dort hätte er Saccardo wie ein Renaissancefürst gekleidet aufgebahrt gesehen, bevor er sich anschließend mit mysteriösen Kreidezeichnungen zwischen den Säulen auf der *piazza* beschäftigte.

Roberto blickte besorgt zu Julia, sie wirkte sehr nachdenklich.

»Wurden zwischen den Säulen auf der *piazza* nicht die Hinrichtungen vollzogen?«, fragte Julia.

Maddalena nickte.

»Das ist ihr Feld«, meinte Vittorio, »sie arbeitet am Institut für Geschichte.«

»Ich tippe darauf, dass jemand eine historische Szene auf makaberste Weise nachgestellt hat«, meinte Maddalena. »Zwar sind viele Verurteilte auf der *piazza* enthauptet worden – die Hinrichtungen fanden lange öffentlich statt –, aber dass die Körper anschließend prunkvoll bestattet wurden, war eher die Ausnahme; nur bei ganz vornehmen Personen kam so etwas vor.«

Robertos Geschichtsinteresse ließ ihn aufmerksam zuhören, wenn er auch noch nicht ahnte, worauf dies alles hinauslaufen sollte, aber die beiden Venezianer hatten ihn auf jeden Fall neugierig gemacht.

»Du denkst da sicher an jemanden wie den Dogen Marin Faliero, den sie nach seiner zweiten großen Verschwörung hinrichten ließen?«, fragte Roberto nachdenklich.

»Ja, er wurde mit großem Zeremoniell zwischen den Säulen auf der Piazza enthauptet. Gibt es da irgendeine Verbindung zu Saccardo?«

»Nicht, dass ich wüsste!«

»Ein Doge? Hingerichtet?«, fragte Julia neugierig.

»Der fünfundfünfzigste, und alle seine Bilder im Dogenpalast wurden entfernt oder eingeschwärzt«, erklärte Maddalena bereitwillig und wandte sich wieder Roberto zu. »Weißt du, ich dachte eher an den Grafen von Carmagnola. Er wurde als Verräter hingerichtet, aber ob er wirklich schuldig war, wurde nie eindeutig geklärt. Der damalige Doge, Francesco Foscari, war von seiner Schuld nicht überzeugt. Aber wie dem auch sei, unüblicherweise wurde der Graf in seinem roten Prachtgewand aufgebahrt, das er zur Hinrichtung trug. Eigentlich hätte es dem Anführer der Herren der Nacht gehört, aber der wurde mit Geld abgefunden. Und dann wurde der Körper des Grafen von Carmagnola nicht etwa in die nahe gelegene Kirche *San Francesco di Vigna* gebracht, sondern«, sie machte eine effektvolle Pause, »nach *Santa Maria Gloriosa dei Frari*, dem *Ca'Grande* der Franziskaner.«

»Der Graf von Carmagnola, sagst du? Der ist doch identisch mit dem *condottiero* Carmagnola«, meinte Roberto nachdenklich.

»Du sagst es.«

»Aber Saccardo war doch Gattamelata!«, platzte Julia heraus.

»Hat man angenommen«, sagte Vittorio, »aber jetzt will uns doch offensichtlich jemand mit dieser nachgestellten, schauerlichen Szene weismachen, Saccardo sei Carmagnola gewesen.«

»Oder eine falsche Fährte legen.«

Roberto gab sich skeptisch, aber innerlich hatte er bereits begonnen, den toten Erasmo Saccardo als Carmagnola anzusehen, denn schon der alte Saccardo und Angela hatten deutliche Hinweise darauf gegeben.

Nur: Wer verbarg sich dann hinter Gattamelata?

»Vermutlich, damit wir nach dem dritten Syndikatsboss Carmagnola nicht mehr fahnden«, schloss Roberto seinen Gedanken ab.

»Auch möglich«, sagte Vittorio.

»Jedenfalls habe ich einiges zum Nachdenken«, antwortete Roberto und winkte den Ober heran.

»*Il conto, per favore!*«

»Bleibt ihr noch ein bisschen sitzen? Ich möchte *La Tedesca* einen Blick auf Venezia gönnen!«

Vittorio wartete Robertos Protest nicht ab, sondern zog sie hoch und half ihr in Maddalenas Jacke.

»Es ist kalt auf dem Wasser.«

Weg waren sie. Die Zurückgelassenen sahen sich etwas erstaunt an und vertieften sich dann notgedrungen in weitere Betrachtungen über die damaligen Folter- und Hinrichtungsmethoden der *Serenissima*, über die Maddalena ausgezeichnet Bescheid wusste.

Doch Robertos Gedanken schweiften ab. Weshalb hatte Vittorio *La Tedesca* angerufen? Woher hatte er ihre Handynummer? Was sollte diese Geschichte mit Erasmos Leichnam in der Frarikirche zu diesem Zeitpunkt? Wer hatte ihn informiert, dass er, Roberto, wieder in der *provinzia di* Padova war? Oder war er nur krankhaft eifersüchtig auf den vier Jahre jüngeren Vittorio, der spontan und wie Casanova seine Giuli entführt hatte? Oder arbeitete er gar für das *Tre-Condottieri*-Sydikat, und Giuli war nun in ihren Händen? Du spinnst, die haben keinerlei Interesse mehr an Giulia, warum auch?, sagte er sich, aber seine Unruhe blieb. Was machten sie da draußen nur so lange? Doch dann zwang er sich Maddalena wieder zuzuhören.

»... bis 1588 hat die einzige Folterkammer der Herren der Nacht im Dogenpalast gelegen, in ihr ist sicher der *condottiero* Carmagnola verhört und gefoltert worden.«

»Herren der Nacht?«

»Ja, das war ein Mitte des dreizehnten Jahrhunderts eingesetzter Richterstand, der die Prozesse einleitete und die Verhöre durchführte. Einen Prozess ohne Geständnis gab es nicht, deshalb gehörte die Folter zwangsläufig zu fast jedem Prozess. Die Venezianer bedienten sich allerdings keiner allzu subtiler Methoden. Der Raum der Herren der Nacht war ziemlich offen, bei den Befragungen herrschte reger Durchgangsverkehr, und die Folter bestand meist im Anseilen. Vor dem Richtertisch stand eine kleine Holztreppe. Die Folter bestand darin, dass man den Gefangenen mit auf dem Rücken gebundenen Händen über eine Rolle am Seil hochzog und ihn anschließend, nachdem man die kleine Holztreppe entfernt hatte, mit seinem ganzen Körpergewicht fallen ließ.«

»Dabei wurde dem historischen Carmagnola wohl der Arm gebrochen?«

»Schon möglich, aber er muss Widerstand geleistet haben. Dass sie ihm auch noch Feuer an die Füße gelegt haben, deutet jedenfalls darauf hin. Der im *Ca'Grande* aufgebahrte Erasmo Saccardo hatte übrigens auch verbrühte Füße«, sagte Maddalena.

Waren das die Spuren, die auf Carmagnola hindeuteten, von denen Angela kürzlich gesprochen hatte?

Wo blieben die beiden nur?

Jetzt sah auch Maddalena auf die Uhr. Schulterzuckend ließ sie sich zu einem weiteren Glas Wein einladen.

Der *Canale di Campalto* führte direkt zur beleuchteten Stadt. Trotz der Dunkelheit steuerte Vittorio sicher an den *bricchole*** entlang. Kaum hatten sie den Gürtel des *Parco di San Giuliana* passiert, drosselte er den Motor. Julia sog die frische Meeresluft tief ein, Tanggeruch lag in der Luft und sie sehnte sich einen kleinen Augenblick lang nach der Ostsee, aber die Silhouette Venezias ließ sie ihr Heimweh vergessen.

»Er gefällt mir gar nicht, dein Padovaner!«, sagte Vittorio unvermittelt. »Er hat keinen Biss mehr!«

»Er leidet ziemliche Schmerzen!«

»Immer noch? Nach drei Monaten? Aber er ist doch in der Uniklinik in Padova in besten Händen, oder?«

Julia schwieg und dachte, dass seit Robertos Aufenthalt im Rehabilitationszentrum im Lazio die Therapie eigentlich kontraproduktiv verlief.

»Du schweigst? Stimmt etwas nicht?«

Sie war froh, mit jemandem über ihre Zweifel sprechen zu können, und erzählte ausführlich.

»Aber mit Roberto kann ich darüber nicht sprechen, er blockt jedes Gespräch über seinen Gesundheitszustand ab. Er hat mich noch nicht einmal einen Blick auf seine Operationsnarben werfen lassen. Aber nachts fühle ich, wie heiß sein Knie ist!«

»Du klingst ziemlich kompetent, *La Tedesca!*«

»Ach, Vittorio, das ist auch so ein Punkt. Niemand im Veneto weiß es, und du bist der Erste, dem ich es erzähle. Alle glauben, Roberto übrigens auch, dass ich, bevor ich nach Italien kam, in Deutschland Kunstgeschichte studiert habe. Es war aber Medizin, und zwar ziemlich lange«, meinte sie kleinlaut.

---

* Reisigbesen zur Markierung kleinerer Fahrrinnen

»*Perbacco, dottoressa!* Auch ich dachte, dein Fach sei *storia dell'arte!* Aber dann kannst du doch mitreden als *specialista.*«
»Mach dich nicht lustig! Das sind erfahrene Ärzte in Padova! Ich habe gerade zwei Drittel meines Studiums hinter mir. So vermessen bin ich nicht, aber ich zweifle eben.«
»Aber warum hast du das dem Padovaner verschwiegen?«
»Es war nicht wichtig bisher, und wenn ich es jetzt sage, denkt er, ich spiele mich auf.«
»Was willst du tun?«
»Am liebsten, ihn in meine Heimat bringen. Nicht, dass ich italienischen Ärzten misstraue, aber eine weitere Diagnose …«
»… kann nicht schaden. Fahrt nur, ich passe derweil auf euren Gattamelata auf!«
»Glaubst du, dass Saccardo Carmagnola war?«
»Vermuten wäre richtiger. Euer *Tre-Condottieri*-Syndikat auf der *terra ferma* scheint hier einen Ableger zu haben, man redet von dem *Serenissima*-Syndikat. Aber ich glaube, ich habe deinen Padovaner nicht restlos überzeugen können, dass Gattamelata noch existiert.«
»Woher weißt du das alles?«
»Ah, *La Tedesca*, lass mir meine kleinen Geheimnisse, ich verrate deins auch nicht, das mit dem Medizinstudium! Wenn ihr Hilfe braucht, du und dein Padovaner, zögere nicht, mich als eure Streitmacht anzusehen!«
»Warum?«
»Der Padovaner war mein großes Vorbild. Wir haben zusammen unsere Grundausbildung gemacht, er war natürlich viel klüger als wir alle zusammen, denn er hatte ja schon sein abgeschlossenes Jurastudium.«
Er lachte leise.
»Weißt du, wie wir ihn immer genannt haben? *L' ostrica compatta!*«
»Die geschlossene Auster? Das trifft ihn genau, so könnte er heute noch heißen.«
»Ja, nur in deiner Nähe nicht, *La Tedesca!* Da wirkt er wie eine domestizierte Auster mit weit geöffneter Schale! Bleib bei ihm und pass weiter auf ihn auf!«
Schweigend fuhren sie zurück, ein kalter Wind fegte von den Bergen herab und ließ Julia frösteln. Der kleine Hafen tauchte vor ihnen auf und die Beleuchtung des *Al Passo* wirkte anheimelnd. Julia nahm die Vorleine und sprang an Land, machte das Boot fest, belegte die Leine und wurde von Vittorio gelobt.
»Na, da bist du aber auch vom Fach! Das machst du nicht zum ersten Mal, bist du eine *ondina*?«
»Nein, eine *nereide*«, lachte sie, und bevor sie das Lokal betraten, gab er ihr seine Visitenkarte.

»Ich habe dir Maddalenas Institutsnummer und unsere private aufgeschrieben, und meine Handynummer, falls ich beim Angeln bin. Also, wenn du Hilfe brauchst, ruf an!«

»Hilfe wobei?«

»Wer weiß? Bei deiner Befreiung letztes Jahr hat der Padovaner auch die *caramba* zur Hilfe geholt. Er hat noch viele Freunde bei uns.«

Maddalena beschrieb gerade die Bleikammern im neuen Gefängnis jenseits des Kanals, dessen bekanntester Zugang eine Brücke war, die in der romantischen Literatur des neunzehnten Jahrhunderts den Namen erhielt, unter dem sie heute noch als tausendfaches Fotomotiv berühmt ist: die Seufzerbrücke.

»Über sie musste Carmagnola seinerzeit nicht gehen, denn sie wurde erst 280 Jahre nach seiner Hinrichtung eröffnet! Ach, da seid ihr ja. Wir dachten schon, Neptun habe euch geholt!«

»Dabei haben wir nur den schönen Sternenhimmel über der Lagune bewundert, nicht wahr, *La Tedesca*?«

Torreglia

Seit Roberto zu ihr gezogen war, fühlte sich Julia atemlos vor Glück. Die Wochentage flogen nur so dahin, voll gepackt mit alten und neuen Aktivitäten, die Roberto in ihr gemeinsames Leben gebracht hatte.

Anfangs hatte Roberto sie in allem für vollkommen gehalten, aber nach und nach bemerkte er, amüsiert über ihre Vertuschungsversuche, dass sie mitnichten die perfekte Hausfrau war, für die alle Welt sie hielt. Wenn sie kochte – was sie perfekt beherrschte –, benutzte sie Unmengen von Geschirr, Töpfen und Pfannen, die anschließend gespült werden mussten, wobei Roberto ihr gern half, schließlich zeigten zwanzig Jahre Junggesellendasein ihre Wirkung. Obwohl er durch seine Zugehfrau ziemlich verwöhnt war, beherrschte er doch die elementaren Abwasch- und Aufräumarbeiten.

Wenn Julia etwas Bestimmtes suchte, konnte sie einen Raum innerhalb von Minuten mit einer geradezu chaotischen Unordnung überziehen. Auf ihrem Schreibtisch türmten sich immer mindestens zehn aufgeschlagene Bücher, dazwischen lag ihre offene Handtasche, ein Schmuckkästchen neben einem Becher kalten Kaffees, und die Mineralwasserflasche fand dazwischen auch noch ihren Platz.

Sie räumte zwar genau so blitzschnell auf, wie sie Unordnung produzierte, und da sie Roberto für einen sehr ordentlichen Menschen hielt und vor ihm einen guten Eindruck machen wollte, entschuldigte sie sich ein ums andere Mal, doch er fand ihre Schwächen liebenswert.

»Noch«, sagte sie dann, »aber ich will mich bessern!«

»Du warst mir viel zu fehlerlos, eine *nereide* muss nicht alles können.«

Damit war wieder das Stichwort gefallen, wie ein Eisenmolekül schwebte sie auf ihn als Magnetberg zu, und wenn er je Bedenken gehabt hatte, dass sie wegen ihrer schlimmen sexuellen Erfahrungen besonderer Schonung bedurfte, waren ihre Reaktionen, als ihre Körper sich zum ersten Mal fanden, so natürlich und ungezwungen gewesen, dass er mehr Vorsicht gegenüber sich und seinem Knie hatte üben müssen, als Angst um sie zu haben.

Bei ihm handelte es sich wohl auch um wirkliche Liebe, nie zuvor war es ihm beim Liebesakt darum gegangen, vorrangig seine Partnerin zum Höhepunkt zu bringen und glücklich zu machen. Zwar hatte ihn die Fairness immer dafür sorgen lassen, dass seine jeweilige Partnerin nicht zu kurz kam, aber eigentlich war es ihm in erster Linie darauf angekommen, seinen Hormonhaushalt zu regulieren, wobei Vorspiele nur unnötige Zeitvergeudung bedeuteten. Wie anders war nun alles mit Giuli geworden! Wenn nur sein Bein und die Schmerzen ihn nicht so bemitleidenswert gehindert hätten!

Von Tag zu Tag fiel es Julia schwerer, ihre bereits erwähnten, positiven Eigenschaften wie Lebensfreude, Optimismus und Energie auf Roberto zu übertragen, und das dämpfte ihr Glücksgefühl. Er wirkte zunehmend erschöpfter und mutloser; ausgerechnet er, der ihrer Kochkunst so vorbehaltlos zugesprochen hatte, litt plötzlich an Appetitlosigkeit und Magenbeschwerden.

Roberto versuchte, den erhöhten Tablettenkonsum zu verheimlichen, aber sie registrierte sehr wohl, dass die schmerzfreien Zeiten sich immer mehr verkürzten. Am Wochenende nach Clementes Hochzeit fühlte sich Roberto trotz doppelter Dosis an Schmerzmitteln nicht in der Lage, mit Julia zu schlafen. Er sah das als zusätzliche persönliche Niederlage an, obwohl Julia ihn damit tröstete, dass Liebe auch die Zärtlichkeit der Seelen sei. Am besten ging es ihm, wenn er sein Bein völlig ruhig stellte, im Bett oder auf der Couch lag und sich nicht bewegte.

»Aber der Arzt hat gesagt, ich muss mich bewegen, damit der Muskelschwund nicht weitergeht, auch wenn es weh tut!«

Er biss die Zähne zusammen und humpelte an seinen Krücken durch den Garten, in dem Julia die erste Saat in den Boden setzte. Sie litt mit ihm, als sie sah, wie er sich den Weg zu den Zanellas hinunter quälte. Doch er verbat sich Julias Mitleid, obwohl er es kaum bis ins Haus zurück schaffte, wieder Tabletten schlucken musste und vor Wut die Krücken wegschleuderte und sich aufs Bett fallen ließ.

Bisher hatte er alle Erörterungen über sein Bein abgelehnt, aber als

Julia ihm an ihrem dritten Sonnabend vorwarf, das Vertrauen zwischen ihnen wieder aufs Spiel zu setzen, lenkte er ein und gab zu, es vor Schmerzen manchmal nicht aushalten zu können. Er versprach, sich am Montagmorgen von Julia in die Uniklinik fahren zu lassen und mit dem ihn behandelnden Arzt, Dr. Pinatti, über eine Änderung der Therapie zu sprechen. Doch Julias Vorschlag, den angekündigten Besuch der Tamassias abzusagen, lehnte er ab.

Immer wieder wunderte sich Julia über die Variationsbreite seiner Verschlossenheit. Die mildeste Form brachte er den Zanellas entgegen: verhalten, aber durchweg freundlich, und sie lohnten es ihm mit Herzlichkeit.

Seine Mutter behandelte er kühl und manchmal verletzend. Ob das daran lag, dass er ihr nachtrug, ihn und seine Schwester in ihrer Kindheit verlassen zu haben, wie die *marchesa* vermutete, wusste sie nicht.

Zu seinen Kollegen hielt er frostige Distanz, sie sagten ihm Ungeselligkeit und Arroganz nach, schätzten aber seine Fachkompetenz. In der Gesellschaft galt er als introvertierter Einzelgänger, der sich auf Menschen grundsätzlich nicht einließ. Er hingegen machte aus seiner Abneigung gegen seichte Gespräche und langweilige Feste kein Geheimnis. Einladungen ergingen trotzdem an ihn, aber bis vor Kurzem hatte er fast alle ausgeschlagen.

Der einzige Mensch, dem er sich rückhaltlos öffnete, war Julia, die seinen Pessimismus durchbrach und ihn daraus befreite. Kaum aber erschienen andere, sandte er unmissverständliche Signale von Ablehnung aus, die gerade von denen, die ihm nahe standen, als Herablassung oder Arroganz ausgelegt wurden. Ein typisches Beispiel hierfür war seine Schwägerin Maria.

Nur auf Umberto hatte er sich begrenzt eingelassen; um so mehr erstaunte es Julia, dass Roberto nun auch ihm gegenüber innerlich reserviert auftrat. Dabei wussten die Tamassias ihn richtig zu nehmen, doch Roberto gab sich ausgesprochen wortkarg. Glücklicherweise zeigte sich Julias gastgeberisches Talent nicht nur in der Qualität ihres Essens – es gab die ersten, draußen gegrillten Lammkotelettes der Saison –, sondern auch darin, neutrale Gesprächsthemen zu finden.

Ihre bevorstehende Namensänderung nahm sie zum Anlass, allgemein über Namensgebungen zu sprechen. Gina meinte, dass ihre Eltern mit der Namensgebung damals ziemlich einfallslos vorgegangen wären und ihr und ihrer Schwester Sophia einfach die Vornamen berühmter Schauspielerinnen verpasst hätten.

»Nur dass die Rundungen meiner Frau an anderer Stelle sitzen«, bemerkte Umberto grinsend, worauf Gina ihn mit einem abschätzigen Blick bestrafte.

»Bei meinen Brüdern haben sie dann so richtig patriotisch die Königsflagge gehisst: Mein ältester Bruder heißt Vittorio, der nächste Emanuele und ich Umberto. Recht eindrucksvoll für Fuschelmischersöhne.«
Alle lachten, selbst Roberto musste grinsen.
»Und nach wem hast du deine Söhne benannt?«, wollte Julia wissen.
»Oh, wir haben da nicht so viel Tamtam gemacht, obwohl wir ja Tamtamassia heißen, wir haben einfach die Vornamen der Paten genommen.«
Roberto winkte den kleinen Massimo zu sich.
»Nicht wahr, mein Patensohn, wir beide heißen Massimiliano!«
Der Kleine nickte ernst.
»Weißt du auch, was der Name bedeutet? Nein? Der Größte!«
»Roberto Massimiliano Bassner? Hat da etwa der Kaiser von Mexiko Pate gestanden?«, spöttelte Umberto.
»Roberto Alessandro Massimiliano Bassner«, korrigierte ihn Roberto. »Meine Mutter liebte geschichtlich bombastische Namen. Jedenfalls habe ich zumindest, was das Lebensalter betrifft, meine Namensgeber übertroffen, Alessandro *il grande* wurde schon mit dreiunddreißig dahingerafft, und der unglückselige Erzherzog Max, der spätere mexikanische Kaiser Massimiliano, mit knapp fünfunddreißig in Querétano hingerichtet.«
»Und jetzt zu Giulietta!«, rief Umberto, »sie hat sich köstlich über uns amüsiert. Ihre Eltern haben sie doch bestimmt nicht mit nur einem Vornamen beglückt, oder?«
Als sie errötend schwieg, holte sich Umberto zur Freude seiner Kinder Robertos Uniformjacke und Mütze von der Garderobe.
»Ihre Papiere, *signorina*!«
Julia verweigerte lachend die Herausgabe.
»Auch, wenn du mich einsperrst, nein!«
»*Manette, manette, papa*, wo hast du deine Handschellen?«, forderte Massimo, doch Roberto bereitete der Posse ein Ende, indem er verkündete, er habe die Papiere der *signorina* vor einiger Zeit kontrolliert, und wenn er sich recht erinnere ...
Umberto unterbrach ihn:
»Funktioniert dein fotografisches Gedächtnis noch, nicht wahr?«
»Warte, irgendetwas wie Angelika ... Angela ... Engel ... Ich hab's: Engeline! Mein Gott, was für ein entzückender Name für dich!«
Die Kinder tanzten um Julia herum und sangen:
»Engeline, Engeline, Engeline!«
Julia hielt sich die Ohren zu.
»Wenn ihr mich jemals wieder so nennt, koche ich nie mehr für euch, *basta*!«, drohte sie und drehte sich unvermittelt zu Gina um. »Gina Gallardi, klingt toll, find ich!«

»Leider ist sie mit den reichen Gallardis aus Abano Terme nur um siebenundzwanzig Ecken verwandt«, bedauerte ihr Mann, »sonst hätten wir keine finanziellen Probleme.«

Hatte Umberto nicht jede Verwandtschaft geleugnet, damals im letzten Oktober auf dem Lido?, fragte sich Julia; Robertos Gedanken gingen in eine ganz andere Richtung: Wie kann Umberto sich einen fast neuen Passat-Kombi leisten?

Julia sah, wie sich Robertos Blick wieder nach innen kehrte, aber sie schob es auf seine geringe Belastbarkeit.

Provinzia di Padova

Der im Ganzen recht heiter verlaufende Sonntag läutete eine zwar abwechslungsreiche, aber in weiten Teilen unerfreuliche Woche ein.

Dottor Pinatti verordnete Roberto nicht nur weitere Fango- und Thermalanwendungen, sondern zusätzlich leichte Massagen, und Julia ärgerte sich, dass sie nicht darauf bestanden hatte, bei der Unterredung der beiden Männer mit dabei zu sein. Sie hätte schon den Mut gehabt, nach einer Begründung zu fragen; aber Roberto vertraute ihm bedenkenlos.

Vor Julias Sprachschule standen plötzlich Dave und Steven und forderten die versprochene Fortsetzung der Villenbesichtigungen, und sie sagte sie ihnen für die nächsten beiden Vormittage zu, die Roberto im *Farfallone* verbringen würde.

Am nächsten Tag wurde sie wieder vor der Sprachschule erwartet, Angela Saccardo bat um eine dringende Unterredung.

Abends öffnete Julia schweren Herzens die Tür zum Alten Hof. Angela hatte ihr ins Gewissen geredet und ihr vorgeworfen, sie blockiere Robertos Heilungsprozess, weil er sich ihretwegen weigere, einen anerkannten Spezialisten in Denver zu konsultieren.

»Giuli, wo warst du so lange?«, empfing sie Roberto »Ich habe mir Sorgen gemacht!«

»Der abendliche Berufsverkehr.«

»So?«

Sie wusch den Salat, nahm die am Vorabend eingeweichten *fagioli del papa*, die schneeweißen Papstbohnen aus dem Wasser, setzte sie mit Suppengrün und Brühe auf, stellte die Zeitschaltuhr auf vierzig Minuten und sah nachdenklich auf ihre Hände.

»Was ist los, Giuli? Du bist außergewöhnlich schweigsam. Müde?«

Sie ließ sich nieder, spielte mit den Fransen des Teppichs, flocht kleine Zöpfe und suchte einen Anfang.

»Dein Bein«, sie holte tief Luft, »braucht einen Spezialisten.«
Als keine Antwort erfolgte, fuhr sie fort:
»Du darfst keine Rücksicht auf mich nehmen.«
Er hob fragend die Augenbrauen, aber da sie weiter auf den Teppich starrte, sah sie es nicht.
»Du musst mit nach Denver fliegen! Warum hast du mir diese Möglichkeit verschwiegen? Bitte, Ro, tu es!«
»Du hast Angela getroffen?«
»Ja, und sie hat mir vor Augen geführt, wie egoistisch ich bin. Du musst mit ihr gehen!«
»Du willst auf mich verzichten?«
»Ja«, flüsterte sie mit Trostlosigkeit in der Stimme.
Das Schweigen lastete, bis Roberto den Faden wieder aufnahm.
»Giuli, selbst wenn es dich in meinem Leben nicht gäbe – und du bist im Augenblick der wichtigste Teil davon –, würde ich nicht mit Angela fahren! Ich wäre mein Leben lang abhängig von ihr, und Abhängigkeit akzeptiere ich nur in Bezug auf dich!«
»Sie will dir helfen, die Schuld ihres Mannes zu begleichen.«
»Sie will mich kaufen.«
»Sie meint es ernst.«
»Giuli, dein Wort in Gottes Ohr! Angela hat noch nie irgendetwas *für* jemanden getan. Sie hat einen Köder ausgeworfen, und du hast ihn gutgläubig geschluckt.«
Julia stierte auf die Teppichstruktur, ordnete die Fransen und hielt den Kopf gesenkt. Nach endlos langem Schweigen meldete sie sich wieder zu Wort.
»Du musst mich für ziemlich dumm und naiv halten, weil ich auf so jemanden wie Angela hereinfalle.«
Er seufzte tief und erleichtert auf.
»Nein, Giuli, ich mag dich dafür, dass du Menschen vertraust. Aber dadurch wirst du verletzbar, denn Vertrauen – siehe bei Angela – kann unglaublich leicht missbraucht werden. Ich hätte dich vor ihr warnen müssen, aber ich habe nicht geglaubt, dass sie versuchen würde, dich zu manipulieren. Ich bin übrigens auch verletzbar geworden, weil ich dir vertraue, und Angela hat es wunderbar drauf, dich in den Verdacht der Untreue zu bringen!«
Sie rückte aufatmend an Roberto heran. Er legte die Arme um ihre Schulter und berichtete ihr von Angelas Besuchen in der vergangenen Woche, ihren verschiedenen Lockangeboten und dem gestrigen Versuch, Julia anzuschwärzen, indem sie Roberto informiert hatte, seine kleine deutsche Freundin triebe sich in Padova und Umgebung mit mindesten zwei jungen Männern herum. Gut, dass Julia ihm von Dave und Steven

und den Villenbesichtigungen erzählt hatte, denn Eifersucht in Roberto zu schüren, bedurfte keiner großen Anstrengung.

»Ich hätte dir gleich von ihr erzählen sollen! Geh ihr aus dem Weg, *l'anima mia*, wenn du kannst. Ich bitte dich darum!«

»Gefahr erkannt, Gefahr gebannt!«

»Ich fürchte, so leicht wird sie es uns nicht machen.«

»Wer? Die Gefahr?«

»Angela! Was macht übrigens deine seit geraumer Zeit köstlich duftende Bohnensuppe?«

Sie war zu Brei zerkocht.

Roberto behielt Recht: So leicht gab Angela nicht auf. Sie suchte ihn sowohl morgens im Hotel, als auch nachmittags im Alten Hof auf, dabei hatte sie nur einen einzigen Hintergedanken: Robertos Eifersucht zu erregen, weshalb Roberto jeden Abend zunehmend ungeduldiger Giulia herbeisehnte. Durch die Massagen verstärkten sich die Schmerzen, aber Pinatti hatte das vorausgesagt und ihm ein Rezept für Schmerzmittel gegeben, allerdings mit der Warnung, das nur noch für eine begrenzte Zeit verantworten zu können, weil bei Dauergebrauch Schädigungen von Herz und Nieren zu erwarten seien.

Wenn er ihren Wagen vorfahren hörte, konzentrierte er sich auf den schönsten Augenblick des Tages: wenn Giulia die Haustür öffnete, das Deckenlicht einschaltete und er von dieser lebensprühenden jungen Frau begrüßt und aus seiner Lethargie, seinen Schmerzen und Beklemmungen herausgerissen wurde.

Auch wenn sein Appetit immer mehr nachließ, aß er ihr zuliebe und ließ sich haarklein den Tagesablauf berichten – auch wenn er es nicht wollte, hatten Angelas maliziöse Andeutungen ihre Wirkung nicht verfehlt; immer wieder fragte er sich, was Julia nur an ihm fand und ob es richtig von ihm war, sie ihrem altersgemäßen Umfeld zu entziehen und sie völlig in Beschlag zu nehmen.

Julia fand das lustig und zog ihn auf, bot aber auch an, ihre Studienfreunde auf den Alten Hof mitzubringen, doch Roberto lehnte ab, er scheute den direkten Vergleich mit gesunden jungen Menschen und lebte weiter mit der Angst, Julia könne ihn unerträglich finden.

Und so benahm er sich manchmal auch. Julia ertrug es geduldig und munterte ihn auf, allerdings mit immer größeren Anstrengungen. Nur an der Zunahme ihrer nächtlichen Albträume wurden ihre inneren Spannungen sichtbar.

Sie ängstigte sich um ihn, weil sie an vielen Kleinigkeiten bemerkte, wie sich sein Gesundheitszustand und sein seelisches Gleichgewicht veränderten. Normalerweise legte er viel Wert auf seine äußere Erscheinung, rasierte sich zweimal täglich und zog nachmittags am liebsten wieder ein frisches Hemd an, wobei die farbliche Kombination nie zu wünschen übrig ließ, was ihr ein schlechtes Gewissen einflößte, weil ihr Kleidung so wenig bedeutete und sie seine Kritik fürchtete.

Im Laufe der dritten Woche ihres Zusammenlebens fiel ihr auf, dass er an seine zweite Rasur erst dachte, wenn sie wieder im Hause war, oder dass sein Hemd zerknittert war oder er einen farblich unpassenden Pullover trug; und nun wartete er gegen Ende der Woche sogar im Bademantel auf sie. An sich störten sie diese Äußerlichkeiten nicht im Geringsten, nur schienen sie symptomatisch für seinen körperlichen und seelischen Verfall zu sein.

Am Samstag hielt sie die Untätigkeit, ihm nicht helfen zu können, nicht mehr aus, und es kam zu einem heftigen Streit. Sie glaubte einfach nicht an die Richtigkeit der Diagnose von *dottor* Pinatti und fuhr mit Roberto kurzerhand zum *ospedale* der Barmherzigen Schwestern. Aber der Chefarzt wollte die Kompetenz des an der Uniklinik bekannten und angesehenen Kollegen nicht anzweifeln und schützte vor, dass ihm im Klosterhospital die technischen Möglichkeiten fehlten.

»Tu so etwas nie wieder!«, herrschte Roberto sie zornig an, als sie wieder im Auto saßen, »Du hast den alten Mann und auch mich in eine unmögliche Lage gebracht! Ist dir das eigentlich klar geworden?«

Er ließ ihr keine Chance zur Verteidigung und Julia verbrachte den Rest des Tages bei der Gartenarbeit, während Roberto keineswegs besänftigt im Haus blieb. Traurig über das Misslingen ihres gut gemeinten Planes jätete sie Unkraut, aber ganz tief in ihrem Inneren fühlte sie sich durch den alten Arzt bestärkt, er hatte nicht überzeugt, eher ein wenig zweifelnd gewirkt, vielleicht war er nur zu müde oder zu alt zum Kämpfen. Doch wo sollte sie sich jetzt Verbündete suchen?

Gattamelata

III

L'aquila/Abruzzen a. d. 1424

Niedergang? Die Schlacht von L'Aquila

ie Schlacht von L'Aquila am 2. Juni 1424 bedeutete für den vierundfünfzigjährigen Gattamelata den absoluten Tiefpunkt seines Lebens. Im Vorfeld dieser Schlacht ertrank Muzio Attendolo 1423 bei dem Versuch, einen Pagen aus den Fluten des Aterno zu retten; der Sforza genannte condottiero stürzte in voller Rüstung in den Fluss und ertrank. Auch wenn er auf der Gegenseite stand, trauerte Braccio um seinen alten Freund, aber die Schlacht wurde natürlich trotzdem geschlagen.

1423 war Braccio da Montone die Statthalterschaft über die Abruzzenstädte von der neapolitanischen Königin Johanna II. zugesprochen worden, aber die Stadt L'Aquila südwestlich des Gran Sasso d'Italia widersetzte sich dem Herrn von Perugia, und so war der gezwungen, die Stadt zu belagern, um sie einzunehmen. Mit 4.000 Reitern und 3.000 Mann Fußvolk, den fanti, lag er vor der Stadt, und sie wäre ihm bald von allein in die Hände gefallen, weil die Lebensmittelvorräte knapp wurden, wenn sich nicht inzwischen Johanna II. mit ihrem Adoptivsohn und Nachfolger Alfons von Aragonien überworfen hätte, dessen Parteigänger wiederum Braccio war.

So verbündete Johanna II. sich mit Papst Martin V., der seine an Braccio verloren gegangenen Besitztümer wiederhaben wollte und ideell von anderen Feudalherren und auch von dem Visconti in Milano unterstützt wurde; sie alle neideten Braccio das Stück vom Kuchen, der Mittelitalien hieß, und beide Parteien schickten je ein Entsatzheer für L'Aquila. Die beiden Heere vereinigten sich schließlich am 25. Mai 1424 hinter der Bergkuppe des Monte di Bagno unter Führung des condottiero Caldora.

Giacomo Caldora hatte sein Handwerk zusammen mit Gattamelata und Piccinino bei Braccio da Montone erlernt, alle waren ungefähr im gleichen Alter. Giacomo war genau wie Braccio adeliger Herkunft, sein Vater, Feudalherr des uralten normannischen Kastells del Giudice, wurde von König Karl III. von Durazzo ermordet und Giacomo Caldora zusammen mit seinen zwei Brüdern Raimondo und Restaino zu Waisen gemacht. Das gleiche Schicksal mochte Giacomo und Braccio einstmals zusammengeschweißt haben, aber bei dieser Entscheidungsschlacht standen sie sich als Feinde gegenüber, das Schicksal eines condottiero *eben*, *und für einen von ihnen sollte der Tod der Lohn sein.*

Als condottieri *der jüngeren Generation gehörten die fast gleichaltrigen Heißsporne Bartolomeo Colleoni und Francesco Sforza, der geniale Sohn des ertrunkenen Munzio Attendolo detto Sforza, zur Streitmacht des Entsatzheeres. Beide Ende zwanzig, draufgängerisch, und Francesco außerdem noch nach Rache für den Tod seines Vaters dürstend, dessen Soldaten ihn uneingeschränkt als neuen Führer akzeptierten. Tatsächlich sollten beide schon damals als charismatisch eingestufte* condottieri *entscheidenden Anteil am Sieg der Caldoraner haben. Das vereinigte Entsatzheer zählte fünftausend Reiter und dreitausend* fanti, *war Braccio also um eintausend Reiter überlegen.*

Niccolò Machiavelli, der später behaupten sollte, dass condottieri *grundsätzlich die Waffengänge in die Länge zögen, um mehr Sold einzustreichen, und nach Absprache meist unblutig kämpften, weil man sich ja so gut kannte, und die Führer grundsätzlich schonte, weil sie das meiste Lösegeld brachten, hat entweder den Verlauf dieser Schlacht nicht studiert oder schlichtweg gelogen.*

Unter dem Oberbefehl von Braccio da Montone kämpften Gattamelata und Piccinino als die bekanntesten condottieri *auf der anderen Seite, beide erfahrene und mutige Männer, und die Schlacht schien insofern sehr interessant zu werden, weil sich auf beiden Seiten die* condottieri *aus der Schule der Braccesken gegenüberstanden, der sich in dieser Schlacht auch ein Francesco Sforza unterordnen musste, obwohl er die Tradition seines Vaters gern fortgesetzt hätte, aber noch war er nur ein Unterführer.*

Durch gegenseitige Überläufer wusste man um die Truppenstärke des Gegners, Braccio beorderte Piccinino mit vierhundert Reitern vor die Tore L'Aquilas, damit die Bürger keine Hilfstruppen für Caldora schicken konnten.

Die Schlacht sollte in der Ebene des Aterno-Flüsschens stattfinden. Dazu mussten die Caldoraner ihre Pferde und Truppen über den Bagnogrande in steilem Abstieg in Position bringen, während Braccio seine gemächlich aufstellen konnte, und zwar die Kavallerie in kleinen Squadren zu sechzig Reitern, das Fußvolk im Rücken.

Die Caldoraner mussten von den Pferden steigen und sie am Zügel führen, so steil ging es bergab. Braccios Überlegung, die gesamte gegnerische Truppe ohne Angriff absteigen zu lassen, damit keine Squadren des Gegners ihn von der Seite in einem Umgehungsangriff gefährden konnten, entsprach seiner Logik, aber hier beging er seinen ersten großen Fehler. Er rechnete nicht mit der blitzartigen Aufstellung der feindlichen Reiterei. Hätte er sie rechtzeitig angegriffen und gegen den Berghang zurückgedrängt, wäre die Schlacht hier schon zu Braccio da Montones Gunsten entschieden worden.

So aber erfolgte der erste Zusammenprall der Reiterei in der Mitte der Ebene zwischen dem Fluss Aterno und den Bergen. Die Caldoraner hatten ihre Kavallerie in Squadren zu dreihundert organisiert, dadurch war Braccio zwar an Anzahl der kleinen Abteilungen überlegen, aber der Macht der Caldoraner im Angriff nicht gewachsen und wurde zurück gegen den Fluss Aterno gedrängt.

Braccio ließ neue Reitersquadren angreifen und drängte die Gegner gegen die Berge zurück, er beherrschte das schichtweise Einsetzen seiner Kräfte perfekt. Doch die Caldoraner um Francesco Sforza widersetzten sich mit solch einem Ungestüm, dass nun wieder das Bracceser Heer bis auf drei Kilometer an L'Aquila heran zurückweichen musste.

Nach dem Urteil verschiedenster historischer Quellen kämpften beide Heere gleich tapfer und gleich mörderisch, Machiavelli posthum zur Lektüre empfohlen. Von Giacomo Caldora wird behauptet, er sei zweimal beim Kampf um die gegnerische Standarte vom Pferd gestürzt und habe sich wieder auf ein frisches geschwungen, und in beiden Heeren war die Parole ausgegeben worden, kein Pardon zu gewähren und jeden bis zum endgültigen Sieg unbarmherzig niederzuschlagen.

Was nun, Signor Machiavelli, war es doch mehr als ein Turnier? Braccio hätte bei seiner zahlenmäßigen Unterlegenheit keinen Mann für die Bewachung von Gefangenen abstellen können, außerdem fehlte ihm der tapfere Piccinino, der die Stadt L'Aquila bewachen musste, und so ist dieser schonungslose Kampf logisch, aber was heißt das schon bei den Vorurteilen eines Macchiavelli?

Der erste Teil der Schlacht endete unentschieden, aber nun ließ der gewiefte Taktiker Braccio frische kleine Reitersquadren eingreifen, er entschied, Gattamelata führte sie tapfer an, und in diesem zweiten Teil gelang es den Bracceseken, die Feinde bis an den Ausgangspunkt der Schlacht und darüber hinaus an die Berge zurückzudrängen; wenn Braccio sein Fußvolk eingesetzt hätte, wäre die Schlacht auch hier noch siegreich für ihn verlaufen. Aber die fanti, *das Fußvolk, standen zu weit entfernt, und man vermutet, dass der Führer der* fanti *im allgemeinen Getümmel die Zeichen Braccios zum Angreifen nicht sah, und Braccio hatte ihm bei Todesstrafe verboten, ohne sein Zeichen anzugreifen.*

Das taten dagegen die fanti *der Caldoraner und säbelten den gegnerischen Pferden die Beine weg, und in diesem Mischkampf waren nun wiederum die Caldoraner erfolgreich. Als dann noch fünfhundert Panzerreiter von ihnen in einem Umgehungsangriff den Bracceseken in die Seite fielen, war Braccio da Montone in großer Not.*

Acht Stunden dauerte die Schlacht schon, als sie in ihre dritte und ent-

scheidende Phase trat. Piccinino hatte wohl durch Boten von der misslichen Lage Braccios erfahren und verließ seinen Posten vor L'Aquila mit seinen vierhundert Reitern; er konnte auch tatsächlich dem capitano generale *Entlastung bringen, allerdings um einen, wie sich später herausstellen sollte, viel zu hohen Preis.*

Vielleicht hätte der brillante Braccio den Karren allein aus dem Dreck ziehen können, doch als die hoch gerüsteten Aquilaner den Abzug Piccininos nutzten, aus ihren nun nicht mehr blockierten Stadttoren stürmten und den Braccesken in den Rücken fielen, war das Schicksal des Braccio da Montone besiegelt.

Nach Machiavellis Lesart hätten die Caldoraner nun zumindest den Braccesen einen Fluchtweg öffnen oder Gefangene machen müssen, aber sie schlossen ihre Reihen, und so konnten die Aquilaner in aller Ruhe ein ziemliches Blutbad anrichten; es wird auch berichtet, dass es ein Aquilaner war, der dem condottiero *Braccio da Montone eine lebensgefährliche Halswunde beibrachte. So ein Pech,* Signor *Macchiavelli!*

Gattamelata geriet in Gefangenschaft, Francesco Sforza schickte seinen Leibarzt zu Braccio, den er aus den Tagen seines Vaters kannte und schätzte, aber auch der Arzt konnte dem genialsten condottiero *des beginnenden 15. Jahrhunderts nicht mehr helfen, und so starb er nach drei Tagen noch im Feldlager.*

Piccinino und Oddo Fortbracci, ein Sohn des besiegten Braccio da Montone, konnten mit etwa vierhundert Lanzen entkommen, das heißt, dass die meisten der anderen zweitausendachthundert Reiter in diesem mörderischen Kampf gefallen waren, denn Gefangene gab es wenige; die Verluste allein auf Braccios Seite waren also enorm hoch, die der Gegenseite nicht minder.

Ein Scheinkampf, signor *Macchiavelli? Ein Possenspiel? Hier kämpften Braccesken gegen Braccesken, denn Caldoras Lanzen hatten früher mit ihm unter dem Kommando Braccio da Montones gestanden, und keine alte Freundschaft zählte mehr, nur der Sieg!*

Die Gassenjungen von L'Aquila sangen den von einem anonymen Dichter erdachten Spottvers laut durch die Straßen:

> Aquila bella chi t'ha scapillata?
> Niccolò Piccinino et Gattamelata!
> Das schöne Aquila, wer hat es verspielt?
> Niccolo Piccinino und Gattamelata!

Hauptsächlich durch diesen Spottvers ist die Teilnahme Gattamelatas an der Schlacht von Aquila bewiesen, er hatte im Schatten des großen Braccio da Montone gestanden. Bis jetzt!

Ob Lösegeld für Gattamelata gezahlt wurde, ist zweifelhaft, wer sollte es entrichten? Und so ist ihm vermutlich die Flucht gelungen, die Flucht in ein Leben, das noch Großes für ihn bereithielt.

kapitel 3
a. d. 2001 / frühling

Padova

ass mich doch endlich in Ruhe! Ich lass nicht über mich bestimmen! Mein Leben gehört mir!«, schrie er sie an. »Es gehört mir! Mir! Mir! Weder Angela noch dir! Geh doch endlich! Ich kann dein Mitleid, deine Fürsorge und deine schreckliche Nächstenliebe nicht mehr ertragen! Verschwinde endlich!«

Julia stand wie festgewurzelt am Fußende des Bettes und überlegte, welche Ursache hinter diesem Ausbruch steckte. Sie hatte nur vorgeschlagen, Roberto nach den unerträglichen Schmerzen der Nacht am heutigen Morgen sofort zum Arzt zu fahren, dreimal war sie von seinem Stöhnen aufgewacht.

Sie rührte sich nicht von der Stelle, so groß war der Schock. Nicht der Inhalt seiner Worte machte sie betroffen, sondern dass er vor ihren Augen seine Fassung so vollständig verlor, sich in Selbstauflösung befand und dies vor sich selbst und auch vor ihr durch Lautstärke zu verbergen suchte. Was für Schmerzen mussten den Mann quälen, dass er die Beherrschung so völlig verlor; normalerweise reagierte er im Zorn eher leise, leise und oft sehr scharf.

Also handelte es sich nicht um einen Zornesausbruch, und im selben Augenblick begriff sie, dass sie das Zimmer sofort verlassen musste, um seinen totalen Zusammenbruch zu verhindern, wenn auch ihr plötzlicher Abgang auf ihn wie eine Flucht wirken mochte. Leise schloss sie die Tür hinter sich, kein Laut drang mehr hindurch, sie wartete und horchte.

Nichts.

Langsam ging sie zum Küchentisch und starrte auf die blank gescheuerte Tischplatte. In der Mitte lag eine aufgerissene Tablettenschachtel, Roberto musste heute Nacht unbemerkt aufgestanden sein, noch einmal zu den schweren Schmerzmitteln gegriffen und die neue Packung in großer Ungeduld aufgerissen haben. Aber warum hatten die Kapseln nicht geholfen? Seit Tagen schon nahm er mehr und mehr, und sie halfen immer weniger, seit heute Nacht offensichtlich überhaupt nicht.

Ihn schienen die Nebenwirkungen gleichgültig zu lassen, welche waren es noch genau? Sie suchte nach der Packungsbeilage und nahm die Schachtel auseinander, ohne die Gebrauchsinformation zu finden. Sie schaute unter den Tisch, vergebens. Nur die beiden ausgeformten Plastikrechtecke, in denen sich die unter Alufolie eingeschweißten Kapseln befanden, lagen da, eines noch vollständig, aus dem anderen waren drei der zwölf versiegelten Kapseln herausgedrückt, sie musste Roberto heute Nacht geschluckt haben.

»Das gibt es doch gar nicht«, sagte sie laut und suchte im Bad, dort bewahrten sie alle Medikamente in einem großen, flachen Strohkorb auf, und Roberto hatte seine lästige Angewohnheit, alle, auch die aufgebrauchten Medikamentenpackungen hineinzuwerfen, mit der Bemerkung entschuldigt:

»Manche Männer schrauben die Zahnpastatuben nicht zu, ich werfe eben alles in einen Topf.«

Julia durchwühlte den Korb und fand dabei nicht nur die Gebrauchsinformation in einer anderen, ansonsten leeren Schachtel, sondern auch ein Plastikrechteck mit noch einer Kapsel. Julia stutzte und verglich die neue mit der alten Packung, bei der alten war der Name des Medikaments auf die Alufolie in blauer Schrift aufgedruckt, bei der neuen sah es bei flüchtigem Hinschauen genau so aus, bei genauerem allerdings sah man nur große und kleine blaue Streifen, die sich mit angefeuchtetem Finger auch noch wegwischen ließen.

Misstrauisch geworden verglich sie die Kapseln. Die aus der alten Packung waren von sonnengelber, die in der neuen von zitronengelber Farbe, und als Julia jetzt die beiden Kapseln durch die Alufolie drückte und erst die aus der alten Packung vorsichtig aufdrehte, bröselte hellgelbes Pulver heraus, aus der neueren dagegen schneeweißes.

Sie setzte sich an den Küchentisch und dachte nach. Vor einer Woche, am letzten Tag ihrer Tätigkeit in der Sprachschule, hatte sie Roberto morgens mit in die Stadt genommen, ihn an der Uniklinik abgesetzt und mittags dann wieder abgeholt. Sonst brachte er immer ein Rezept vom Arztbesuch mit, worauf sie anschließend in der Apotheke die Medikamente besorgte. Diesmal jedoch hatte er die Tabletten direkt vom Arzt bekommen und seither mit ständig wachsenden Schmerzen zu kämpfen gehabt, gestern Abend war sein Knie so heiß angeschwollen wie noch nie.

Bevor sie Entscheidungen traf, zu denen Roberto im Augenblick nicht in der Lage war, musste sie sich erst Gewissheit verschaffen, bevor sie handelte. Entschlossen packte sie die Kapseln in die dazugehörigen, jetzt aufgerissenen Verpackungen, nahm Handtasche, Autoschlüssel und Mantel und wollte eben das Haus verlassen, als ihr noch etwas einfiel. Sie nahm Robertos Dienstpistole aus ihrer Schreibtischschublade und steckte sie in ihre Handtasche, nicht etwa als Schutz für sich selbst, sondern um sie aus Robertos Reichweite zu bringen, sicher war sicher.

Bei den Zanellas hielt sie kurz. *Mamma* räumte die Küche auf. Alle anderen arbeiteten schon. Sie las in Julias Gesicht wie in einem offenen Buch.

»Was ist, *cara*? Geht es Roberto schlechter? Willst du einen Arzt rufen?«

»Nein, *mamma*, das nützt nichts mehr. Ich will sehen, ob ich im *ospedale* einen schnellen Operationstermin für ihn aushandeln kann. Wenn ich bis Mittag nicht zurück bin, schaust du nach ihm? Aber sei nicht beleidigt, wenn er dich nicht sehen will, es geht ihm sehr schlecht, und er verkriecht sich wie ein verwundetes Tier.«

»Armer Mann! Und dabei wart ihr so glücklich!«

»Es wird schon wieder besser werden, *mamma*, aber dafür muss ich jetzt etwas tun. *Ciao e grazie.*«

Ihr Weg führte sie zuerst in die *questura*, wo Umberto sich ihren Verdacht aufmerksam, aber etwas ungläubig anhörte, sie kannte ihn mittlerweile gut genug.

»Ich bin sicher, dass Angela Saccardo dahintersteckt. Sie und Robertos behandelnde Arzt haben zusammen studiert. Aber warum tun sie Roberto das an?«

»Das sind doch Hirngespinste, Giulietta, ich glaube an kein Komplott!«

»Sieh selbst. Hier sind die Tablettenpackungen!«

Er warf einen Blick darauf und wirkte plötzlich hundertprozentig interessiert.

»Komm mit ins Labor, die gleiche Art von folienverschweißten Tablettenkapseln taucht zurzeit in der Drogenszene auf.«

Julia erschrak zutiefst:

»Du meinst, es ist Rauschgift in der Kapsel?«

Er probierte eine winzige Prise.

»Ich glaube nicht, aber komm!«

Sie erhielten ziemlich schnell Gewissheit über die Zusammensetzung des weißen Pulvers in den Kapseln der neuen Packung, nichts als Traubenzucker und Maismehl.

»Kein Wunder, dass Roberto vor Schmerzen fast umkommt! Erst die falsche Therapie und nun ein Placebo! Jetzt glaube ich fest an Absicht«, sagte Julia erbittert. »Danke, Umberto, und *ciao!*«

Aber er ließ sie so leicht nicht gehen und forderte weitere Erklärungen.

»Später, ich habe jetzt keine Zeit. Ich muss in die Uniklinik und den Arzt zur Rede stellen, der Roberto dies Zeug gegeben hat.«

Aber Umberto blieb hartnäckig.

»Lass uns zu Fuß in die Klinik gehen, dabei kannst du mir deine ganze Geschichte erzählen, einen Parkplatz findest du da sowieso nicht.«

Julia gab nach und war andererseits auch ein bisschen erleichtert, ihren Verdacht mit einem Fachmann durchsprechen zu können.

»Ich glaube wirklich, dass Angela Saccardo dahintersteckt«, schloss sie ihren Bericht, »sie versucht seit zwei Wochen, mich und Roberto auseinanderzubringen. Sie hat ihm vorgeschlagen, angeblich als Wiedergutmachung, Roberto nach Denver zu dem besten Kniespezialisten zu begleiten und alles zu bezahlen. Roberto hat sich geweigert, und nun versuchen sie, ihn über unerträgliche Schmerzen dazu zu zwingen. Wahrscheinlich hat Angela diesen *dottor* Pinatti in der Hand.«

»Diese Hypothese müssen wir aber erst einmal beweisen, Giulietta.«

»Dazu habe ich keine Zeit. Ich gehe jetzt zu Pinatti!«

»Das tust du nicht, du bleibst hier!«

Sie drehte sich wie in Zeitlupe um, man glaubte das Knistern der Spannung zu hören. Dann sah sie ihm direkt in die Augen, mit einem Blick, der selbst stärksten Beton durchbohrt hätte.

Umberto seufzte.

»Ist ja schon gut, *ragazza*, ist ja schon gut. Ich verzichte darauf, die Wand zu sein, durch die du offensichtlich gehen willst. Aber das eine sag ich dir, wenn du nicht in spätestens zwei Stunden hier wieder auf der Matte stehst, such ich das Krankenhaus bis auf die letzte Wandritze nach dir ab.«

Padova

Als sie ihm in seinem Zimmer gegenübersaß, überraschte sie seine asketische Gestalt. Seine Haare waren eisengrau und schütter, er trug eine Halbbrille, über die er sie mit einem klinisch kühlen Blick musterte, von der Nase zum Kinn liefen tiefe Falten wie Schicksalskerben, die seiner leicht arroganten Erscheinung eine professorale Strenge verliehen.

»Was kann ich für Sie tun, *signorina*? Giulia Bassner, nicht wahr? Der Name Bassner ist nicht allzu häufig. Sind Sie verwandt mit einem Roberto Bassner?«

Ohne rot zu werden, erzählte Julia *dottor* Pinatti, dass sie Robertos kleine Schwester sei, wobei klein aber nur altersmäßig gemeint sei, denn sie sei fast so groß wie ihr Bruder. Der Arzt nickte zustimmend und akzeptierte die Größe offensichtlich als Beweis ihrer Familienzugehörigkeit.

Normalerweise, fuhr sie fort, lebe sie im *Alto Adige*, was er bestimmt an ihrem Akzent hören könne. Sie sei ein Nachkömmling; die *marchesa*, ihre Mutter, sei bei der Geburt ihres ältesten Sohnes zwanzig gewesen, bei ihrer Geburt hingegen vierzig, fabulierte Julia munter drauf los. Sie hatte sich vorgenommen, so wenig wie möglich zu lügen.

»Francesca, unsere Mutter, macht sich ebenso große Sorgen um Roberto wie ich«, beendete sie ihren Redeschwall.

»Ich mir auch! Hat er Ihnen erzählt, dass wir zusammen studiert haben?«

»In Bologna.«

»Ja, wir waren eine unzertrennliche Clique damals. Leider lebt einer nicht mehr.«

»Erasmo Saccardo. Roberto hat oft von Ihnen gesprochen.«

Julia schämte sich ihrer Lügen nicht, wenn sich dieser Arzt tatsächlich so heimtückisch benahm, wie sie vermutete.

Du begibst dich auf sein Niveau hinunter, meinte sie Robertos warnende Stimme zu hören, der Zweck heiligt die Mittel nicht.

Aber im Augenblick konnte sie sich Ehrlichkeit und Moral um jeden Preis nicht leisten, da der Gegner sich an diese Werte nicht hielt. Sie war mit keiner fertigen Strategie hergekommen und improvisierte weiter.

»Arme Angela! Emo so zu verlieren, ehrlos und kriminell, wer hätte das gedacht?«, seufzte der Arzt und setzte die Brille ab, um sich müde über die Augen zu streichen.

»Sie ist sehr stolz!«, bestätigte Julia. »Und genau da beginnt das Problem, das Anlass meines Besuches ist. Vielleicht können Sie mir helfen.«

Sie machte eine Kunstpause.

»Ich verstehe nicht. Erzählen Sie!«

Er sah auf die Uhr.

»Allerdings ist meine Zeit begrenzt.«

»Ich glaube, Angela fühlt sich verantwortlich für den Anschlag ihres Mannes auf Roberto. Und da sie sehr vermögend ist, möchte sie den Schaden wiedergutmachen, obwohl sie keinerlei Schuld trifft. Sie will meinen Bruder zum besten Kniechirurgen nach Denver bringen, aber er ist genau so stolz und will sich nichts schenken lassen.«

»Ich verstehe ihn nicht«, der *dottore* schüttelte den Kopf; plötzlich zeigte er überhaupt keine Eile mehr. »Sie ist steinreich und täte es gern. Aber er ist völlig verbohrt.«

»Sie können ihn nicht noch einmal operieren?«

»Ich kenne unsere Grenzen, *signorina*«, antwortete er bedauernd, »außerdem haben wir eine zu lange Warteliste. In den nächsten vier Wochen ist kein Termin frei.«

Sie konnte es ihm nicht widerlegen.

»Aber außer in Padova und Denver gibt es doch sicher noch andere Spezialisten? London oder Paris zum Beispiel?«

»Wien! Hier in Europa würde ich Professor Eberle in Wien empfehlen!«

»Wenn Sie nun«, sie tat als entwickele sie diesen Gedanken eben gerade, »Angela dazu bringen könnten, Abstand von Denver zu nehmen und, sagen wir, Wien in Betracht zu ziehen, wäre das nicht ein Kompromiss?«

»Wenn Roberto darauf einginge, wäre das durchaus eine Lösung.«

Als sie Robertos Schmerzen schilderte, glaubte sie, einen zufriedenen Ausdruck in Pinattis Augen entdeckt zu haben, oder bildete sie sich das nur ein? Roberto habe selbst Wien schon in Erwägung gezogen, log sie und setzte hinzu, dass er wohl auch Angelas Wiedergutmachung akzeptieren würde, wenn …

Sie zögerte.

»Ja?«

»Angela ist sehr empfindlich gegen Einmischung von außen. Wenn Sie meinen Namen nicht erwähnten …«

Sie machte ihn zum Komplizen, und er bemerkte es nicht einmal.

»Sehr weise, *signorina*. Sagen Sie Roberto, dass ich Wien wärmstens empfehle. Selbstverständlich will ich *signora* Saccardo gern nahelegen, diesen Kompromiss anzunehmen. Sie sollten in den diplomatischen Dienst gehen, *signorina*!«

Er lächelte freundlich.

»Ach, warten Sie, ich schreibe Ihnen die Privatnummer von Professor Eberle auf. Ich werde ihn auch selbst noch anrufen.«

Julia suchte in ihrer Handtasche.

»Ach, *dottore*, dass hier sind die letzten vier Kapseln von dem Schmerzmittel, das Sie verordnet haben. Schreiben Sie mir doch bitte noch ein Rezept für meinen Bruder auf, er hat so große Schmerzen!«

Bis hierher war alles nur die Einleitung gewesen, jetzt kam es darauf an, ob ihr bisher durch nichts bewiesener Verdacht falsch und ihre Vermutungen Hirngespinste waren.

Er griff zum Rezeptblock.

Alles umsonst, schoss es ihr durch den Kopf, er hat nichts damit zu tun. Ich hätte Roberto fragen sollen, woher er die letzte Packung hat.

»Warten Sie, ich glaube, ich habe noch eine Musterpackung vorrätig, die gebe ich Ihnen mit.«

»Sehr liebenswürdig.«

Julia atmete tief durch. Nun würde er aufstehen, zum Medikamentenschrank gehen und ihr die Tabletten geben. Stattdessen schloss er die Schreibtischschublade auf und reichte ihr, ohne zu zögern, eine Schachtel.

»Aber er sollte so schnell wie möglich nach Vienna, der Dauergebrauch dieser Tabletten ist schädlich, und er weiß das!«, verabschiedete sich *dottor* Pinatti.

Julia eilte zur nächsten Krankenhaustoilette und packte mit fliegenden Fingern die Schachtel aus, feuchtete einen Finger an und fuhr über den Schriftzug. Er verwischte sofort.

Umberto stand noch am selben Fleck, seine Erleichterung war deutlich abzulesen, als sie ihn anrief.

»*Cristo Signore*! Die zwei Stunden sind fast um! Ich habe mir ausgemalt, wie er dich unter Drogen setzt oder dir ein Wahrheitsserum injiziert!«

»Du liest zu viele Kriminalromane, und schlechte dazu«, lachte Julia, »komm schnell in euer Labor. Ich hab den Beweis in der Tasche!«

Während sie auf das Ergebnis der Analyse warteten, kam Sandro herein.

»Volltreffer! Pinatti ist schon zweimal wegen Verstoßes gegen das Betäubungsmittelgesetz straffällig geworden!«

Umberto hatte Sandro während der Wartezeit angerufen. Das Ergebnis aus dem Labor kam schnell; die gleiche Mischung aus Traubenzucker und Maismehl.

»Julia, du musst jetzt Anzeige erstatten!«

Umberto musste sie zweimal ansprechen. Sie knetete ihre Finger und hörte ihn kaum. Der Arzt hatte einen so korrekten und kompetenten Eindruck gemacht, dachte sie. Warum half er Angela, Roberto durch unerträgliche Schmerzen zu bestimmten Entscheidungen zu zwingen? Oder steckte sie gar nicht dahinter? Aber wenn doch – wollte sie den Tod ihres Mannes rächen? Oder Roberto von sich abhängig machen?

»Giulietta!«

»Was? Nein! Wir können ihm nicht beweisen, dass er wirklich von dem falschen Kapselinhalt wusste: Die Pappschachteln der Außenverpackung sind die originalen, oder? Na siehst du! Roberto muss jetzt sofort in gute medizinische Behandlung. Ich bringe Roberto nach Deutschland; mein Vater ist Arzt, er wird uns weiterhelfen und beraten. Aber sag keinem etwas davon, Umberto! Bleib auch du dabei, dass Roberto nach Wien will. Ich traue Angela jetzt jede Gemeinheit zu. Ich will Roberto so schnell wie möglich aus ihrer Reichweite bringen.«

»*Brava*, Giulietta! Ich werde ganz vorsichtig ermitteln und schweigen wie ein Grab!«

»Allen gegenüber!«

»Auch der *marchesa*? Auch dem *vice-questore* und *questore* gegenüber?«

»Allen!«

»Grüß Roberto, er soll bald wieder normal werden! Seit Erasmo Saccardos Tod steht er völlig neben sich!«

»Weißt du, manchmal glaube ich, Gattamelata ist gar nicht tot.«

»Was soll der Unsinn! Erasmo Saccardo ist von wem auch immer unter die Erde gebracht worden, ich habe seine Leiche selbst gesehen!«

Sie hatte keine Zeit, ihm von Vittorios Vermutung zu erzählen.

»Ach, es war nur so eine Idee. *Ciao* und Danke, Umberto, grüß Gina und die Kinder! Ohne dich …!«

»Schon gut, *ragazza*, pass gut auf Roberto auf! Ihr beide seid seine Engel: Angela ist sein *angelo sterminatore**, und du bist seine Engeline, sein *angelo custode***!«

Torreglia

Nach einigen Telefonaten aus Robertos Wohnung, unter anderem mit der *marchesa*, der sie auch von Wien erzählte (sie sollte diese Version ruhig verbreiten), nach dem Zusammensammeln von allerlei Dingen und Papieren, von denen sie meinte, dass Roberto sie in Deutschland gebrauchen könne, fuhr Julia ins *ospedale* der Barmherzigen Schwestern, wo sie ein langes, erfüllendes Gespräch mit dem alten Fra Ioannis führte.

Müde hielt sie bei den Zanellas an. Sie nötigten ihr eine Tasse heiße Schokolade und ein Mandeltörtchen auf und erzählten, dass sogar *mamma* eine Abfuhr von Roberto erhalten habe. Sie bedauerten die angekündigte Abreise, sahen aber ihre Notwendigkeit ein und versprachen Julia, sich an ihre Instruktionen zu halten.

Die schwerste Aufgabe des Tages lag noch vor ihr: Sie musste Roberto überzeugen, gleich morgen früh abzureisen. Zögerlich, ja fast verzagt, fuhr sie die letzten Meter bis zum Alten Hof hoch.

Sie stieg nicht gleich aus; den ganzen Tag über hatte sie zielentschlossen und konsequent gedacht, geplant und gehandelt, aber nun krochen Zweifel in ihr hoch. Wie würde Roberto ihre Entscheidungen aufnehmen?

Doch als sie sich ins Gedächtnis zurückrief, welch infames Komplott gegen ihn geschmiedet worden war, stieg sie entschlossen aus. Wohn- und Küchenbereich lagen im Halbdunkel, nur die kleine Leuchtstoffröhre über der Spüle brannte. Die Schlafzimmertür schien so verschlossen wie bei ihrem Weggang heute Morgen, wie sollte sie den Einstieg in ein Gespräch schaffen, wenn die Tür wie eine hochgezogene Zugbrücke zwischen ihnen stand?

Kein Laut drang an ihr Ohr, das Frühstücksgeschirr türmte sich unabgewaschen auf der Spüle, und das von *mamma* Zanella heraufgebrachte

---

* Würgeengel
** Schutzengel

Tablett stand unberührt und mit einem Küchentuch abgedeckt auf dem Tisch.

»*Alea iacta est!**«, sagte sie einen der Lieblingssprüche ihrer Großmutter halblaut vor sich hin, drehte millimeterweise den Knauf der Schlafzimmertür und lauschte auf Robertos von Stöhnen unterbrochene Atemzüge. Dann öffnete sie die Tür einen Spaltbreit. Sie war zur Untätigkeit verbannt, das Geschirrklappern beim Abwaschen würde ihn wecken, aber ihr kribbelte es in allen Fingern, etwas zu tun. Packen!

Sie reckte sich und holte einen Koffer vom Schrank, es war ihrer. Egal, dachte sie, ob ich erst seine oder erst meine Sachen packe, und legte ihn vorsichtig auf das Fußende ihrer Bettseite. Behutsam schob sie die Schranktür auf; leises Knarren ließ sie bewegungslos verharren, aber Roberto rührte sich nicht, und so begann sie, im Halbdunkel ihre Sachen weiter auszuräumen und ihren Koffer zu packen.

So konzentriert bemühte sie sich um Lautlosigkeit, dass sie vom Einschalten der Nachttischlampe völlig überrascht wurde.

»Du musst dich nicht bei Nacht davonstehlen«, sagte er mit gebrochener Stimme. »Ich verstehe vollkommen, dass du gehen willst. Ich bin nicht gemeinschaftsfähig, auch wenn du mir das eine Zeit lang eingeredet hast.«

Sie ließ ihn reden, auch wenn es ihr wehtat, wie er sich selbst unbarmherzig aburteilte.

Er muss es los werden, dachte sie, vielleicht befreit ihn sein Reden.

Als er schließlich erschöpft schwieg, wollte sie ihm sagen, dass er die Situation und sie völlig falsch einschätzte, aber dann überraschte er sie mit einem neuen Ausbruch.

»Es ist dein Haus, dein Bett, alles ist deins! Ich habe kein Recht, dich daraus zu vertreiben! Ich werde gehen!«

»So?«

Sie holte seinen Koffer vom Schrank.

»Und wo, bitte schön, soll ich dich hinbringen?«

Sie griff nach einem Stapel sciner Pullover.

»Bring mich bitte ins Kloster zu den Barmherzigen Schwestern.«

»Unmöglich, deine Zelle ist bereits doppelt belegt, sie haben keinen Zentimeter Platz, sie sind total überbelegt. Ich war heute dort.«

»Dann bring mich in die Universitätsklinik!«

»Frühestens in vier Wochen haben sie einen Termin und ein Bett für dich. Ich war heute dort.«

»Dann ins *Ca'Rosso* zu meiner Mutter!«

»Auch das ist nicht möglich. Francesca und Carlo sind gestern ins

---

* Der Würfel ist gefallen (sagte Cäsar, als er sich entschloss, den Rubikon zu überqueren).

Hotel gezogen, die Fenster und die Heizungsanlage werden erneuert, ich war heute dort.«

»Dann bleibt noch meine Wohnung!«

»Bestimmt nicht! Vier Treppen? Unmöglich für dich, du schaffst nicht eine!«

Julia schnitt ihm den letzten Rückzug ab, jetzt musste sie ihn wieder aufbauen.

»Und komm ja nicht auf die wahnsinnige Idee, Angelas Angebot anzunehmen! Ich werde mich wohl weiter um dich kümmern müssen, Roberto Bassner! Glaubst du etwa, du wirst mich so leicht wieder los, nur weil du mich einmal anschreist?«

Eine aufdämmernde, ungläubige Ahnung lag auf seinem Gesicht und ließ die Stumpfheit in seinen Augen brechen.

»Giulia? *L'anima mia*! Giuli?«

Sie setzte sich auf die Bettkante.

Er setzte sich mühsam auf, unsicher, ob er Julia richtig verstanden hatte, und streckte zögernd die Arme nach ihr aus. Als sie ihm entgegenkam, legte er seinen Kopf auf ihre Schulter.

»Du musst das Wort *Vertrauen* neu buchstabieren lernen, mein Herz«, sagte sie weich, »du buchstabierst es so: V für Verlust, E für Enttäuschung, R für Resignation, T für Trostlosigkeit, R für Ratlosigkeit, A für Abhängigkeit, U für Unglaube, E für Entmutigung, N für Niedergeschlagenheit.

Ich dagegen buchstabiere es so: V für Verständnis, E für Empfindsamkeit, R für Rücksicht, T für Trost, R für Redlichkeit, A für Altruismus, U für Unabhängigkeit, E für Ehrlichkeit und N für Nachsicht!«

»*L'anima mia*«, murmelte er, »alles in mir ist in Auflösung begriffen. Mein Körper ist gegen mich! Ob ich je meinen Beruf wieder ausüben kann? Und wenn ja: Ob ich es überhaupt noch will? Mein Lebensziel, den Mörder meiner Schwester zu finden, ist erreicht. Ich brauche ein neues! Dich! Du bist mein einziger Halt!«

Er klammerte sich an sie, und sie strich ihm beruhigend über die Schulter, immer wieder, bis er sich erschöpft zurücklegte.

»Diese verdammten Schmerzen!«

»Apropos Schmerzen! Apropos Vertrauen!«

Julia griff nach ihrer Handtasche, entnahm ihr zwei Tablettenschachteln und drückte aus der einen zwei Filmtabletten heraus.

»Jetzt kannst du mir beweisen, dass du mir vertraust. Schluck das!«

Sie reichte ihm ein Glas Wasser vom Nachttisch und die beiden Tabletten. Ohne zu zögern folgte er ihrer Aufforderung. Aus der anderen Packung drückte sie ein Zäpfchen.

»Und jetzt das!«

Sie stand auf und blickte auf ihn hinunter. Wie viel graue Haare hatte er in den letzten Monaten bekommen!

»Wir machen Fortschritte«, imitierte sie den Krankenhausjargon. »Du fragst nicht einmal, was ich dir eintrichtere.«

»Ich tue alles, was du für richtig hältst, Giuli, alles!«

»Ich nehme dich beim Wort, Ro! Wenn deine Schmerzen nachlassen, bringe ich dir etwas zu essen und erzähle dir eine ganz und gar unglaubliche Geschichte.«

Zum Essen stand er auf, erleichtert über die deutlich nachlassenden Schmerzen. Es pochte nur noch leicht in seinem Knie. Als Julia sein Bein hoch lagern wollte, widersprach er, aber sie sagte streng:

»Du hast gesagt, alles, was ich für richtig halte!«

Er gab sofort nach, und sie erklärte, sie werde in ihrer Nächstenliebe, ihrem Mitleid und ihrer Fürsorge, die er ihr am Morgen so lautstark vorgeworfen hatte, nicht nachlassen: sie leide im wahrsten Sinne des Wortes mit ihm, und da er nicht in der Lage sei, für sich zu sorgen, müsse sie das vorübergehend tun.

Sie aßen schweigend *mamma* Zanellas kalte Platte und anschließend eine schnell heiß gemachte Dosensuppe, nach kulinarischen Höhepunkten stand beiden nicht der Sinn.

»Verrätst du mir nun, was für Medikamente du mir gegeben hast und wo du sie her hast?«

»Du meinst, Vertrauen ist gut, aber Kontrolle ist besser, nicht wahr?«, zog sie ihn auf, doch er machte sofort einen Rückzieher:

»Nein, nein, du musst es mir nicht sagen!«

»Es ist kein Geheimnis: ein Breitenspektrum-Antibiotikum gegen die Kapselentzündung, die Frau Ioannis in deinem Kniegelenk vermutet, und Schmerzzäpfchen mit dem Wirkstoff Ibuprofen, beides mit besten Wünschen vom alten *dottore* von den Barmherzigen Schwestern. Dazu empfiehlt er kalte Umschläge, oder noch besser: Eiskompressen. Er hat mir Medikamente für eine Übergangszeit mitgegeben.«

Auf seine Frage, was sie bei den Barmherzigen Schwestern gemacht habe, antwortete sie erst einmal nicht, sondern zog aus ihrem Einkaufskorb die verschiedenen Tablettenschachteln, einzeln verpackt in Plastiktütchen.

»Solche Beutel benutzt die Spurensicherung.«

»Ich weiß, Umberto hat die Sachen eingetütet und in euer Labor gebracht.«

Und nun erzählte sie ihm wie versprochen die ganze unglaubliche Geschichte.

»Die Tabletten, die Pinatti dir in der letzten Woche gegeben hat, kannst du kiloweise schlucken, und du deckst damit lediglich deinen Kohlenhydratbedarf. Euer Labor hat das zweifelsfrei bewiesen. Wie kann ein Arzt«, schloss sie erbittert, »einem Patienten wissentlich so viel Schaden zufügen?«

»Ärzte sind auch nur Menschen, und schwarze Schafe gibt es in jedem Beruf. Er war damals in Bologna sehr verliebt in *La Leonessa*«, sagte Roberto und zerkrümelte nachdenklich etwas Weißbrot. »Vielleicht ist er es noch, oder sie erpresst ihn. Es stimmt mich allerdings sehr bedenklich, wie weit ihre Beziehungen und Möglichkeiten reichen. Was machen wir jetzt, Giuli? Ich fühle mich einer direkten Konfrontation mit Angela im Augenblick nicht gewachsen, und noch mehr Angst habe ich um dich. Ich traue ihr jede Bosheit der Welt zu. Wir sollten beide aus Angelas Machtsphäre verschwinden.«

»Was meinst du, warum ich gepackt habe! Morgen früh rufst du sie an und erzählst ihr, dass du nach Wien fährst, aber ohne sie, und dann machen wir beide uns aus dem Staub! Aber nicht nach Wien!«

»*Va bene!*«

Er fragte nicht einmal, wohin sonst, so sehr überließ er ihr die Entscheidung.

Julia war erleichtert. Was sich wie ein Berg von Problemen vor ihr aufgetürmt hatte, ebnete sich wie von selbst. Angela wusste noch nicht, dass sie das Spiel verloren hatte.

Torreglia

Julia fiel auf Robertos angebliche Hilflosigkeit voll herein, als er sie damit unter die Dusche lockte. Als er sich gegen sie lehnte, wusste sie wieder einmal, dass die geringste Berührung durch diesen Mann sie erregte, umgekehrt erging es ihm nicht anders. Das warme Wasser der Dusche strömte über sie hin, er ließ sich auf dem eingebauten Klappsitz nieder, hielt sie fest, und kurzzeitig vergaßen sie alle Probleme.

»Komm ins Bett, *nereide*, solange deine Wundermedizin wirkt!«, raunte er ihr ins Ohr.

»Du bist viel zu krank!«

Sie küsste ihn leidenschaftlich, doch in diesem Moment wurden sie jäh gestört. Scheinwerferstrahlen huschten über das Badezimmerfenster, Julia stellte sofort die Dusche ab. Gespannt lauschten sie den Motorengeräuschen.

»Angelas Lamborghini!«, flüsterte Roberto.

»Sie darf mich hier nicht mehr finden, sonst könnte sie Verdacht schöpfen! Sag ihr, Ro, dass du mich hinausgeworfen hast und ich heute Morgen fluchtartig fortgefahren sei. Gut, dass meine Koffer schon gepackt sind. Ich bleibe im Bad, und du wimmelst sie ab. Und vergiss nicht, Schmerzen zu simulieren!«

Widerspruchslos ließ er sich in den Bademantel helfen. Julia reichte ihm seine Gehhilfen, und er verließ das Bad, die Tür einen Spalt offen lassend.

»Ich konnte es bis morgen nicht abwarten, deine Entscheidung zu hören, Roberto!«

Durchgestylt von Kopf bis Fuß, wobei das kräftige Rot ihrer Fingernägel mit der Farbe ihres flauschigen Pullovers harmonierte, schwarze Leggings und hohe, rote Lackpantoletten, das alles ließ vergessen, dass sie bei der letzten Begegnung mit Roberto Julias einfache Kleidung – Jeans und ein Flanellhemd – aufs Peinlichste kopiert hatte. Roberto registrierte, dass sie dafür jetzt Julias Parfüm benutzte.

»Wo ist denn deine kleine Freundin?«, fragte sie und entfernte ein Stäubchen auf ihrem rot lackierten Fingernagel.

Ich sollte ihr ein für alle Mal sagen, dass sie für immer aus meinem Leben verschwinden soll, dass ich Giuli heiraten werde und blutrot lackierte Fingernägel verabscheue, dachte Roberto, erzählte ihr aber die verabredete Geschichte und sah das befriedigte Aufleuchten in ihren Augen, als sie siegesgewiss sagte:

»Ich möchte dich heute noch aus dieser trostlosen Umgebung fortbringen, zu mir, bevor wir nach Vienna fahren, Pinatti hat mich überzeugt.«

Also doch ein Komplott der beiden.

Roberto reagierte gespielt ärgerlich.

»Ich wollte dir *morgen* grundsätzlich zu- 0 oder absagen, Angela! Morgen früh, zehn Uhr sind die vierzehn Tage erst um! Und wenn wir beide miteinander auskommen wollen, muss ich auf eins bestehen: Das Einhalten von Absprachen!«

Sie strahlte.

»Das klingt wie eine Zusage, Liebling! Danke!«

Roberto kam sich schäbig vor, aber die neu einsetzenden Schmerzen hielten ihn davon ab, ihr die Wahrheit zu sagen. Nicht, bevor Giulia und er aus dem Machtbereich dieser gefährlichen Frau verschwunden waren – vor allem Giuli!

Er sank mit zusammengebissenen Zähnen auf einen Stuhl.

»Schmerzen, Roberto? Wir fahren morgen gleich nach Vienna, in meiner Limousine hast du es schön bequem!«

Die Schmerzen verdanke ich dir, du Schlange, dachte Roberto erbittert.

Bevor er es verhindern konnte, war sie schon im Badezimmer verschwunden. Entsetzt wartete er auf ihre Reaktion, doch die blieb erstaunlicherweise aus. Wo war Giuli?

»Na, das kleine Flittchen hat ja gründlich eingepackt«, sagte Angela und verließ das Bad. »Nicht einmal Seife und Zahnpasta hat sie dir gelassen.«

Sie warf einen Blick auf Robertos gepackten, aber noch im Schlafzimmer offen stehenden Koffer und die ausgeräumten Schränke.

»Du hast schon gepackt? Sehr gut! Sie war bestimmt eine nette Abwechslung, deine kleine Deutsche«, bemerkte sie abfällig, »aber auf Dauer nicht dein Stil. Und dann diese Umgebung hier! Nein! Ich denke, in meiner Villa wirst du standesgemäß leben. Und einen geeigneten Posten werden wir für dich auch finden! Vielleicht gehst du in die Politik? Ach, Roberto, ich bin ja so glücklich!«

Genau so hatte er sich sein Leben nicht vorgestellt.

»Morgen, zehn Uhr, Angela!«

»Ich werde pünktlich sein!«

Sie rauschte hinaus, der Triumph schien sie zehn Zentimeter größer gemacht zu haben; erst das Aufheulen des Motors und das Aufspritzen der Kieselsteine beruhigten Roberto, und er humpelte ins Bad.

Das Fenster war geschlossen, aber Giulia war nicht zu sehen.

Plötzlich bewegte sich der Haufen schmutziger Tisch- und Bettwäsche, den sie über das Bidet geworfen hatte, und ließ sie blinzelnd darunter hervorblicken. Sie musste sich wie ein Igel zusammengerollt haben. Er lobte ihre Umsicht und wollte ihr aufhelfen, aber sie meinte, trotz der kalten Fliesen noch etwas ausharren zu wollen, sie habe das Gefühl, *La Leonessa* käme noch einmal zurück.

Und tatsächlich, keine zehn Minuten später stand Angela wieder im Raum. Sie musste ihren Wagen weiter unten stehen gelassen haben, um Robertos Geschichte zu kontrollieren.

Ungläubiges Entsetzen las Roberto in ihrem Gesicht, als sie ihn an der Spüle sitzen sah, das Geschirr waschend und trocknend.

»Wie entwürdigend! Roberto, hör sofort auf! Ich schicke morgen jemanden zum Aufräumen! – Sag mal, hat diese Person dich zu solchen Arbeiten gezwungen?«

Giulia hätte wortlos zum Trockentuch gegriffen und mitgeholfen.

»Was willst du noch?«, fragte er.

»Meine Handtasche.«

Sie gab vor, im Bad und im Schlafzimmer suchen zu müssen und fand sie schließlich hinter einem Sessel, wo sie sie wie unabsichtlich hatte liegen lassen.

Als sie endlich gegangen war, schloss Roberto sofort hinter ihr ab und ging ins Bad, wo Julia fröstelnd den Bademantel fester zuzog.

»Wir fahren noch heute Nacht!«, bestimmte sie.

Roberto nickte.

»Lass uns ein paar Stunden schlafen und gegen drei Uhr früh fahren.«

Als er keine Einwände erhob, packte Julia den Rest seiner Sachen, räumte auf und legte sich gegen Mitternacht todmüde ins Bett, in dem Roberto schon seit über einer Stunde über einem Brief an Angela gebrütet hatte.

»Willst du ihn lesen, Giuli?«

»Im Augenblick möchte ich nur schlafen.«

Sie rückte dicht an ihn heran. Sie fühlte die Spannung, die ihn beherrschte, und murmelte schon im Halbschlaf:

»Was ist? Zweifel?«

»Nein, keine Zweifel!«, brach es aus ihm heraus. »Aber ich hasse es, mich Problemen durch Flucht zu entziehen. Doch im Augenblick fühle ich mich Angela einfach nicht gewachsen.«

»Das ist keine Flucht, mein Herz! Was hat ein *condottiero* wohl getan, wenn er einem übermächtigem Feind gegenüberstand? Sich strategisch bedingt zurückgezogen und einen besseren Ausgangspunkt für die Schlacht abgewartet! Und was machen wir beide jetzt? Wir treten einen strategisch bedingten Rückzug an! Und glaube mir, wenn wir beide hundertprozentig fit wieder zurückkehren, bestimmen wir die Schlachtenordnung. Angela wird keine Chance gegen uns haben!«

»Du schaffst es, mich in der finstersten Höhle die Sonne sehen zu lassen, *condottiera*! Ich werde die erste Nachtwache übernehmen und jeden bösen Traum von dir fernhalten!«

Aber sie hörte ihn nicht mehr, sie schlief bereits.

Alto Adige

»Und du willst diesen Mann tatsächlich heiraten? Das solltest du dir aber noch zehnmal überlegen, *bimba*!«

Marias Nasenflügel bebten vor Empörung.

»Der reinste Macho, wie der dich herumkommandiert, dich völlig mit Beschlag belegt und unsere Hilfe einfach abweist! In meinem eigenen Haus muss ich mir sagen lassen, ich soll an meine Arbeit gehen! *Giulia macht das schon!*«, imitierte sie Roberto.

»Gott erhalte dir deine Vorurteile! Bau ruhig weiter an deinem Feindbild von Roberto! Seiner Unterstützung kannst du gewiss sein!«, trotz ihrer allgemeinen Erschöpfung lachte Julia laut heraus.

Die Erleichterung, Angelas unmittelbarem Einflussbereich entronnen zu sein, eine zwar anstrengende Autofahrt im Nebel hinter sich zu haben und jetzt hier einen heißen Kaffee trinken zu können, während Roberto, wie sie hoffte, oben entspannt schlief, machte Julia fast übermütig. Sie versuchte, ihrer besorgten Freundin Robertos Ungehaltensein mit seiner schlechten körperlichen und seelischen Verfassung zu erklären, aber Maria blieb störrisch.

»Giulia!«

Robertos Ruf ließ Julia aufspringen, aber Maria hielt sie am Arm fest. »Du gehst nicht! So ein fordernder Ton! Das ist ja unglaublich! Du bleibst!«

»Hörst du nicht die Angst in seiner Stimme? Er fordert nicht; er fürchtet, weil ich nicht bei ihm bin, dass Angela uns verfolgt und mir etwas angetan haben könnte.«

Sie ließ Marias Hand los und eilte nach oben, gefolgt von dem bis hierher schweigsamen Adriano.

»Gott sei Dank! Ich habe geträumt, Angela habe dich entführt, Giuli!«

Sie setzte sich auf den Bettrand und streichelte seine Hand.

»Keiner weiß, dass wir hier sind. Uns ist bestimmt niemand gefolgt. Wir waren heute Nacht fast die Einzigen auf der Straße und haben die *autostrada* und ihre Mautstellen weiträumig umfahren. Schlaf weiter! Du musst Kräfte sammeln! Die erste Station unseres strategisch bedingten Rückzugs ist erreicht«, sagte sie und verließ das Zimmer.

Adriano stand in der Tür und blickte traurig auf seinen Bruder, dessen Ruhe und Stärke ihm immer so imponiert hatten, und nun trieb es ihm fast die Tränen in die Augen, ihn so hilflos daliegen zu sehen.

»Roberto, wenn ich dir irgendwie helfen kann, sag's mir. Ich bin dir so viel schuldig!«

Doch Roberto wies ihn schroff ab, er sei ihm überhaupt nichts schuldig, er solle ihn in Ruhe lassen, und schloss die Augen.

Adriano stiegen die Tränen hoch.

»Ich will doch nur eine kleine Gegenleistung ...«

Julia schenkte sich noch eine Tasse Kaffee ein und tröstete Adriano.

»Es geht ihm wirklich nicht gut. Leg seine Worte jetzt nicht auf die Goldwaage.«

»Aber wir sind ihm doch wirklich so viel schuldig. Den Hof hier, der eigentlich ihm gehört, die Bürgschaft für den Kredit ...«

»Das sieht er aber nicht so! Er findet es selbstverständlich.«

»Deshalb braucht er trotzdem nicht so verletzend sein«, pflichtete Maria Adriano bei.

»Es geht ihm nicht nur schlecht, er fühlt, dass wir in Gefahr sind. Jedenfalls haben wir seine Dienstpistole nicht umsonst mitgenommen ...«

»Nein!«

Langsam begriffen die beiden die Dramatik, und nun überwog auch bei Maria Mitleid mit dem Schwager.

»Aber von uns könnte er doch Hilfe annehmen! Warum belastet er nur dich? Wie du ihm heute Morgen die Treppe hoch geholfen hast! *Dio mio*, ich dachte, das schafft ihr nie! Ist doch klar, dass Adriano verletzt war, weil seine Hilfe so brüsk abgewiesen wurde!«

»Was meint ihr, wie viel Geduld ich habe aufwenden müssen, bis er meine Hilfe so selbstverständlich angenommen hat? Der Mann ist eigensinnig und stolz bis zur Selbstaufgabe. Das Schlimmste ist, dass er seine Behinderung nicht akzeptiert, weder als vorübergehende, noch als eventuell bleibende, was Gott verhüten möge!«

»Trotzdem kann ich ihn mir als Ehemann nicht vorstellen. Zum Beispiel Zärtlichkeit, das ist doch ein Fremdwort für ihn, möchte ich wetten!«

Julia trank versonnen ihren Kaffee und schwieg. Sie konnte Maria doch nicht sagen, wie liebevoll und zärtlich Roberto sein konnte, wenn sie allein miteinander waren, und wie sehr sie brannte, wenn seine Finger sie nur berührten. Sie schloss die Augen und lächelte.

»Du schläfst ja schon im Sitzen, *bimba*! Geh nach oben und ruh dich aus. Gleich kommen die Feriengäste, um ihre Brötchen zu holen. Die sollen doch auch nicht wissen, dass ihr hier seid. Na, auf eure Erzählungen heute Abend sind wir sehr gespannt – und dann gibt es kein Ausweichen mehr!«

Am Abend saßen sie alle vier auf dem großen Balkon, von dem man einen herrlichen Blick in die Schaumwolken der blühenden Apfelbäume hatte. Gebannt folgten Maria und Jano den Erzählungen der beiden aus Padova.

»Als wir euch auf Clementes Hochzeit sahen, haben wir kaum bemerkt, dass mit Roberto etwas nicht in Ordnung war. Nur als Roberto als Trauzeuge nach vorn zum Altar ging, haben wir uns etwas gewundert, dass du ihn untergehakt hast. Am anderen Morgen im Alten Hof hatten wir nur ganz wenig Zeit, und die Nachricht von eurer bevorstehenden Heirat hat uns so überrascht, dass alles andere in den Hintergrund rückte.«

»Maria, ihr müsst euch doch nicht rechtfertigen.«

Roberto zeigte sich ungewohnt friedfertig, im Augenblick fühlte er sich sicher und schmerzfrei, der Blick auf die in voller Blüte stehenden Apfelsorten und Giulias Nähe hellten seine bis vor Kurzem gehegten, trüben Gedanken auf, und auch die wiederhergestellte Harmonie mit seinem so offensichtlich glücklich verheirateten Bruder ließen Roberto entspannen und Angela in weite Ferne rücken.

Unerklärlicherweise bestand Maria darauf, dass Julia allein das Gästezimmer belegte, als wollte sie voreheliche Beziehungen vermeiden, die für sie selbst früher selbstverständlich gewesen waren, auch Adrianos Einwand, dass Julia und Roberto doch schon im Alten Hof zusammengewohnt hätten, sogar mit Billigung der Zanellas, verschlug nicht. Doch zu Adrianos Erstaunen nahmen Julia und Roberto Marias überraschende Prüderie mit Gleichmut hin.

Obwohl Julia das Licht brennen ließ, kam der Albtraum immer näher, und kein Roberto lag neben ihr, der sie aus dem Grauen befreien konnte.

Wieder meinte sie, in seinem Blut zu ertrinken. Wenn sie auftauchte, sah sie unausweichlich Erasmo Saccardos braune Augen dicht vor den ihren. Sein üppiges braunes Haar fiel ihm in die Stirn. Er stieß sie gnadenlos zurück in den Blutsee. Ihm fehlten diesmal die Insignien wie das Gorgonenhaupt auf seinem Brustpanzer. Er schien vom Sockel des Denkmals heruntergestiegen zu sein wie der Komtur in Mozarts Don Giovanni. *Entsetzt schaute sie auf seine spitz zulaufenden Eisenschuhe, über die Eisensporen von beträchtlicher Länge geschnallt waren, mit denen er nach ihr getreten hatte.*

Heute jedoch züngelte die Schlange der Visconti aus seinem im Brustpanzer eingehämmerten Wappen. Er wurde von zwei hinter ihm erscheinenden Personen zurückgerissen und in ein Feuer ewiger Verdammnis gestoßen. Julia atmete auf, aber nun erschien Gattamelata wieder, das Visier geschlossen. Deutlich war das Gorgonenhaupt auf seiner Rüstung zu erkennen, während die zweite Figur eine verhüllte Frauengestalt war, die merkwürdigerweise über ihrer Kapuze eine Dogenmütze trug.

Julia meinte, das Aufeinanderreiben des Metalls von den dicken Kniebuckeln des condottiero *zu hören, es hallte unerträglich in ihren Ohren, und während sie verzweifelt versuchte, aus dem Blutsee zu kriechen, zwang der von der Frauensperson getriebene Gattamelata sie mit seiner spitzen Schwertklinge in den See aus Blut zurück. Julia pumpte noch einmal die Lungen voller Luft und schrie um Hilfe, immer wieder, immer wieder, bis das Blut über ihr zusammenschlug und ihre Lungen füllte.*

Maria, Adriano und Roberto stießen in der Tür des Gästezimmers zusammen, er hatte so etwas befürchtet und ärgerte sich, dass er sich zu Julias Wohl gegenüber Maria nicht durchgesetzt hatte. Nun ließ er seine Gehhilfen fallen, setzte sich auf Julias Bettkante und hielt die Schreiende fest.

»Mach die Augen auf, *l'anima mia*, ich bin ja da und ich lass dich nicht wieder allein! Mach die Augen auf!«

Eins ums andere Mal wiederholte er diesen Satz, bis sie aus dem Albtraum emportauchte, die Augen öffnete und sich an Roberto klammerte, während er weiter beruhigend auf sie einredete und sie streichelte.

Allmählich ahnte Maria, dass sie sich von ihrem Schwager ein falsches Bild gemacht hatte.

»Ich brauche sie und sie braucht mich.«

Robertos kurze Erklärung bedurfte keiner weiteren Erläuterung.

»Hilf mir, Maria, Giulia unter die Dusche zu bringen!«

»Ihr zieht morgen in die fast fertige Ferienwohnung drüben ein«, entschied Adriano, »da seid ihr ungestört, und für Roberto liegt alles ebenerdig.«

Nalles

Immer wieder wachte Roberto auf, aber nicht weil sein Bein schmerzte, sondern weil er sich tausend Argumente zurechtlegte, mit denen er die Vorbehalte seines zukünftigen Schwiegervaters gegen die Verbindung seiner Tochter mit einem um zweiundzwanzig Jahre älteren Mann ausräumen konnte.

Julia hatte Michas und Vaters Ankunft am Karfreitag bis zuletzt für sich behalten, und erst auf Robertos Nachfrage, wann sie nach Deutschland weiterfahren wollten, Farbe bekannt, dass ihre Familie auf dem Weg nach Südtirol sei.

»So will ich mich deinem Vater aber nicht präsentieren: als Invalide im Bett oder im Liegestuhl!«, hatte Roberto gemurrt, und Julia hatte laut aufgelacht.

»Ob du willst oder nicht, du gehörst jetzt zur Familie. Und das heißt in unserer: Loyalität jedem Mitglied gegenüber! Darüber musst du dir klar sein, Roberto Bassner, auch von dir wird sie erwartet! Aber noch kannst du es dir ja überlegen! Nein? Gut! Für meinen Vater als Arzt heißt das, dass er dir helfen wird, den richtigen Chirurgen und das beste Krankenhaus zu finden, und du wirst gefälligst nicht stur sein.«

»Stur? Was heißt das?«

»Soll ich es dir buchstabieren? S für starrköpfig, t für trotzig, u für uneinsichtig, r für renitent; aber es bedeutet auch: eigensinnig, dickköpfig, störrisch, halsstarrig, dickschädelig, steifnackig ...«

»Halt! Halt! Halt! Also gut, ich werde nicht stur sein, aber unter einer Bedingung! Du machst mich mit deinem Vater nicht auf der Ebene Patient – Arzt bekannt. Wenn ich die Stiefel anziehe, habe ich Halt und bin präsentabel!«

»Seit wann legst du denn Wert auf Präsentation? Ist da so ein Anflug von Eitelkeit im Spiel?«

»Ich meine es ganz ernst, Giulia«, er war nicht zum Scherzen aufgelegt, »und nenn es nicht Eitelkeit, sondern Stolz.«

»Okay. Morgen kommen die beiden und ziehen in die zweite kleine Ferienwohnung nebenan. Deshalb muss ich mich jetzt schleunigst an die Arbeit machen!«

Schon im vergangenen Herbst hatte Roberto dem Vorschlag seines Bruders zugestimmt, aus der schlecht zu vermietenden, großen Ferienwohnung für sechs bis acht Personen zwei kleine für je zwei bis vier Personen zu machen, nachdem der letzte Mieter einen Brandschaden verursacht hatte. Die Versicherung hatte großzügig gezahlt, Julia und der vom vergangenen Jahr bekannte und schon wieder arbeitslose junge Maler aus Nalles hatten wie die Wilden geschuftet und auch Roberto nicht geschont, der bei dem strahlenden Frühlingswetter in einem Liegestuhl auf der Terrasse der beiden Wohnungen lag und mit vielen kleinen Arbeiten versorgt wurde, vom Abschmirgeln einer Tür für die Einbauküche bis hin zum Einknipsen von Gardinenröllchen.

Das Gefühl, nicht nutzlos zu sein, die fast völlige Schmerzfreiheit durch die Ruhigstellung seines Beines und die geänderte Therapie mit Eis und anderer Medikation, dazu die kräftigen Strahlen der Aprilsonne und natürlich Giulias ständige Anwesenheit, das alles gab Roberto ein gesundes Aussehen und Selbstvertrauen; zwischen Torreglia und Nalles lagen Ozeane.

Die erste Begegnung mit seinem zukünftigen Schwiegervater verlief allerdings anders als geplant. Die letzten Malerarbeiten dauerten bis gegen elf, Julia verschwand mit jeder Menge Farbspritzer im Haar unter der Dusche, und Roberto, der lange Zeit an seinem Äußeren gearbeitet und auch die letzten Barthaare millimetergenau getrimmt hatte, saß fertig angezogen in der Essecke und ärgerte sich über seine Nervosität.

Und dann hörte er Stimmen, Adrianos, Michèles und eine dritte, die Giulias Vater gehören musste, und unvermutet kamen die drei über die Terrasse von der anderen Wohnung herein.

Im ersten Moment dachte Roberto, Julias Jetset-Onkel käme auf ihn zu, aber dann erinnerte er sich daran, dass Vater und Onkel eineiige Zwillinge waren und bemerkte Unterschiede: statt Designeranzug verbeulte Cordhosen und einen legeren Pullover, statt Pilotenbrille ein Kassenmodell, statt Arroganz Herzlichkeit, statt bohrender Neugier echtes Interesse.

»Polizei hier?«, wunderte sich Johannes Andresen. »Was hat unsere Julia denn jetzt schon wieder ausgefressen?«

So wie er ihren Namen aussprach, wusste Roberto, dass ihre Ängste, ihr Vater könne ihr das Ausbrechen aus der Familie immer noch übel nehmen, grundlos waren, und alle Steifheit, mit der er sich erhoben hatte, und seine sonst Fremden gegenüber stets distanzierte Haltung fielen von ihm ab.

»Mit lebenslänglich muss Ihre Tochter schon rechnen«, sagte er lächelnd und gab dem anderen die Hand, einer den kräftigen Händedruck des anderen schätzend. Sie lösten ihre Hände erst nach mehreren Sekunden, mit dem Gefühl, Verbündete zu sein, um Julia glücklich zu machen.

»Also Sie sind der legendäre Roberto Bassner! Genau so habe ich Sie mir nach Michas ständigen Erzählungen vorgestellt.«

Adriano und Micha standen beide als Statisten sprachlos daneben, der eine sich über das aufgeschlossene Wesen seines Bruders, der andere sich über Robertos Uniform wundernd.

»Mann, siehst du beeindruckend aus! Ich glaube, ich werde doch kein Zivi.«

»Zivi?«

»Zivildienstleistender.«

»Dann solltest du zur Marine gehen, die haben die elegantesten Uniformen. Aber ich habe meine nur ausnahmsweise an, weil sie mich in Form hält.«

In diesem Augenblick trat Julia aus dem Badezimmer, das Rauschen des Wassers hatte die Ankunft ihrer Familie übertönt, und sie sah nicht eben intelligent in die Runde, dann an sich herunter auf die Pfütze, die sich um ihre Zehen bildete, und zog das Badetuch enger um sich.

»Ach du meine Güte!«

Aber dann stürzte sie auf ihren Vater zu, und er nahm sie in die Arme. Ob es die Wassertropfen aus ihren Haaren waren oder Freudentränen, ließ sich nicht feststellen, jedenfalls gab es kein zeremonielles Vorstellen oder peinliche Gesprächspausen, alle redeten und lachten durcheinander, bis Julia meinte, sich anziehen zu müssen, und in ihrer unnachahmlich schnellen Art in ihre Jeans schlüpfte, ein kurzärmeliges, grünblaues Seidenhemd von Roberto über ihr grünes T-Shirt streifte, sich mit einer Bürste durch ihre nassen Haare fuhr und nach zweieinhalb Minuten wieder erschien.

»Als Micha von einem Roberto erzählte, habe ich zuerst gedacht, Julia sei immer noch mit diesem Roberto Tauber zusammen«, hörte sie ihren Vater gerade sagen, »aber zum Glück gibt es ja noch andere Robertos.«

Die inzwischen hinzugekommene Maria deckte den Terrassentisch mit Anisbrot, Tiroler Speck und Kaminwurzen, während Adriano eine Flasche Rotwein aufzog und eine Flasche Birnengeist vom Unterthurner auf den Tisch stellte.

Man prostete sich wiederholt zu, die Männer gingen wie selbstverständlich zum Du über und Julia beklagte sich scherzhaft über Vernachlässigung, als ihr Vater und Roberto sich immer angeregter unterhielten.

Eine zweite Flasche Wein wurde entkorkt, der Pegel in der Birnengeistflasche sank ebenfalls rapide, und die Uhr zeigte schon nach vier, als Maria ihren schwankenden Adriano fortbrachte und ein lallender Micha und sein überaus fröhlicher Vater beschlossen, nach der Nachtfahrt ein verspätetes Mittagsschläfchen zu halten.

Julia wandte sich auch etwas beschwipst Roberto zu, der dem Alkohol nur sehr mäßig zugesprochen hatte.

»Hilf mir aus dem Stiefel!«, quetschte er zwischen seinen zusammengebissenen Zähnen hervor. Sie bemühte sich vergeblich, spürte durch den Stoff der Uniformhose die Hitze des geschwollenen Fleisches und war plötzlich wieder stocknüchtern. Sie versuchte es erneut, aber der Stiefel bewegte sich nicht einen Millimeter.

»So geht es nicht, ich muss ihn aufschneiden! Warum hast du nicht eher Bescheid gesagt? Solche Unvernunft!«

Sie zwang ihn, sich auf sie zu stützen, und brachte ihn mit Mühen ins Schlafzimmer.

Er stöhnte vor Schmerzen auf.

»Alles umsonst! Eine Woche vertan!«

Zornig holte sie in ein nasses Handtuch gewickeltes Eis und wies ihn an, es auf das Knie zu legen.

»Warte, ich hole meinen Vater.«

»Nein!«

Aber jetzt entlud sich Julias Zorn erst richtig über ihm, und sie fetzte ihm Worte wie Leichtsinn, Fahrlässigkeit, Rücksichtslosigkeit gegen sich selbst und auch ihr gegenüber um die Ohren.

»Entweder ich hole jetzt meinen Vater, oder Stiefel und Hose müssen dran glauben!«

»Stiefel und Hose!«, presste er zwischen den Zähnen hervor. »Schneid schon, los!«

Kalter Schweiß stand auf seiner Stirn und Julia durchtrennte mit großer Mühe den festen Lederrand. Von da ab ging es leichter, sie beschädigte nicht einmal die Hose. Danach eilte sie in die Küche, klopfte den Rest Eis aus der Kühlbox, packte es in einen Plastikbeutel, legte es unter das geschwollene Knie und schob ihm zwei Kissen unter.

»Gib mir eins von den Zäpfchen, Giuli«, bat er und schob zerknirscht nach: »Es tut mir leid, wirklich.«

Aber sie verweigerte sowohl das Medikament als auch die Annahme der Entschuldigung.

»Nein, ich hole meinen Vater.«

Und ohne auf seinen Widerspruch zu achten, verließ sie die Wohnung mit der Drohung:

»Wir sprechen uns noch! Warte!«

Nalles/Alto Adige

»Du musst punktieren!«

»Erstens bin ich nur Allgemeinmediziner und zweitens, selbst wenn ich Knochenklempner wäre, würde ich es mir zweimal überlegen, die Kapsel zu perforieren!«

»Sie ist bereits perforiert, sonst wären ja keine Keime hineingekommen, und sowohl du als auch Fra Ioannis habt spontan eine Kapselentzündung diagnostiziert. Und du kannst punktieren! Soweit ich weiß, hast du auch das nötige Klempnerwerkzeug dabei.«

»Dein Wort in Gottes Gehörgang! Nun gut, aber es wird ihm wehtun.«

»Kurzzeitig! Und er hat nichts anderes verdient!«

»Das ist eine psychologisch unprofessionelle Bemerkung, Frau Kollegin, der Patient hört zu!«

Roberto war dem Dialog der beiden etwas verständnislos gefolgt, hatte ihr Vater ihr statt Rotkäppchen aus medizinischen Büchern vorgelesen? Außerdem fühlte er sich ausgeschlossen: Sie betrachteten nichts anderes als sein Knie und warfen mit Fachausdrücken um sich, statt ihm zu helfen, dabei litt er selbst im Liegen höllische Schmerzen. Schließlich hatte Julia ihren Vater offensichtlich überredet.

»Kein Fachchinesisch, bitte!«, bat Roberto ihren Vater.

»Die Schwellung drückt auf die Kniegelenkskapsel, und die wiederum ist entzündet. Ich weiß, dass das mehr als nur schmerzhaft ist. Die kleine Frau Doktor hat mich überzeugt: Die schnellste Art der Schmerzlinderung ist eine Punktion.«

Während er sprach, bereitete er das Knie vor, ein Desinfektionsspray wurde aufgetragen und eine dicke Nadel in die noch dickere Kanüle gedreht.

»Damit ziehe ich Flüssigkeit aus der Kapsel«, sagte Julias Vater und tastete noch einmal kurz. »Jetzt wird es wehtun.«

Roberto biss die Zähne zusammen, aber Johannes stach die Nadel so behutsam in sein Kniegelenk, dass der Dauerschmerz den neuen völlig schluckte. Eine Weile geschah nach seinem Empfinden gar nichts, nur Julias erleichtertes Aufseufzen registrierte er, aber sie hatte nur Augen für die Hände ihres Vaters. Der gab ihr eine mit einer blutig milchigen Flüssigkeit gefüllte Kanüle, und sie reichte ihm eine neue.

»Siehst du, Doktor, gut getroffen! Und die Farbe bestätigt eure Diagnose.«

Johannes war jetzt die Ruhe selbst, und während er noch eine dritte Kanüle ansetzte, sagte er so ganz nebenbei:

»Du hast nichts verlernt. Steht dein Entschluss trotzdem noch fest?«

Es erfolgte keine Antwort, und Roberto merkte, dass er jetzt wirklich ausgeschlossen war.

»Dränge mich nicht«, antwortete Julia leise, »ich war mir sicher, aber ich bin es nicht mehr.«

»Die Antwort ist mehr, als ich erwartet habe, mein Kind, ich frage nicht wieder. So«, sagte er und wandte sich wieder Roberto zu, »fünfundsiebzig

Milliliter weniger Druck, mein Junge! Jetzt noch eine Spritze gegen den Schmerz, morgen früh noch eine, und dann sollte es überstanden sein.«

Er ließ die Schlafzimmertür offen und folgte seiner Tochter in die Küche.

»Begreifst du solchen Unverstand?«, hörte Roberto Julia durch die offene Tür. »Nur, weil er sich seinem zukünftigen Schwiegervater nicht als Patient präsentieren will, ruiniert er den Rest seiner Gesundheit! So etwas Selbstzerstörerisches! Verstehst du das?«

Johannes Andresen setzte seiner Tochter Sachlichkeit entgegen.

»Die Spritze wirkt in einer halben Stunde, sie ist außerdem entzündungshemmend.«

Er trocknete sich die Hände ab, kam kurz in Robertos Blickfeld, zwinkerte ihm zu und setzte sich ins Wohnzimmer.

»Ja, Julia, ich kann ihn verstehen. Was du Leichtsinn nennst, bezeichnet er vielleicht als Stolz.«

»Pah!«

»Vergiss nicht, er ist Italiener.«

»Verteidige ihn auch noch!«

Julias Empörung richtete sich jetzt gegen ihren Vater.

»Männer! Wisst ihr eigentlich, was ihr uns Frauen mit eurem sogenannten Stolz manchmal antut?«

»Friede, Julia! Ich habe dir nichts getan! Komm mit an die frische Luft und erzähl mir, warum du uns hierherzitiert hast – und warum diese Heimlichkeit?«

Die Terrassentür klappte zu, und die Stimmen verebbten; Roberto schloss die Augen in Erwartung nachlassender Schmerzen. Er fühlte sich bei Giulias Vater gut aufgehoben, war bereit, sein Schicksal bedingungslos in seine Hände zu legen, und hoffte auf Giulias Friedfertigkeit. So anhaltend zornbebend wie heute hatte er sie noch nie erlebt. Schlimm, dass sie auch noch im Recht war, und dabei hätte er es ihrem Vater gegenüber gar nicht nötig gehabt, Eindruck zu schinden, denn der legte wie seine Tochter keinen Wert auf Äußerlichkeiten.

Sie blieben lange weg; Roberto hatte genügend Zeit, über die Fragen nachzudenken, die sich ihm in Bezug auf Giulia aufdrängten. Sie hatte ihren Vater motiviert, wusste um medizinische Probleme unwahrscheinlich gut Bescheid, und er hatte sie als Kollegin, ja als *kleine Frau Doktor* bezeichnet. Und hatte ihn Giulia nicht, wie alle immer wieder bestätigten, nach dem Überfall durch Gattamelata beziehungsweise Carmagnola überaus professionell versorgt und mehr als nur Erste Hilfe geleistet? War sie wirklich nur eine gelehrige Arzttochter? Und was hatte ihr Vater vorhin gemeint, als er sagte, sie habe nichts verlernt und ob ihr Entschluss noch feststünde?

Ich weiß eigentlich recht wenig von ihr und kenne nur die Entwicklung, die sie seit ihrer Ankunft in Italien gemacht hat, dabei habe ich doch gemeint, sie ganz genau zu kennen, dachte er. Wenn ich sie über ihre Pläne für ihr Studium auszufragen versucht habe, hat sie entweder abgelenkt oder mir etwas über die Gestaltung von Gärten erzählt. Wenn sie wieder mit mir redet, muss ich sie unbedingt einiges fragen.

Johannes Andresen schaute noch einmal nach ihm. Er schien zufrieden und gab Julia den Auftrag, weiterhin für Eis zu sorgen. Sie sprach kein Wort mit Roberto, und er wagte nach einem Blick auf ihr immer noch nicht versöhnungsbereites Gesicht nicht, sie anzusprechen. Sie raffte ihr Bettzeug zusammen und zog demonstrativ aus dem Schlafzimmer aus, ließ aber die Tür offen.

»Ruf mich, wenn du mich brauchst«, rief sie hinüber.

Er hörte, wie sie die Schlafcouch im Wohnzimmer auszog und im Bad herumhantierte, und anschließend saß die Stille wie ein Pfropfen auf der Nacht.

»Giulia?«

Keine Antwort. Er verfolgte die Lichtkringel an der Decke und versuchte es noch einmal.

»Giuli? Es tut mir ehrlich leid.«

Aber als sie wieder nicht reagierte, gab er es auf.

Julia fand keinen Schlaf und beobachtete die Lichtpunkte, die aus der Esseckenleuchte nach oben strahlten, und wagte wegen des zu erwartenden Albtraums nicht, die Augen zu schließen. Sie ärgerte sich über sich selbst, Robertos Zerknirschung war echt, sie hätte seine Entschuldigung annehmen sollen, statt so theatralisch aus dem Schlafzimmer auszuziehen und nun keinen Weg zurückzufinden.

Irgendwann schlief Roberto, wenn auch unruhig ein. Als er am Morgen erwachte, lag Giulias Kopf an seiner Schulter, im Schlaf musste er seinen Arm um sie gelegt haben, als sie zurückgekommen war. Der Vorabend wurde nicht mehr erwähnt.

Am Sonnabendmorgen ging es Roberto deutlich besser; man frühstückte gemeinsam zwischen blühenden Apfelbäumen, bevor Johannes den überaus kooperationsbereiten Roberto gründlich untersuchte und mit ihm die Möglichkeiten der Behandlung durchsprach.

Auch ihr Bruder forderte von ihr einen Bericht, und auf einer ausgedehnten Wanderung erzählte sie ihm genau so ausführlich und schonungslos, wie sie am Vorabend ihren Vater informiert hatte, was das Schicksal ihr und Roberto während der letzten Monate zugemutet hatte, und sie bat ihn wie schon Maria, Adriano und ihren Vater um absolute Diskretion.

Als sie am Nachmittag zurückkehrten, berichtete Roberto, er habe mit Johannes verabredet, in etwa drei Wochen nach Deutschland zu fahren, um sich in der Medizinischen Hochschule von Hannover behandeln zu lassen, wo sein Bruder als Anästhesist arbeitete und mit ihm diskret die Termine koordinieren könnte.

Johannes war ohne ein Wort gegen zehn fortgefahren. Man machte sich Sorgen, Micha erreichte ihn schließlich über sein Handy und erfuhr, dass er im Stau vor Sterzing stünde, er habe den Osterverkehr unterschätzt. Er legte auf, bevor er gefragt werden konnte, was um Himmels willen er denn auf der *autostrada* zu suchen habe.

Als er mit hereinbrechender Dunkelheit erschien, brachte er Roberto verschiedene Medikamente aus einer Apotheke in Kiefersfelden mit der Begründung, er sei als Arzt nur in Deutschland zugelassen und kenne außerdem die Namen der Medikamente nur im deutschsprachigen Raum. Nun wusste Roberto, von wem Giulia ihre grenzenlose Hilfsbereitschaft geerbt hatte.

Dass Johannes damit die Fährte für Angela Saccardo auf Wochen hinaus verwischt hatte, ahnte keiner der Betroffenen.

»Sowie ich nach der Operation wieder aufrecht gehen kann, wird bei euch in Hameln geheiratet!«

Roberto duldete keinen Widerspruch.

»Vielleicht sogar doppelt!«, murmelte Micha, doch Julia widersprach: »Wir wollen nur standesamtlich heiraten.«

Micha schwieg, und sein Vater schaute seltsam befangen.

Bassner-Hof/Nals

Dass Angela ihre Ansprüche auf Roberto nicht aufgegeben hatte, sollte sich auf dem Bassner-Hof ziemlich bald nach der Ankunft der beiden zeigen. Julias Vorsichtsmaßnahme, den Wagen außer Sicht zu parken, erwies sich jedenfalls als außerordentlich vorausschauend.

Bereits zwei Tage nach ihrer Abreise aus Torreglia kam ein Anruf aus Padova, angeblich aus der dortigen *questura*. Ob Adriano die Adresse seines Bruders habe, man müsse ihn dringend sprechen.

Robertos Zweifel, ob er seinem Bruder überhaupt von dem *Tre-Condottieri*-Syndikat in Padova und dem wohl dazugehörenden *Serenissima*-Syndikat aus Venezia erzählen solle, was er dann glücklicherweise doch getan hatte, wurden spätestens durch diesen Anruf ausgeräumt. Ohne zu zögern hatte Adriano mitgeteilt, dass, soweit er wisse, sein Bruder wegen einer Operation nach Vienna gefahren sei, aber eine Adresse habe er nicht.

Der *commissario* sei schon öfter in Vienna gewesen, antwortete der angebliche Beamte aus der *questura*, ob er denn nicht wisse, wo sein Bruder dort abzusteigen pflege.

Adrianos geistesgegenwärtige Antwort, das müsse man doch aus den Spesenabrechnungen des *commissarios* ersehen können, beendete das Gespräch.

Am Gründonnerstag, während Roberto lesend auf der Terrasse hinter dem Haus lag, die vom Hof und von der Zufahrt nicht eingesehen werden konnte, fuhr ein Polizeiwagen vor, und zwei Adriano gut bekannte Beamte – man spielte im gleichen Fußballverein zusammen – sahen sich neugierig um.

»Keine Gäste zurzeit, Adrian?«

»Doch, die obere Ferienwohnung ist bis morgen und dann wieder in zehn Tagen an Stammgäste vermietet. Und bis zur vollen Baumblüte sollten halt auch die unteren beiden fertig sein. Aber ihr wisst ja, verzögert sich das mit einem Handwerker, passt nichts mehr! Gibt's was Besonderes?«

Bis hierher hatte Adriano nur an einen harmlosen Besuch der Polizisten als Sportkameraden geglaubt, die nur einmal vorbeischauten, aber die folgenden Bemerkungen erinnerten ihn an Robertos Warnung, dass Angela Saccardos Beziehungen bis in die Polizei hineinreichten.

»Ach, wir wollten nur allgemein warnen. Es sind wieder einige Einbrecherbanden unterwegs. Wir beraten euch gern in Sicherheitsfragen. Wie sieht es denn damit bei euren Ferienwohnungen aus?«

Adriano hob, um Julia zu warnen, die Stimme und zählte die Sicherheitsmaßnahmen auf.

Julia arbeitete hinter der Hausecke im Garten und schaltete sofort.

Während Adriano vor dem Haus den beiden Polizisten die Sicherheitsschließanlage in pedantischer Ausführlichkeit erklärte, war Julia hinter dem Haus zu Roberto gelaufen, hatte ihn mitsamt dem Liegestuhl und den Terrassentisch ins Haus gebracht und anschließend die Rollläden Zentimeter um Zentimeter geräuschlos heruntergelassen.

Sie lauschten den Stimmen der Drei auf der Terrasse, bis sie nach einer Weile wieder wegfuhren. Gut, dass sie Robertos Auto außer Sicht geparkt hatten.

Noch schlimmer wog die Tatsache, dass die Gäste aus der oberen Wohnung, zwei jüngere Ehepaare aus Norddeutschland mit je zwei Kindern, in Bozen in einem Café von zwei italienischen Männern angesprochen und in ein Gespräch verwickelt worden waren. Welch ein Zufall, die beiden kannten angeblich den Bassner-Hof und fragten die Deutschen gezielt nach anderen Gästen aus. Sie erzählten Adriano davon eigentlich nur in einem Nebensatz, aber der hakte, durch die vorangegangenen Ereignisse hellhörig geworden, nach:

»Und? Was haben Sie ihnen erzählt?«

»Nichts, die waren nicht sonderlich sympathisch. Man hört ja so allerlei von Einbrecherbanden und wie sie sich Informationen beschaffen. Außerdem wissen wir von Ihren geheimnisvollen Gästen so gut wie nichts.«

»Wieso geheimnisvoll?«, fragte Adriano.

»Sie meiden jeden Kontakt mit uns!«

»Flitterwochen!«, antwortete Adriano grinsend.

»Ah, verstehe!«, riefen sie und grinsten zurück. »Also, in zehn Tagen haben Sie uns wieder. Dann müssen wir uns von der anstrengenden Besichtigungstour in der Toskana erholen. Sie wissen schon: Die Frauen müssen ja immer in Bildung machen! Also, tschüss!«

In ihre Abwesenheit fiel der Besuch von Julias Vater und ihrem Bruder. Kurz nach ihrer Rückkehr suchte einer der Gäste Adriano nachmittags im Haus auf und druckste auffällig herum.

»Wir sind schon bei Ihrem Vater Stammgäste gewesen, verzeihen Sie deshalb unsere Einmischung, aber wir machen uns Sorgen. Wir glauben, mit den Gästen in der Ferienwohnung unter uns stimmt etwas nicht. Durch Zufall – wir lauschen wirklich nicht heimlich – haben wir ein Gespräch mitbekommen, in dem sich der Mann in typisch Südtiroler Dialekt mit der Frau über seine Schussverletzung unterhielt. Sie sprach einen breiten norddeutschen Dialekt. Als sie uns auf dem Balkon hörten, fielen sie sofort ins Italienische!«

Er schüttelte zweifelnd und unsicher den Kopf.

»Und dann ihr Auto: versteckt in der Gerätescheune ... Entschuldigen Sie unsere Besorgnis, aber ich und der Herr Christiansen, wir sind beruflich ... bei der Polizei.«

Er schwieg.

Adriano wusste nicht, wie er reagieren sollte, aber Gott sei Dank griff Julia ein, die oben im Flur Gardinen aussortiert und alles mit angehört hatte. Sie kam die Treppe herunter und lächelte den Deutschen an, der vor Peinlichkeit nicht wusste, wohin er schauen sollte.

»Mein Name ist Julia Andresen. Es tut mir leid, dass wir Sie verwirrt haben.«

Adriano stellte vor:

»Das ist Herr Prehn aus Kiel, Herr Prehn, meine zukünftige Schwägerin.«

»Ich habe auf Norddeutsch nur herumgealbert, meine Großmutter lebte in Lübeck«, antwortete Julia und reichte dem Gast die Hand, die er erleichtert schüttelte.

»Ich nehme Herrn Prehn mit zu uns auf ein Viertele, Jano, dann lernt er deinen Bruder kennen ...«

»Da hat mich mein Berufsmisstrauen ja ganz schön in die Irre geleitet.

Darf ich meinen Freund dazuholen? Der war gegen meine Einmischung. Unsere Frauen und Kinder sind übrigens im Thermalbad in Meran.«

Sein norddeutscher Akzent verleitete Julia beinahe, ebenso zu antworten. Es war die Sprache ihrer Jugend, denn ihre Großmutter hatte die lüb'sche Sprache gepflegt und an Julia weitergegeben, wenn sie mit ihren beiden Geschwistern bei Großmutter Zuflucht suchte, weil die Mutter wieder einmal unter schweren Depressionen litt, deren letzter sie schließlich zum Opfer fiel, als Julia zwölf war.

Roberto wich im ersten Moment vor der neuen Bekanntschaft zurück, wurde aber von dem unkomplizierten Wesen der beiden Kollegen überrollt und erklärte, eine im Kampf gegen ein Drogensyndikat erlittene Schussverletzung auszukurieren.

»Drogendezernat?«

»Nein, Mordkommission.«

»Wir beide auch!«

Damit war das Thema erledigt, denn die beiden waren vielmehr daran interessiert, ob der italienische Kollege bereit sei, sich Skat beibringen zu lassen. Aber mit Skat war Julia nicht einverstanden.

»Wie wäre es mit Doppelkopf?«, schlug sie vor. »Roberto, das musst du sowieso lernen, es ist unser Familienspiel.«

Als sie sein zweifelndes Gesicht sah, versicherte sie ihm, dass das gar kein so schweres Spiel sei.

Die zwei Kieler holten Karten und eine Batterie Forster Bier. Unbewegt ließ Roberto die Spielerklärung über sich ergehen. Beim ersten Spiel hielt Roberto sich erstaunlich gut und gewann sogar zusammen mit Paul Prehn.

»Anfängerglück!«, bescheinigte ihm der Verlierer, während er die Karten für die zweite Runde verteilte; als Roberto dort seinen Fuchs elegant unterbrachte, während Julia ein zweites Mal Pik bedienen musste, belehrte sie ihn:

»Ein erfahrener Spieler wäre dies Risiko nicht eingegangen!«

Beim dritten Spiel hätten sie eigentlich merken müssen, was Sache war, als Roberto wie vorher vereinbart die erste Herzzehn mit der zweiten stach. Heiko Christiansen verstieg sich zu der Bemerkung:

»Ein blindes Huhn findet auch mal ein Korn!«

Und Julia fügte hinzu:

»Die ersten Birnen sind madig!«

Erst als Roberto mit dem harmlosesten Gesicht der Welt fragte, ob man beim Solo auch herauskäme, sie sein Damensolo auch noch mit einem Kontra belegten und er haushoch gewann, ging ihnen ein Licht auf, und still vergnügt lächelnd überraschte er sie auch noch mit einem von diesen netten Doppelkopfsprüchen:

»Da hab ich euch aber gezeigt, wo der Frosch die Locken hat, was?«
Zu dritt fielen sie über ihn her, warum er ihnen verschwiegen habe, dass er des Dokos durchaus mächtig sei und sie so vorgeführt habe?
»So ein hinterhältiger Kriminaler!«, schimpfte Paule.
»Die armen Mörder in Padua können einem ja direkt leidtun bei diesem Mann!«, erboste sich Heiko, und Julias Gesicht war ein einziges Fragezeichen.
»Warum, Ro?«
»Ihr seid davon ausgegangen, dass ein Italiener kein Doko kann, und habt mich ziemlich herablassend an das Spiel herangeführt. Eigentlich wollte ich nach dem ersten Spiel Farbe bekennen, aber eure ätzenden Bemerkungen mussten bestraft werden! Salute!«
Sie stießen an und gingen zum verschärften Spiel über, das erst durch die Rückkehr der Frauen und Kinder beendet wurde.
»Das Letzte, was ich dir zugetraut hätte, wäre, ein Zocker zu sein!«, wunderte Julia sich.
»Ich habe Doko in Hamburg gelernt. Vor etwa zwölf Jahren war ich dort drei Monate lang zur Kripo abkommandiert, da habe ich auch diese Sprache schätzen gelernt.«
»Vor zwölf Jahren?«, fragte Julia. »Da hätten wir uns treffen können, zu der Zeit haben wir Onkel Carlo ziemlich oft in Hamburg besucht.«
»Was für eine Vergeudung von Zeit, Giuli!«
»Ja, aber nur, wenn du damals für pickelige Teenager mit Brackets geschwärmt hättest, ich hatte damals den ganzen Mund voller Stahl!«
Sie reckte sich und trat auf die Terrasse. Jetzt standen die späten Apfelsorten schon bald vor dem Verblühen; die vor Kurzem noch weißrosa, das Etschtal wie überquellenden Schaum füllenden Blütenmengen welkten dahin, schon bald würden die braun vertrockneten Blütenblätter die Oberhand gewinnen, aber die reichlich angesetzten Früchte führten den Kreislauf des Lebens fort.
Julia seufzte, ihre Zeit hier neigte sich dem Ende zu. Trotz der gelegentlichen Turbulenzen mit Roberto, trotz der Vorsicht und des Versteckspiels vor Fremden waren es glückliche Wochen gewesen, die ihr Ruhe und vor allem Sicherheit im Umgang mit Roberto gebracht hatten; die Furcht, er könne es sich mit ihrer gemeinsamen Zukunft noch überlegen, wich immer mehr. So entspannt, wie er heute Karten gespielt, Bier getrunken und dumme Sprüche geklopft hatte, wünschte sie ihn sich öfter; aber sie wusste, dass das bei seinem Naturell eher die Ausnahme bleiben würde.
»Ich habe dich bisher auch nicht gerade für eine Spielernatur gehalten, Guili«, hörte sie seine Stimme hinter sich, und sie ging wieder zu ihm hinein. »Wieder ist eines deiner Geheimnisse gelüftet!«
»Ich habe keine Geheimnisse vor dir, Ro.«

»Ach nein? Unsere kleine Frau Doktor hat keine Geheimnisse?«
Sie lief rot an, verschränkte ihre Finger, bis sie ein Dach bildeten, und murmelte etwas vor sich hin, was wie *Polizist bleibt Polizist* klang.
»Warum hast du mir dein wahres Studienfach verschwiegen, Giuli?«
»Zuerst war es nicht wichtig, und dann war es zu spät. Ganz sicher wollte ich nicht, dass du denkst, ich spiele mich auf, nur wegen ein paar Semestern Medizin.«
»Ein paar Semester? Wie viele?«
»Zehn.«
»Das heißt, du hast schon einen Abschluss, *dotoressa*?«
»Sozusagen zwei, mir fehlen aber noch etliche Praktika und die Doktorarbeit.«
»Das wird schnellstens nachgeholt! Zehn Semester!«
»Ich will aber nicht!«
»Und da bist du dir ganz sicher?«
»Ganz eben nicht, aber bitte, dräng mich nicht! Ich bin noch auf dem Weg! Deswegen bin ich ja nach Italien geflohen.«
Roberto schwieg und überdachte Giulias Entwicklung. Während der letzten Wochen war sie immer stärker geworden, hat geplant und entschieden und ist von der kleinen Studentin der *facoltà lettere e filosofia*, in die ich mich verliebt habe, Lichtjahre entfernt.
Gefällt mir das? fragte er sich. O, ja, die Angst, sie ordne sich meinem Leben unter, kann ich getrost vergessen. Ich wollte sie zur gleichberechtigten Partnerin in meinem Leben machen. Aber da ist sie mir zuvorgekommen.
»Du bist mir böse!«
»Nein, *dotoressa*, erleichtert, wieder ein Stück mehr von dir zu kennen«, lachte er.
»Sag nie wieder *dotoressa* zu mir, Ro, *nereide* ist mir viel lieber!«
»Dann komm zu mir, *nereide*, und lass uns den Tag genießen!«
»*Carpe diem?*«
»*Subito!*«

Bassner-Hof/Nals

Am nächsten Abend brach Roberto auch mit seiner Zurückhaltung gegenüber Maria und Adriano. An diesem Tag hatten ihn wieder Schmerzen heimgesucht. Nach dem Abendessen, als sie auf der kleinen Terrasse saßen, blieb er schweigsam.
Sie kamen auf die MHH zu sprechen. Julia erzählte von ihren Studienerfahrungen in Göttingen und Lübeck, und endlich war das Geheimnis

keines mehr, und auch Maria drang in sie, ihr Medizinstudium zu beenden; aber ganz so weit war Julia noch nicht, und je mehr die anderen sie drängten, desto zögerlicher wurde sie. Roberto spürte das und schnitt das Thema von sich aus nicht mehr an.

Plötzlich stellte er verzweifelt und verbittert fest:

»Ich kann mich einfach mit meiner Behinderung nicht abfinden! Ich habe es versucht, wirklich versucht, aber es will nicht klappen! Nutzlos herumzuliegen ist schrecklich!«

Stille folgte, Adriano traten wieder Tränen in die Augen, Maria sah stumm auf ihre Hände, und nur Julia fand den richtigen Ton:

»Das musst du auch nicht! Dich abfinden, meine ich. Bevor die medizinische Kunst dich hoffentlich wieder auf den Weg nach oben bringt, nimm die Zeit bis dahin als Geduldsübung. Nimm jede Besserung als Schritt nach vorn und freue dich darüber. Ein Tag wie heute geht vorbei!«

»Du hast wie fast immer recht, Giuli, der Moment des Selbstmitleids ist auch schon vorbei, tut mir leid!«

Am kommenden Morgen erschien Adriano allein zum gemeinsamen Frühstück und entschuldigte Maria. Es gehe ihr nicht gut, sie sei erschöpft.

»Sie arbeitet zu viel, manchmal steht sie schon um vier Uhr auf! Ich habe ihr heute Ruhe verordnet. Julia, kannst du mitkommen? Ich brauche jemanden, der mir beim An- und Abkuppeln hilft, bei den neuen Maschinen geht das automatisch, aber so weit sind wir noch lange nicht.«

Julia war nur zu froh, sich nützlich machen zu können, und fuhr mit ihm auf dem Trecker in die Obstgärten. Als sie mittags zurückkehrten, saßen Maria und Roberto einträchtig zusammen und unterhielten sich auf Italienisch. Ein ungewohntes Bild, denn normalerweise stand eine fühlbare Spannung zwischen den beiden.

Als Julia darauf bestand, auch nachmittags Adriano zu helfen, widersprach keiner.

»Ich freue mich!«

Adriano konnte seine Zufriedenheit nicht verbergen.

»Ich habe mir so gewünscht, Maria möge meinen Bruder akzeptieren. Vielleicht klappt es ja.«

»Schön wäre es«, stimmte Julia zu, »warum hat sie ihre Einstellung ihm gegenüber wohl geändert?«

»Zwei Dinge: seine Verzweiflung gestern Abend und wie er sich neulich, nach deinem ersten Albtraum, um dich gekümmert hat! Seither ist sie ihm gegenüber deutlich milder gestimmt!«

Maria suchte immer öfter Robertos Nähe. Plötzlich war er für sie so etwas wie eine letzte Verbindung zum Veneto, sowohl sprachlich als auch von der Lebensanschauung her. Adriano hatte sich hingegen nahtlos der Südtiroler Mentalität angepasst. Es war, als habe er Südtirol nie verlassen und nie mit ihr an *Il Bò* an der *facoltà agraria* in Legnaro studiert. Er sprach höchst selten mit ihr Italienisch und hätte sie wahrscheinlich verständnislos angesehen, wenn sie ihn darauf angesprochen hätte.

Oftmals spürte sie ein Verlangen nach der Weite der Poebene, den Lagunen und dem Meer. Immer stärker wurde Roberto für sie zum Bindeglied zwischen der alten und der neuen Heimat, und so suchte sie ihn immer öfter auf und sprach in jeder freien Minute Italienisch mit ihm.

Er schätzte ihre Gesellschaft ebenfalls und freute sich, dass Maria ihm gegenüber aufgetaut war und ihr wahres Gesicht zeigte: offen und fröhlich. Er erfuhr in diesen paar Tagen mehr über den Hof und die ökologische Strukturreform, die sie mit Adriano in kleinen Schritten plante, als sein schweigsamer Bruder während eines Monats verraten hatte; sie hatte die Visionen, und er war der Pragmatiker, eine gelungenere Kombination konnte man sich nicht wünschen.

Meran/Nals

Das Wetter verschlechterte sich zusehends, die Schneefallgrenze sank, die Bergspitzen bekamen noch einmal eine Wintermütze aus Schnee, und dann schüttete es tagelang. Der Schnürlregen senkte sich auf die Gemüter, auch Roberto wurde davon nicht verschont.

Unruhig drehte er sich im Bett herum, alle zehn Minuten schaute er auf den Wecker; die Zeiger mussten festgeklebt sein.

Er blickte zu Giulia hinüber, die eingekuschelt in ihre Daunendecke mit einem Lächeln auf den Lippen schlief und seine unmittelbare Nähe überhaupt nicht zu vermissen schien. War sie seiner schon überdrüssig? Eigentlich hatte er kein Recht, sie aus ihrer altersadäquaten Umgebung zu reißen.

Hatte sie nicht herrlich unbeschwert mit dem jungen Maler aus Nalles herumgealbert? Konnte Roberto ihr länger seinen Trübsinn zumuten, seine ewigen Zweifel an sich selbst?

Wieder ein Blick zur Uhr, gerade fünf vorbei! Schon seit vier Nächten schlief sie ruhig, ohne seiner Hilfe zu bedürfen. Sie lächelte im Schlaf, sie brauchte ihn nicht mehr.

Draußen plätscherte der Regen und klatschte auf die Terrasse, weil die Regenrinnen die Wassermassen nicht mehr fassten, Dumpfheit legte sich auf sein Gemüt.

Zehn nach fünf regte Giulia sich, das Lächeln erlosch, als sie die Augen öffnete.

»Ich habe die ganze Nacht gegrübelt«, überfiel Roberto sie ohne jede Einleitung, »es ist nicht richtig, dass ich dich ganz für mich beanspruche, du gehörst in das dir altersgemäße Studentenmilieu!«

Er blickte an die Decke und wartete vergeblich auf eine Antwort.

»Was werde ich dir bieten können?«, fuhr er unbarmherzig mit sich selbst fort. »Eine winzige Wohnung, ein nicht allzu üppiges Polizistengehalt, tage- und nächtelange Abwesenheit, kein Tennis, kein Bergsteigen, kein Tanzen! Es wäre nicht fair, dich zu heiraten und an mich zu binden!«

Er steigerte sich immer mehr in seinen finsteren Pessimismus hinein, den Giulia sonst mit einem Lächeln und ein paar Worten durchbrechen konnte. Aber an diesem Morgen reagierte sie unerwartet brüsk, stand mit einem merkwürdig verkniffenen Gesichtsausdruck auf, riss die Nachtischschublade heraus, warf das Kästchen mit dem Visian-Ring auf die Bettdecke, zerrte ihren Koffer hinter dem Schrank hervor und warf wahllos ihre Kleidung hinein.

Obwohl sie wusste, dass ihre Worte keineswegs der Wahrheit entsprachen und Roberto verletzen mussten, konnte sie sie nicht zurückhalten; wie damals nach der Hochzeit im Obstgarten der Zanellas, und diesmal diente nicht einmal der Alkohol als Entschuldigung.

»Sag doch gleich, dass du mich satthast! Und weil du mich überhast, gehe ich lieber! Jetzt ist noch Zeit, mir einen anderen Vater für mein Kind zu suchen!«

Die Stille im Zimmer lastete wie ein schweres Daunenbett auf ihnen; Julia durchbrach sie durch ihr hastiges Weiterpacken. Sie bemerkte nicht einmal, wie Roberto mühsam aufstand, sich seine Gehhilfen holte und hinter sie trat. Erst als er die Gehhilfen fallen ließ, drehte sie sich nach ihm um.

Er stand dicht vor ihr, packte sie an den Armen, und sie erschrak zutiefst über seinen grimmigen Gesichtsausdruck.

»Wenn das ein Trick ist, mein Kind, verzeihe ich dir das nie!«

»Du tust mir weh! O Gott, ist mir schlecht!«

Sie befreite sich aus seinem Griff und stürzte ins Badezimmer. Seit vier Tagen wusste sie es, seit sie Maria zu einem Gynäkologen nach Meran begleitet hatte; was Adrian als allgemeine Erschöpfung beschrieben hatte, war nichts anderes als ein Anzeichen einer Schwangerschaft. Julia verschwieg auch ihrer Freundin das Ergebnis, erst einmal musste sie mit Roberto ins Reine kommen, denn sie gestand sich ein, bewusst keinen Gedanken an irgendeine Form der Verhütung verschwendet zu haben. Ihr Unterbewusstsein hatte beschlossen, dass sie wenigstens ein Kind von ihm wollte, wenn er seine Meinung über ein Zusammenleben mit ihr ändern würde. Genau wie so viele, bisher von ihr verachtete Frauen hatte sie einen Mann durch Nötigung an sich binden wollen und schämte sich nun dafür.

Robertos Reaktion auf die Ankündigung seines Bruders, Maria und er erwarteten Nachwuchs, betrübte Julia so, dass sie über ihren Zustand kein Wort verlor.

»Francesca wird sich riesig freuen, durch euch Großmutter zu werden«, hatte er gesagt und mit einem Blick auf Julia hinzugefügt: »Du wirst erst dein Studium beenden, deinen Beruf ausüben und dann bin ich schon viel zu alt.«

Das klang, als wolle er keine Kinder, und Julia behielt ihr Geheimnis für sich. Obwohl Robertos Reaktion sie sehr belastete, fühlte sie sich andererseits unglaublich glücklich, und die Albträume hatten keinen Platz mehr neben dem Wissen, dass ein Kind von Roberto in ihr wuchs.

Julia hing über dem Toilettenbecken und würgte sich die Seele aus dem Hals, Roberto stand immer noch wie erstarrt im Schlafzimmer, nur zögernd begreifend, was sie ihm mitzuteilen versucht hatte. Wie ein Schlafwandler tastete er sich an den Wänden entlang ins Bad und ließ sich schwer atmend auf dem Badewannenrand nieder, immer noch sprachlos auf das Bild des Jammers blickend, das sie bot. Sie erbrach nur noch wasserhelle Flüssigkeit, wurde aber von Würgekrämpfen geschüttelt und war in Tränen aufgelöst.

Er rettete sich und sie erst einmal durch praktische Hilfe, feuchtete ein Handtuch an und wischte ihr das Gesicht ab. Dann hielt er ihre Stirn, als sie sich wieder übergeben musste, und murmelte unsinnige Beruhigungsworte.

»O Ro, es war blöd von mir, es dir so zu sagen! Wenn mir nur nicht so schwindelig wäre! Aber nach deiner Reaktion neulich Abend habe ich geglaubt, du wolltest keine Kinder, und ...«

Sie wusste nicht weiter, umklammerte weiterhin das Toilettenbecken und würgte erneut. Roberto wusch ihr noch einmal das Gesicht und nun umklammerte sie sein rechtes Bein. Er legte seine Arme um ihre Schultern, vergrub sein Gesicht in ihrem Haar und fand erst jetzt zu einer verständlichen Sprache zurück.

»Nichts auf der Welt habe ich mir mehr gewünscht als ein Kind von dir, *l'anima mia*! Aber du bist noch so jung und hältst es mit mir vielleicht nicht lange aus! Obwohl, wenn ich ehrlich mit mir und mit dir bin, sieht es fast so aus, als hätte ich es darauf angelegt. Ich war richtig enttäuscht, als ich in dem Medikamentenkorb die Antibabypillen entdeckte.«

Sie sah ihn groß an.

»Ehrlich? Dabei habe ich sie gar nicht genommen! Nach der Tiefschlaftherapie war mein Hormonhaushalt völlig durcheinander. Mit den Antibabypillen sollte ich meinen Zyklus wieder einregulieren, aber ich habe es lieber der Natur überlassen.«

»Es ist nicht der richtige Ort und es ist nicht die richtige Zeit, um es dir zu sagen, aber es muss jetzt sein: Giuli, ich liebe dich!«

Sie sah zu ihm auf, und Glück leuchtete aus ihren Augen.

»Das ist das erste Mal, dass du mir das sagst!«

»O nein, das zweite Mal!«

»Das erste Mal galt nicht, da warst du halb tot und wusstest nicht, was du sagtest!«

»O doch! Mein einziger Gedanke damals war, wenn ich jetzt sterbe, muss ich sie wissen lassen, dass ich sie liebe! Aber wenn du jetzt schon wieder mit mir streitest, geht es dir wohl besser! Lass uns diesen für Liebeserklärungen etwas merkwürdigen Ort verlassen!«

Im Schlafzimmer suchte er den Ring und streifte ihn ihr über, er bestand darauf, dass Giulia sich wieder hinlegte, und saß am Bett, seine Hand auf ihrem Bauch.

»Wir packen heute noch und fahren nach Deutschland, die Hochzeit muss vor meiner Operation stattfinden!«

»Für mich ist unser gegenseitiges Versprechen an unserem ersten Abend im Alten Hof bindend«, widersprach Julia.

»Für mich auch, aber nicht für die Bürokratie. Wenn mir bei der Operation etwas zustößt, möchte ich dich und unsere Tochter versorgt wissen.«

»Wieso Tochter?«

»Du bekommst nur Töchter und sie müssen alle so werden wie du!«

Mitten in ihre verliebt unsinnige Diskussion hinein hörten sie ein Klopfen an der Terrassentür und Adrianos besorgte Frage, ob etwas passiert sei.

Roberto befahl Giulia, liegen zu bleiben, sie wehrte sich zwar mit der Bemerkung, sie sei nicht krank, nur schwanger, aber Roberto humpelte zur Tür, öffnete sie, und die Gehhilfen segelten erneut zu Boden, als er den völlig entgeisterten Adriano zum ersten Mal in seinem Leben umarmte, an sich drückte und mit Glück in der Stimme verkündete, sie seien auch schwanger.

Gattamelata

IV

a. d. 1425–1434

Im Dienste des Papstes

bwohl in einem Alter, da manch ein condottiero schon lange unter der Erde lag, oder andere genug Kapital für einen genüsslichen Lebensabend erworben hatten, war Gattamelata noch immer nicht bereit, sich in die erste Reihe zu stellen. Genug Reichtümer, um in Rente zu gehen, hatte er mit Sicherheit nicht angesammelt, Frau und Kinder mussten ernährt werden, Giacoma kam aus keiner reichen Familie, denn dann hätte ihr Bruder Gentile nicht als capitano di ventura arbeiten müssen.

So schloss sich Gattamelata nach seiner Flucht aus der Gefangenschaft dem condottiero Niccolo Piccinino an, der mit Florenz eine condotta abgeschlossen hatte und den er gut aus seinen Tagen bei Braccio kannte. Piccinino hing weiterhin der Schule der Braccesken an und wurde von Florenz auch als der direkte Nachfolger Braccios angesehen, aber da Piccinino von Haus aus nur ein Fleischergeselle war, passte er auf Dauer nicht in Gattamelatas Lebensplan. So schloss er sich Niccolo della Stella an, ebenfalls in florentinischen Diensten, bis Gattamelata endlich den Dienstherrn fand, bei dem seine Verlässlichkeit und sein guter Ruf trotz der Niederlage bei L'Aquila anerkannt wurden und bei dem er seine erste große, selbstständige condotta erhielt, die seiner Treue zur Kirche entgegenkam: Papst Martin V.

Gattamelata hatte sich mit der ihm eigenen unverbrüchlichen Verlässlichkeit dem Dienst der Kirche verschrieben, auch wenn seine erste Aufgabe ihm persönlich nicht so sehr gefallen haben mochte, aber er hielt seine condotta ein. Seinerzeit war die Kirche tief in weltliche Machtkämpfe verstrickt, und Martin V. ließ eine klare politische und auch ethische Linie vermissen, ihm ging es nur um Machtzuwachs. Und um die politische Vernichtung der Niccola von Verano, Braccio da Montones Witwe. Die von ihrem Mann eroberten Städte sollten an den Papst zurückgegeben werden, und obwohl Niccola sich weigerte und im Rahmen ihrer Möglichkeiten tapferen Widerstand leistete, eroberte Gattemelata 1427 Montone, Gualdo, Cattaneo und Città di Castello, die er pikanterweise vorher mit Braccio dem Papst abgenommen hatte; daraufhin zog sich Niccola mit ihrem Sohn Carlo im Dezember des folgenden Jahres ins heimische Camerino zurück.

Über wie viele Lanzen Gattamelata zu dieser Zeit verfügte, ist ebenso wenig bekannt wie seine Verbindung mit dem conte und condottiero Brandolino Brandolini, der unzertrennlich mit Gattamelata verbunden sein musste, denn die beiden wurden meist in einem Atemzug genannt. So wie vorher Gattamelata immer im Schatten Braccios gestanden hatte, tat dies nun Brandolini bis fast an sein Lebensende bei Erasmo da Narni, dessen Affinität zum Adel sich wieder einmal durchsetzte.

Über sein Privatleben in dieser Periode schweigen die Chroniken wieder, bis auf zwei kleine Notizen, die darauf schließen lassen, dass er seine Giacoma immer noch sehr liebte. In den Wintermonaten fanden keine Kämpfe statt, zu unwirtlich gab sich der Appenin, noch unwirtlicher die Abruzzen, und genau das war die Gegend, in der Gattamelata zu diesen Zeiten zu tun hatte, tief zugeschneit im Winter, von Bären und Wölfen bevölkert.

So wird er sich bei seiner Giacoma gewärmt haben, vielleicht auf ihrem Erbteil Montegiove, und für das Jahr 1427 wurde die Geburt Gianantonios bekannt gegeben, seines so sehnlichst erwarteten, seines ersten und einzigen männlichen Nachkommens. Und wahrscheinlich im selben Winter gezeugt, wurde die Geburt seiner vorletzten Tochter, Todeschina, im kommenden Jahr angemerkt, die später auf genau dieser Burg elf Kindern das Leben schenken sollte, allerdings lange nach dem Ableben ihres Vaters.

Ab 1428 warf Gattamelata, dem seine Soldaten treu ergeben waren und seiner Tapferkeit bewundernd folgten, eine aufständische Stadt nach der anderen nieder, Imola, Forli, Fermo, Perugia, und als hartnäckigste die Stadt Bologna, die sich bis 1431 erfolgreich wehrte, aber trotz der Unterstützung von Filippo Maria Visconti aus Mailand endlich aufgeben musste.

Der Tod von Papst Martin V. 1431 brachte in die bisher kleinkriegerische Atmosphäre unter dem neuen Papst Eugen IV., dem gebürtigen Venezianer Condulmer, endlich eine gewisse Stringenz. Friedensverhandlungen begannen, und nun traten Gattamelatas diplomatischen Talente hervor. Bei der prächtigen Friedensfeier in Bologna ritt er mit einhundertfünfzig Reitern, also fünfzig Lanzen, als capitano generale der Kirche neben dem neuen governatore in die beruhigte Stadt ein, gefolgt von achtzig seiner Fußsoldaten.

Abseits und schmollend stand der Bischof von Torpeja, der eigentliche Legat des Papstes. Gattamelata gelang es, den Legaten diplomatisch einzuwickeln und in den Friedensprozess einzubinden, die honigsüße Katze verband Schlauheit und geistige Wendigkeit immer offensichtlicher mit ihren kriegerischen Fähigkeiten.

Von Anbeginn an fehlten der Kriegsführung Gattamelatas die Grau-

samkeiten, die man Braccio da Montone und den meisten anderen condottieri *ankreidete; Ausraubaktionen des Umlandes, Kirchenschändung und Plünderung der eroberten Städte fanden unter Erasmo da Narnis Kommando nicht statt, Frauen und Kinder wurden geschont.*

Kann es denn wahr sein, dass Machiavelli Gattamelata und seine Reputation nicht kannte? Wenn er – grob verallgemeinernd – über die condottieri *insgesamt schreibt:*

»Die Söldnerführer sind entweder hervorragende Männer oder nicht ...« (Schwarz-weißer geht es wahrlich nicht!) »Sind sie es, so ist kein Verlass auf sie, weil sie stets nach eigener Größe trachten ... Ist aber der Feldhauptmann untüchtig, so bereitet er seinem Kriegsherrn meist den Untergang.«

Was beweist, dass Machiavelli Gattamelata und sein Leben ganz einfach verschwieg.

Nur einen einzigen schwarzen Fleck auf Gattamelatas ansonsten blütenreiner Weste bildete die allerdings recht allgemein gehaltene Anklage, er und Brandolini hätten das Bolognesische ausgesaugt und die Bevölkerung drangsaliert.

Die politische Welt Mittel- und Norditaliens verfolgte Gattamelatas Feldzüge für den Papst bis 1431 aufmerksam, und man schätzte ihn allgemein als klugen und fähigen Heerführer ein, und so mag es nicht verwundern, dass er, obwohl inzwischen einundsechzigjährig, von allen Seiten Stellenangebote erhielt.

Die wichtigsten Angebote kamen von Antonio Colonna, Fürst von Salerno, einem Neffen des verstorbenen Papstes Martin V. und erbittertem Feind Eugens IV., und ein noch lukrativeres und politisch bedeutenderes wurde von Filippo Maria Visconti an Gattamelata herangetragen; der Mailänder hätte ihn gern gegen die Serenissima *und deren* capitano generale *Carmagnola eingesetzt.*

Gattamelata jedoch lehnte ab, seine Antwort an Colonna lautete dahingehend, dass er, Erasmo da Narni, der Kirche und ihrem Führer auf alle Zeit treu ergeben sei und ihn weder Geld noch Versprechungen abwerben könnten, er würde seinen Posten nicht ehrlos aufgeben und seinen Verpflichtungen nachkommen. Was er dem unberechenbaren Mailänder Herzog antwortete, ist nicht überliefert, wird aber ähnlich gewesen sein.

Dabei hätte jedermann verstanden, wenn Gattamelata Eugen IV. den Rücken gekehrt hätte, zwar ließ der ihm waffentechnisch und kriegsmäßig völlig freie Hand, aber mit dem Zahlen des vereinbarten Soldes haperte es ganz gewaltig, und mehr als einmal musste Gattamelata seine Lanzen aus seinem Privatvermögen bezahlen oder sie vertrösten.

Auch die Seerepublik Venedig streckte ihre Fühler nach dem honori-

gen Gattamelata aus. Sie war seit der Besetzung des Stuhles Petri mit einem Venezianer dem Papsttum eng verbunden. Außerdem steckte sie in Schwierigkeiten und hatte gerade ihren Großkondottiere Carmagnola um einen Kopf verkürzt. Mit dessen Nachfolger Francesco Gonzaga schienen die Venezianer auch nicht das große Los gezogen zu haben, denn als sein Großvater, Kaiser Sigismund, ihn 1433 zum Herzog von Mantua machte, wollte ihm das Kondottierileben nicht mehr so recht schmecken. Venedig suchte jemand Verlässlichen, Treuen, dabei Kampfstarken und Intelligenten, dem es absolut vertrauen konnte.

Und wer blieb da schon übrig? Nur Gattamelata, aber der wollte nicht.

kapitel 4
a. d. 2001/sommer

Hannover

ulia fand einen Parkplatz auf dem Oberdeck der Parkgarage und schloss den Wagen ab. Zwei Wochen waren nun seit der gut verlaufenen Operation vergangen, der Chirurg war zufrieden und Roberto ungeduldig, aber doch auf dem deutlichen Weg der Besserung.

Zwar gab er noch vor, Julias seelischen Beistands dringend zu bedürfen, aber beide wussten, dass er sie nur in seiner Nähe haben wollte; sein Gemütszustand ließ sich überraschenderweise als zuversichtlich beschreiben, und die Prognosen für sein Knie klangen gut, sodass Roberto fast optimistisch in jeden neuen Tag schaute, vorausgesetzt Julia war bei ihm.

Sie hängte sich die Tasche mit den von Roberto gewünschten Büchern um, nahm den Korb mit den Früchten, den sie auf Marias Wunsch hin abliefern sollte, den dicken Strauß nicht duftender Waldhyazinthen aus dem Hamelner Bauerngarten und schritt auf die Treppe zu.

Nur eines belastete sie, das finanzielle Chaos, von dem Roberto nichts wissen sollte. Mit ihrer Heirat wurde Großmutters Erbschaft zwar auf einmal ausgezahlt, und damit war Julia ein halber Geröllhang vom Herzen gefallen, denn bei der staatlichen italienischen Gesundheitsfürsorge hatte man ihr gesagt, selbstverständlich könne *signor* Bassner sich in Deutschland operieren lassen, nur die Krankenhauskosten übernähme man nicht, und Julia hatte den zweiten Teil dieser Aussage nicht an den Versicherungsnehmer weitergegeben; aber Großmutters Anwalt überwies dummerweise die gesamte Summe auf ihr Konto in Montegrotto Terme.

Roberto hatte ihr schon in Italien Kontovollmacht erteilt, was sie als Vertrauensbeweis sehr stolz sein ließ, aber seine Schecks, wie auch die von ihrem Konto, waren aufgebraucht, auf Kreditkarten ließ sich das Krankenhaus nicht ein, und ihr Limit bei der Barauszahlung war längst erreicht. Sie waren praktisch mittellos, dabei stand die Rechnung für die Operationskosten noch aus. Keine geringe erwartete sie, denn man hatte Roberto natürlich als Privatpatienten eingestuft.

Die Möglichkeit, ihren Onkel um Geld zu bitten, schied aus, ihr Stolz verbot es ihr, und Roberto, ahnte sie, würde das nie billigen, also musste sie ihm irgendwie erklären, warum sie nach Italien zurückmusste, um einige finanzielle Transaktionen vorzunehmen; die beiden italienischen Banken, bei denen sie Konten unterhielten, hatten sich geweigert, telefonische Anweisungen zu befolgen.

Langsam schritt sie die Außentreppe vom Parkdeck hinunter und blickte zum Haupteingang des Krankenhauses, einem nicht sehr anheimelnden Bau aus den Fünfzigern mit einer keineswegs repräsentativen, sondern eher unansehnlichen Fassade, und Julia erinnerte sich an den bescheidenen Hörsaal, den man durch eine Unterführung erreichte.

Aber nicht dieser Anblick ließ eine Alarmglocke in Julia schrillen, sondern der eines vor dem Hauptportal haltenden Taxis, aus dem in diesem Augenblick eine zierliche, elegant gekleidete Dame in einem modisch dunkelroten Kostüm mit kurzem Rock und langer taillierter Jacke stieg, ihre gleichfarbigen hochhackigen Pumps, Handtasche und breitrandiger Hut leuchteten bis zu Julia hinüber – Angela Saccordo in ihren Lieblingsfarben!

Sie betrat mit einem überdimensionalen, in Klarsichtfolie verpackten Blumenstrauß das Gebäude.

Das können nur Orchideen sein, war ihre vom Schock diktierte belanglose Reaktion, konnte sie denn keine anderen Blumen wählen? Roberto mochte diese Pflanzen nicht, er fühlte sich von ihnen angestarrt.

Als sie sich wieder fing, fragte sie sich, wie Angela Robertos Spur gefunden hatte. Hatte Umberto nicht bei den gelegentlichen Telefonaten, von denen Roberto nichts wusste, versichert, Angela habe im Augenblick ausreichend mit der *Guardia di finanza* zu tun und sei vorübergehend sogar festgenommen worden?

Während der vergangenen zwei Monate hatten sie sich zunehmend sicherer vor ihr gefühlt, die räumliche Entfernung zu ihr und dem *Tre-Condottieri*-Syndikat schien hinreichend, und nun stellte sich heraus, dass es nur eine Pseudosicherheit gewesen war.

»Sie kann ihm hier nichts tun!«, redete sich Julia laut Mut zu, und das Ehepaar, das eben an ihr vorbeiging, blickte sie verwundert an.

Aber wenn mich Angelas Anblick schon so mitnimmt, dachte sie, wie wird er erst erschrecken? Ist er nach der schweren Operation überhaupt in der Lage, ihr Widerstand zu leisten? Roberto hatte einmal erwähnt, die *Tre Condottieri* hätten gute Verbindung zur Mafia und dass es keine Konkurrenz zwischen den Organisationen gäbe. Besaß aber die Mafia nicht exzellente Kontakte in Deutschland?

Ihr strategisch bedingter Rückzug hatte nichts genutzt, aber solange Angela nicht wusste, dass Roberto verheiratet war, konnten sie sich relativ sicher fühlen. Wie nur konnte sie Roberto schützen? Angela wollte ihn um jeden Preis, und wie leicht konnte ihre Liebe in Hass umschlagen. Wie dünn war der Schutzschild gewesen, den Julia vor Roberto aufgebaut hatte! Auf seine im Krankenhauscomputer gespeicherten Personalien konnte, Datenschutz hin, Datenschutz her, bei Angelas internationalen Beziehungen beliebig zugegriffen werden.

Julia beeilte sich, den Seiteneingang der Klinik zu erreichen, und nahm zwei Stufen auf einmal zum Zimmer ihres Onkels. Sie brauchte ihn als Verbündeten, auch wenn er ihr und Roberto eine ziemlich kalte Schulter gezeigt hatte, seit der OP hatte er kaum ein persönliches Wort mit seiner Nichte gewechselt.

Der psychische Schock, das überhastete Treppensteigen und ihr immer noch durch die Schwangerschaft bedingter, instabiler Kreislauf ließen ihr Bewusstsein schwinden; ihr Onkel, der eben sein Zimmer verlassen wollte, konnte sie gerade noch auffangen.

Als sie nach kurzer Zeit wieder zu sich kam, wollte sie mit den Worten aufspringen, sie müsse sofort zu ihrem Mann, aber ihr Onkel drückte sie sacht auf die Couch zurück.

»Du wirst gar nichts, meine liebe Julie, sondern dich ausruhen, dir nicht mehr so viel zumuten und alles andere mir überlassen!«

»Aber er ist ihr noch nicht gewachsen, Jochim, bitte!«

»Nichts da! Und wer ist sie?«

»Angela! Sie verfolgt ihn. Ihr Mann hat auf Roberto geschossen und ist im Gefängnis ermordet worden; seither verfolgt sie Roberto. Sie kennt ihn schon lange. Sie hat mit ihm in Bologna studiert und sie will seine Operationskosten bezahlen und ihn damit für sich kaufen. Sie ist gefährlich und sie sagt, sie liebt ihn. Sie hat schon einen Arzt in Padua bestochen. Sie hat Kontakte zur Mafia: Ihr Mann war ein Syndikatsboss ...«

»Langsam, langsam, Julie! Ich verstehe kein Wort. Was denn nun, Rache oder Eifersucht? Und wieso hat dein Italiener studiert, ich denke, er ist Polizist? Nun schau mich nicht so vorwurfsvoll an. Ja, vielleicht hätte ich mich mit ihm unterhalten sollen! Aber du musst zugeben, mit seinem Kommen-Sie-mir-nicht-zu-nahe-Gesicht hat er mich auch nicht gerade ermutigt.«

»Und du hast ihn nicht an dich herangelassen mit deinem Schau-her-ich-bin-jemand-Bedeutender-Blick! Dabei habe ich mir so gewünscht, dass ihr euch verstündet! So wie Vater und er. Aber das ist jetzt zweitrangig, jetzt musst du Roberto erst einmal vor Angela retten, ich hab sie eben zu ihm gehen sehen, sie mich aber nicht. Sag, er muss zum Röntgen oder irgendetwas, bitte!«

»Es ist das erste Mal, dass ich dich so aufgelöst sehe, Julie! Du, die immer alles fest im Griff hat! Du musst deinen Italiener sehr lieben, wenn deine Angst um ihn so groß ist! Aber er wird schon fertig mit ihr, den Eindruck wenigstens macht er!«

Julia schluchzte fast vor Verzweiflung, warum wollte ihr Onkel nichts begreifen?

»Roberto hat Angst, dass Angela mir etwas antun könnte, und ich glaubte, ich hätte alle Spuren verwischt. Ach, Jochim, du musst uns helfen, sie darf nicht erfahren, dass wir verheiratet sind! Ich weiß überhaupt nicht mehr, was ich tun soll. Ich habe keinen Pfennig Geld mehr, die MHH will wieder einen Vorschuss, und Roberto darf nicht wissen ...«

Wie ein Sturzbach sprudelte sie mit ihrer finanziellen Misere heraus, irgendwem musste sie es ja anvertrauen, und ihr Onkel bemerkte kopfschüttelnd, dass sie aus ihrem vormals so geordneten Leben ein ziemliches Durcheinander gemacht habe.

»Okay, ich rette deinen Italiener vor ihr! Aber nur unter zwei Bedingungen: Erstens, du bleibst hier liegen und erholst dich, bis ich wiederkomme, und zweitens, wir zwei gehen nachher hübsch zusammen in die Buchholzer Mühle zum Spargelessen, und du erzählst mir haarklein, geordnet und ausführlich, was dir, seit du aus Deutschland weg bist, in Italien zugestoßen ist; und ich verspreche dir, deinen Italiener möglichst objektiv zu betrachten. Du und dein Vater, ihr habt mich ziemlich ausgegrenzt, und ich gebe zu, die Eifersucht hat mir den Blick vernebelt.«

Julias erleichtertes, fast glückliches Lächeln bestärkte ihn in der Annahme, er sei nun auf dem richtigen Weg zu seiner Nichte und ihrem Italiener.

Hannover

Julias Panik erwies sich als unnötig. Trotz der langwierigen und schwierigen Operation und der unangenehmen Narkosenachwirkungen ging seine Genesung zügig voran. Die ermutigenden Kommentare der Ärzte und die selbst ohne Medikamente andauernde Schmerzfreiheit sowie die Gewissheit, dass sowohl seine Frau als auch seine neue, angeheiratete Familie auf seine Entlassung warteten, ließen ihn zwar voller Ungeduld, aber das Leben aus völlig anderer Perspektive sehen, vor allem jedoch aber, weil er sich unbändig auf seine Rolle als Vater freute.

Kleine Unbequemlichkeiten, zum Beispiel der sehr sinnreiche, aber ihn bis in den Schlaf störende Bewegungsapparat an seinem linken Kniegelenk, der es ständig leicht beugte und streckte, nahm er mit einer für ihn unbekannten innerlichen Ruhe hin, auch wenn er sie nach außen nicht zeigte.

Angela überraschte ihn, erschreckte ihn aber keineswegs. Förmlich blieb sie am Fußende seines Bettes stehen, lächelte ihn an und fragte:

»Erstaunt?«

Er lächelte ebenso unverbindlich zurück, freute sich seiner frischen Rasur und des makellosen Schlafanzugs, zog den nach deutscher Art rechts sitzenden Ehering unter der Decke ab und reichte ihr die Hand.

»Ein wenig schon! Wie hast du mich gefunden?«

Sie legte den Orchideenstrauß auf das freie Nachbarbett, streifte die Handschuhe ab und sah sich im Zimmer um, das dritte Bett an der Tür und den darin liegenden frisch Operierten mit einem uninteressierten Blick registrierend.

»Du siehst gut aus, mein Lieber! Die medizinische Versorgung soll hier recht ordentlich sein, ich habe mich informiert. Allerdings«, sie betrachtete mit der für sie typischen Bewegung ihre passend zum Kostüm lackierten Nägel und bürstete ein nicht vorhandenes Stäubchen weg, »diese schlichte Ausstattung hier könnte auch in einem *ospedale* unserer Heimat zu finden sein.«

Ihre Friedfertigkeit versetzte Roberto in Alarmbereitschaft, obwohl es augenscheinlich unnötig schien, denn Angela machte keine Anstalten, da anzuknüpfen, wo sie vor Monaten aufgehört hatte.

Sie stellte sich ans Fenster und warf einen Blick auf die dichten Kronen der alten, einen Kanal säumenden Bäume, die auf der rechten Seite von einem Flügel einer alten Holländermühle überragt wurden.

»Ein beruhigender Ausblick! Ich hatte in eurer *questura* zu tun, dabei erwähnte irgendwer die Krankschreibung des *commissarios*, die aus Hannover gekommen sei.«

Sie zuckte leicht mit den Schultern und drehte sich zu ihm um.

»Und da ich wegen eines Gewerbeparks im Süden Hannovers unterwegs bin, bot sich ein Besuch bei dir an.«

Sie blickte angelegentlich auf ihre mit zahlreichen Brillanten besetzte Armbanduhr.

»Leider nur ein kurzer, um zwölf habe ich den nächsten Termin.«

Angela schien ihre Ansprüche auf ihn aufgegeben zu haben, aber sein Misstrauen blieb.

»Du nimmst mir mein Versteckspiel nicht übel?«, erkundigte er sich, das Thema direkt ansprechend, um das sie sich trotz ihrer vermeintlichen Offenheit herumschlängelte.

»Dein Brief ließ an Klarheit nichts zu wünschen übrig.«

Sie lächelte ihn an und hielt sogar seinem Blick stand.

»Ich bin eine realistische Juristin, Tatsachen akzeptiere ich. Du warst immer schon ein Einzelgänger und wirst es wohl bleiben, mein Lieber. Trotzdem bleibt meine Offerte, Emos Kanzlei in Treviso zu übernehmen – ohne Wenn und Aber! Ich werde hauptsächlich in Milano tätig sein und dir völlig freie Hand lassen.«

Er hatte es geahnt, oberflächlich gesehen gab sie nach, aber innerlich ging sie keinen Millimeter zurück!

Solange er im Bett lag, wollte er ihr verheimlichen, dass er Giulia geheiratet hatte, und er hoffte, dass sie nicht gerade jetzt auftauchte. Als sich in diesem Augenblick die Tür öffnete, erwartete er es fast, aber überraschenderweise erschien ihr Onkel mit einem Stab von Assistenzärzten, Schwestern und Studenten zur Visite, obwohl die gerade erst vor einer Stunde stattgefunden hatte.

Angela, die des Deutschen nicht mächtig war, wurde vom Herrn Professor in eloquentem Englisch gebeten, draußen zu warten, und während der frisch operierte Patient in den unverhofften Genuss einer Chefarztvisite kam, erkundigte der Professor sich bei seinem angeheirateten, aber bisher ignorierten Neffen, ob er Hilfe vor der *signora* aus seiner Heimat benötige, Julie habe ihn geschickt.

»Danke, es geht schon, *professore*. Nur möchte ich nicht, dass sie auf Giulia trifft, Angela ist unberechenbar und nicht ungefährlich. Ich wünschte, ich könnte hier raus und bei Giulia sein!«

»Ich werde mich darum kümmern!«

Auf dem Flur stellte er sich Angela formvollendet vor und zog sie ins Gespräch, denn Angelas Englisch stand seinem in nichts nach. Als sie feststellten, dass sie in Amerika, wo er, Joachim van der Velde, in jedem Jahr auf Kongressen Gastvorlesungen hielt und ein gern gesehener Spezialist war, gemeinsame Bekannte hatten, verabredeten sie sich zum Abendessen im *Airport Maritim*, wo Angela wohnte. Jochims Neugierde war grenzenlos.

Angelas Verabschiedung von Roberto erfolgte geschäftsmäßig.

»In vierzehn Tagen werde ich erneut in Hannover sein. Wenn es meine Zeit erlaubt, schau ich vorbei.«

Keine Gute-Besserung-Wünsche, keine Erkundigung nach dem Verlauf der Operation – das war Angela, wie sie leibte und lebte.

Die Orchideen lagen vergessen auf dem Nachbarbett und starrten traurig zu Roberto, der ihren Blick finster erwiderte. Er wartete sehnsüchtig auf Giulia, die aber an diesem Tag nicht mehr erschien, doch am Abend lange mit ihm telefonierte und die Neuigkeiten über Angelas Besuch mit ihm austauschte.

Als ihn Giulia auch am nächsten Tag nicht besuchte, stieg sein Missmut, und als sie sich telefonisch entschuldigte, sie habe Kreislaufprobleme und wolle nicht Auto fahren, wuchs seine Sorge um sie. Sie wiegelte ab, aber ihre Stimme klang irgendwie sonderbar, und er grübelte den ganzen Tag über immer wieder darüber, was mit ihr los sein könnte. Und dann stellte er fest, dass seine Telefonkarte leer war, als er Giulia noch einmal anrufen wollte.

Gegen zehn Uhr abends kehrte die nächtliche Krankenhausstille ein, aber Roberto konnte nicht einschlafen; am liebsten hätte er sich von einer Seite auf die andere gedreht, doch der Bewegungsapparat an seinem Knie zwang ihn zur Rückenlage. Sein Kreuz tat ihm weh, sein rechtes Bein schlief ein, aber er nicht. Schließlich bat er die Nachtschwester um eine Schlaftablette, aber die wollte und wollte nicht wirken. Als er dann doch in einen unruhigen Schlaf fiel, träumte er wilde Dinge, und immer wieder kam Angela darin vor.

Es mochte kurz vor Mitternacht sein, als er aus seinen Träumen schreckte. Jemand zog die Vorhänge leise zurück, Mondlicht fiel ins Zimmer, aber es reichte nicht aus, um die dunkle Gestalt genau zu erkennen. Roberto griff zur Schnur der Nachttischlampe, aber seine Reaktionen waren zu langsam. Eine fremde Hand umklammerte sein rechtes Handgelenk, eine zweite legte sich auf seinen Mund.

»Mach schnell! Er ist wach!«, zischte eine Stimme, darauf ließ jemand die Vorhänge los, ging an Robertos Bett, umklammerte sein linkes Handgelenk und flüsterte:

»Binden wir ihm die Hände fest!«

Ehe er sich versah, hatte Roberto einen Knebel im Mund und spürte, wie er ans Bett gefesselt wurde.

Roberto war wütend auf sich selbst: Er hatte Angela und ihre internationalen Beziehungen unterschätzt.

Der Stecker seiner Bewegungsmaschine wurde herausgezogen, ebenso die Stecker für Klingel und Licht, sein Knie kam zur Ruhe, die Bremse des Bettes wurde gelöst, und langsam schoben die beiden Roberto zur Tür.

Er versuchte, trotz des Knebels Geräusche zu machen, sie klangen erstickt, schienen aber in dem stillen, beleuchteten Korridor zu hallen, in dessen Lichtschein Roberto zwei mit Skimützen maskierte Männer erkennen konnte, einer klein und kugelrund, der andere hager in einem um seinen Körper schlotternden schwarzen Jogginganzug. Sie zogen seine Schlafanzugärmel hoch, dann ein Einstich in den linken Arm und fast gleichzeitig in den rechten. Bevor die Betäubung einsetzte, galten seine letzten Gedanken Giulia, die sich hoffentlich außerhalb Angelas Reichweite befand, und der Nachtschwester, die Dienst auf zwei Etagen hatte und ihn und sein Bett nicht vor morgen früh vermissen würde.

Steinhuder Meer

Ein leichter Wind fuhr durch das Blätterdach der alten Erle, deren unterste Zweige fast bis zum Wasserspiegel des Sees reichten. Julia lag zufrieden im Liegestuhl. Die durch einen breiten Schilfgürtel von der großen Fläche des Steinhuder Meeres getrennte Bucht, die sich vor dem Wassergrundstück ihres Onkels erstreckte und durch einen vom Schilf frei gehaltenen Kanal mit dem offenen Wasser verbunden war, erstrahlte wie ein Blütenmeer aus weißen Seerosen und gelben Teichrosen. Ein Graureiher strich mit ruhigem Flügelschlag über den See und landete, sein Nest lag unsichtbar und unzugänglich im Schilf, dessen dicke, dunkelbraune Rohrkolben das eintönige Grün unterbrachen.

Das Sommerhaus ihres Onkels lag am Ende einer in den Dreißiger-Jahren vom Reichsarbeitsdienst aufgeschütteten künstlichen Insel, an zwei Seiten ans Wasser grenzend, die dritte berührte das Nachbargrundstück des Kollegen, der Roberto operiert hatte und den Julia schon von früheren Besuchen hier kannte; eine Stichstraße bildete die Begrenzung an der vierten Seite.

Gelegentlich klang das tiefe Dröhnen einer *Transall C-160* an Julias Ohr, die zum nahe gelegenen Militärflughafen flog, das einzige Geräusch der Zivilisation für lange Zeit. Elstern keckerten, eine Drossel flötete ihre Bin-ich-nicht-ein-schöner-Bräutigam-Melodie und drüben in der Wiese, jenseits des Kanals, jubilierte eine Lerche und markierte mit ihrem Gesang die Grenzen des von ihr beanspruchten Gebiets.

Julia rekelte sich ungewohnt untätig im Liegestuhl, obwohl das Beet, am Rande des Wassers zur Bucht hin angelegt, mit niedrigen blauen Waldhyazinthen, blauen Iris, tiefdunkelblauem Storchenschnabel, im Verblühen begriffenen halbhohen Rhododendren, Eiben und anderen immergrünen Büschen dringendst einer gärtnerisch ordnenden Hand bedurft hätte. Sie war am heutigen Morgen mit all ihrem Gepäck hierher übergesiedelt und eingezogen. Morgen würde sie Roberto besuchen und es ihm erklären, am Telefon scheute sie sich.

Julia hatte ihrem Onkel Untätigkeit auf der ganzen Linie versprechen müssen, nur zum Abend war ihr das Zubereiten italienischer Spezialitäten erlaubt worden, der Nachbar schaute auch vorbei, und dann gäbe es noch eine Überraschung, aber die verriet er trotz wiederholten Drängens nicht.

Eben verschwand ein elegant anzuschauendes Flugzeug am azurblauen Himmel nach Westen. Leb wohl, Angela. Julia döste vor sich hin und überdachte die vergangenen Wochen. Seit ihrer Ankunft aus Südtirol hatte eine überraschende Situation die andere abgelöst, und nun steckten sie schon wieder in einer neuen.

Begonnen hatte es damit, dass Roberto von einer Stunde zur andern mit ihr nach Deutschland aufbrechen wollte, um sie zu heiraten. So eilig hatte er es, dass sie erst, als sie bereits von der Autobahn auf die Bundesstraße 3 abbogen, ihren Bruder erreichte, der zunächst überrascht, dann kichernd und schließlich geheimnisvoll reagierte.

»Ich freue mich auf euch!«, schloss er. »Aber macht euch auf was gefasst!«

Was, wollte er natürlich nicht verraten. Nun wurde Roberto unsicher und meinte, sie sollten doch lieber in ein Hotel gehen, aber Julia erzählte unbekümmert von jeder Menge Platz im Haus.

Der niedersächsische Hof, den ihre Großmutter väterlicherseits mit in die Ehe gebracht hatte und der ihr auch nach der Scheidung wieder zugefallen war, bildete Johannes' einziges Erbteil, mit Schulden belastet und renovierungsbedürftig. Nach der Scheidung war Johannes bei der Mutter und Jochim beim Vater aufgewachsen.

»Erziehung hat doch Sinn«, meinte Julia, »so hat mein Vater die Werte meiner Großmutter übernommen, Verantwortungsbewusstsein, Wärme, Hilfsbereitschaft und weitere solcher Eigenschaften, die mein Großvater verachtete. Er hat Jochim außer viel Geld, das er als Schiffsmakler gescheffelt hatte, Ehrgeiz, Durchsetzungsvermögen um jeden Preis, Großsprecherei, Karrieredenken und ein übersteigertes Selbstbewusstsein vermacht.«

»Ah, deshalb die Verschiedenartigkeit der beiden eineiigen Zwillinge, ich habe mich schon gewundert. Was du sagst, klingt nicht, als ob du deinen Großvater gemocht hättest.«

»Hast. Er lebt noch. Er hat meiner Großmutter vor langer Zeit das Herz gebrochen. Sie starb recht jung; nicht nur in deiner Familie gibt es unglückliche Liebe. Er ist jetzt ein Pflegefall, Alzheimer, und lebt in einem Heim; und vorher war er ein unverbesserlicher Nazi. Vater hat uns von ihm ferngehalten, und wir waren ihm dankbar dafür.«

Sie hielten vor dem Hoftor, und Roberto sah ein typisches Fachwerkhaus der Region.

Micha trat aus der in schönem Englischgrün gehaltenen und mit Weiß abgesetzten Haustür, umarmte seine Schwester und begrüßte Roberto herzlich. Sie nötigten ihn auf die ebenfalls englischgrüne, von Stockrosen eingerahmte Bank vor dem Haus.

»Was ist los, warum grienst du so?«, fragte Julia, aber statt einer Antwort ergriff er zwei Koffer und sagte über die Schulter: »Ihr schlaft in meinem Zimmer, da ist das größte Bett drin, ich hab schon das meiste ausgeräumt, nachdem ihr angerufen habt!«

»Wieso? In meinem Zimmer steht doch das gleiche Bett!«, sagte Julia konsterniert.

»Da schläft jetzt jemand anderes drin.«

Michas Stimme klang etwas unsicher. Wie würde seine Schwester die Neuigkeiten aufnehmen?

Wortlos folgte sie ihrem Bruder und wartete auf Erklärungen.

Gisis ehemalige Zimmertür wurde geöffnet und es trat ein junges

Mädchen in den Flur. Als sie Julia sah, drehte sie sich grußlos um und warf die Tür ins Schloss.

»War das nicht Kristi? Ist die aber groß geworden!«

Erwartungsvoll sah Julia zu Micha, aber der ignorierte ihre Neugier.

»Vater und Charlotte machen Krankenbesuche, sie müssen jeden Augenblick kommen. Sie wissen noch nichts von eurer Ankunft.«

Charlotte war die Arzthelferein, die bei ihrem Vater seit sechs Jahren arbeitete, ihre Tochter Kristine war damals zehn gewesen, als sie zu ihnen gekommen war. Langsam ging Julia ein Licht auf: Während ihrer Abwesenheit hatte sich wohl einiges geändert.

»Charly und Vater? Schlafen die jetzt in meinem Zimmer? Und Kristi wohnt auch hier?«

Micha nickte verlegen.

»Warum drängt ihr euch hier unten alle so zusammen? Oben ist doch genug Platz!«

»Du hättest nichts dagegen, wenn ich da oben schlafe?«

»Wieso sollte ich? Und wenn Vater sich jetzt endlich neu orientiert hat, könnte er das Museum da oben doch endlich aufgeben!«

»Aber du hast doch alles so gelassen wie zu Mamas Zeiten! Ihr Atelier, ihren Garten, ihr Schlafzimmer!«

»Natürlich wegen Papa! Er hat sie abgöttisch geliebt. Du müsstest doch eigentlich noch wissen, wie sehr ich Mama gehasst habe, weil sie Papa so unglücklich gemacht hat! Und nur für ihn habe ich alles konserviert!«

Ihr Bruder tippte sich an die Stirn und meinte, dass das alles doch gar nicht wahr sein könne, ob Julia mit Vater denn nie darüber gesprochen habe?

»Natürlich nicht! Und er hat alles so gelassen, weil er meinte, ich wollte das Andenken an Mama für mich bewahren?«

»So ist es«, jetzt lachte er laut los, »und Kristi ist jetzt schon eifersüchtig auf dich, weil du ihr wieder ihren Daddy wegnimmst. Sie hatte nie einen Vater und liebt nun unseren über alles. Wir sollten wohl dringend alle mal miteinander reden! Vater hätte das schon auf dem Bassner-Hof mit dir besprechen sollen, er war aber zu feige! Erinnerst du dich an meine Anspielung auf die Doppelhochzeit?«

Zur Erleichterung ihres Bruders fand Julia das alles äußerst erheiternd, und als in diesem Augenblick Johannes und Charlotte erschienen, umarmte sie zuerst die unbehaglich, aber daraufhin erleichtert dreinblickende Charlotte, eine warmherzige Frau, mit der Julia immer gut ausgekommen war.

»Ich freue mich für euch, meinen Glückwunsch, Charly!«, rief sie, bevor sie ihren Vater umarmte und ihn einen Feigling schalt.

Nachdem Roberto vorgestellt, begrüßt und in Michas Zimmer Ruhe verordnet bekommen hatte, trafen Vater und Tochter sich zu einem langen Gespräch auf der malerischen Bank zwischen den Stockrosen und sprachen über die Missverständnisse der Jahre nach Juliane Andresens Tod. Jeder hatte Rücksicht auf den anderen genommen, Julia ihrem Vater und ihr Vater ihr zuliebe die Welt der zutiefst unglücklichen Frau für den anderen konserviert, ohne jemals über die eigenen Befindlichkeiten zu sprechen.

»Als ich zehn war, habe ich sie mit Onkel Jochim oben im Schlafzimmer gesehen, und die zwei Jahre danach bis zu ihrem Tod habe ich sie gehasst, ja, ich habe ihr den Tod gewünscht und versucht, dich vor ihr zu beschützen, wie ein kleines Mädchen sich so etwas vorstellt. Und deshalb wollte ich auch nie mit einem Mann schlafen, habe ich mir damals geschworen, und erst recht nie heiraten.«

Julia sah die Bilder, die sie tief in ihrem Inneren vergraben hatte, wieder vor sich, sah, wie sie hochlief, an die verschlossene Schlafzimmertür ihrer Mutter hämmerte, die Ankunft des Vaters signalisierend, sah, wie Jochim schnell, seine Kleidung in der Hand, in sein daneben liegendes Zimmer eilte und wie sie die Briefe, die ihre Mutter ihr einerseits für Jochim, aber auch für ihren Vater als Botin übergeben hatte, heimlich über Dampf öffnete und las, bis auf die beiden letzten Briefe, die ihre Mutter ihr anvertraut hatte, für jeden der beiden Zwillingsbrüder einen, und die sie nicht abgeliefert, sondern auf den Kaminsims gestellt hatte, weil sie sich an dem Tag entschlossen hatte, keine Kurierdienste mehr zu leisten.

»Hätte ich gewusst, dass du das alles so genau mitbekommen hast, hätte ich nicht versucht, den Schein der Normalität zu wahren. Ich wollte nicht«, sagte Johannes Andresen und beschattete seine Augen, »dass ihr Kinder darunter leidet. Und in meinem übergroßen Harmoniebedürfnis habe ich Juliane nie vor die Entscheidung gestellt: Jochim oder ich.«

»Das hätte auch nichts genutzt, Vater. Genau das war ihr Problem: sie konnte sich nicht entscheiden! Sie liebte an Jochim, dass er sie in die große, weite Welt mitnahm, und an dir deine Wärme und Verlässlichkeit. – Ich hasse sie nicht mehr, mir tut sie in tiefster Seele leid! Was stand eigentlich in ihrem letzten Brief an dich?«

»Dass sie die Entscheidung Gott überlassen wolle, sie habe Schlaftabletten genommen, und wer sie von uns als Erster fände und ins Leben zurückriefe, dem wolle sie auf immer folgen!«

Sie sah, wie sich eine Träne heimlich bei ihm verirrte, und legte ihre Hand auf seine.

»Jochims Flugzeug hatte Verspätung, und ich blieb am Bett einer Sterbenden im Nachbardorf.«

Und wenn ich die Briefe geöffnet hätte, wie sonst immer, hätte ich sie vielleicht retten können, dachte Julia traurig und wischte sich eine Träne aus dem Augenwinkel.

Lange hingen sie still ihren Gedanken nach, bis Julia sich ein Herz fasste und ihren Vater fragte, warum er nicht Jochim nach dem Tod ihrer Mutter zum Teufel geschickt habe.

»Ganz so einfach ging das nicht! Ursprünglich war deine Mutter seine Freundin, und ich konnte den Gedanken nie loswerden, dass er ein Recht auf sie hatte, weil ich sie ihm weggenommen hatte. Du kennst mein Harmoniebedürfnis, das er letztlich auch hat. So kommen wir nie voneinander los und verletzen uns ständig mit den Erinnerungen.«

Den Abend verbrachten sie im alten Obstgarten, dessen knorrige, überalterte Obstbäume hier im Norden Deutschlands gerade erst erblühten. Sie saßen an dem verwitterten, mit einer schönen blau-grün-karierten Leinendecke überzogenen Tisch, auf dem das gemütliche wirkende Keramikgeschirr stand, und sprachen über die verstorbene Juliane Andresen, aber auch über ihre glücklicherweise noch lebende Enkelin Julia, die in guter Hoffnung war und gewissermaßen die Zukunft in sich trug. Und nun sollte die Zukunft mit einer Doppelhochzeit gefeiert werden, der Roberto nur unter der Bedingung zustimmte, dass sie umgehend und vor seinem Operationstermin, den Johannes ins Spiel brachte, stattfinden müsse.

Kristi starrte verbissen auf das Tischtuch, schon an den Vorbereitungen zum Abendessen hatte sie sich nicht beteiligt und war nur auf Johannes' eindringliche Bitte bereit gewesen, sich zu den anderen zu setzen.

Als alle ihre Maibowle-Gläser erhoben und die Liebe hochleben ließen, blieb Kristis Cola-Glas unberührt, was die anderen plötzlich innehalten und zu Kristi sehen ließ. Erst dann ergriff sie zögernd ihr Glas und murmelte niedergeschlagen:

»Auf die Liebe.«

Roberto stellte sein Glas ab und legte seinen Arm um Julias Schulter, offensichtlich hatte er seine Scheu vor ihrer Familie überwunden.

Hameln

Überraschend auch der Beginn der Doppelhochzeit, die in kleinstem Kreis zu feiern sie beschlossen hatten, aber Micha und Kristina bereiteten einen Polterabend vor, der für den eingemeindeten, immer noch seinen dörflichen Charakter bewahrenden Ortsteil eine Pflicht darstellte, schließlich waren fast alle auch Johannes Patienten.

In der zurzeit unvermieteten Scheune hatten Micha und Kristi in aller

Heimlichkeit und mit kräftiger Unterstützung des Schützenvereins, in dem Johannes Ehrenvorsitzender war, alles hergerichtet. Zahlreiche Bierzeltgarnituren luden unter den an Querbalken baumelnden Girlanden zum Verweilen ein, und mächtige, in ihrem ersten, hellen Grün erstrahlende Buchenzweige, die in Eimern mit nassem Sand steckten, säumten die Außenwand, vor deren Rückseite sich eine imponierende Zapfanlage erhob; von dort gelangte man in den Hof, der zum Grillen vorgesehen war. Die Außenvorbereitungen konnten erst in Angriff genommen werden, nachdem der Doktor und seine Zukünftige nach der Sprechstunde zu Patientenbesuchen aufgebrochen waren, und da erst wurden auch Julia und Roberto eingeweiht, die über so viel Öffentlichkeit nicht gerade begeistert waren, doch den Schwung der beiden Initiatoren nicht dämpfen wollten und daher eine gute Miene machten.

Es wurde ein rauschender Polterabend. Das Dorf musste das gesamte zu entbehrende Porzellan vor dem Eingang zerschlagen haben, so hoch türmte sich das Scherbengebirge, und Roberto hatte ebenso wie Johannes mindestens zwei Gläser Bier zu viel getrunken.

»Schade, dass ich dir nicht so eine rauschende Hochzeit bieten kann, *nene…reide*«, bedauerte er, als sie endlich weit nach Mitternacht im Bett lagen.

Er duzte jetzt mindestens die Hälfte der männlichen Bevölkerung und wollte unbedingt am nächsten Schützenfest teilnehmen, war inzwischen schon ein halbes Mitglied der Freiwilligen Feuerwehr und als Bräutigam des endlich zurückgekehrten Fräulein Doktor von der gesamten weiblichen Bevölkerung abgeküsst worden.

»Mmorgen, nein heute werden wir beiden die einzigen von unserem Tteil der ganzen Hochzeitsgesellschaft sein!«

»Wart's ab.«

Julia rückte in Erwartung, in die Arme genommen zu werden, dicht an ihn heran, aber Roberto schlief bereits und schnarchte leise.

Am anderen Morgen verpassten sie beinahe den Termin auf dem Standesamt, aber nicht wegen Roberto, sondern weil Julia sich auf Grund ihrer morgendlichen Übelkeit in der Toilette eingeschlossen hatte, Papa und Charly sollten allein fahren.

Alle hatten schon Platz genommen, die Standesbeamtin wollte gerade beginnen, als Roberto und Julia dann endlich doch noch erschienen. Roberto hatte keine Augen für die Hochzeitsgesellschaft und konzentrierte sich ausschließlich auf das Wohlergehen seiner Braut, die ihre Nase in einen Maiglöckchenstrauß steckte.

Nein, mir ist nicht schlecht, nein, mir ist nicht schlecht, versuchte sie sich einzureden, und als sie gefragt wurde, ob sie Roberto Alessandro

Massimiliano Bassner zum Mann nehmen wolle, rutschte ihr prompt zur Heiterkeit aller heraus:

»Nein, mir ist nicht ... Ja, natürlich!«

Roberto war sehr überrascht, als neben Michèle als zweiter Trauzeuge plötzlich sein Bruder stand; er hatte Giulia für die Vorbereitungen freie Hand gelassen und ihr, als sie seine Mutter einladen wollte, lediglich gesagt, dass sie sich das ruhig sparen könne, schließlich wäre seine Mutter weder zu seinen Geburtstagen noch zu seiner Promotion oder sonstigen Anlässen erschienen, und Adriano habe zu viel auf dem Hof zu tun.

Während die Trauzeugen unterschrieben, drehte sich Roberto etwas zur Seite und glaubte, seinen Augen nicht zu trauen, als er neben Carlo Francesca und Maria, Clemente, Nina, Bianca und Nino sowie die beiden Zanella-Eltern entdeckte. Er schüttelte verwundert den Kopf und sah seiner jetzt wieder lächelnden Frau in die strahlenden Augen.

Zum Hochzeitsfoto versammelte man sich vor dem Hochzeitshaus, einem der schönsten Bauwerke der Weserrenaissance; die gesamte italienische Verwandtschaft zeigte sich überwältigt von der schmucken, kleinen Fachwerkstadt.

Die Straße zum Klüt oberhalb von Hameln, wo das Hochzeitsessen in dem landschaftlich wunderschön gelegenen Restaurant *Klütturm* stattfinden sollte, führte durch die zauberhaft frischgrünen Buchenwälder, die das Weserbergland um diese Jahreszeit so besonders attraktiv machen. Die Hochzeitsgesellschaft fand sich zuerst auf der Terrasse ein, von der ein Blick auf Hameln alle der einstimmigen Meinung sein ließen, dass diese Doppelhochzeit bei strahlendem Wetter und an einem so schönen Ort unter einem guten Stern stünde.

»Wie hast du das nur geschafft, dass alle zu deiner Hochzeit hergekommen sind?«, flüsterte Roberto ihr ins Ohr, aber Julia meinte, er solle seine Verwandtschaft nicht unterschätzen, die sei ebenso sehr seinetwegen gekommen, sie habe ihr nur das Datum der Trauung und ihre Handynummer durchgeben brauchen, und schon hätten alle ganz freiwillig und selbstverständlich zugesagt.

»Du kleine Hexe schwindelst ganz schön! Als ich dich wegen der dauernden Handyanrufe aufgezogen habe, hast du immer von alten Freunden geredet!«

»Und? Stimmt das nicht? Es war die reine Wahrheit!«

Die Hochzeitsgeschenke überwältigten das frisch getraute Paar, Francesca hatte ihrem Sohn das Grundstück des *Ca'Vecchia* überschrieben und ihrer neuen Schwiegertochter das Haus.

»Damit ihr es bei einer Scheidung schön schwierig habt!«, unkte Carlo und versprach ihnen als sein Geschenk, die Versorgungsleitungen zum

Ca'Vecchia zu gegebener Zeit legen zu lassen, wenn sie es denn renovierten.

Roberto legte seinen Arm um die Taille seiner Frau.

»Ist das auch dein Werk, *l'anima mia?*«

»Das *Ca'Vecchia* Brandolin ist doch deine ganze Liebe! Das habe ich Francesca gesagt, nichts sonst.«

»Ich sage dir heute Nacht, wer meine ganze Liebe ist! Aber wir werden das *Ca'Vecchia* nur dann weiter renovieren, wenn du es wirklich willst! Die schrecklichen Erinnerungen …«

Sie hielt ihm den Mund zu.

»Vergiss die Vergangenheit! Das *Ca'* hat damit nichts zu tun.«

Schon einmal hatte sie ihm den Mund zugehalten, damals bei ihrem ersten Spaziergang zur *Villa Draghi*, und rückblickend glaubte er zu wissen, dass genau das der Zeitpunkt gewesen war, an dem er sich in sie verliebt hatte.

Geradezu bezaubernd sah sie mit ihrem Maiglöckchen-Kranz in ihren schon wieder üppigen Locken und ihrem schlichten, flaschengrünen Seidenkostüm aus, das sich in ihren hellgrauen Augen widerspiegelte und ihnen einen zartgrünen Schimmer gab, und in der Perlenkette, seinem Hochzeitsgeschenk zusammen mit den beiden großen Perlen als Ohrstecker, seinen krönenden Abschluss fand, und trotz all der vorangegangenen schönen Nächte mit ihr freute er sich auf die heutige ganz besonders.

Die beiden Wermutstropfen an diesem sonst so schönen und gelungenen Tag bildeten Gisis und Jochims Abwesenheit. Johannes war über die Absage seines Bruders traurig gewesen und glaubte zu wissen, dass er, wenn Julia ihn zu ihrer Hochzeit eingeladen hätte, der Einladung wohl gefolgt wäre.

Sie denke nicht daran, war ihre Antwort gewesen, wenn er keine Zeit für die Hochzeit seines Bruders aufbringe, brauche er zu ihrer auch nicht zu erscheinen.

Und Gisi? Sie hatte sich seit einiger Zeit nicht gemeldet, machte mit ihrer Hochschule eine Konzerttournee durch die USA und war nicht zu erreichen.

Aber da es sich hierbei um die einzigen und dazu noch vor der Feier aufgetretenen Missstimmungen handelte, genossen diejenigen, die sich die Zeit genommen hatten, ein harmonisches Fest und verabschiedeten die Brautpaare, die ihre Hochzeitsnacht beide in dem zum Romantikhotel umgebauten Dornröschenschloss der Sababurg verbringen wollten. Ein Hochzeitsgeschenk, auf das Micha und Kristina lange gespart hatten.

Am Tag darauf brachte Julia ihren Mann zu den ersten Untersuchungen in die Medizinische Hochschule nach Hannover.

Steinhuder Meer

Julias Gedanken weilten noch beim Dornröschenschloss, als sie in der Küche die Nudeln aufsetzte. Die *antipasti* hatte sie nicht abräumen müssen, ihr Onkel und sein Kollege hatten auch das letzte Blättchen der Dekoration aufgegessen.

Ein Festmahl hatte Joachim seinem langjährigen Nachbarn und Chirurgenkollegen als Gegenwert versprochen, aber geheimnisvoll getan und nicht verraten, was er als Wert bezeichnete. Julia drang nicht weiter in ihn, er liebte Geheimnisse und Überraschungen, und auf die heutige war sie gespannt.

Seit ihrem Gespräch in der *Buchholzer Mühle*, bei dem Julia sehr offen gewesen war – sie hatte jemanden gebraucht, dem sie vertrauen konnte (ihr Vater und Charly befanden sich auf Hochzeitsreise, und so blieb im Augenblick nur ihr Onkel übrig) –, hatte er sie sehr unterstützt und eine Reihe von praktischen Vorschlägen gemacht, die sie, Stolz hin, Stolz her, seiner doch auch vorhandenen Familienloyalität zugeschrieben und schließlich angenommen hatte. Auch sah sie ihn nach dem nun schon einige Zeit zurückliegenden Gespräch mit ihrem Vater mit anderen Augen und nicht mehr als allein Schuldigen an der missglückten Ehe ihrer Eltern.

Die köstlichen Spargelstangen, klassisch mit Buttersoße, jungen Kartoffeln und Katenschinken, beruhigten Julias Nerven vollends, sodass sie ihrem Onkel zum ersten Male ohne Misstrauen gegenübersaß und keinen Gedanken daran verschwendete, was er mit seiner Hilfe bezweckte oder in welche Zwänge sie sich vielleicht begäbe.

Als Erstes war sie von Hameln hierher in sein Wochenendhaus am Steinhuder Meer gezogen, seine Argumente, sie spare die Hälfte an Zeit und Benzinkosten und das Haus stünde leer, hatten ihr eingeleuchtet.

»Ich will dir helfen, Julie, glaub es mir bitte, ich will dich zu nichts verpflichten!«

Ihren Plan, nach Italien zu fahren, um die Finanzen zu ordnen, redete er ihr aus, und sie vereinbarten, dass er ihr ein Konto einrichtete und sie ihm das Geld später zurückgeben solle.

»Mit Zinsen!«, hatte sie betont.

»Auch das!«, hatte Jochim geantwortet. »Du weißt, Julie, ich würde es dir schenken, aber ich will wirklich nicht, dass du dich mir gegenüber verpflichtet fühlst.«

Er hatte ihr angeboten, die Krankenhausrechnungen auszugleichen, und versprochen, Roberto von all den finanziellen Vereinbarungen nichts zu sagen.

Jetzt beim Essen sah Julia an dem vergnügten Funkeln in seinen Augen, dass er mindestens noch ein Geheimnis vor ihr verbarg.

Sie streute das frische Kraut der Frühlingszwiebeln über die Muscheln, gab noch einen guten Schuss Olivenöl hinzu und brachte die *spaghetti con vongole verace* in die Essecke.

Einem leichten *Pinot grigio* aus dem Friaul sprach nur Herb Meyer ausgiebig zu, er und ihr Onkel erzählten ausführlich von dem neuen Boot, das draußen am Steg lag und ihnen beiden gehörte. Herbs Frau verabscheute das Segeln, und da Jochim zurzeit nicht beweibt war, verband sie neben einer kollegialen auch eine Seglerfreundschaft.

Während Julia wieder in die Küche ging, um das *saltimbocca* frisch zuzubereiten, und sie kurz darauf mit frisch gepflücktem Salbei aus dem Garten wieder ins Haus kam, um ihn mit rohem Schinken in das Kalbsschnitzel zu füllen, hörte sie Herb fragen, ob die Sache wohl gut ginge, und sie rätselte, ob die beiden ihre Segelpartnerschaft oder etwas anderes meinten.

Gegen Mitternacht servierte sie ein Sorbet. Die Käseauswahl spülte Herb mit einem *Valpolicella* hinunter. Ihr Onkel wurde immer nervöser, bis er seltsamerweise überhaupt keinen Wein mehr trank, und Herb wurde immer fröhlicher und lauter.

»Eine Schnapsidee, wenn du mich jetzt fragst!«, sagte er und hielt dem Gastgeber das leere Grappaglas hin, und Julia, der langsam die Augen zufielen, erkundigte sich, was sie denn so Geheimnisvolles hätten, aber sie wollten nicht mit der Sprache herausrücken.

Kurz nach ein Uhr nachts polterte es plötzlich vor der Tür, Julias Onkel sprang erleichtert auf und ließ zwei merkwürdig kostümierte Männer rein, beide um die vierzig, der eine klein, kugelrund und ohne Haare, der andere lang und dürr mit einem traurig herabhängenden Schnauzbart. Beide trugen schwarze Jogginganzüge, bei dem einen um die Figur schlotternd, beim anderen um so praller sitzend.

»Tja, Chef«, der Kugelrunde knetete verlegen seine schwarze Skimütze, »wir kriegen ihn so nich durche Tüer.«

Er sah sich um.

»Vielleich durche Terrassentüer?«

»So eine Trage passt allemal durch den Windfang, Hinnerk. Wieso habt ihr eigentlich so lange gebraucht?«

»Tja, Chef, dat will ik Sie sagen«, antwortete der Dürre, »die Nachteule wah in unsern Weech, dauernd aufn Fluer. Die olle Tusse wah immer wieder bei ihn drinne. Zeit zuu'n Umpacken hatten wir nicht, un da mussten wir ihn mit Bett bringen.«

Die drei verschwanden durch die Haustür, während Herb sich vor Lachen kaum halten konnte und auf Julias Fragen nicht antwortete. In diesem Augenblick schoben die beiden schrägen Gestalten unter Jochims Mithilfe ein Krankenbett durch die große Terrassenschiebetür, in dem Roberto lag, gefesselt und geknebelt und völlig leblos. Er bewegte sich nicht und hielt die Augen geschlossen, erwachte auch nicht bei dem allgemeinen Durcheinanderreden. Julia stürzte zu ihm hin.

»Was habt ihr mit ihm gemacht! Was ist los mit ihm!«, wollte sie wissen, während sie mit Jochims Hilfe die Fesseln löste und den Knebel entfernte.

Nun kam auch Herb Meyer hinzu und hob besorgt ein Augenlid des Patienten, nickte dann jedoch zufrieden und legte sein Gesicht in zuversichtliche Falten. Die beiden, die Roberto gebracht hatten, drucksten immer mehr herum.

»Nun mal raus mit der Sprache!«, fuhr Jochim sie an.

»Hinnerk hat ...«

»Und Kalle auch ...«

»Was denn, ihr beiden Oberhelden?«

»Na, Chef, wir haben von Sie doch die Spritzen gekricht, wenn er sich muckst! Un er hat sich gemuckst! Un da hat Hinnerk ...«

»Und Kalle auch ...«

»Ich links ...«

»Und ich rechts. Tja, un nu slöpt he!«

»Ihr habt ihm beide jeder eine von den Beruhigungsspritzen gegeben?«

»Tja, Chef, so is dat wesen!«

»Kann mir einer mal erklären, was hier vor sich geht?«, fragte Julia und legte einen Arm um den Kopf des total ruhig gestellten Patienten, aber keiner hörte auf sie.

»Wie willst du eigentlich das Verschwinden eines Patienten und eines ganzen Bettes in der Klinik erklären, Jochim?«, fragte Herb; er fand das alles ungeheuer spaßig.

Aber Jochim behielt seinen klaren Kopf und wies die beiden Hilfskräfte an, ihre schlichten Geistesgaben nicht weiter unter Beweis zu stellen und aus dem Gästezimmer das bereitgestellte Krankenbett zu holen. Gemeinsam hoben sie den Bewusstlosen auf das neue Bett. Herb schloss den Bewegungsapparat wieder an. Dazu sei er trotz Festessens und Alkohol noch in der Lage, sagte er und meinte, jetzt würde Roberto schön lange schlafen und morgen den dicken Kopf haben, den er sich nicht wünsche.

Anschließend fuhr Jochim mit dem entführten Bett und den beiden Krankenhaushelfern wieder nach Hannover zurück.

»Ich klär das alles schon«, nuschelte er, »erklär ich dir morgen alles, Julie. Es sollte eine Überraschung sein, aber so sollte sie nicht aussehen!«

Steinhuder Meer

Roberto schlief bis in den folgenden Nachmittag hinein. Als er aufwachte, schienen sich Decke und Zimmer leicht um ihn zu drehen. Kreiste er irgendwo im Universum? Sein Kopf fühlte sich wie mit Watte ausgestopft an, und seine Zunge lag dick und pelzig in seinem Mund. Vorsichtshalber schloss er erst mal wieder die Augen.

Als er sie erneut öffnete, hatten sich Zimmer und Decke etwas beruhigt, und langsam kehrte die Erinnerung an seine Entführung zurück. Er war nicht mehr gefesselt. Inzwischen hatte der Bewegungsapparat an seinem Knie seine Arbeit wieder aufgenommen. Wo hatte Angela ihn nur hingebracht?

Die Inneneinrichtung des weitläufigen Raums deutete auf einen wohlhabenden Besitzer hin, der nordisches Design liebte. Ein Essplatz mit Durchgang zur Küche, ein Außen- und Innenkamin aus Granitsteinen, passend zu den polierten Granitfliesen des tiefer gelegten Sitzplatzes davor, alle Textilien in kühlen, grünblauen, aber beruhigenden Tönen.

Die beiden großen Terrassenschiebetüren waren geöffnet, Angela wusste genau, dass er nicht fortlaufen konnte, jedenfalls nicht, ohne die gelungene Operation wieder in Frage zu stellen.

»Angela!«

Robert hörte von draußen leises Stimmengemurmel, konnte aber niemanden erkennen. Wenn Angela nur nichts von unserer Heirat erfährt, dachte er und schlief wieder ein, doch unruhige Träume, in denen Angela ständig Giulia verfolgte, ließen ihn immer wieder hochschrecken.

Und plötzlich saß Julia an seinem Bett und hielt seine Hand.

»Hat sie dich auch entführt, Giuli?«

»Mach dir keine Gedanken, Ro. Hier ist jede Menge Mineralwasser, du musst viel trinken, dann geht es dir bald wieder besser!«

»Hält Angela dich hier fest?«

»So, nun trinkst du erst mal was, und dann wird er«, sie zeigte auf den gerade reinkommenden Jochim, »dir erklären, was er sich Geniales mit dir ausgedacht hatte! Keine Angst vor Angela, sie ist weit weg! Ihretwegen hat er sich ja dieses Räuber-und-Gendarm-Spiel oder Rettet-den-Prinzen ausgedacht!«

Als Roberto erfuhr, dass Julias Onkel die ganze Geschichte inszeniert hatte, um Angela in die Irre zu führen, seufzte er erleichtert auf.

»Sie ist hochintelligent, und wenn ich von Julie nicht vorgewarnt worden wäre, wäre ich ihrem Charme glatt erlegen.«

Ein wenig kleinlaut gab er zu, mit Angela im *Airport Maritim* zu Abend gespeist zu haben und bei dieser Gelegenheit unter anderem Robertos brillante Universitätslaufbahn erfahren zu haben.

»Jedenfalls hat sie mich als Professor van der Velde nicht mit der Familie Andresen in Verbindung bringen können.«

»Im Ernst, Roberto«, beschwichtigte ihn Julia, »du bist hier bestens aufgehoben, und außerdem bin ich nur zu gern deine Krankenschwester.«

Sie sah sich überrascht um: Herb Meyer war zur Sonntagnachmittagsvisite erschienen.

»Kein Problem, den Sommer über lebe ich immer hier draußen«, kam er Robertos Befürchtungen zuvor, er könne Unbequemlichkeiten verursachen. »Und das Honorar Ihrer Frau lässt jeden Verdacht auf Unbill in sich zusammenbrechen!«

»Ich koche nur für ihn mit«, behauptete Julia, doch Roberto fühlte sich in seinem augenblicklichen Zustand überfordert und schlief wieder ein.

»Darf ich heute Abend Susanne zum Essen mitbringen? Ich habe extra ein Verhältnis mit einer Physiotherapeutin angefangen, damit dein Italiener von ihr ab nächster Woche eine spitzenmäßige Krankengymnastik bekommt!«

»Heuchler!«

Jochim wollte Herb das nicht durchgehen lassen.

»Seine Frau verbringt jeden Sommer drei Monate auf der Insel Sylt, und Susanne ist seine Sommer...«

»...haushälterin. Schon seit ein paar Jahren. Also darf ich? Oder stehen die Moralvorschriften des Hauses dem entgegen?«

»Klar! Für Robertos Wohlergehen akzeptiere ich fast alles! Nur«, sagte sie ernst, »ich weiß nicht, wie ich eure Honorare wirklich bezahlen soll!«

»Sie will unsere Hilfsbereitschaft bezahlen, Jochim, wie findest du das, wo Geben doch seliger als Nehmen sein soll!«

»Eine aussterbende Philosophie, wenn du mich fragst, Herb! Die meisten Kollegen nehmen doch lieber, und sei ehrlich, wir beide auch. Wenn Julie nicht meine Lieblingsnichte wäre ...«

Als Julia mit einem Tablett zu ihrem Onkel in den Garten kam und sie sich direkt am Wasser am Teetisch gegenübersaßen, tat Jochim ihr leid, als sie ihn niedergedrückt in seine Teetasse starren sah.

»Du musst dich nicht ärgern«, sagte sie ganz weich und legte ihre Hand auf seine. »Ich fand es irgendwie süß von dir, wie du uns in den letzten Tage auf vielfältigste Art helfen wolltest, ohne meinen Stolz zu knicken. Und dass du heute unseren Dedra mit dem auffälligen italienischen Kennzeichen in deiner Garage in der Stadt untergebracht und mir deinen alten Volvo zur Verfügung stellst, beweist deine Umsicht.«

»Na, aber mit meinem Hinnerk und meinem Kalle gebe ich doch eine Lachnummer ab!«

»Dann lass uns darüber lachen! Die beiden solltest du an ein Varieté vermieten!«

»Ich habe ihnen mal aus der Patsche geholfen, und nun wollen sie mir ewig Gutes tun!«

Jetzt musste er auch lachen.

»Wenn wir hier schon zusammensitzen, dann lass uns reinen Tisch machen, Julie!«

»Jochim, trägst du mir nach, dass ich dich nicht zu unserer Hochzeit eingeladen habe?«

»Genau das ist der Punkt! Warum nicht?«

»Ich musste eine Wahl treffen! Du hattest Vater mit deiner Absage sehr getroffen. Wenn du nun zu meiner Hochzeit erschienen wärest, hätte ihn das noch mehr gekränkt.«

Er schwieg nachdenklich. So in sich gekehrt hatte Julia ihren Onkel noch nie erlebt.

»Darüber habe ich nicht nachgedacht!«, sagte er schließlich. »Du hattest recht! Jetzt werde ich mir erst mal ein passendes Hochzeitsgeschenk überlegen.«

Bevor sie weiterreden konnten, hörten sie Roberto rufen und gingen ins Haus zurück.

Er empfing sie mit finsterem Blick.

»Ich will nicht, dass Giuli mich als Krankenschwester betreut! Ich will wieder ins Krankenhaus! Sofort!«

Julia winkte Jochim hinaus, der ihrer Aufforderung widerstrebend folgte.

Als sie Robertos verbissenes Gesicht sah, wusste sie sofort, was ihn quälte, und ging zum Nachttisch.

»Urinflasche oder Becken?«

»Ich will nicht, dass du das machst, Giulia!«

Kommentarlos überreichte sie ihm die Urinflasche und ignorierte, dass ihm das peinlich war.

»Wat mutt, datt mutt*!, hätten Hinnerk und Kalle gesagt«, lenkte sie ab, aber er blieb störrisch, obwohl man ihm seine deutliche Erleichterung in jeder Beziehung ansah.

»Ich will nicht, dass du das machst, Giulia!«

»Nun hör mir mal gut zu, Robert Alexander Maximilian! Du hast eine exklusive Privatpflegerin, zwei Professoren, die dich Tag und Nacht betreuen, und ab nächster Woche eine persönliche, für meinen Geschmack viel zu attraktive Physiotherapeutin: Was mäkelst du eigentlich?«

»Dass du das alles für mich tun musst, ist mir nicht recht.«

---

* Was sein muss, muss sein!

»Willst, nicht musst; müssen musstest du! Erinnere dich: in guten wie in schlechten Tagen! Das ist für mich keine Worthülse. Gib die Flasche her!«

Als sie aus dem Bad zurückkam, brachte sie eine Schale mit Wasser und Handtücher, holte Zahnbürste und alle Utensilien, die man zur Körperpflege braucht.

»Aber waschen kann ich mich allein!«, begehrte er auf, und als sie ihm statt eines frischen Pyjamas ein Hemd brachte und meinte, ob sie ihm auch eine Krawatte holen solle, beschwerte er sich, dass sie ihn nicht ernst nähme und wie ein unmündiges Kind behandle, woran sie wiederum merkte, dass er die Situation akzeptierte.

»Du denkst immer nur an dich, Robert Alexander Maximilian! Hast du dir eigentlich einmal überlegt, wie einfach das Leben jetzt für mich ist, wo Jochim dich entführt und hat hierher bringen lassen? Ich habe einen Garten zum Herumwerkeln, eine Küche, um die Honorare abzuarbeiten, einen See zum Schwimmen und dich immer in der Nähe! Also Frieden reihum! Und wie sicher ich jetzt lebe, ohne diese täglichen, gefährlichen Autofahrten von Hameln nach Hannover!«

Das letzte Argument überzeugte ihn.

»Ja, Engeline, du hast wieder einmal recht!«

»Nenn mich nicht so!«

»Nur, wenn du dein erzieherisches *Robert Alexander Maximilian* weglässt!«

»Einverstanden. Oh, Roberto, was ist mit dir, geht es dir schlecht?«

»Schrecklich schlecht! Wie wäre es mit ein bisschen Wiederbelebung, *nereide*?«

»Eine *nereide* gibt's am Steinhuder Meer nicht, die schwimmt nur im Mittelmeer!«

»Was dann?«

»Eine Wasserliese oder eine Undine.«

»Undine bekommt erst eine Seele, wenn sie sich mit einem Sterblichen vermählt! Also, komm her, *ondina*, damit ich dir eine Seele geben kann!«

Er hatte sich mit den Tatsachen abgefunden und ein herrlicher Sommer begann.

Gattamelata

V.

Venezia a. d. 1434–1443

Auf dem Höhepunkt seines Ansehens

m 11. Januar 1433 schrieb die Serenissima *an ihren Sprecher Contarini in Florenz, wo sich auch Papst Eugen IV. aufhielt, er möge sich darum bemühen, dass Gattamelatas Anwerbung weiterbetrieben werden solle, aber nur im Einverständnis mit dem Papst, denn sonst würde der* condottiero *nie zustimmen.*

Eugen IV. überredete Gattamelata schließlich nicht ganz uneigennützig, denn er schuldete ihm zehntausend Dukaten, die die Seerepublik übernehmen wollte, dazu eintausendfünfhundert Dukaten Monatssold für die kommenden drei Monate, die Gattamelata vertragsmäßig noch an den Papst gebunden war. Wahrscheinlich wäre das für den loyalen condottiero *nicht ausschlaggebend gewesen, aber seine Heiligkeit meinte, da Venedig mit dem Papst verbündet sei, stünde der* condottiero *doch eigentlich auch in seinem Dienst, wenn er die* condotta *mit der* Serenissima *schlösse.*

Die endgültigen Verhandlungen fanden im April 1434 zwischen Gattamelatas Freund messer* *Biondo aus Forli, dem päpstlichen Sekretär, und Andrea di Focce, seinem eigenen Sekretär, auf der einen Seite und Vertretern der* Serenissima *auf der anderen statt.*

Die condotta *mit Gattamelata und dem Grafen Brandolini als seinem Waffenbruder war ein Beleg für die vorsichtig gewordene* Serenissima, *staatsmännisch, aber rechnend und von einer unglaublichen Bürokratie durchdrungen, mit seitenweisen Vorschriften über Bewaffnung, Anzahl der Lanzen, die die beiden zu stellen hatten, bis hin zu den zu bestimmten Zeiten durchzuführenden Musterungen der Truppe und ihrer Anzahl durch die* provveditori, *Inspektoren und Feldzahlmeister. Aber im Gegenzug zahlte sie auch pünktlich. Trotzdem waren beide Seiten nicht gegen Vertragsbruch versichert, aber der gute Ruf des für seine Vertragstreue bekannten Gattamelata auf der einen Seite und die Loyalität benötigende* Serenissima *auf der anderen ließen auf eine gedeihliche Zusammenarbeit hoffen.*

Ob Gattamelata sich von Eugen IV. gern hatte überreden lassen? Sei-

---

* il messere – der Herr (altertümlich)

ne Frau und seine Töchter halfen dem Papst vielleicht indirekt, wollten sie doch endlich einmal eine Heimat, ein eigenes Haus haben und kein Wanderleben mehr führen! Gattamelata selbst schien, nun vierundsechzigjährig, ebenfalls sesshaft werden zu wollen, irgendwann musste das Reiterleben einmal enden. Vor ein paar Jahren noch hatte die Stadt Imola ihm die Herrschaft über sich angeboten, um der des Visconti zu entkommen, aber er hatte dies klugerweise abgelehnt, er wollte nicht wie Braccio enden.

Nun aber griff er 1434 zu, als die Serenissima *ihm erst einmal Castelfranco als Sicherheit für die bereits erwähnten 10.000 Dukaten gab, ohne Klage dienten er und sein Freund Brandolini auch kurze Zeit noch unter dem Markgrafen Gonzaga, der als Generalkapitän für Venedig arbeitete, bis endlich die große Zeit des Gattamelata anbrach. Seine Aufgabe bestand im Kampf gegen den Mailänder Herzog und die Rückeroberung der durch Carmagnolas vermeintlichen Verrat verloren gegangenen Städte und Burgen in der Lombardei sowie in der Sicherung der venezianischen Einflusssphäre auf der* terra ferma, *der er sich rückhaltlos und, wie man sehen sollte, mit großem Erfolg widmete.*

Die condotta *war 1434 auf ein Jahr und eine Option auf ein weiteres abgeschlossen, 1436 erneuerte die* Serenissima *sie ohne großes Aufsehen auf zwei weitere Jahre, und am 18. Februar dieses Jahres erhielten er und der Graf Brandolini IV. Brandolino für ihre unverbrüchlich treuen Dienste Valmarano am Nordrand der Trevisianer Gebiete als Lehen. Der Doge Francesco Foscari machte sie zu* feudi, *die als neue Feudalherren der Seerepublik jährlich für dieses Lehen zehn Pfund Kerzenwachs zum Martinstag zahlen mussten, und zum Zeichen ihrer Macht als Feudalherren erhielt jeder einen kostbaren Ring.*

Die alte Feindschaft Venezias gegen Milano mit dem dort noch immer regierenden, unberechenbaren Filippo Maria Visconti schwelte permanent und loderte 1434 hoch auf. Gattamelata führte als capitano generale *seine Lanzen gegen die des ihn unterschätzenden Piccinino, der inzwischen vom Visconti angeworben worden war.*

»Ne ha saputo più il gatto che il sorcio«, musste Piccinino anerkennend nach der verlorenen Schlacht gegen Gattamelata bei Rovato sagen, »die Katze hat mehr als die Maus gewusst.«

Der Kampf um Brescia war in vollem Gange und das Kriegsglück trügerisch, nach Gattamelatas erstem Sieg verstärkte Piccinino seine Truppen und zog den Belagerungsring um die vom venezianischen Gouverneur Francesco Barbaro tapfer verteidigte Stadt immer enger.

Gattamelatas Streitmacht konnte sich in der Stadt nicht entfalten, die offene Feldschlacht war illusorisch, da er zahlenmäßig dem Piccinino weit unterlegen war; blieb nur der Rückzug am Westufer des Gardasees, dann durch Tirol und nach Verona. Nie hatte jemand im Winter dieses Wagnis unternommen, schon im Sommer mied man die schroffen Berge, und obwohl es ein strategisch bedingter, aber letztlich doch ein Rückzug war, mehrte diese Tat Gattamelatas Ruhm bis ins Legendäre.

Gattamelata hätte in Gattatenace, die honigsüße in die zähe Katze umgetauft werden müssen, denn wenig und schlechte Nahrung, Feinde vor sich, in der Bevölkerung, im Rücken und der Venedig feindlich gesonnene Bischof von Trento, gefährliche Wege und Pfade, Kälte, reißende Bäche, unsichere Saumpfade und Schnee in den Bergen hielten den Sechsundsechzigjährigen nicht auf, er ritt voran, seinen Soldaten ein leuchtendes Beispiel, und trotz schwerer Verluste erreichte er mit 2.000 Reitern und zweihundert fanti *Verona. Ein Chronist verglich diese Leistung mit Hannibals Alpenüberquerung.*

Auf einen condottiero *der jüngeren Generation, Bartolomeo Colleoni, konnte Gattamelata sich bei diesen Unternehmungen und auch bei der nächsten hundertprozentig verlassen, beide hielten sich an geschlossene Verträge, und Gattamelata hatte wieder einmal in einem jungen Adligen einen ihm angenehmen Umgang gefunden, mit dem er sich blind verstand. Der Ältere erfahren und weise, aber den innovativen Ideen des Jüngeren war er durchaus zugewandt, so einen Sohn hätte er sich gewünscht. Diese Zuneigung, dazu die Brillanz des Bartolomeo Colleoni blieben dem Umfeld nicht verborgen und schürten einen tiefen Hass in Gattamelatas Schwager Gentile da Leonessa.*

Gattamelata und Colleoni planten und organisierten ohne Atempause die Verproviantierung Brescias mithilfe einer kleinen, aus dem Nichts geschaffenen Flotte auf dem Gardasee, Colleoni hatte den passenden venezianischen Ingenieur hierzu besorgt. In einem vom Feind völlig unerwarteten Manöver ließen sie die Schiffe mit einem gigantischen Kraftakt über den Monte Baldo an den Gardasee schaffen, und die Welt staunte über diese Ingenieurs- und Feldherrenleistung.

Wenn auch diese kleine Flotte letztendlich vernichtet wurde, konnte sich Gattamelata währenddessen mit einer schnell vergrößerten Truppe in Marsch setzen, um Brescia zu entsetzen. Piccinino musste zähneknirschend die Belagerung dieser für die Venezianer so wichtigen Stadt aufgeben und nun selbst den Rückzug antreten.

Im Jahre 1438 sah sich Gattamelata am Ziel seiner Wünsche. Als alleiniger Generalkapitän mit einer deutlichen Gehaltserhöhung wurde er in den Großen Rat Venezias aufgenommen und am 10. Juli 1439 unterzeichnete der Doge Francesco Foscari das Adelsdiplom:

Magnificus Amorum capitaneus noster Generalis Stephanus dictus Gattamelata de Narnia.

Einen Palast in Venezia und einen mit Edelsteinen besetzten Kommandostab gab es selbstverständlich gratis dazu.

Doch der Visconti gab keine Ruhe, Venezias Verbündete bildeten eine Liga, die der inzwischen auch zu großem Ruhm gelangte Francesco Sforza als Generalkapitän führte, nicht zuletzt, weil er große Truppenteile mitbrachte. Weil es dem Zweck dienlich war, trat Gattamelata kurzfristig wieder ins zweite Glied, und gemeinsam freuten sie sich bei Tenno ihres Sieges über Piccinino, der nur wegen seiner Kleinwüchsigkeit entkam, nämlich ziemlich ehrenrührig in einem Sack über der Schulter eines deutschen Söldners.

Am 9. November 1439 eroberte Gattamelata an der Spitze seiner Lanzen im Handstreich das kurzzeitig vom Visconti besetzte und nun dem Befreier Gattamelata zujubelnde Verona zurück, das sich bei dem condottiero damit bedankte, dass es ihm das Bürgerrecht und später, nach seinem Tode, seiner Witwe und seinem Sohn dasselbe verlieh.

Der inzwischen siebzigjährige Gattamelata zahlte für diese letzten Strapazen mit seiner Gesundheit, ein paar kleinere Schlaganfälle hatten ihn schon vorher heimgesucht, woraufhin er sich in den Bädern von Siena und dem Verona so nahegelegenen Abano Terme am Rande der euganeischen Hügel auskurierte, aber nun wurde es schlimmer.

Im Januar 1440 erlitt Gattamelata einen schwereren Schlaganfall, man transportierte ihn auf einem Boot nach Verona, wo sich auch seine Frau Giacoma aufhielt, und er musste die Leitung seiner Truppen anderen überlassen, seinem Schwager Gentile da Leonessa, seinem Sohn Giantonio, der ihm seit seinem siebten Lebensjahr nachgeeifert hatte, und Tiberto Brandolini, seinem Schwiegersohn; und die Serenissima tolerierte dies.

Er erholte sich zumindest so weit, dass er an den folgenden Friedensverhandlungen wieder aktiv teilnehmen konnte, und so trug der Friede von Cavriano zum Teil seine Handschrift. Er ritt nicht mehr als Erster beim Angriff und er ritt nicht mehr als Letzter beim Rückzug, sondern er setzte sein diplomatisches Geschick ein, das ihm, der honigsüßen Katze, neben Tapferkeit, Verlässlichkeit und Treue mit in die Wiege gelegt worden war.

Und auch an der Friedensfeier in Venedig nahm er aktiv teil und traf bei dieser Gelegenheit den inzwischen wieder zum Visconti gewechselten Francesco Sforza. Gattamelata lud ihn und seine junge Frau Bianca, geborene Visconti, in seinen Palast bei San Paolo ein. Dabei mochten ihm die Gedanken an die Niederlage von L'Aquila durch den Kopf gegangen sein, wo Francesco auf der Gegenseite gekämpft hatte; wohl auch der gemeinsame Kampf gegen Piccinino, als sie Partner waren, wohingegen Francesco jetzt wieder auf der Gegenseite stand.

Trotzdem wird Gattamelata den um viele Jahre Jüngeren bewundert haben, denn Francesco Sforza sollte den Visconti beerben, der keine eigenen männlichen Nachkommen hatte, Herzog von Mailand werden und eine eigene Dynastie begründen, etwas, was Gattamelata versagt bleiben sollte.

Seinen ihm so nahestehenden condottiere *Bartolomeo Colleoni hatte die Serenissima zu dieser Siegesfeier nicht eingeladen, obwohl er den alternden Gattamelata bedingungslos unterstützt und die Siege ihm zugeschrieben hatte; eine Art Liebesbeweis für den väterlichen Freund, denn Colleonis Stolz und Ehrgeiz waren landesweit nur zu gut und auch der* Serenissima *bekannt.*

Die Nichteinladung des jungen Aufsteigers Colleoni nach Venezia trägt die eifersüchtige Handschrift des Gentile da Leonessa.

Die Serenissima *brachte ihren Ausdruck der Dankbarkeit für ihren treuesten* condottiero *Gattamelata darin zum Ausdruck, dass sie ihm die* condotta *verlängerte, obwohl deren Ausübung in anderen, bereits erwähnten Händen lag, und Gattamelata erhielt den Titel eines Generalkapitäns auf Lebenszeit mit einem monatlichen Gehalt von fünfhundert Gulden.*

Die Serenissima *wuchs damit über sich selbst hinaus, denn normalerweise löhnte sie nur für bereits erbrachte Leistungen.*

Damit hatte Gattamelata alles erreicht, was für den kleinen Bäckersohn aus Narni in Umbrien zu erreichen war: hohes Ansehen, eine glückliche Familie, Macht, ein Adelsdiplom und einen nicht unbeträchtlichen Wohlstand.

kapitel 5
a. d. 2001/sommer

Steinhuder Meer

Wenn sie später an diesen Sommer in der Norddeutschen Tiefebene zurückdachte, fielen einige Ereignisse besonders heraus. Zum Beispiel, wie Roberto zum ersten Mal das Krankenbett verließ und mit seinem Bewegungsapparat auf eine Liege übergewechselt war und sie das Gästezimmer im Erdgeschoss bewohnen konnten, bevor er es schaffte, Stufe für Stufe die Treppe ins Dachgeschoss zu bewältigen, wo sie ins große Schlafzimmer wechselten, das mit einer glasverkleideten, vorgeschobenen Giebelwand die Terrasse überdachte.

Von hier oben sah man links auf die Krone der großen Erle, geradeaus aber blickte man auf Wasser und Schilf und einen in der Ferne liegenden Vogelturm. Wie in einem Schiff kamen sie sich hier oben vor.

Die Tage, an denen der Regen aufs Dach prasselte und die Farbe Grau das Bild beherrschte, verbrachten sie am liebsten hier oben mit den drei großen L: Lesen, Liebe, Lachen.

Als die Zeit vorbei war, in der er das Bein ständig bewegen, aber überhaupt nicht belasten durfte, und sie ihn dreimal pro Woche nach Bad Nenndorf fuhr, wo er Moorpackungen bekam, und nachdem er in der Lage war, seine mit Susanne eintrainierten krankengymnastischen Übungen selbstständig und regelmäßig zu absolvieren, ließ sich Roberto trotzdem nicht überreden, mit Julia seine täglichen Übungen durch ein morgendliches Bad im Steinhuder Meer zu ergänzen, weil er sich nicht traute, die Badeleiter runterzusteigen, und so versuchte sie es mit einer List.

Angespannt verfolgte er, auf seine Gehhilfen gestützt, wie sie vom Steg aus die Badeleiter hinunterstieg, um kanalauf, kanalab ihre Bahnen zu ziehen, ein Sport, der ihrer Kondition und dem Kind zugutekam. Sie fühlte sich jetzt Anfang des vierten Monats bärenstark, und die Schwangerschaft ließ sie von innen strahlen.

»Komm doch auch ins Wasser, warmes Moorwasser kann dir nur gut tun«, versuchte sie ihn zu animieren.

Er sah ebenfalls gut aus, braun gebrannt und durch das tägliche Training in Jochims Fitnessraum gut in Form, aber sein Bewegungsradius blieb doch noch relativ gering. Noch konnte er sein Knie erst ein paar

Grad beugen, obwohl er eifrig trainierte und alles tat, was Herb und Susanne mit ihm ausprobierten.

»Ich habe dir so eine halblange Radlerhose als Badehose ins Wohnzimmer gelegt. Also, was ist, überwinde dich! Mir zuliebe!«

Keiner sollte seine Narben sehen, und obwohl man in das Grundstück nicht einsehen konnte, trug er selbst an den heißesten Tagen Jeans, und auch jetzt ließ er sich vorerst nicht überreden.

»Willst du mal fühlen, wie unsere Kleine mitschwimmt?«, lockte sie ihn, und prompt vergaß er alle Zweifel an seinem Kletter- und Schwimmvermögen, ging ins Haus und kam tatsächlich nach einiger Zeit in der Radler-Badehose raus. Obwohl ihm die Skepsis ins Gesicht geschrieben stand, mühte er sich die Badeleiter hinunter.

Vorsichtig probierte er ein paar Schwimmbewegungen und schwamm, erstaunt, wie leicht es ging, zu ihr hinüber, um zu fühlen, wie sich seine Tochter bewegte, obwohl noch gar nichts zu fühlen war. Julia hatte es aufgegeben, ihm in Bezug auf das Geschlecht ihres Kindes zu widersprechen; obwohl sie es nicht wussten, ging Roberto unbeirrt von einer Tochter aus.

»Eine *nereide* lügt nicht!«, sagte er streng, als er merkte, dass sie ihn ausgetrickst hatte, und schwamm verhältnismäßig locker neben ihr her.

»Undinen und Wasserliesen auch nicht!«

»Doch! Sie locken und versprechen!«

Fortan schwammen sie jeden Morgen zusammen, sei es im Morgennebel, bei Regen oder in der zauberhaften Morgensonne. Anschließend radelte Julia los, um Brötchen zu holen, während Roberto Kaffee kochte, wonach sich ein ausgedehntes Frühstück direkt am Wasser (oder bei schlechterem Wetter auf der überdachten Terrasse) als Einstieg in einen weiteren schönen Tag anschloss.

Anfang Juli versuchten Johannes, Herb, Susanne und Julia ihn in einer konzertierten Aktion zu überreden, sich noch einmal einer kleineren, ambulanten Operation zu unterziehen: Eine Sehne musste verlängert werden, also wirklich nichts Aufregendes. Aber er sträubte sich. Er könne doch schon ganz gut, wenn auch langsam gehen, wenn die Operation danebenginge, wäre alles umsonst gewesen, und außerdem sei Jochim für zwei Monate in den USA; schließlich stellte sich heraus, dass Roberto eigentlich nur Angst vor den Nachwirkungen der Vollnarkose hatte und ausschließlich Jochim vertraute.

»Es gibt außer ihm noch einunddreißig andere, fähige Anästhesisten in Hannovers Krankenhäusern«, meinte Herb, und Susanne versuchte ihn damit zu ködern, dass er bald wieder Auto fahren könne, es fehlten nur ein paar Grad.

Als sie ihm eine Rückenmarksnarkose schmackhaft machten, gab Roberto schließlich seine Zustimmung.

Drei Wochen später war Roberto in der Lage, sein Knie so weit zu beugen, dass er sich hinter das Steuer des Volvos setzen konnte: Das automatische Getriebe ermöglichte ihm, selbst zu fahren, was sein Selbstvertrauen wieder ein Stück wachsen ließ. Als Herb sich mit Susannne in den Urlaub verabschiedete, fuhr Roberto sie zum Flughafen.

»Mach einen Termin für September 2002! Nach der nächsten Operation solltest du wieder Fahrrad und 2003 wieder Ski fahren können!«

»Danke für alles, Professor, aber du bist zu optimistisch!«

»Mitnichten! Bei der Abschlussuntersuchung Mitte September sag ich dir Genaueres!«

Schwimmen, Fitnesstraining, krankengymnastische Übungen und die Moorbäder im nahe gelegenen Bad Nenndorf nahmen den ganzen August hindurch Roberto in Anspruch, dazu kamen immer längere Spaziergänge, zuerst mit zwei Gehhilfen, dann mit nur einer, schließlich ganz ohne.

Eines Tages ertappte Roberto sie, wie sie im Internet nach einer vierwöchigen Praktikumsstelle gesucht hatte, weil sie testen wollte, ob ihr neu entflammtes Interesse für das Medizinstudium echt war.

»Bist du böse, Ro, wenn ich meine Ausbildung fortsetze? Du wärst tagsüber zwar allein, und wenn ich Nachtdienst hätte, gelegentlich auch nachts, aber nur für vier Wochen!«

Er zeigte seine Freude nicht, sondern äußerte als ewiger Bedenkenträger erst einmal Zweifel.

»Warum jetzt, wo man unsere Tochter schon sieht?«

Sie zog sich sofort zurück.

»Es war auch nur so eine Idee, ich lass es, wenn du es nicht möchtest.«

»Ich wäre böse, wenn du es nicht tätest, Giuli! Du darfst dein Leben meinen Wünschen nicht unterordnen, verstehst du? Du warst seit fünf Monaten nur für mich da und hast außer dem bisschen Schwangerschaftsgymnastik, das du dir gegönnt hast, nichts für dich getan. Also bewirb dich!«

Sie umarmte ihn, aber nicht so sehr wegen seiner Zustimmung, sondern weil er langsam wieder er selbst wurde. In den Wochen nach ihrer Abreise aus Padua hatte er sich förmlich an sie geklammert. Nun, nach dem geglückten zweiten Eingriff, fasste er wieder Mut, an seine Zukunft zu denken.

In der letzten Zeit schien er öfters in sich gedankenversunken hineinzuhorchen, dann wusste sie instinktiv, dass er an den 15. September dachte, den Tag, an dem er in Padova wieder seinen Dienst aufnahm.

In der Urlaubszeit fand sich in der benachbarten Kleinstadt schnell ein Platz im Krankenhaus, und Roberto bestand darauf, sie hinzubringen und abzuholen.

»Und?«, fragte er gespannt am Ende der ersten Woche.

»Ich bin hundemüde, aber glücklich. Ich glaube, ich bleibe bei meinen Gartenentwürfen …«

»Wirklich?«

Die Enttäuschung stand ihm ins Gesicht geschrieben.

»Als Hobby. Lass mich doch ausreden!«

Er grinste, und Julia bat ihn, ihrem Vater und Jochim gegenüber zu schweigen, bis sie sich hundertprozentig sicher war.

Herb kehrte ohne Susanne zurück. Sie hatten sich zerstritten, auch wegen des Padovaners, mit dem sie während der vergangenen Wochen bei der Krankengymnastik hemmungslos geflirtet hatte, aber der Auslöser war ein Barkeeper, dem sie zu schöne Augen gemacht hatte.

»Entweder sie kommt zurück«, zuckte Herb mit den Schultern und strich sich über seinen schütteren Haarkranz, »oder sie lässt es bleiben. Ich bin zweiundsechzig, und zwei Frauen schaffen mich, echt! Kennst du übrigens den Witz von den drei Bullen, Padovaner? Der eine ist zwei, der andere vier und der dritte sechs Jahre alt. Sie beobachten auf der Wiese eine Herde Kühe, und der Zweijährige sagt: *Seht ihr die Mädels? Ich nehme vier davon!* Der Vierjährige schüttelt sein Haupt und meint: *Na ja, zwei oder eher eine sind für mich genug!* Da straft der sechsjährige sie mit einem scharfen Blick und grummelt: *Wenn wir uns ducken, sehn sie uns nicht!*«

»So kann es einem mit kastrierten Bullen gehen«, lachte Roberto laut.

Herb grinste.

»Sag mal, wo du hier grade voll in die Pointe reinsegelst: Hättest du nicht Lust? Zu segeln. Ich würd dir schon zeigen, wie man backbord immer schnurstracks am Wind bleibt. Mit deinem Bein läuft das doch schon ganz prächtig, da wird dich so 'ne frische Brise doch nicht umhaun, oder. Also: Wie wär's?«

»Okay«, sagte Roberto. »Einverstanden. Mach dir aber keine Hoffnung, dass du dich als großer Binnenwasserposeidon gegenüber einem Flachlandtiroler aufmandeln kannst, ich bin nämlich nicht so unbedarft, wie du vielleicht denkst: Immerhin habe ich mit meinem Freund Umberto schon in der sturmumtosten Adria Katamaran gesegelt.«

»Umso besser!«, rief Herb aus.

Wie sich zeigen sollte, waren die letzten Tage von Herbs Urlaub wesentlich erholsamer als die zwei Wochen auf La Palma in einem mondänen Hotel mit einer unleidlichen Begleiterin.

So lernte Roberto die Schönheit des Steinhuder Meers kennen und fand sich schnell mit den guten Segeleigenschaften des hier P-Boot genannten 15-qm-Jollenkreuzers zurecht. Die beiden Männer verbrachten miteinander viel Zeit auf dem Meer, und abends verabredeten sie sich als Strohwitwer gern zu einem Bier in der Messe eines Segelvereins im nahe gelegenen Ortsteil.

Als Julia am Wochenende auch noch sechsunddreißig Stunden Bereitschaftsdienst ableisten musste, aßen die beiden im Segelverein, dessen Wirt exotische Gerichte anbot und gern darüber redete, dass er nur den Sommer in Deutschland verbrachte, den Winter über hielte er sich lieber in Südamerika auf.

»Wieso Steinhuder Meer?«, wollte Roberto eines Tages wissen. »Das ist doch ein See.«

»Das niederdeutsche Wort Meer bedeutet See, die See das Meer! Also ist das Steinhuder Meer hochdeutsch ein See, plattdeutsch ein Meer.«

»Ah, wie im Holländischen, das Ijsselmeer ist eingedeicht ein See und hieß vorher als Teil der Nordsee Zuidersee!«

»Genau! Noch ein Bier?«

»Danke nein, ich muss noch meine drei Kilometer Laufpensum ableisten, einmal am Kanal entlang durch die Wiesen bis zum Vogelschutzdamm und zurück.«

»Ach, komm! Julia merkt das doch nicht!«

»Aber ich! Komm doch mit.«

Und so brachte Roberto den bewegungsfaulen Professor dazu, etwas für seine eigene Gesundheit zu tun.

Julias zuerst noch vorhandenes schlechtes Gewissen verflüchtigte sich, ihr schien das Leben eine einzige Freude zu sein.

Sie entschied für sich, *lettere e filosofia* aufzugeben und ihr Medizinstudium nach der Geburt ihres Kindes in Padova zu beenden. Die Gartenentwürfe würden mit Sicherheit ihr Hobby bleiben. Für den Haushalt würde sie Hilfe brauchen.

Die Monate mit Roberto hatten ihr gezeigt, dass sie zwar eine gute Köchin, aber eine ziemlich unbegabte Hausfrau war. Jochims deutschrussische Putzfrau Oxana hatte das Talent, das Julia fehlte. Als sie das vor sich selbst zugab, wurde das Leben leichter.

Landkreis Hannover

Während des letzten halben Jahres war er durchs Feuer gegangen, aber dank Giulias Führung hatte er sich nicht verbrannt, sondern war gestählt daraus hervorgegangen. Sie war rund um die Uhr für ihn da gewesen, hatte ihm Lebensmut gegeben und alle Planung übernommen.

»Deine Kraft ist für eine gewisse Zeit auf mich übergegangen«, hatte sie einmal weise bemerkt, als er nicht mehr ihre Stütze und seine Gehhilfen brauchte, »nun geht sie langsam wieder auf dich zurück.«

Julia schien sich um ihre Schwangerschaft wenig zu kümmern, während er sich ausmalte, was während der Schwangerschaft und bei der Geburt alles passieren konnte. Am liebsten hätte er sie unter eine Glasglocke gestellt, aber er war klug genug, sich nichts anmerken zu lassen.

Im Internet fand er schließlich Chat-Partner, mit denen er sich über Schwangerschaft und Geburt austauschen konnte, und während Julia nachts im Krankenhaus arbeitete, verbrachte Roberto die Nacht hauptsächlich an Jochims Computer. Als er sich mit gezielten Fragen nach der Methode ihrer Schwangerschaftsgymnastik erkundigte und von ihr wissen wollte, ob sie schon das Fruchtwasser habe untersuchen lassen und eine Unterwassergeburt oder eine Hausgeburt bevorzuge, war sie bass erstaunt.

Trotz ihres Zeitmangels drängte er auf die Teilnahme an einem Geburtsvorbereitungskurs und sprang für sie ein, wenn sie sich nicht freimachen konnte. Zuerst wurde er wegen seines Alters und seiner Nationalität etwas misstrauisch beäugt, aber er war so offensichtlich bemüht zu lernen und alle Informationen wie ein Schwamm aufzusaugen, dass er bald ein festes Mitglied der Gruppe wurde und als Ersatzpartner voll integriert wurde.

Schließlich kehrte Jochim aus den USA zurück und brachte das versprochene Hochzeitsgeschenk mit. Weil er von der Hochzeit ausgeschlossen worden war, zeigte er sich bei der Auswahl des Geschenks ein kleines bisschen rachsüchtig; zumindest Roberto brachte er in Verlegenheit, da das Geschenk in sein kleines Appartement in Padova mit Sicherheit nicht hineinpasste. Aber bevor er etwas sagen konnte, übernahm Giulia die Regie.

Der Teppich, ein etwa fünf mal sieben Meter großer Sarouk, der Anfang des zwanzigsten Jahrhunderts in unnachahmlich feiner Knüpfung für ein amerikanisches Hotel hergestellt worden war, stach durch wunderschöne Blumenmotive hervor, die je nach Lichteinfall in den schillerndsten Rottönen schimmerten.

»Du musst an meine Liebe zu historischen Gärten gedacht haben«, sagte sie, andächtig den halb ausgerollten Teppich bewundernd, »denn die Grundidee der orientalischen Blumenteppiche ist, den Garten ins Haus zu holen!«

»Ist er vielleicht nicht doch etwas zu groß für euer Heim?«, fragte Jochim, den jetzt Zweifel überkamen, ob er seine Nichte und ihren Mann mit diesem bombastischen Geschenk womöglich nicht doch gekränkt haben könnte, jedenfalls kam er sich auf einmal ziemlich kleinlich vor.

»Du hättest nichts Besseres finden können«, konterte Julia. »Robertos Mutter, die *marchesa* Visian-Bassner, hat mir zur Hochzeit eine alte venezianische Villa geschenkt. Dieser Teppich ist genau das Richtige für unser *piano nobile*!«

»Deine Schwiegermutter ist eine *marchesa*?«, fragte Jochim andächtig, er schätzte Titel. Und Adlige sowieso. Mit einem Mal erschien ihm sein angeheirateter Neffe in einem ganz anderen Licht. Zuerst sah er in ihm nur einen Polizisten, schließlich erfuhr er, dass er immerhin ein promovierter Jurist war. Und jetzt also auch noch ein waschechter *marchese* – welche Bereicherung für ihn!

Als Roberto bemerkte, dass seine zu Übertreibung neigende Giuli kurz davor war, mit seinen nicht nachweisbaren langobardischen Vorfahren zu prahlen, griff er ein.

»Der *marchese* Visian, mein Urururgroßvater, heiratete eine Professorentochter, sodass in den Adern meines Ururgroßvaters nur noch fünfzig Prozent adliges Blut floss. Er heiratete eine Arzttochter, sodass sich das blaue Blut bei seinen Kindern auf fünfundzwanzig Prozent reduzierte. Da mein Urgroßvater eine Handwerkerstochter freite, blieben für den Sohn noch ganze zwölfeinhalb Prozent. Mein Großvater heiratete schließlich eine Lehrerin, das macht 6,25 Prozent für meine Mutter. Mein Vater endlich war ein schlichter Obstbauer, blieben also noch 3,125 Prozent des verwässerten Visian-Blutes für mich.«

»Aber eine alte Villa zur Hochzeit ist schon was!«, pfiff Jochim anerkennend durch die Zähne, ohne die Ironie in Robertos Vortrag zu bemerken.

Robertos Geburtstag rückte näher und der fünfzigste der beiden Andresenbrüder lag nur zwei Tage später, deshalb sollten alle drei zusammen gefeiert werden.

Jochim gab sich geheimnisvoll. Er bat sich aus, die Geburtstage selbst ausrichten zu dürfen, und schickte Julia und Roberto für eine Woche aus dem ihnen so lieb gewordenen Haus am Steinhuder Meer fort.

»Mir schwant Schreckliches!«, unkte Julia, deren vierwöchiges Praktikum zu Ende war. »Du glaubst ja nicht, was er sich schon alles geleistet hat! Zu seinem Vierzigsten hat er ein Flugzeug gechartert, um mit der Geburtstagsgesellschaft nach Las Vegas zu fliegen.«

»Und dein Vater?«

»Feierte nicht, meine Mutter war gerade ein Jahr tot. Aber nun hat er uns alle gegeneinander ausgespielt. Vater hat er erzählt, du seist einverstanden ...«

»Und mir hat er erzählt, dass Johannes eingewilligt habe. Was stellen wir nur in dieser einwöchigen Verbannung an, Giuli?«

»Wie wär's, wenn wir nach Lübeck fahren? Ich bin dort noch an der *universitatis lubecensis* eingeschrieben und muss meine Urlaubssemester verlängern lassen oder mich exmatrikulieren.«

»Du willst aufhören?«
»Nein, aber die Geburt deiner Julietta liegt mitten im nächsten Semester. Und eigentlich schwebt mir vor, das Studium kommendes Jahr in Padova zu beenden. Aber ich weiß nicht, ob das überhaupt geht, da müsste ich mich in Lübeck beraten lassen.«
Roberto zog die Augenbrauen hoch und überlegte.
»Warum nicht? Bei dieser Gelegenheit kannst du mir schließlich auch gleich die ruhmreichen Orte deiner Vergangenheit zeigen.«

Lübeck

Carlos unaufgeräumtes Kontor lag im Erdgeschoss der 1912 in reinstem Jugendstil erbauten Villa, von deren Terrasse man einen einmalig schönen Blick auf die Silhouette der alten Hansestadt hatte.

»Da ganz rechts siehst du das Burgtor, eins von vier ehemaligen Stadttoren, von denen das Holstentor das berühmteste ist. Zumindest konntest du es bis zur Einführung des Euros am Jahresende noch auf jedem Fünfzig-Mark-Schein sehen!«

Sie saßen auf der Terrasse und frühstückten, Roberto wieder einmal ausgiebig, während Julia nur an ihrem Kaffee nippte und voller Stolz über diese Stadt redete, in der sie bei ihrer Großmutter so oft mit ihren Geschwistern Zuflucht gefunden hatte, einmal ein ganzes Jahr lang, als ihre Mutter mit Jochim nach Amerika gegangen war.

»Links neben dem Burgtor siehst du den Jakobikirchturm, dann die Doppeltürme von St. Marien, schließlich den Petrikirchturm, der jetzt ein Aussichtsturm ist und unser erstes Ziel heute sein wird, in seiner Nähe stehen St. Ägidien und die Doppeltürme des Doms. Da hast du die Wahrzeichen der Hansestadt Lübeck auf einen Schlag: die sieben goldenen Türme. Inzwischen sind sie mit Grünspan bedeckt.«

»Ich sehe schon, du bist eine ausgezeichnete Fremdenführerin!«

»Auch wenn ich dir erzähle, dass Lübeck und Venedig bis ins 16. Jahrhundert hinein große und ebenbürtige Handelsmetropolen waren, bis ihnen die Entdeckung Amerikas den Garaus machte? Lübeck dominierte als Königin der Hanse die Hansestädte und Handelswege des Nordens, Venedig beherrschte die Handelswege des Südens, und so darfst du dich auch nicht wundern, wenn du in der von Napoleons Soldateska zum Pferdestall entweihten ehemaligen St. Katharinenkirche einen Tintoretto findest, der von Lübecker Bürgern in Auftrag gegeben wurde!«

Er ging auf das Stichwort Venedig nicht ein, dafür aber auf Napoleon.

»Napoleon hat den Kirchen großen Schaden zugefügt, erinnere dich an das Oratorium des heiligen Georgs neben *Il Santo* in Padova! Seine Soldaten haben ein Gefängnis daraus gemacht, und die Gefangenen haben in die unschätzbaren Fresken Nachrichten und Namen eingeritzt!«

Ein paar Tage lebten sie in der Einliegerwohnung im Dachgeschoss, die Julia als Studentin bewohnt hatte. Ihre ganzen Fachbücher standen schon in Kisten verpackt bereit. Das gesamte erste Geschoss der Villa wurde zurzeit nicht bewohnt. Nur im Erdgeschoss arbeitete Carlos Geschäftsführer mit ein paar Angestellten. Roberto fühlte sich wohl in der gediegenen Atmosphäre. Ein wenig neugierig war er schon auf das Umfeld des Mannes, der das Risiko eingegangen war, zwei Frauen und vier Kinder vor der Gestapo zu retten, und dem er sozusagen seine Existenz verdankte: Giulias Großvater.

Auch die Inneneinrichtung wurde vom Jugendstil geprägt, der sich in schönen Stuckdecken mit Seerosenmotiven hervortat, die sich in den Kacheln der Öfen wiederholten und auch in den Schnitzereien einiger Möbel zu finden waren. Die Porträts der beiden letzten Müggehoffs im großen Salon hätten echte Klimts sein können, aber sie stammten von einem Lübecker Künstler.

Doch das Schönste an dem Haus waren die Terrasse und der abfallende Garten mit Blick über die Wakenitz, die Roberto erst für einen See gehalten hatte, die aber in Wirklichkeit ein Flüsschen war, das, aus dem Ratzeburger See kommend, hier in den Stadtgraben einmündete.

»Zwar kein Brentakanal, aber auch wunderschön!«

»Es ist sowieso wunderschön hier bei euch im Norden. Wenn es sein müsste, Giuli, könnte ich ohne Weiteres auch hier leben!«

Sie freute sich über seine Worte und trieb zum Aufbruch. Robertos Laufradius vergrößerte sich immer mehr, selbst Treppenstufen waren inzwischen ein überwindbares Hindernis geworden. Und so machten sie sich auf den Weg zum Petrikirchturm, von dem sie einen herrlichen Blick auf die von Fluss und Kanälen umschlossene Innenstadt hatten. Am Fuße der ehemaligen Kirche zeigte sie Roberto den ältesten und einzigen Wohngang Lübecks, der seit seiner Entstehung 1296 seinen Namen nicht geändert hatte, *Schwans Hof*, errichtet von Johannes von Swane.

»Die kleinen Häuser und Büdchen hinter den Gebäuden der wohlhabenderen Mitbürger wurden an die Bediensteten, Handwerker, Schiffsleute und ärmere Schichten vermietet und machen bis heute den Charme dieser Stadt aus«, erklärte Julia und führte Roberto in den Kolk, einen engen Gang. »*To dem Kolke* hieß hier 1334 ein Grundstück. Der Gang ist nur einseitig bebaut, die Stützmauer der Petrikirche liegt gegenüber. Hier gibt es ein Haus mit zwei Erdgeschossen, du gehst vom Kolk hinein, eine Treppe hoch und verlässt das Haus ebenerdig auf dem Kirchplatz von St. Petri.«

Robertos Liebe zur Backsteingotik führte sie nach diesem Einblick in die Hinterhöfe zur Marienkirche. Als sie vor den zerborstenen Glocken im Inneren der Türme standen, war er beeindruckt.

»Am Palmsonntag 1942 wurde die Stadt von englischen Bombern in Schutt und Asche gelegt, als Vergeltung für den von Hitler befohlenen ersten Angriff auf Coventry. Mein Urgroßvater hat bei den Löscharbeiten geholfen, und meine Großmutter pflegte zu erzählen, dass er, als plötzlich das durch den Feuersturm entfachte Läuten der Glocken von St. Marien, dem Dom und St. Petri kein Ende nehmen wollte und immer machtvoller schwangen, bis sie schließlich mit den Turmhelmen in die Tiefe stürzten, so bitterlich geweint habe, dass es ihr das Herz eingeschnürt habe. Es muss schauerlich gewesen sein! Hier in St. Marien hat man die zerschmetterten Glocken als Mahnmal liegen gelassen.«

Die Schifferkirche St. Jakobi war ihr nächstes Ziel, aber Julia mied den direkten Weg und führte ihren Mann abermals durch wunderliche kleine Gänge und Gassen wie den Lüngreensgang, den man durch die winkligen Wege des Bäckerganges erreicht, von wo man in den gradlinigen Lüngreensgang gelangt, um schließlich in der Fischergrube wieder aus der Idylle aufzutauchen. Roberto musste auch noch den begrüntesten der Lübecker Gänge durchmessen, der in seinem südlichsten Teil sehr licht wirkte und deshalb *hellgrüner Gang* genannt wurde.

»Über den von Wasser umschlossenen Geestbuckel führen von Nord nach Süd parallel zwei Straßen. Die von ihnen zur Trave abzweigenden Straßen heißen Gruben. Wir sind jetzt in der Fischergrube. Da wohnten die ... Na?

»Fischer.«

»Und in der Engelsgrube?«

»Die Engel und Engelinen!«

»Falsch! Am Ende dieser Straße entluden früher die Englandfahrer ihre Schiffe. Und jetzt hab ich tierischen Hunger, und deshalb zeig ich dir, wo die Zunft der Englandfahrer früher zu speisen pflegte.«

Gegenüber der im Krieg unzerstört gebliebenen St.-Jakobi-Kirche führte ihn Julia in die Schiffergesellschaft, deren gotischer Treppengiebel aus dem Jahr 1535 einer der schönsten in der Stadt war.

Sie betraten die große ehemalige Versammlungshalle der Lübecker Schiffer, in der Segelschiffmodelle verschiedenster Bauarten von der dunklen Decke hingen, dazu geheimnisvolle Lampen im Stile einer *laterna magica*, in denen sich unheimliche Fabelwesen und Seeschlangen bewegten. Ein riesiger Kronleuchter aus Messing mit dem lübschen Adler und echten Kerzen verbreitete abends eine ganz besondere Stimmung.

»Dies Restaurant ist ein Muss für jeden Lübeckbesucher!«, sagte Julia, als sie einen Platz am Ende der langen hochlehnigen Bankreihen mit den blank gescheuerten Holztischen aus alten, eichenen Schiffsbalken suchte, damit Roberto sein Bein ausstrecken konnte.
Die Bank der Englandfahrer war leider besetzt, und so saßen sie in der Bank der Bergenfahrer.
»Gelage heißen diese Bankreihen, und solche haben sie wohl auch reichlich gefeiert.«
»Die Bergenfahrer gefallen mir, ich liebe Bergen! Warst du schon einmal dort?«
»Nein, Norddeutsche lieben Italien und Italiener Norwegen! Ganz schön verrückt! Aber etwas anderes: Du solltest hier Labskaus probieren und Rotspon trinken!«
Julia wählte für sich eine in Speck gebratene Ostseescholle mit Holsteiner Kartoffel- und Gurkensalat. Roberto dagegen wagte sich nach einer leckeren Muschelsuppe an das Labskaus mit Spiegelei, aber auf den Rotspon verzichteten sie zugunsten eines kühlen Bieres. Dann blies Julia wieder zum Aufbruch und schlug vor, am Abend auf der Terrasse einen Rotspon aus Carlos Weinkeller zu trinken, dann wolle sie Roberto auch die Geschichte dieses besonderen Weines erzählen, die wiederum mit Napoleon zu tun habe.
»Drei Tage für Lübeck und Umgebung sind ein Nichts! Deshalb spezialisieren wir uns heute Nachmittag auf die karitativen Einrichtungen des Mittelalters. Bei euch in Italien leben die Alten ja auch heute noch meist in den Familien, Altersheime sind für euch doch eine Bankrotterklärung, stimmt's?«
»Fast! In den großen Städten hat sich die Lebensweise zwar schon etwas verändert, aber sonst stimmt es schon, was du sagst.«
»Reichtum gepaart mit Frömmigkeit hat in Lübeck zu einer Vielzahl wohltätiger Einrichtungen geführt, weltweit bekannt ist zum Beispiel das Heiligen-Geist-Hospital da vor uns!«
»Dass Backsteingotik so wohlproportioniert und zierlich sein kann, hätte ich nicht geglaubt!«, rief Roberto bewundernd aus, als er jenseits des gepflasterten Platzes die drei Giebel mit den spitzen Türmchen dazwischen sah.
»Bereits 1286 fertiggestellt«, sagte Julia stolz; sie beherrschte die historischen Zahlen von Lübeck ebenso gut wie Roberto die von Padova. »Das Hospital ist eine der ältesten Sozialeinrichtungen Europas und zugleich eines der bedeutendsten Gebäude des Mittelalters. Nicht umsonst gehören wir zum Weltkulturerbe der UNESCO.«
Sie identifizierte sich mit dieser Stadt, in der sie, anders als zu Hause in Hameln, so unbeschwert hatte leben und zur Schule gehen können.

»Ich hätte nicht geglaubt, dass hier im Mittelalter eine solche Hochkultur herrschte. Ich weiß, wir Italiener sind da ein wenig arrogant und schauen nicht gern über den Tellerrand. Doch dieses Gebäude imponiert mir. Lass uns hineingehen.«

Julia erzählte ihm, dass hier einhundert Kranke aufgenommen werden konnten. Später wurde die Institution dann als Altenheim genutzt. Die hölzernen, oben offenen Holzkammern im Langhaus wurden noch bis 1970 bewohnt. Die letzten Bewohner verließen ihre Kabäusterchen nur widerstrebend. Nun sei es restauriert und biete Platz für fünfundachtzig Bewohner.

»Hier, schau her«, sie führte ihn zum Lettner mit den kostbaren Bildern der Elisabeth-Legende. »Über die Landgräfin von Thüringen musste ich einmal ein Referat halten. Sie war die Tochter des ungarischen Königs Andreas und wurde 1221 als Vierzehnjährige nach Thüringen verheiratet. Ihr Mann starb auf einem der Kreuzzüge, und sie selbst wurde, weil sie sich aufopferungsvoll ausschließlich den Kranken gewidmet hatte, nach ihrem frühen Tod 1235 von Papst Gregor IX. in Perugia heilig gesprochen. Und diese 23 Bildtafeln wurden etwa zu der Zeit gemalt, als euer Gattamelata gegen Milano ritt.«

»Wie kommst du jetzt gerade auf ihn?«

»Ach, er geistert immer noch durch meinen Kopf, Ro.«

»Durch deinen auch? Nun ja, unsere friedliche Zeit hier neigt sich ihrem Ende zu, das ist mir wohl bewusst. Aber erzähl weiter, schieb die Schatten der Vergangenheit für heute noch weg!«

Schweigsam und ein wenig nachdenklich wanderten sie die Königstraße hoch und bogen nach einem Blick auf die Fassade der ehemaligen Katharinenkirche in die Glockengießerstraße ein, um bald darauf vor einem imposanten Barockportal aus Gotländer Sandstein anzuhalten.

»Der größte und prächtigste Stiftungshof«, brach Julia das Schweigen, »Wohltätigkeit nach dem Motto: *Tue Gutes und zeige es!* Der Kaufmann und Ratsherr Johannes Füchting, in dieser Reihenfolge bitte sehr, hat 1636 ein Drittel seines Vermögens dieser Stiftung vermacht, zum Bau von einundzwanzig Wohnungen für Kaufmanns- und Schifferwitwen.«

»In Venezia dachte man genauso: Man war erst Kaufmann und dann erst Mitglied der Signoria. Und nur weil Carmagnola ihnen durch sein Nichtstun so viel Minus in die Kasse brachte, haben sie ihn verurteilt.«

»Wie kommst du jetzt gerade auf ihn, Roberto?«

»Du hast vorhin mit deiner Bemerkung über Gattamelata eine Schublade in meinem Gehirn aufgezogen, und nun geistern die beiden wieder in meinen Gedanken rum.«

Sie bummelten durch den mit seinen roten Backsteinfassaden anheimelnd wirkenden, geschmackvoll bepflanzten Hof, der auch jetzt noch, schön renoviert, in achtundzwanzig Seniorenwohnungen älteren Damen Unterkunft bot.

Roberto hätte gern noch ein wenig verweilt, aber Julia drängte weiter.

»Du siehst sonst zu wenig von der noch heute sichtbaren, prächtigen Lübecker Wohltätigkeit. Nur ein paar Häuser weiter kannst du ein weiteres Beispiel spätmittelalterlicher, sozialer Wohnanlagen sehen. 1612 hat Johann Glandorp den *Glandorps Hof*, den *Glandorps Gang* und das bestehende *Illhornstift* im Renaissancestil bauen lassen.«

Sie standen vor einem dreigeschossigen Backsteintraufenhaus, an das sich in zwei Flügelgebäuden je sieben Reihenhäuschen anschlossen. Der daneben liegende *Glandorpsgang* mit dreizehn Büdchen sei für unbemittelte Witwen gedacht gewesen, die jede nur sechzehn Quadratmeter ihr eigen nennen konnte, erläuterte Julia, auch heute sei der Stiftungsgedanke noch am Leben: über zwanzig Wohnungen für ältere Menschen, eine für Kinderreiche und eine für Behinderte seien vorhanden.

»Spät ist sie zu euch gekommen, die Renaissance«, meinte Roberto.

»Und nur in Einzelbauwerken, wie dem Vorbau am Lübecker Rathaus und zum Beispiel hier. Unsere Sache ist mehr die Gotik gewesen, die wiederum habt ihr in Italien, wohl in schlechter Erinnerung an die Völkerwanderung, nicht so hoch kommen lassen.«

Unter weiteren Wortplänkeleien betraten sie den liebevoll restaurierten *Haasenhof* in der Dr.-Julius-Leber-Straße, ein von der Weinhändlerswitwe Elisabeth Haase gestifteter Hof für Witwen und ledige Frauen. Die hübschen, von fast verblühten Stockrosen umrahmten Bänke sowie die weißen Sprossenfenster mit den altmodischen Fensterläden in den roten Backsteinfassaden versetzten sie in die gute, alte Zeit, die für die Benachteiligten der reichen Kaufmannsgesellschaft wohl eher nicht besonders gut gewesen sein mochte.

Als letzten schauten sie noch in den *Von-Höveln-Gang* in der Wahmstraße, einem schmalen Wohngang, der 1483 für arme oder alte Mitmenschen bestimmt war und auch jetzt wieder unter Erhaltung der historischen Form zehn sanierte Altenwohnungen enthielt.

Als Julia Roberto in die Breite Straße vor das Renaissanceportal des Rathauses zurückführte, sagte Roberto:

»Jetzt brauch ich was zum Sitzen.«

Er hatte bewundernswert gut durchgehalten, und Julia bat ihn, sich umzudrehen. Als er ihrer Aufforderung folgte, standen sie direkt vor dem weltberühmten Niederegger-Marzipan-Geschäft.

»Was das *Pedrocchi* für Padua, ist das *Niederegger* für Lübeck«, sagte sie und führte ihn durch den Laden in den ersten Stock. »Die Venezianer reklamieren ja die Erfindung dieser Süßigkeit für sich. Und wahrscheinlich haben sie sogar recht, denn das Lübecker Marzipan wird erst im 19. Jahrhundert erwähnt.«

»Wobei sich die Republik von San Marco wieder einmal mit fremden Federn schmückt!«

Zwar fühlte sich Roberto hier in Lübeck vorwiegend als Italiener, aber nun konnte er doch nicht umhin, der *Serenissima* eins auszuwischen.

»*Marzapane* ist zwar ein italienisches Wort, aber kennst du die *fratelli fidate*? Nein? In den Schriften dieses persischen Geheimbundes aus dem 10. Jahrhundert entdeckte man tatsächlich eine Rezeptur für Marzipan: Mandeln, Zucker und Öl. Mit den Kreuzfahrern gelangten schließlich Süßigkeit und Rezept nach Venedig! Aber das arabische *mautaban* gibt es schon seit Jahrtausenden.«

»Wow! – Aber sag mal, wer ist hier eigentlich der Fremdenführer?«

»Für Marzipan und ganz speziell für diese Marzipan-Nusstorte von *Niederegger* könnte ich meine Seele verkaufen«, sagte Roberto und bestellte noch ein Stück, aber Julia winkte pappsatt ab.

Am Abend saßen sie in gemeinsamem Schweigen auf dem von Säulen abgestützten Balkon über der Terrasse, der einen wunderschönen Überblick bot. Vor ihnen stand eine Flasche Rotspon aus Carlos Beständen, die sich, von flackernden Windlichtern flankiert, gegen die Silhouette der erleuchteten Hansestadt geradezu mystisch abzeichnete.

»Wenn es sein müsste, könnte ich hier gut leben«, unterbrach Roberto die Stille.

»Das sagst du nun schon zum zweiten Mal. Deine Gedanken sind oft weit weg, Roberto. Wo sind sie?«

Statt einer Antwort stand er auf, trat hinter ihren Sessel und legte seine Hände auf ihre Schultern.

»Ich muss nach Italien zurück, *l'anima mia*.«

»Was ist schlimm daran? Nach deiner Abschlussuntersuchung wollen wir doch sowieso zurück!«

Ihm fehlte der Mut, ihr zu sagen, dass er allein fahren müsse. Immer öfter in den letzten, glücklichen Wochen waren seine Gedanken bei den *Tre Condottieri* gewesen. Inzwischen war er der Überzeugung, dass Vittorio wohl recht mit seiner Meinung hatte, Gattamelata sei der letzte, überlebende Syndikatsführer gewesen. Die Inszenierung von Erasmo Saccardos Aufbahrung als Carmagnola deutete darauf unmissverständlich hin. Und dieser Gattamelata musste bei ihnen in der *questura* sitzen, und zwar in Robertos unmittelbarer Nähe.

So hatte Gattamelata nicht umhin können, von der Vernichtung des Protokolls Kenntnis zu haben, und damit wusste er, dass Roberto mit der Sicherheit Giulias jederzeit wieder erpressbar sein würde.

Er küsste ihren Nacken und schwieg. Als sie herumfuhr und ihm in die Augen schaute, sah sie in seinem Blick die alte Unruhe aufleuchten.

Niendorf

»Hier hast du deine Sommerferien verbracht?«

Sie feierten Robertos Geburtstag mit einem Strandtag.

»Ja, vor und nach Mutters Tod. Sie fand Niendorf spießig, und so sind wir drei immer allein bei Großmutter gewesen. Sie hatte für den ganzen Sommer einen Strandkorb gemietet, und wir waren mit unserem Schlauchboot völlig glücklich.«

Sie saßen in einem der vielen geflochtenen Strandkörbe, die Roberto so hervorragend fand. Er, der der Liegen- und Sonnenschirmkultur an italienischen Stränden nichts abgewinnen konnte, lobte an ihnen den Hort der kleinen Welt, gerade weil sie durch die Seitenwände von den Nachbarn abgetrennt seien und zudem gestatteten, seine kleine Welt mit einem kleinen Sandwall zu bewehren, was er dann auch in die Tat umsetzte, in Jeans allerdings.

»Ihr drei? Du, Michèle und dein Vater?«

»Der kam nie mit, Großmutter und er verstanden sich nicht, er war ihr zu harmoniebedürftig. Sie hat es ihm übel genommen, dass er seine Frau mit Jochim geteilt hat. Wir drei Geschwister haben die Sommer immer ohne ihn verbracht.«

»Drei?«

»Ja, Micha, Gisi und ich.«

»Gisi ist deine Schwester? Wieder so ein Geheimnis, dem ich durch Zufall auf die Spur komme!«

»Wieso? Wir haben doch öfter von Gisi gesprochen.«

»Ich dachte, sie sei irgendeine Verwandte, eine Cousine vielleicht! Du hast also noch eine Schwester?«

»Eine Zwillingsschwester!«

»*Dio mio!* Dich gibt's noch ein zweites Mal? Wie soll ich das denn ertragen?«

»Halb so schlimm, wir sind zweieiig!«

»Gisi ist die Cellospielerin, die auf Tournee in den USA war, richtig? Und deshalb unserer Hochzeit fernblieb.«

»Du hast gut zugehört! Komm schwimmen!«, rief Julia und lief ins Wasser.

Trotz der unbestimmbaren Furcht wegen Robertos Andeutungen am vergangenen Abend fühlte sie sich überschäumend glücklich, auch er schien heute wieder gelöster. Tatsächlich folgte er ihr in der Radler-Badehose und holte sie noch vor der Sandbank ein. Die weiß gestrichene Seebrücke leuchtete strahlend in der Septembermorgensonne. Über den Himmel trieben weiße Lämmerwölkchen, und selbst das Möwengekreische klang melodisch.

Sie tauchten sich gegenseitig unter und schwammen noch ein wenig über die Sandbank hinaus.

Plötzlich rief Julia:

»Komm, Roberto, sie bewegt sich tatsächlich!«

»Wer?«

»Deine Julietta!«

Deutlich spürte sie das Strampeln in ihrem Bauch.

»Du hast mich schon einmal angeführt!«

»Diesmal nicht!«

Ihr glücklicher Gesichtsausdruck sagte ihm, dass sie nicht flunkerte, auch so ein norddeutsches Wort, dessen Bedeutung er hier gelernt hatte. Er kraulte zu ihr und legte seine Hand unter ihren Bauch. Bei jeder Schwimmbewegung Giulias schien das kleine Wesen mitzustrampeln. Robertos Augen bekamen einen glänzenden Schimmer. Dann küsste er Julia spontan und warf sich laut aufjauchzend, rücklings in die Fluten. Er war so völlig aus dem Häuschen, wie sie ihn noch nie erlebt hatte.

Mittags aßen sie in seligem Angedenken an Julias Kinderzeit Nudelsuppe vom Strandkiosk, um anschließend einen langen Spaziergang auf dem Brodtener Steilufer zu machen und die herrliche Aussicht über die Lübecker Bucht zu genießen.

Den Nachmittag verbrachten sie faul dösend im Strandkorb und später wieder im Wasser, wo Roberto sich über das Phänomen seiner Giulias Schwimmbewegungen nachahmenden Tochter immer noch nicht beruhigen konnte. Müde und hungrig beschlossen sie den Tag in dem direkt am Strand liegenden *Caférestaurant Süfke und Witzig* mit einer köstlichen Essenz von Edelfischen, gefolgt von einem überbackenen Steinbeißerfilet der Extraklasse.

In dieser Nacht ging Roberto sehr vorsichtig mit ihr um, die Zweifel, ob er überhaupt noch mit ihr schlafen solle, hatte sie ihm genommen. Als sie schließlich in seinen Armen einschlafen wollte, meldete sich das kleine Wesen erneut mit deutlichen Bewegungen, und Roberto konnte sich vor Freude kaum beruhigen.

Bei der nächsten Ultraschalluntersuchung muss ich das Geschlecht bestimmen lassen, dachte Julia. Und wenn es doch ein Junge wird, muss ich es diesem verrückten Vater schonend beibringen.

Wakenitz

Ihr letzter Tag in Lübeck brach an, und Julia drohte ihm wieder mit Fisch zum Mittag.

»Meinethalben täglich! Damit kannst du mich nicht schrecken! Wohin geht's denn heute?«

»Auf dem Barschfluss nach Süden!«, gab sich Julia geheimnisvoll.

»Ich kenne jetzt die Trave, den Stadtgraben, den Elbe-Lübeck-Kanal, die diversen Häfen, aber den Barschfluss hast du mir bisher vorenthalten.«

»Nein, habe ich nicht; im Moment gucken wir jetzt gerade auch wieder auf den Barschfluss. Lübeck ist slawischen Ursprungs, das wendische *luibice*, das ist slawisch und heißt *die Schöne*. Die Jahreszahl der ersten Gründung der Kaufmannssiedlung Lübecks ist unbekannt, nur ihre Zerstörung 1438 durch den Ranenfürsten Race ist verbürgt. Die Neugründung wurde von Graf Adolf II. von Holstein 1143 durchgeführt und lag auf der Halbinsel zwischen Trave und Wakenitz. Und Wakenitz ist ebenfalls slawisch und bedeutet *Barschfluss*!«

»Was habe ich nur für eine kluge Frau!«

»Mit fünf Jahren eingeschult und dann die zehnte Klasse übersprungen! Irgendwo muss das ja herkommen.«

»Ich wollte dich immer schon fragen, wie du zwei Staatsexamen so schnell geschafft hast!«

»So ganz dumm scheinst du ja auch nicht zu sein, als du so alt warst wie ich jetzt, warst du schon Doktor der Jurisprudenz!«

»Hat Mutter wieder mit mir angegeben?«

»Nein, dein auf dich stolzer Bruder!«

Beinahe hätten sie wegen ihrer Flachserei das kleine Fahrgastschiff verpasst, das um zehn Uhr von der Moltkebrücke ablegte. An wunderbar gelegenen Stadtvillen vorbei fuhren sie flussaufwärts durch bald urwaldartige Einsamkeiten.

»Den Amazonas des Nordens hat mal ein Lokalpatriot diese Flusslandschaft genannt«, machte Julia sich lustig, »Amazonas in Miniaturausgabe gewissermaßen, eindreiviertel Stunden Fahrtzeit.«

Ab und zu tauchten Wochenendhäuschen auf der Steuerbordseite auf. Nach einiger Zeit wurde das linke Ufer zu einer unpassierbaren Bruchlandschaft. Hier sei bis vor elf Jahren die Grenze der DDR verlaufen, erklärte Julia.

»Alles Wasser ist lübsch!«, zitierte sie eine mittelalterliche Rechtsprechung, »und so verlief die Grenze da, wo das linke Ufer war, in einer Bruchlandschaft im Nirgendwo.

Man hat hier nie Vopos gesehen. Man sagt, sie hätten hier nur welche mit Schwimmhäuten zwischen den Zehen eingesetzt!«

»Vopos?«
»Volkspolizisten der DDR.«
»Geschichte hautnah.«
Enten begleiteten sie ein Stück, eine Schwanenfamilie mit fast erwachsenen Kindern brachte sich vor der Bugwelle ihres Schiffes in Sicherheit, ein Reiher strich ab, und ein schwarzer Milan kreiste über ihnen. Sie fühlten sich wie am vierten Schöpfungstag, auch weil sie fast die einzigen Gäste waren: Die Saison neigte sich ihrem Ende zu. Ein paar Paddler kamen ihnen entgegen, die der Kapitän ihres Schiffes mit der Schiffshupe begrüßte. Einige Mücken versuchten, bei Julia ein bisschen Blut für ein zweites Frühstück zu saugen, aber Roberto wehrte sie ab. Sonst war es mehr als friedlich, ein Stückchen heile Welt für eine begrenzte Zeit.

Manchmal, wenn der Fluss sich verengte, schlossen sich die Bäume über ihnen wie ein grüner Tunnel. Und ganz plötzlich lagen rechter Hand ein gemütliches Fachwerkhaus, das *Rothenhusener Fährhaus*, und die weite Fläche des Ratzeburger Sees vor ihnen.

»Da hinten liegt Ratzes Burg, der slawische Fürst Ratibor wurde vom Volke *ratze* genannt. Lass uns hier am *Rothenhusener Fährhaus* was essen! Ich habe Hunger für mindestens zwei!«

Sie setzten sich nach draußen in den Garten direkt am See und bestellten die in dieser Gegend besonders wohlschmeckende Maräne, ein Fisch, der tiefe Seen bevorzugt.

»Durch dich habe ich in so kurzer Zeit einen so tiefen Einblick in das Leben hier bekommen! Und die Gastronomie, die ich durch dich kennengelernt habe, hat viele meiner Vorurteile gegen die deutsche Küche abgebaut. Besonders die Fischlokale haben es mir angetan.«

»Ich hab ein bisschen Heimweh nach Italien«, sagte Julia, »nach der Lagune, nach den Colli Euganei und ganz besonders nach dem *Ca'Vecchia* Brandolin!«

Roberto sah sie zärtlich an.

»Dann habe ich ganz umsonst ein schlechtes Gewissen gehabt! Du schienst so hierherzugehören, dich so wohl in deiner Familie zu fühlen und so fröhlich zu sein, wenn du Deutsch sprechen konntest! Aber jetzt hast du alle meine Zweifel wieder ausgeräumt.«

»Meine Familie bist jetzt du, Roberto! *Ti amo!*«

Die Schlichtheit ihrer Liebeserklärung rührte ihn, und statt einer Antwort fuhr er sacht mit seinem Zeigefinger über ihren Finger mit dem Ehering.

Als sie einen *espresso* bestellten, verzog Roberto plötzlich krampfhaft die Schultern. Erschrocken sah sie, wie sich seine Nackenmuskeln versteiften und sein Gesicht eine granitene Härte bekam. Zwei Tische weiter hatte eine Frau, die ihnen nun den Rücken zuwandte, Platz genommen, deren Begleiter ungeduldig nach dem Kellner winkte.

Sie kam Julia irgendwie bekannt vor.

»Geh, *La Tedesca!*«, er flüsterte fast, ohne sie anzublicken.

Zu ihrer Verwirrung streifte er seinen Ehering ab und reichte ihn ihr.

»Geh durch den Garten und sieh zu, dass Carina dich nicht sieht.«

Jetzt begriff sie: Natürlich, Carina Schulz-Berger, *Colombos* Freundin! Wie weit weg war das alles schon, ein ganzer Sommer lag mittlerweile zwischen ihrem strategisch bedingten Rückzug aus dem Veneto, den *Tre Condottieri* und der Flucht vor Angela! Geh, *La Tedesca!* Nur diese drei Worte hatte er gesagt, und doch hatten sie ausgereicht, um das ganze Glück ihres Zusammenseins wie mit einem Federstrich auszulöschen.

Geh, *La Tedesca!* Er hatte sie weggeschickt und ihre Ehe gleich mit! Fassungslos starrte sie auf seinen Ring und konnte es nicht verhindern, dass eine Träne darauf tropfte.

»Was ist?«, fragte Roberto Julia mit der ihr nur zu vertrauten Ungeduld.

Sie stand auf und ging mechanisch durch den Garteneingang ins Lokal, beglich die Rechnung und wartete vor dem Haupteingang, in der Hoffnung, dass er so bald wie möglich zurückkehrte und ihr alles erklärte.

Als Roberto nach der knappen Begrüßung Carinas sich kurz nach dem Grund ihres Aufenthaltes erkundigte, erklärte ihr Begleiter, dass sie diesem italienischen Polizisten zu keiner Antwort verpflichtet sei, da er für Deutschland bestimmt keine Ermittlungsbefugnis habe!

An den umliegenden Tischen weckte die Lautstärke dieser Bemerkung allgemeines Interesse.

Roberto überhörte seine Bemerkung und wartete auf ihre Antwort.

»Ich mach Urlaub hier«, sagte sie, die Aufklärungen ihres Begleiters übergehend. »Heimaturlaub gewissermaßen. Und Sie?«

»Ebenfalls Urlaub«, sagte er trocken und verabschiedete sich.

Kurz darauf zog er Julia zum abfahrbereiten Boot und drehte sich immer wieder nach Carina und ihrem Begleiter um. Doch sie waren nicht zu sehen.

Erst an Bord bemerkte er ihre Traurigkeit.

»Geht es dir nicht gut?«, fragte er besorgt.

»Doch, es ist nichts.«

»Willst du mir meinen Ring nicht wiedergeben?«

»Willst du ihn wirklich haben?«

Da erst merkte er, dass sie etwas in den falschen Hals bekommen hatte.

»Ich wollte dich und unsere Heirat nicht verleugnen, *l'anima mia*. Ich wollte nur herausbekommen, ob Carinas unerwartetes Auftauchen ein Zufall ist, und dich raushalten.«

»Du hast mich *La Tedesca* genannt.«
Fast unhörbar kamen ihr die Worte über die Lippen.
»So? Das war ganz unbewusst.«
»Eben!«

Lüneburger Heide

Auf der Autobahn war ein langer Stau angesagt, und so fuhren Julia und Roberto über Lauenburg, Lüneburg und die Südheide in Richtung Hannover. Sie waren sehr früh aufgebrochen und hatten so noch jede Menge Zeit. Die Geburtstagsfeier am Steinhuder Meer sollte erst gegen Abend beginnen. Um die nicht ganz spannungsfreie Atmosphäre zwischen ihnen zu entkrampfen, zeigte Julia noch einmal ihr Talent als Fremdenführerin. Auf dem Wietzer Berg standen sie am Lönsstein und blickten über die weiten, erikafarbenen Heideflächen. Die Sonne kämpfte mit dem frühherbstlichen Dunst, schien den Kampf aber zu gewinnen. Das Violett der Heidepflanzen leuchtete dort, wo die Sonne auf ihnen lag, besonders intensiv.

»Wenn es nicht anders ginge, Giuli«, sagte er und legte einen Arm um ihre Schultern, »könnte ich wirklich hier bei euch leben!«

»Wenn was nicht anders ginge?«

Julia warf ihm einen schnellen Blick zu, ein Gefühl der Gefahr überkam sie. Er antwortete nicht und wich ihrem Blick aus. Schließlich nahm er sie in die Arme, mitten in der Öffentlichkeit, wenn auch zurzeit keine Touristen herumliefen, aber diese Tatsache verstärkte Julias Besorgnis. Mit einer Hand streichelte er jetzt ihren schon deutlich gerundeten Bauch und vergrub sein Gesicht in ihren Haaren.

»Ich kann dich dabei nicht anschauen, Giuli, wenn ich es dir sage. Ich muss zurück nach Italien.«

»Was ist so schlimm daran, wir wollen doch sowieso bald zurück?«

»Du musst hierbleiben, ich fahre allein«, sagte er bestimmt.

»Aber deine Abschlussuntersuchung am 15. September!«

»Danach!«

»Warum, Ro, warum? Es ist für immer, nicht wahr?«

»Nein, *l'anima mia*, was mich betrifft, bestimmt nicht! Lass uns ein wenig wandern, ich will versuchen, dir alles zu erklären!«

Julia nahm nichts mehr wahr, weder den reetgedeckten Schafstall noch die Heidschnuckenherde mit ihren dunkelbraun gefärbten Tieren und auch nicht den Gruß des Schäfers, tränenblind ließ sie sich von Roberto auf dem sandigen Weg führen.

»Ich muss noch eine Sache erledigen, bevor wir beide, wir drei, sorgenfrei in Italien leben können. Es geht nicht anders, Giuli, ich habe lange überlegt und alles Für und Wider abgewogen. Und ich muss es jetzt tun!«

»*Was* musst du tun?«

»Einem schrecklichen Verdacht nachgehen! Ich bin zu der Überzeugung gekommen, dass Vittorio Recht hatte.«

»Gattamelata lebt also?«

»Ja, und er muss ein *questorino* sein.«

»Wer?«

»Wenn ich es wüsste, würde ich dich nicht so beunruhigen! Weil Gattamelata noch lebt und aktiv ist, muss ich herausfinden, wer er ist. Sicherlich hat er die zerstörten Strukturen der *Tre Condottieri* wieder aufgebaut, das macht es umso schwerer, aber ich muss ihn zur Strecke bringen, denn ich bin durch dich erpressbar geworden!«

Sie sah ihn verständnislos an.

»Pass auf, Giuli, es macht mir nichts aus, dass ich mit der Vernichtung des Gattamelata-Protokolls – richtiger muss es allerdings jetzt *des Carmagnola-Protokolls* heißen – etliche Dienstvorschriften verletzt habe. Das habe ich manchmal mehrmals am Tag getan, aber immer um des Allgemeinwohls und der Rechtsstaatlichkeit willen. Diesmal aber war meine Motivation eine andere. Ich habe billigend in Kauf genommen, dass mindestens drei Morde unaufgeklärt und der Mörder Erasmo Saccardo unbestraft geblieben wären, denn um deine Sicherheit nicht zu gefährden, habe ich gegen mein Berufsethos gehandelt.«

Sie nahmen einen Weg durch einen Birken- und Kiefernwald, überall hingen Spinnennetze, in denen Tautropfen glitzerten. Mittlerweile hatte der Altweibersommer eingesetzt, oder *der Sommer von San Martino*, wie sie ihn in den Colli Euganei nannten. Erste, trockene Birkenblätter raschelten zur Erde.

»Wenn nicht Carmagnolas Tod«, fuhr er nach längerem Schweigen fort, »das Protokoll überflüssig gemacht hätte, wäre mir wohl nichts anderes übrig geblieben, als die Polizei zu verlassen.«

Wieder hielten sie vor dem alten Heidschnuckenstall, der inmitten von blühenden Heideflächen, Birken und Kiefern mit seinem tief heruntergezogenen Dach wuchtig und, wie es schien, seit Jahrhunderten unangefochten dastand.

»Aber ich habe bei der Staatsanwaltschaft das erste, anschließend vernichtete Protokoll bestimmt nicht erwähnt!«, bekräftigte Julia. »Sie hätten dir und Umberto auf keinen Fall ein Disziplinarverfahren anhängen können!«

»Du verstehst mich falsch, Giuli, ich meine nicht die juristische Seite wegen Strafvereitelung im Amt. Ich hätte mit mir selbst nicht vereinbaren können, zu unserem Wohl etwas getan zu haben, was der Allgemeinheit Schaden zugefügt hätte.«

Über moralische Fragen hatte Julia eigentlich nie richtig nachgedacht; jetzt war sie beeindruckt, weil sie ihm so wichtig war, dass er ihretwegen das Protokoll hatte vernichten lassen. An Konsequenzen moralischer oder ethischer Art hatte sie keinen Gedanken verschwendet. Roberto dagegen musste sich während der vergangenen Monate dagegen sehr intensiv damit beschäftigt haben, und sie bewunderte ihn im Stillen.

»Damit kommen wir zu meinem gegenwärtigen Problem: Außerdem nehme ich mit Sicherheit an, dass der *questorino* Gattamelata weiß, dass ein Protokoll existiert hat. Bei der kleinsten Drohung gegen dich und jetzt auch noch gegen unser Kind würde ich wieder so handeln. Gattamelata weiß auch das! Und deshalb sagte ich: Ich bin durch dich erpressbar geworden!«

Langsam kehrten sie auf dem mit Baumstämmen markierten Weg zum Parkplatz zurück.

Eine Busladung Touristen kam ihnen entgegen.

»Es muss ein *questorino* sein, der mir sehr nahe war, und ich habe drei in Verdacht«, sagte Roberto, als er das Auto aufschloss.

»Wie schrecklich! Roberto, nimm mich mit, lass mich nicht allein hier zurück!«

»Nein, Giuli, ich muss meinem Verdacht nachgehen können, ohne mir Sorgen um eure Sicherheit machen zu müssen.«

Er steckte den Zündschlüssel ein und drehte sich ihr zu.

»Versuch, mich zu verstehen! Um vollkommen glücklich zu sein, brauche ich beides: dich und meinen Beruf.«

»Und wenn du nicht herausfindest, wer Gattamelata ist, darf ich dann zu dir kommen?«

»Nein, Giuli. Dann komme ich hierher zurück. Wenn es sein muss, kann ich auch hier mit dir leben.«

»Ich habe Angst um dich, Roberto!«

»So ist das nun mal bei Polizistenfrauen! An diese Art von Angst musst du dich gewöhnen. Aber ich verspreche dir, ich werde vorsichtig sein wie nie zuvor! Bisher habe ich auf niemanden Rücksicht nehmen müssen, nun ist das anders, denn Liebe bedeutet auch Verantwortung tragen. Die hast du während der vergangenen Monate für mich übernommen, *l'anima mia*, nun bin ich wieder dran.«

Sie versuchte ein tapferes Lächeln.

»Gott schütze dich!«

»Uns!«

»Uns!«, bestätigte sie.

Er war kein Mann, der Kompromisse einging, sein hoher moralischer Anspruch würde sich wohl nicht nur auf seinen Beruf beziehen, mutmaßte Julia, und sie hoffte, ihm auch in der Ehe gerecht zu werden.

Steinhuder Meer

Die Geburtstagsfeier ließ sie vorübergehend ihre Traurigkeiten vergessen. Jochim hatte ein Fest geplant, wie es kitschiger und unglaublicher nicht sein konnte! Er hatte Venedig ans Steinhuder Meer versetzen lassen.

»Dir zu Ehren, Roberto!«, sagte er stolz. »Was sagst du dazu?«

Roberto und Julia verschlug es die Sprache, wie vorher schon Johannes und seinem Anhang.

»Statt dieses Ramsches hier hätte er ein ganzes SOS-Kinderdorf neu gründen können!«, beschwerte sich Micha, und auch seinem Vater sah man an, dass er sich seine Geburtstagsfeier bestimmt nicht so vorgestellt hatte. Selbst Charly schien nicht sonderlich beeindruckt.

Am Steg lagen drei Gondeln mit drei original venezianischen *gondolieri* darauf, die abwechselnd die Gäste durch die Kanäle fuhren und dabei auch noch lauthals sangen.

»Wie peinlich!«

Micha konnte sich gar nicht beruhigen.

»Gondeln auf dem Steinhuder Meer!«

»Ausgerechnet Venedig!«

Auch Julia fand den ganzen Aufwand übertrieben.

»Dabei haben wir ihm doch gesagt, dass Roberto überzeugter Padovaner ist!«

Doch zu Julias grenzenlosem Erstaunen fand Roberto die Sache keineswegs peinlich, sondern amüsierte sich königlich.

»Ich möchte mit dir unbedingt Gondel fahren!«, sagte er und war Julia beim Einstieg behilflich, um sich dann lang und breit auf Italienisch mit dem *gondoliere* zu unterhalten, der für seine italienischen Gäste aufreizend laut *o sole mio* schmetterte.

»Weshalb hast du mir eigentlich die Gondelfahrt in Venedig verweigert?«, wollte Julia wissen.

»Hier ist sie umsonst! Und mit Musik wäre es in Venezia viel zu teuer geworden!«

»Entspann dich, Michèle!«, sagte er gut gelaunt zu dem finster dreinblickenden jungen Mann. »Wer hindert dich, mit einem Gondolierehut herumzugehen und für ein SOS-Kinderdorf zu sammeln? Hier sind doch alle wohlbetuchten Lions-Freunde deines Onkels anwesend, die

We serve auf ihre Fahne geschrieben haben. Und die Arztkollegen sind doch auch keine armen Leute. Ich habe durch deine Schwester gerade ganz viel über Wohltätigkeit in Lübeck gelernt, wende du sie hier an!«

Tatsächlich war Micha für den Rest des Abends und der Nacht damit beschäftigt, Jochims Gästen mit Erfolg das Geld aus der Tasche zu ziehen.

Eben erschienen venezianische Gaukler in authentischen Kostümen auf dem Rasen und jonglierten, schluckten Feuer und zelebrierten ihre Kunststückchen zur Freude aller Gäste. Überall in den Bäumen hingen kleine, beleuchtete venezianische Gondeln, der Dogenpalast, die Rialtobrücke, und Julia schüttelte ein übers andere Mal den Kopf.

Auch wenn es einige Gäste vermuteten, war das italienische Büfett nicht vom *Cipriani* eingeflogen worden, aber im Haus war *Harry's Bar* nachgestellt, und der Whisky floss reichlich wie seinerzeit bei Hemingway.

Im Garten fand sich eine Prosecco-Bar, an der es zu Robertos Freude auch den *cartizze* gab, Prosecco aus einem kleinen, exklusiven Anbaugebiet bei Conegliano.

Und natürlich wurde gegen Mitternacht ein Feuerwerk zelebriert, das Jochim später ein ziemlich hohes Bußgeld bescheren sollte und, von einem venezianischen Feuerwerker blendend in Szene gesetzt, allgemeine Bewunderung fand.

Da die illustre Gästeschar zu neunundneunzig Prozent aus Jochims Gästen bestand, er hatte einfach vergessen, dass sein Bruder und Roberto vielleicht auch jemanden hätten einladen wollen, saßen die drei Andresens und Julia schließlich in der Küche und spielten bis zum Morgengrauen Doppelkopf. Die Gäste waren so sehr mit sich selbst beschäftigt, dass sie es gar nicht bemerkten.

Nur Roberto hatte keine Chance: Jochim vereinnahmte ihn völlig und stellte seinen angeheirateten Neffen überall stolz vor. Hinter der Hand verbreitete er, dass es sich um einen *marchese* handele, der auf seinen Titel keinen Wert lege.

Roberto zeigte sich reichlich angeheitert, vielleicht hatte er auch nur seine Sorgen in Prosecco ertränkt. Der nächste Morgen bestand jedenfalls aus einem reichlich späten Katerfrühstück, an dem auch Jochim mit dickem Kopf und verquollenen Augen teilnahm.

Inzwischen hatte ein Tieflader die Gondeln wieder abgeholt. Auch die restlichen Spuren des vergangenen Festes waren schnell verwischt, wenn man von dem zertretenen Rasen und den abgeknickten Blumen in der Rabatte absah. Das Fest sollte das letzte positive Ereignis vor den Schrecknissen des 11. Septembers 2001 gewesen sein.

Gattamelata
VI.

veneto a. d. 1427–43

IL Gattamelata und Graf Brandolino IV. Brandolini

o wie Gattamelata jahrzehntelang im Schatten eines Braccio da Montone stand, so hatte er – anders als Schlehmil – auch einen: den Grafen Brandolino IV. Brandolini da Bagnacavallo. Gattamelata blieb sich in der Auswahl seiner Freunde treu, es musste jemand aus der Aristokratie sein, denn nicht der Wunsch nach Landbesitz regierte sein Denken und Handeln, sondern das Streben, in den Adelsstand aufgenommen und schließlich in das libro d'oro, das Goldene Buch und Adelsregister der Markusrepublik eingeschrieben zu werden.

Brandolino entstammte einem alten Kondottiere- und Adelsgeschlecht aus Bagnacavallo in der Romagna, die Legende bringt als Abstammung Namen wie Brandi, Brandoli mit denen alter Geschlechter jenseits der Alpen wie Brandburgh und Brandenburg zusammen, aber richtig nachweisbar scheint die alte Militärdynastie der Brandolini erst mit dem Großvater unseres Brandolino in Bagnacavallo zu sein, mit dem condottiero Tiberto VI. Brandoloi. Bis heute lebt dessen Name in der Kirche von S. Francesco an der piazza Caducci in Bagnacavallo weiter, wo ihm ein bassorilievo funerario* ein ehrendes Andenken bewahrt.

Wann Brandolino der Schatten unseres Gattamelata wurde, ist nicht exakt fixierbar, aber da die Serenissima ihnen gleichzeitig eine condotta anbot und die beiden meistens in einem Atemzug nannte und auch belehnte, müssen sie schon länger ein Herz und eine Seele gewesen sein. Brandolinis Teilnahme an der berüchtigten Schlacht von L'Aquila ist bisher nicht nachweisbar, aber er ist ab 1424 mit seinem Freund und Blutsbruder Gattamelata, wie er in alten Quellen genannt wurde, unter Piccinino geritten und unter della Stella.

Mit der Ausbeutung der Ländereien im Bolognesischen um 1431 und der Drangsalierung der Bevölkerung wurden Gattamelata und der Graf Brandolino ausdrücklich in einem Atemzug beschuldigt. Ob Gattamelata oder den Grafen die meiste Schuld hieran traf, wenn es denn überhaupt so gewesen ist, wird heute nicht mehr feststellbar sein. Aber wenn ja, dann mag sie eher dem Brandolino anzulasten sein, von dessen Groß-

---

* Grabrelief

vater Tiberto VI. Brandolini der große Jacob Burckhardt schreibt, dass er zu den frühesten emanzipirten Frevlern gerechnet werden müsse.

Sicherlich kann diese Charakteristik nicht für seinen Enkel gelten, denn Gattamelata umgab sich nicht mit Frevlern, sondern möglichst mit gut beleumundetem Adel, und so mag es nicht verwundern, dass er an eine Verbindung der beiden Familien dachte.

In erster Ehe lebte Brandolino IV. Brandolini mit Giovanna dei signori della Tela zusammen, die ihm den Sohn Tiberto VIII. gebar. Gattamelatas Frau Giacoma Bocarini Brunoli di Leonessa kam mit ihrer zweiten Tochter Polissena-Romagnola nieder.

Diese beiden Kinder wurden sehr traditionell aufgezogen, Tiberto VIII. Brandolini konnte nichts anderes als ein condottiero werden und Polissena-Romagnola, die die künstlerische Begabung und Schönheit ihrer Mutter geerbt hatte und als Lieblingstochter ihres Vaters galt, wurde renaissancemäßig rundum gebildet. Wo diese Ausbildung stattfand, bleibt im Dunkel der Geschichte verborgen, wahrscheinlich blieben Ehefrauen und Kinder auf den heimatlichen Burgen, die einen in Bagnocavallo, die anderen in Montegiove.

Ob es Liebe war oder der Plan ehrgeiziger Väter, mag dahingestellt bleiben, 1432 oder spätestens 1435 wurden Tiberto VIII. Brandolini und Polissena-Romagnola Gattesca verheiratet, und das Wappen derer von Brandolin mit dem des Gattamelata vereinigt. Für den Abkömmling eines Bäckers wieder ein Schritt weiter in Richtung Adelsstand.

Gattamelatas erste condotta mit Venezia galt auch für Brandolino, und gemeinsam erstritten sie die Siege für die Serenissima. Unzertrennlich müssen sie gewesen sein, denn auch die zweite condotta wurde auf beide ausgerichtet, und zusammen erhielten sie 1436 für ihre unschätzbaren Dienste das Lehen Valmarino.

Cison di Valmarino liegt am Nordrand der Provinz Treviso, durch die via Claudia Augusta Altinata seit römischer Zeit mit der Laguna Veneta verbunden. Während der Völkerwanderung von germanischen Stämmen als guter Weg nach Süden benutzt, lässt sich eine Feudalherrschaft der Langobarden nachweisen.

Lange von den Caminesi regiert, fiel Valmarino 1421 endgültig an die Serenissima, bis es am 18. Februar 1436 vom Dogen Francesco Foscari an Gattamelata und Brandolini als Belohnung für treue Dienste gegeben wurde, zusammen mit zwei wertvollen Ringen.

Rätselraten herrschte darüber, was die beiden unzertrennlichen Freunde auseinanderdividirte, die Liste an Mutmaßungen ist lang:

Graf Brandolinos zweite Frau, Filippa degli Alidosi, harmonierte nicht mit den Gattamelatas?

Filippa wollte das Lehen Valmarino für ihren Sohn Cecco allein, *obgleich Brandolinis Sohn Tiberto aus erster Ehe an erster Stelle der Erbfolge stand?*

Gattamelata missbilligte den Lebenswandel seines Freundes, dokumentiert durch den illegitimen Sohn Ettore?

Graf Brandolino wollte wegen des ewigen Frauengezänks der alleinige Feudalherr von Valmarano sein? Nachweislich brachte er Gattamelata dazu, ihm am 5. Dezember 1439 gegen eine Zahlung von 3.000 Dukaten seine metà del feudo, *seine Hälfte des Lehens, zu überschreiben.*

Über das Alter des Grafen ist nichts bekannt; wenn er älter als sein Freund war, könnte er einfach das Soldatenleben und das Herumgereite sattgehabt haben?

Und so trennen sich 1439 die Wege der beiden. Der Sohn Tiberto VIII. Brandolini und Schwiegersohn Gattamelatas arbeitete als condottiero *erst für die* Serenissima *und zog 1453, zehn Jahre nach Gattamelatas Tod, mit seiner Frau Polissena-Romagnola nach Milano in die Dienste des Mailänder Herzogs Francesco Sforza.*

Graf Brandolino IV. Brandolini traf dies wie Verrat. Hatte er doch mit Gattamelata der Serenissima *treu bis zur Selbstaufgabe gedient, und nun ging sein Sohn, sein Erbe, zum Erbfeind nach Mailand über! Und so enterbte er Tiberto VIII. gnadenlos und setzte seinen Sohn Cecco aus zweiter Ehe als Alleinerben ein.*

Der Wechsel nach Milano brachte Tiberto und Polissena kein Glück, aber das tragische Ende der so begabten und geliebten Kinder musste zumindest Gattamelata nicht mehr miterleben. Neun Jahre nach ihrem Wechsel wurde Polissena-Romagnola 1462 von Giorgino Brandolino da Galese heimtückisch ermordet, man sagt, um den Weg freizumachen für eine zweite Heirat Tibertos mit einer reichen Erbin aus dem Hause Manfredin, die dann tatsächlich auch stattfand.

Angeblich beteiligte sich Tiberto VIII. Brandolini kurz darauf im selben Jahr an einem Putschversuch gegen den damaligen Herzog Francesco Sforza, gestand dies unter der Folter und wurde im September enthauptet. Einer zweiten Version zufolge schnitt er sich selbst im Verlies die Kehle durch.

Seine Erben zogen später nach Bagnocavallo, dem Stammsitz der Familie, und führten den romagnolischen Zweig der Familie Brandolini dort fort. Der illegitime Ettore starb kinderlos.

Der Sohn Cecco II. Brandolini begründete in Valmarino den venezianischen Zweig der Familie, die im castello dei Brandolini *bis 1797 als Feudalherren lebte, als Napoleon die Herrschaft über die Republik Venedig übernahm und auch der Lehnsherrnschaft in Valmarino ein Ende setzte.*

Nicht aber der Familie Brandolini! 1947 heiratete Cristina Agnelli den

Grafen Brandolini d'Adda, Graf von Valmareno. Vier männliche Erben führen den Namen fort, Rodrigo Tiberio Brandolini d'Adda dei conti di Valmareno (*1948), Leonello Brandolini d'Adda (*1950), Nuno Carlo Brandolini d'Adda (*1954) und Brandolino Brandolini d'Adda (*1957).

Letzterem wurden drei Söhne geboren, Graf Guido Brandolini d'Adda (*1990), Graf Marcantonio Brandolini d'Adda (*1991) und Graf Gioacchino Brandolini d'Adda (*2000).

1959 wurde das castello Brandolini in Cison di Vamarino an die Salesianischen Brüder verkauft, und ab 1997 renovierte die società Quaternario Investimenti Sp.A. das castello Brandolini für circa dreißig Millionen Euro. Das Instituo Regionale Ville Venete zogen ein, ein historisches Museum, ein Archiv, eine Biblio- und Mediathek, ein Hotel und Kongresssäle. Seit 2003 lebt die Vergangenheit wieder.

Wer im Jahr 2008 auf Trevisos Flugplatz landen wird, sieht sich dort beim Warten auf sein Gepäck einer riesengroßen Werbetafel gegenüber: Castelbrando Hotel**** in Cison di Valmarino (TV), ein Schloss wie im Märchen mit zwei Restaurants und acht Bars und in jedem Zimmer Internetanschluss!

So sind auch die Brandolini nicht im Dunkel der Geschichte verschwunden.

kapitel 6
a. d. 2001/september

Lübeck

illst du die Bank mit den Löwenköpfen und die Worpsweder Stühle haben, oder sollen wir sie einlagern lassen?«

Carlo störte seine Nichte immer wieder mit solchen und ähnlichen Fragen beim Aufräumen.

Julia saß am Schreibtisch ihrer Großmutter und sortierte aus, was sie als Erinnerungsstücke nach Italien mitnehmen wollte, und las sich dabei immer wieder in alten Briefen und Dokumenten fest.

Nach Robertos Abreise war sie Carlo gern nach Lübeck gefolgt, der überraschend einige Tage nach der legendären Geburtstagsfeier am Steinhuder Meer aufgekreuzt war und zu berichten wusste, dass Francesca einen EDV-Kurs mache und er wegen der Vermietung der Müggehoffschen Villa nach Lübeck müsse, aber auch, weil er einen Teil der Möbel nach Padua bringen lassen wolle. Ob Juli nicht mitkommen könne, um sich vielleicht auch Möbel auszusuchen? Außerdem wäre es hilfreich, wenn sie ihm beim Sichten der Hinterlassenschaften seiner Eltern, ihrer Großeltern, assistierte, die ganzen Gartenpläne und den sonstigen Schriftkram würde er sonst insgesamt wegwerfen.

Julia hatte Roberto misstrauisch angesehen, sie glaubte nicht so ganz an einen Zufall, aber er hatte mit dem harmlosesten Gesicht der Welt gesagt, das sei eine gute Idee, da er ohnehin nach Italien zurückmüsse.

»Das ist kein Zufall, sondern Vorsehung!«, hatte er beteuert, aber sie hatte ihm nicht geglaubt.

Und dann hatten sich die Ereignisse auf eine schreckliche Art und Weise überstürzt. Sie hatten gerade die Tagesschau um drei Uhr nachmittags eingeschaltet, als die furchtbaren und zuerst nicht fassbaren Bilder vom Anschlag auf das New Yorker World Trade Centre über die Mattscheibe flimmerten. Bis Mitternacht hatten sie vor dem Fernseher gesessen, um weitere Schreckensbilder für immer in sich aufzunehmen.

Gegen ein Uhr morgens klingelte dann das Telefon. Robertos Onkel, der *vice-questore*, hatte Roberto gebeten, wenn es ihm gesundheitlich einigermaßen ginge, möge er doch umgehend in die *questura* zurückkehren, er brauche jetzt jeden Mann.

Man hatte die Abschlussuntersuchung vorverlegt, Roberto hätte sie ignoriert, aber Julia bestand darauf. Als er mit dem Ergebnis zurückkam, dass er begrenzt dienstfähig sei, fand er seine Koffer gepackt und Julia dabei, auch ihre einzuräumen, und noch am selben Tag fuhren sie in entgegengesetzte Richtungen ab.

Roberto bewunderte Julias Gefasstheit; nun, seit die Entscheidung gefallen war, zeigte sie Realitätssinn und Entschlossenheit und verabschiedete sich von ihrem Mann ohne Tränen.

Und jetzt saß sie hier zwischen lauter Dokumenten der Vergangenheit und sortierte und las und las und sortierte. Bevor sie sich den Gartenskizzen ihrer Großmutter zuwenden konnte, fand sie ganz hinten im Schreibtisch ein Bündel mit sechs vergilbten Briefen, mit einem rosa Band umschlungen und einer in Zellophanpapier verpackten dunkelblonden Haarlocke, Liebesbriefe zweifellos.

Öffne und lese ich sie oder nicht?, dachte Julia, aber wenn sie sie aufbewahrt hat, wollte sie, dass sie gefunden werden.

Der unterste war datiert von 1938, in italienischer Sprache verfasst und in Padova zur Post gegeben, allerdings ohne Absender.

Cara,   *20. Januar 1938*
ich weiß, ich dürfte Dir nicht schreiben, ich bin zehn Jahre älter als Du, aber seit ich Dich das erste Mal bei der Abendgesellschaft in Massimos Haus gesehen habe, kann ich Dich nicht vergessen, Deine Jugend, Deine Augen, Dein Haar, Dein Duft.

Und Du hast mir besonders viel zugelächelt. Ich bin morgen früh im Orto Botanico. Ich weiß, Du zeichnest dort gern, auch wenn es kalt ist.

Ich fühle mich wieder wie ein Achtzehnjähriger, der Schlaf flieht mich, seit ich Dich gesehen habe. Komm, Du Geliebte meines Herzens. Ich bin Dir auf immer verfallen,
   Dein Stefano

Da schau an, dachte Julia amüsiert, da hat jemand ganz gezielt meine noch nicht einmal achtzehnjährige Großmutter zu verführen versucht. Sie hatte offenbar auch eine Vorliebe für ältere Männer – wie ihre Enkelin! Wer mag sich nur hinter Stefano verbergen, und ob es ihm gelungen ist?

Cara,   *23. Januar 1938*
tausend Dank für Dein Billett, Du lässt mich hoffen, obwohl Du jetzt weißt, dass ich verheiratet bin! Ich kann an nichts anderes mehr denken als an Deine Augen, blau wie die Adria im Sommer, blau wie der Himmel über den Alpen und tief wie der Benaco!*

* Gardasee

Die Zeit will nicht vergehen, bis wir uns übermorgen bei den Bertolinis wiedersehen. Deine Gastgeber haben Gott sei Dank auch uns eine Einladung geschickt. Bring Deine Gartenentwürfe mit, Du musst für uns etwas entwerfen, ich muss Dich in meiner Nähe haben, sonst verbrenne ich vor Leidenschaft!
Dein Dir in ewiger Liebe verbundener Stefano

Meine sittenstrenge Großmutter, Julia lächelte vor sich hin, hat sich also vor ihrer Ehe mit einem verheirateten Italiener eingelassen!

Cara,   *28. Januar 1938*
nun weiß ich, wie es im Paradies ist! Du bist meine Eva, und ich möchte Dich nur noch so sehen wie vor dem Sündenfall: nackt! Und in den Psalmen bist Du auch beschrieben, Deine vollendeten Brüste, Dein ... Ich wage es nicht zu schreiben. Aber ich brenne, brenne lichterloh vor Leidenschaft nach Dir! Komm morgen, wir besprechen den Gartenentwurf! Meine Frau ist noch bis Ende des Monats zur Kur in Davos. Ich liebe wieder! Ich liebe Dich, mein Mädchen aus Deutschland, auf immer Dein
 Stefano

Innerhalb einer Woche hat er sie verführt, alle Achtung. Julia öffnete den nächsten Brief.

Meine geliebte Juliana,   *19. April 1938*
Deine traurigen Augen verfolgen mich, und ich fühle mich schuldig, ach so schuldig! Seit Du mir gesagt hast, dass Du ein Kind von mir erwartest, überlege ich Tag und Nacht, wie ich Dir helfen kann!
 Du weißt, nach katholischem Recht ist die Ehe unauflösbar, ich muss bei meiner Frau bleiben.
 Aber ich möchte auch nicht, dass Du für Dein Leben unglücklich wirst, weil Du den Verlockungen eines verantwortungslosen Mannes erlegen bist!
 Ich bitte Dich wie um mein Leben: Behalte das Kind! Du weißt, meine Frau kann keine Kinder bekommen, wenn Du jetzt meines tötest, tötest Du auch mich. Mir fällt bestimmt eine Lösung ein, gib mir noch ein paar Tage!
 Ich liebe Dich und mein Kind,
 Dein untröstlicher Stefano

Soso, er ist untröstlich, und es ist sein Kind, aber es war sie, die in einer schrecklichen Notlage war, dachte Julia und hatte nach so vielen Jahrzehnten noch Mitleid mit ihrer Großmutter.

»Was liest du denn da Spannendes?«, unterbrach Carlo ihre Gedanken, und sie sah hoch.
»Wusstest du, dass deine Mutter ein Verhältnis mit einem verheirateten Italiener hatte, Carlo?«
»Ist nicht wahr! Sie, die mir immer Moralpredigten gehalten hat! Ob mein Vater das wusste?«
»Es war, bevor sie ihn kennengelernt hat. Kennst du einen Stefano?«
»Und wie weiter?«
»Er hat nie einen Nachnamen oder eine Adresse geschrieben.«
»Schlauer Kerl!«

Juliana! 20. Oktober 1938
Du bist die vernünftigste Frau, die ich kenne! Ja, heirate Deinen Niccolò!
Es ist nicht zu glauben, zehn Tage nach der etwas zu frühen Entbindung in Amalfi, der Übergabe meines Sohnes an uns und der Rückkehr aus Deiner selbst gewählten Verbannung findest Du den Mann Deines Lebens und willst ihn heiraten! Ich werde Dich nie vergessen! Du hast mir einen Sohn geschenkt, meine Frau ist glücklich mit dem Kind, und ich habe Dir Deine Zukunft nicht zerstört. Gott sei Dank! Und Deiner Vernunft!
Wenn Du nun nicht mehr in Italien sein wirst, sondern Deinem Mann nach Lubecca folgst, werden zwei Erinnerungen an Dich immer in meinem Herzen und vor meinen Augen sein: mein Sohn und das Gartenparterre mit dem keltischen Muster, das Du für mich entworfen hast und das ich habe ausführen lassen. Du hast es nach dem Ring des Grafen Brandolin entworfen und es gibt dieses Parterre nur noch an seinem Ca'Rosso und ein drittes Mal bei seinem Freund Gattamelata, der den gleichen Ring besitzt. Damit hast Du Deine Spuren zu mir verwischt, ich danke Dir auch dafür.
In Ewigkeit Dein Stefano.

»Du hast einen Halbbruder in Italien und ich einen Onkel«, wunderte Julia sich, aber Carlo war im Augenblick nicht wirklich interessiert.
»Das erzähl mir lieber beim Abendessen! Das Barockzimmer nehme ich komplett mit ins *Ca'Rosso*«, plante er und überließ Julia die meisten der Jugendstilmöbel. Sie konnte sie sich gut im *Ca'Vecchia* Brandolin vorstellen, wenn es denn bewohnbar gemacht worden war.
»Aber wir müssen sie irgendwo lagern.«
»Im *Ca'Rosso* ist jede Menge Platz.«
»Gut! Dann bestell den Möbelwagen!«
Der letzte Brief war von 1976. Julia las ihn voller Neugier.

Geliebte Juliane, *Noventa Padovana, 17. Juli 1976*
ja, Du liest richtig, ich liebe Dich noch immer! All die Jahre ohne Dich sind verlorene für mich gewesen, aber ich habe Dir schon einmal so viel Unglück gebracht, dass ich erst jetzt, da Dein Mann schon ein Jahr tot ist, es wage, wieder an Dich heranzutreten. Ich bin jetzt ein alter Mann, und ich wünsche mir nichts sehnlicher, als die letzten Jahre meines Lebens mit Dir zu verbringen. Unser Sohn ist in meine Fußstapfen getreten. Vielleicht möchtest du ihn kennenlernen? Er hat soviel von Dir, bella! Wenn Du uns wiedersehen willst, bist Du uns jederzeit herzlich willkommen. Aber kündige Dich an, Dein Sohn weiß nicht, dass Du seine Mutter bist. Dein Blumenparterre habe ich all die Jahre pflegen lassen und es mit aller Macht verteidigt, als der Garten neu angelegt werden sollte.
Ich warte auf Deinen Brief, in alter Liebe Dein Stefano

War sie gefahren? Vielleicht wusste Carlo es. In dem letzten Umschlag befand sich ein verschlossener Brief mit der Aufschrift *An meinen Sohn Stefano*. Keine Adresse, kein Nachname. Julia öffnete ihn nicht, sie wollte ihn mit nach Italien nehmen. Wer konnte es schon wissen, vielleicht fand sie ja die Spur ihres Halbonkels.

Jetzt machte auch Sinn, was ihre Großmutter kurz vor ihrem Tod gesagt hatte: »Vielleicht findest du im Veneto, was ich zurücklassen musste.«

Lübeck

Bevor der Möbelwagen eintraf, machte Julia noch eine weitere Entdeckung, die die Fäden zwischen dem Leben ihrer Großeltern und Padova noch enger knüpften.

Sie hatte im Schreibtisch ihres Großvaters, den sie als nächsten übernommen hatte, auszuräumen, Briefe ihres Großvaters an die *marchesa* Beatrice Visian gefunden, die alle ungeöffnet wieder zurückgekommen waren. Er hatte jedes Jahr im September einen geschrieben, den ersten 1952 und den letzten in seinem Todesjahr, insgesamt vierundzwanzig Briefe aus ebenso vielen Jahren.

»He, Juli, bist du so weit? Ich habe einen Mordshunger!«

Carlos Stimme schallte durch das ganze Treppenhaus. Obwohl sie jetzt lieber die Briefe ihres Großvaters gelesen hätte, hielt sie sich an die Verabredung und spazierte gemeinsam mit ihrem Onkel entlang der Kanaltrave bis zur Mühlenbrücke, wo Carlo sie in sein Lieblingslokal, die *Alte Stadtwache*, zum Mittagessen eingeladen hatte. Wenn er sich in Lübeck aufhielt, nächtigte er meistens auch hier, mit dem Haus seiner Eltern verband ihn nicht viel. Mit einem romantischen Blick auf den *Krähenteich* aßen sie einen köstlich frischen und hübsch dekorierten Salat. Julia mochte nur noch Eis, und Carlo widmete sich hingebungsvoll seinem Steak.

Zurückgekehrt nahm Julia die Briefe mit in ihr Zimmer. Die Vorfreude auf die sicherlich spannende Lektüre ließ sie die Traurigkeit ihres Alleinseins fast vergessen. Seit zwei Tagen befand sich Roberto nun schon in Padova. Sie hatte ein paar Mal versucht, ihn übers Handy anzurufen, vergebens. Auch den Anrufbeantworter in seiner Wohnung hatte er nicht eingeschaltet, sodass sie auf ein Lebenszeichen von ihm warten musste und instinktiv wusste, dass sie keines bekommen würde. Er konzentrierte sich auf seine Aufgaben, seinen Onkel bei der Terrorbekämpfung zu unterstützen, und sicherlich auch, Gattamelata zu enttarnen. Das konnte dauern, und Julia war froh, ebenfalls eine Aufgabe zu haben.

So öffnete sie den ersten Brief vom September 1952, den noch eine Notopfermarke für Berlin zierte.

Liebe Bea!   *Lübeck, im September 1952*
Fast zehn Jahre sind ins Land gegangen, seit die schrecklichen Ereignisse im Zweiten Weltkrieg uns auseinandergebracht haben. Das letzte, was ich von Dir erinnere, ist, wie Du bei Pergine mit Deinen zwei Kindern in der Dunkelheit verschwandest, die vierjährige Francesca an der Hand hinter Dir herziehend und die zweijährige Alessandra auf dem Arm.

Ich selbst bin seit drei Jahren aus russischer Kriegsgefangenschaft zurück und habe durch meine Frau erfahren, die den Kontakt zu dem aus Argentinien zurückgekehrten Bertolini aufgenommen hat, dass ihr wieder im Ca'Rosso wohnt.

Mit keinem Menschen habe ich bisher darüber gesprochen, was geschehen ist, nachdem ich Euch in Pergine abgesetzt habe, selbst mit meiner Frau nicht. Ich möchte vor Dir Rechenschaft ablegen, und Du allein sollst urteilen, ob ich richtig gehandelt habe oder nicht. Ich meine, ich habe nichts anderes tun können, und trotzdem verlässt mich das Gefühl der Schuld nicht.

Mein mir tief verbundener Fahrer, der das Risiko auf sich nahm, mir bei eurer Flucht vor der Gestapo zu helfen, hat den Krieg nicht überlebt.

Doch der Reihe nach! Wir brachten unseren Auftrag zu Ende und fuhren nach Padova zurück, wo man eure Flucht damals noch nicht mit mir in Verbindung brachte. Wieder im Hauptquartier der Gestapo, hörte ich von der Flucht der Familien Visian, Deganello und des kleinen Tramontans und gab mich natürlich völlig unwissend. Während ich dort auf weitere Befehle, meine Person betreffend, wartete, brachten sie einen

Gefangenen zum Verhör, und ich traute meinen Augen nicht. Es war euer Hausbursche Pietro, und was mich noch mehr erstaunte, war die Tatsache, dass er nach nur kurzer Zeit unbeschadet und frei das Gebäude verließ. Mich hat er nicht gesehen.

Einen anderen Gefangenen jedoch schleppten sie an mir vorbei zu einem weiteren Verhör, ich hätte ihn nicht wiedererkannt, so entstellt war er, und der Wachhabende neben mir murmelte:

»Zeitverschwendung, wenn du mich fragst. Den Tamassia prügeln sie eher tot, als dass er uns sagt, wer und wo Graf Brandolin ist. Selbst jetzt, wo wir es wissen, hält er den Mund. Der Pietro war nicht so tapfer, ein ausgekugelter Daumen, und wir wussten, wer Brandolin ist.«

Er steckte sich eine Zigarette an, und ich verfluchte den Krieg, der aus zivilisierten Menschen auf beiden Seiten Barbaren gemacht hatte.

»Aber das Problem ist ja jetzt gelöst«, fuhr mein Kamerad fort, »wir wissen nun auch, wo der Brandolin ist und wie wir ihn endlich fangen können!«

Welche Möglichkeit gibt es für mich, Massimo zu warnen, war mein erster Gedanke, du bist deutscher Soldat und musst die Partisanen bekämpfen, mein zweiter. Aber ich hatte schon mit meiner Fluchthilfe für euch gegen meinen Treueeid verstoßen, also folgte ich meinem ersten Gedanken.

Aber ich konnte doch nicht in die Euganeischen Hügel laufen und laut nach Massimo Visian rufen. Den Gedanken, im Ca'Rosso nach Massimos Aufenthaltsort zu forschen, verwarf ich. Wenn überhaupt, würde ich nur Pietro dort vorfinden, und dem war nicht länger zu trauen. So trieb ich mich weiter im Hauptquartier herum, um vielleicht Näheres zu erfahren, aber es war erfolglos. Schließlich erhielt ich am folgenden Tag den Befehl, die Kommandantur im Ca'Vecchia Visian in den Hügeln zu verstärken, und ich nutzte die Chance leider zu spät. Sie hatten Massimo bereits in einen Hinterhalt gelockt und ihn schwer verletzt gefangen genommen.

Ich möchte Dir die Einzelheiten seines Leidens ersparen, es gab keine Rettung für ihn. Ein Gestapomann quälte ihn und versuchte, ihm die Namen anderer Partisanen zu entlocken, und als dieser Unmensch kurz die Terrasse verließ, bat mich Massimos gequälter Blick, dem Ganzen ein Ende zu bereiten. Es bestand wirklich keine Hoffnung mehr für ihn, und so beschloss ich, ihm durch einen schnellen Tod einen letzten Freundschaftsdienst zu erweisen.

Als zurzeit ranghöchster Offizier gab ich den Befehl, den Gefangenen zur Abschreckung aufzuhängen, und die Soldaten befolgten meinen Befehl sofort.

Pietro musste anschließend die Terrasse säubern, er mied meinen Blick und sah überaus traurig aus.

Du wirfst mir sicher vor, dass ich, bevor ich euch rettete, Deinen Mann hätte warnen müssen. Aber wie? Ich wusste nicht, wo er sein Hauptquartier hatte, und die Zeit drängte, weil man euch in Sippenhaft nehmen wollte. Und so habe ich gehofft, er könne im Gegensatz zu euch allein auf sich aufpassen. Da wusste ich ja noch nichts von Pietros Verrat.

Den Ring des Grafen Brandolin konnte ich nicht retten. Er hat Massimo viel bedeutet, denn es war sein Treuepfand von Gattamelata, der einen gleichen Ring mit der Inschrift in Treue dein Brandolin *besaß. Ich weiß noch vor dem Krieg, wie die beiden ihre Freundschaft mit dem Tausch dieses Ringes besiegelten, einem Ring mit einem wunderlich verzweigten keltischen Motiv.*

Mein Schicksal war, zu überleben. Nach meinem vor der Gestapo durch nichts zu rechtfertigenden Befehl zum gnädigen Tod deines Mannes geriet ich in Verdacht, aber man konnte mir nichts beweisen. Sie kommandierten mich ab zur Ostfront. Das Weitere weißt du.

Nun richte mich, liebe Bea.

Ich hoffe, bald von Dir zu hören, und verbleibe in alter Treue und Freundschaft

Dein Niccòlo Müggehoff

Julia las diesen, sicher unter Herzensqualen geschriebenen Brief ihres Großvaters zweimal durch. Das meiste wusste sie schon, nur der Verrat des alten Pietro wühlte sie tief auf. Wie musste dieser arme Mann gelitten haben! Seinen geliebten *marchese* hatte er verraten, weil er keine Schmerzen ertragen konnte, seinen Freund Tommaso hätte er rehabilitieren können, hatte es aber zum eigenen Schutz nicht getan, und irgendwann hatte wohl ein Verdrängungsprozess im Gehirn des alten Mannes stattgefunden, der ihn dazu gebracht hatte, die Wahrheit nicht mehr zu erkennen und seine Schutzbehauptungen als wahr anzusehen.

Er hatte alles, was er ihnen erzählte, wirklich geglaubt, davon war sie überzeugt. Nur in seiner Todesstunde kam die Wahrheit noch einmal hoch. *Tommaso ist kein Verräter*, hatte er gesagt, und *Der Verräter hat den Ring*.

Julia öffnete den zweiten Brief. Außer einem anderen Datum und des Bedauerns, dass der erste Brief ungeöffnet zurückgekommen sei, enthielt er den gleichen Inhalt wie der erste, und auch die anderen zweiundzwanzig Briefe brachten außer dem jeweiligen Datum nichts Neues. Beatrice Visian hatte keinen von ihnen gelesen und jeden postwendend ungeöffnet an den Absender zurückgeschickt.

In der Nacht wollte sich kein ruhiger Schlaf einstellen, immer wieder wachte Julia auf und überlegte, ob ihr Großvater die Ereignisse vor Beatrice Visian vielleicht deshalb so dargestellt haben mochte, um von ihm als allein Schuldigen abzulenken und das Augenmerk auf den Verrat des alten Pietros zu lenken, um vor Beatrice bestehen zu können. Ein vergeblicher Versuch, denn Massimos Frau hatte keinen der Briefe je gelesen. Und nun waren alle Beteiligten tot und die Wahrheit mit ihnen begraben!

Gegen Morgen wachte sie noch einmal aus schweren Träumen auf, und die erste Liebesbeziehung ihrer Großmutter geisterte durch ihre Gedanken, während die Morgendämmerung langsam die sieben Türme der Hansestadt aus dem Morgennebel hervortreten ließ.

Wer verbarg sich hinter dem Namen Stefano? Francesca konnte ihr sicher helfen, sie kannte Gott und die Welt, aber telefonisch war diese verworrene Situation nicht zu klären. Es half nichts, sie musste nach Padova! Julia war über die Entwicklung keineswegs böse, denn damit legitimierte sie ihre Rückkehr nach Italien, zumindest für sie selbst. Roberto sah das bestimmt ganz anders.

Aber sie musste ihm diese Informationen überbringen und gleichzeitig nach dem Haus mit dem dritten Gartenparterre suchen, falls es das nach dreiundsechzig Jahren noch geben sollte. Denn wer das dritte Gartenparterre mit dem keltischen Knotenmuster besaß, war als Gattamelata zu identifizieren. Wenn er auch noch den Ring des Brandolin besaß, konnte er überführt werden.

Noch vor dem Frühstück rief sie Umberto auf seinem Handy an, seine Stimme klang ganz nah.

»Giulietta! Gibt es dich noch? Was macht ihr? Wo seid ihr?«

»Roberto ist wieder in Padova, und ich komme auch bald! Kannst du so lange auf ihn aufpassen? Er sucht weiter nach Gattamelata, und ich habe Angst um ihn!«

»Ich habe mich schon gewundert, dass er sich so lange Zeit lässt! Aber ich kann euch keine Hilfe sein, ich brauche selbst welche! Es ist viel passiert während eurer Abwesenheit!«

»Was ist passiert, Umberto?«

»Das kann ich dir am Telefon nicht sagen, Giulietta. Bleib du besser in Deutschland!«

»Das wird nicht gehen, ich habe Neuigkeiten über euren Gattamelata.«

»Ich merke schon an deiner entschlossenen Stimme, dass du dich nicht überreden lässt. Wohin gehst du?«

»Ins *Ca'Rosso!*«

»Gut! Und rühr dich von dort nicht fort, versprochen?«

»Versprochen! Ich habe übrigens den Beweis in alten Dokumenten gefunden, dass dein Vater bei der *resistenza* kein Verräter war!«

»Zu spät, er ist vor zwei Monaten gestorben. Trotzdem: danke! Gott schütze dich, Giulietta!«

»Dich auch, Umberto!«

Colli Euganei

Vor einem Jahr hätte Roberto noch bedenkenlos die Hand für seinen Freund Umberto ins Feuer gelegt, heute würde er das nicht mehr tun, so viele Kleinigkeiten waren unstimmig in Bezug auf ihn, deshalb musste er sich Gewissheit verschaffen. Während der langen Autobahnfahrt versuchte Roberto, seine Verdachtsmomente chronologisch zu ordnen.

Umberto hatte die Einteilung für Gulias Sicherheit an *Il Bò* im letzten November geändert, nur so konnte sie in Carmagnolas Hände fallen, und ohne die Entlastung durch den *questore* hätte Umberto in großen Schwierigkeiten gesteckt. Der *questore* hielt schon seit Langem seine Hand über ihn, sehr zum Unmut des *vice-questore*, der mit seinem Freund immer einer Meinung war, außer bei der Einschätzung der Tamassias.

Wer hatte Carmagnola darüber informiert, dass Julia Mitte Dezember vom *ospedale* der Barmherzigen Schwestern ins *Ca'Rosso* fahren wollte, um Roberto zu treffen und Erasmo Saccardo als Fangomörder zu identifizieren? Giulia hatte nachweislich mit Umberto telefoniert.

Ein dritter Verdachtsmoment betraf das Protokoll und seine Vernichtung. Wenn Roberto es richtig bedachte, hatte Umberto ihn geschickt manipuliert, indem er Gulias Sicherheit gefährdet sah und Roberto immer wieder darauf hinwies.

Obwohl Umberto seit Jahren einer der erfolglosesten Drogenfahnder war, blieb er dank der Protektion des *questore* unbehelligt. Der *vice-questore* hatte ihn nie überführen können, Termine von Razzien weitergegeben zu haben, obwohl er Roberto unmissverständlich gesagt hatte, dass er Umberto dessen verdächtigte.

Darüber hinaus hatte Umberto öfter in der Asservatenkammer zu tun. Während er das konfiszierte Rauschgift eingelagert hatte, hätte er den auf so mysteriöse Weise verschwundenen Manschettenknopf an sich bringen können.

Seine Frau war eine geborene Gallardi. War sie vielleicht doch verwandt mit dem Richter Gallardi alias Fra Moriale? Jedenfalls hatte er über ihre Familienzugehörigkeit widersprüchliche Angaben gemacht.

Und was war eigentlich bei der DNA-Analyse herausgekommen, mit der sie Saccardo hätten überführen können?

Umberto war über Jahre sein einziger Freund gewesen, und Roberto suchte unablässig nach Entlastungsmomenten, aber dann fiel ihm auch noch der teure, neue Passat ein, den Umberto im März plötzlich gefahren hatte, obwohl er kurz vorher noch über Geldsorgen geklagt hatte.

Robertos Herz wurde immer schwerer, er musste sich Gewissheit verschaffen. Nein, für Gattamelata hielt er seinen Freund nicht, aber konnte er nicht dessen Arm in der *questura* sein? Doch wer war dann Gattamelata? Der *questore* vielleicht? Nein, sein Patenonkel bestimmt nicht, den hielt er für den loyalsten aller *questorinos*, genau wie seinen Onkel, den *vice-questore*. Oder doch?

Roberto brachte mit diesen Überlegungen die lange Autobahnstrecke hinter sich, zwei Stunden Fahrt, eine halbe Stunde Dehn- und Streckübungen, er war eisern. Mitten in der Nacht erreichte er Padova. Todmüde legte er sich ein paar Stunden hin und dachte erstmals wieder an Giulia. Sechs Monate lang waren sie fast pausenlos zusammen gewesen, und sie fehlte ihm, er war es nicht mehr gewohnt, allein einzuschlafen und allein aufzuwachen.

Mit der Terrorbekämpfung selbst bekam Roberto nichts zu tun, denn sein Onkel bat ihn, ihm das laufende Tagesgeschehen abzunehmen, damit er, der *questore* und dall'Aria als sein derzeitiger Vertreter, den Rücken frei hätten. Roberto atmete erleichtert auf: Die pausenlosen Krisenstabsitzungen, bei denen es hauptsächlich um Profilierungsversuche ging, waren nicht seine Welt. Er konnte sich also seiner eigentlichen Aufgabe widmen: die Spuren Gattamelatas zu finden.

Als sich Roberto beim *questore* zurückmeldete, wurde er im Gegensatz zu seinem Onkel nur mäßig freudig begrüßt; er wirkte deprimiert.

»In was für einer Zeit leben wir nur, Roberto! Trotzdem schön, dich wieder zu haben!«

Er hatte nach Robertos Gesundheit und Dienstfähigkeit gefragt, musste dann aber zu einer Sitzung und verabschiedete sich schnell.

»Ach, eine traurige Mitteilung muss ich dir noch machen, mein Junge«, hatte er im Weggehen bedauernd gesagt, »dein Freund Tamassia ist nicht mehr bei uns. Es läuft ein Strafverfahren gegen ihn, und er ist flüchtig. Ich habe mich wohl doch in ihm getäuscht. Lass dir die Einzelheiten von Sandro Piemmo aus dem Drogendezernat erzählen, er leitet es jetzt. Ach, und die zweite unangenehme Sache betrifft deinen früheren Assistenten Luciano Quilla. Er ist seit Ostern wieder bei uns, jetzt aber suspendiert. Man wirft ihm Vorteilsnahme im Amt vor. Dein Onkel, der *vice-questore*, hatte also doch recht!«

Roberto verabredete sich umgehend mit Sandro, der über Robertos Rückkehr zwar überaus erfreut war, sich über Umbertos Flucht aber sehr geknickt zeigte.

»Die Beweise sind erdrückend! Die anderen Kollegen seiner *squadra* sind entsetzt und sauer.«

»Sie nicht, Sandro?«

»Ich suche noch nach Erklärungen!«

»Und Entlastungen?«

»Die Beweislage ist eindeutig, es gibt keine Entlastungen!«

»Was genau wirft der Staatsanwalt ihm vor?«

Roberto dachte an all seine Fragen, die er Umberto gern gestellt hätte, und an all die Vorwürfe, die sein Freund hätte entkräften sollen.

»Er hat über Jahre Bestechungsgelder angenommen. Man fand in seiner Wohnung Kontoauszüge mit regelmäßigen Einzahlungen von einem Schweizer Nummernkonto, das wiederum von einem Nummernkonto in Barbados gespeist wurde. Aber von da an verliert sich die Spur des eingezahlten Geldes. Größere Abhebungen hat er nur in der letzten Zeit getätigt, und zwar über Onlinebanking. Damit wurde sein nagelneuer Passat bezahlt und die Renovierung seines Elternhauses nach dem Tod seines Vaters.«

»Untergeschoben das Ganze vielleicht?«

Sandro schüttelte mit dem Kopf.

»Auf den Kontoauszügen waren seine Fingerabdrücke!«

»Und weiter, das ist doch nicht alles, oder?«

»Man hat auf seinem Computer in der *questura* Dateien reaktivieren können, die er wohl als gelöscht angesehen hat.«

»Und?«

»Ein Brief an den *vice-questore*, Deganello wusste sofort Bescheid; wegen irgendwelcher kompromittierender Fotos.«

»Lassen Sie mich raten, Sandro! Gab es auch Nachfragen nach einem bestimmten Manschettenknopf?«

»*Giusto*! Dann halten Sie ihn also auch für schuldig, *marchese*?«

Robertos Spitzname war ihm so herausgerutscht, aber Roberto überhörte es, denn ihn beschäftigte im Augenblick nur ein Gedanke: Waren das nicht alles Beweise für die Schuld seines Freundes?

»Haben Sie eine Ahnung, wo die Ergebnisse der DNA-Analyse für Eduardo Saccardo vom Dezember letzten Jahres abgelegt worden sind? Umberto hat Sie doch damals damit betraut?«

»Was für eine DNA-Analyse?«, fragte Sandro. »Mir hat er nichts gegeben, was mit dem Fall Saccardo zu tun hatte.«

»Und was ist mit Ihrem Freund Luciano?«, wollte Roberto wissen, Sandro und er waren ein Herz und eine Seele gewesen.

»Er kam um Ostern aus Afrika zurück. Er hatte seine goldenen Ohrringe mit einem großen, ungefassten Zirkonit in der Nase vertauscht«, grinste Sandro. »Er sah wie ein Zirkuspferd aus! Später stellte sich heraus, dass er den Kunststein gegen einen lupenreinen Einkaräter getauscht hatte, und als man seine Wohnung durchsuchte, fand man weitere Diamanten und Heroinbriefchen.«

»Und?«

»Untergeschoben, wenn Sie mich fragen! Den Umtausch seines Nasendiamanten hat man wohl in der Bar 2000+2 vorgenommen, dort ist er sturzbetrunken mit einem Filmriss liegen geblieben. Wahrscheinlich wurde er betäubt. Aber er ist schließlich auch nur suspendiert worden, während *commissario* Tamassia per Haftbefehl gesucht wird.«

Roberto nahm die Neuigkeiten äußerlich gelassen auf.

»Wo finde ich Quilla?«

»Bei sich zu Hause – nehme ich an«, setzte Sandro lahm hinzu,

»Und Tamassia?«

»Äh, weiß nicht ... Tschuldigung: hab wirklich keine Ahnung, wo der Dicke ist.«

Roberto zog fragend eine Augenbraue hoch, aber das Klingeln des Telefons auf Sandros Schreibtisch enthob ihn einer Erklärung.

Mit Luciano verabredete Roberto sich im Alten Hof, den er zu seinem Hauptquartier machen wollte. Seine Streitmacht bestand nun wahrscheinlich nur noch aus dem suspendierten Quilla, auf Umbertos Hilfe musste er jedenfalls verzichten. Der versteckte sich sicher irgendwo in der Lagune, wo ihn keiner finden würde. Dort auf dem *Litorale di Pellestrina* waren sie eine verschworene Gemeinschaft und würden einen *pellestrino* niemals an die Polizei verraten.

Notfalls konnte Roberto noch auf Sandro zurückgreifen, der Umberto wie auch seinen Freund Luciano decken zu wollen schien. Aber alte Seilschaften konnten auch mal reißen, und er fragte sich, wem er rückhaltlos vertrauen konnte. Mit letzter Sicherheit keinem.

Pergine

Sie rasteten in Pergine. Auf der Fahrt von Lübeck bis hierher ins Valsugana hatte Julia ihrem Onkel die Briefe seiner Mutter vorgelesen, aber er hatte keinerlei Ahnung, wer und wo sein Halbbruder Stefano sei.

»Sie war eine Heuchlerin!«, sagte er verbittert, als Julia ihn beim Fahren abgelöst und er die Briefe noch einmal gelesen hatte. »Sie hat mir meine Kindheit zur Hölle gemacht, assistiert von meinem Vater. Immer hieß es: Nimm dir ein Beispiel an deiner Schwester! Oder: Julianchen hat wieder ein tolles Zeugnis, und du? Oder: Du bist ein so unkreativer Mensch! Oder: Schau, was Juliana für einen netten Mann gefunden hat, und du? Was meinst du, Juli, warum ich mit Fünfzehn von zu Hause abgehauen und zur See gefahren bin? Juliana war in den Augen meiner Eltern immer eine glänzende Schülerin gewesen, ganz im Gegensatz zu mir, denn ich war der absolute Versager. Aus Trotz blieb ich in der siebten Klasse sitzen! Mein Widerspruchsgeist ließ mich jede geforderte Leistung verweigern!«

Ihre Großmutter war eine sehr beherrschende Frau gewesen, das wusste Julia wohl, die ihre Zuneigung nur dem schenkte, den sie mochte. Und das waren kreative Menschen, wie die Tochter Juliana und später, als die aus ihrem Leben einen Scherbenhaufen gemacht hatte, deren Tochter Julia.

»Ein Wunder, dass sie mir etwas vererbt hat«, drang Carlos Stimme wieder in ihre Überlegungen, »ich dachte, sie bringt ihr ganzes Vermögen in guter, alter Lübecker Tradition in eine Stiftung ein!«

Als Julia die Abfahrt nach Pergine angekündigt sah, bat sie Carlo, zu halten. Pergine hatte im Krieg, als ihr Großvater hier seine ihn gefährdende, menschliche Fracht ablieferte, bestimmt nichts mit diesem hübschen, friedlichen, von einem Kastell gekrönten kleinen Ort gemein, der Vergangenheit und Luxus auf das Feinste miteinander verband.

Sie saßen im ersten Stock des *ristorante castello di Pergine*. Der Küchenchef verwöhnte sie mit Spezialitäten des Valsugana, wie das Brentatal hier hieß. Dominiert wurden die Speisen von der gerade beginnenden Pilzsaison. Und Carlo sprach den verschiedensten Rotweinen des Trentino reichlich zu, während Julia ihren Kreislauf mit einem Glas *Chardonnay* stützte; mehr erlaubte sie sich nicht, dem Kind reichte es auch, es strampelte und ließ ihre Gedanken zu seinem Vater schweifen.

Aber dann riss sie sich zusammen und fragte Carlo, ob er die verzwickte Geschichte der Müggehoffs und der Visians kenne. Während Carlo sich noch eine zweite *pasta* bestellte, hörte er aufmerksam zu. Als Julia geendet hatte – die schwierigen Zusammenhänge zwischen Gattamelata und dem Grafen Brandolin hatte sie weggelassen –, las er den Brief seines Großvaters an die verstorbene *marchesa* Visian.

»Und Francesca weiß das alles?«, fragte er, den letzten Rest Pilzsoße mit einem Stück Weißbrot auftunkend.

»Bis auf den Verrat Pietros, ja.«

Julia nahm ein Salatblatt auf und starrte es nachdenklich an.

»Lass es mich ihr schonend beibringen, ja?«

»Da finde ich endlich eine Frau und ein Haus, die es wert sind, unterhalten zu werden, und hoffte, dass meine Person die *marchesa* beeindruckt hätte, und was ist? Sie hat sich nur aus Dankbarkeit mit mir eingelassen! Meinst du, sie mag mich nur, weil mein Vater ihr das Leben gerettet hat, als Wiedergutmachung sozusagen?«

Carlos Hoppla-hier-komm-ich-Haltung war Resignation gewichen, und er tat Julia leid.

»Das musst du schon selbst herausfinden, Carlo, aber ich glaube es eigentlich nicht.«

»Sie haben uns beide ganz schön manipuliert, Juli!«

Er erzählte ihr von dem Anruf Bertolinis, den er vor ihrer Abreise im vorvergangenen Februar erhalten hatte, und dass er ihre Abfahrt leider verspätet weitergegeben habe. Julia brauchte das ganze Hauptgericht über Zeit, um darüber nachzudenken. Ihre Großmutter hatte also Vorsorge für sie getroffen. Es war kein Zufall gewesen, dass Bertolini auf sie aufmerksam wurde, wie es auch keiner war, dass die *marchesa* sie so freundlich in ihr Haus aufnahm. Da gab es einiges zum Nachdenken!

Nach einer weiteren Schweigepause fragte sie ihren Onkel, warum er eigentlich so nett zu ihr sei, schließlich sehe sie aus wie seine verstorbene Schwester, und zu den kreativen Menschen werde sie auch gezählt.

»Ach, Juli! Ich habe deine Mutter nicht gehasst, wenn du das meinst, im Gegenteil! Und du bist ihr nur äußerlich ähnlich, du hast die Wärme deines Vaters geerbt, den ich sehr mag! So wie dich habe ich mir meine Töchter gewünscht, aber sie sind gefühlskalt und raffgierig wie ihre Mutter, und deshalb bist einzig und allein du meine Familie. Allerdings«, er konnte nie lange tiefsinnigen Gedanken folgen, »wenn ich die *marchesa* heiraten sollte, bin ich auch noch dein Schwiegervater!«

Über diese Perspektive lachte er sich halb tot.

Es war spät geworden, draußen regnete es, und eine pechschwarze Nacht umgab sie. Weil Carlo wegen des vielen Weins und mehrerer, zwischendurch genossener *grappe* nicht mehr fahren konnte und weil Julia bei Regen und Nacht ungern fuhr, waren sie froh, in der *castello-albergo* eine stilvolle Unterkunft gefunden zu haben.

Der Morgen begrüßte sie mit Nebel, und sie ließen die angenehme, im Frühdunst romantisch-gespenstisch erscheinende Burg nach einem gemütlichen Frühstück hinter sich. In der bald durchbrechenden Morgensonne wirkte das Brentatal schroff und gewaltig und ließ Julias Vorfreude auf die Rückkehr ins Veneto steigen, obwohl sie tief in ihrem Inneren wusste, dass sie Robertos Wünschen zuwiderhandelte.

Francescas Freude war nicht gespielt, als sie Julia in die Arme schloss, deren Ankunft nicht angekündigt gewesen war, und Carlos Zweifel schwanden bei dem ebenso herzlichen Willkommen seiner Person. Julia bat die *marchesa* als Erstes, keinem und am wenigsten Roberto zu sagen, dass sie hier sei.

»Ich habe Juli nur mitgenommen, weil sie mir versprochen hat, das *Ca'Rosso* solange nicht zu verlassen, wie Roberto noch eine Aufgabe zu erfüllen hat.«

»Ist er auch mitgekommen?«, wollte Francesca wissen.

»Er ist schon seit ein paar Tagen hier, ich dachte, er habe sich bei dir gemeldet«, antwortete Julia erstaunt.

»Eine seiner typischen Rücksichtslosigkeiten!«

Die *marchesa* wirkte ungehalten.

»Erst verbietet er mir von eurer Heirat zu sprechen, und nun lässt er dich in deinem Zustand einfach allein in Deutschland zurück. Er hat sich nicht geändert.«

Sofort fühlte Julia sich zur Verteidigung ihres Mannes aufgerufen, drang aber zu ihrer Schwiegermutter nicht durch.

»Der Möbelwagen kommt in zwei Tagen, und jetzt muss Juli erst einmal bewundern, wie das *Ca'* aussieht.«

Carlos Ablenkung gelang. Bis zum Mittag wurde Julia mit der Besichtigung der Büroräume, der renovierten und zum Teil noch leeren Zimmer und den Plänen der beiden überschüttet. Im Anschluss folgte die Gartenbesichtigung, die Julia sehr erfreute, denn Clemente und sein Schwiegervater hatten die Ausgestaltung von Julias Plänen sehr professionell fortgeführt.

Padova

Sie saß neben dem Knotenparterre mit dem verschlungenen keltischen Muster und fand die kleinblütigen, blauen Astern, die roten Zwergdahlien und die gelben Tagetes hübsch, aber sie musste Clemente noch dazu bringen, die Blumen ihrer Herkunft gemäß zu pflanzen und den Renaissancegarten puristisch zu sehen. Dann hatten Tagetes und Dahlien hier nichts verloren.

Sie hielt sich an ihre doppelte Zusage, die sie Carlo und Umberto gegeben hatte. Ihrem Onkel hatte sie noch einmal in die Hand versprechen müssen, das *Ca'Rosso* nicht allein zu verlassen, denn er wollte keinen Ärger mit Roberto riskieren.

Als sie Umbertos Handynummer wählte, meldete sich seine Mailbox, und sie hinterließ eine Nachricht, dass sie ihn, wenn er es einrichten könnte, gern im *Ca'Rosso* erwartete.

Als Nächstes rief sie Gina an, vielleicht konnte die ihrem Mann eine Nachricht übermitteln. Sie antwortete zwar sofort, aber mit tränenerstickter Stimme. Julia wäre am liebsten umgehend zu ihr gefahren, doch sie erinnerte sich ihrer Versprechen, und so bat sie Gina zu sich ins *Ca'Rosso*.

Innerhalb kürzester Zeit stand Gina mit verweinten Augen vor ihr. Wortlos umarmten sie sich und gingen nach hinten in den Garten, wo sie sich auf einer Bank in der Nähe des Faunkopfes niederließen.

Gina schluchzte und versuchte, ihre Fassung wiederzugewinnen. Julia wartete geduldig.

»Er hat gesagt, eher bringt er sich um, als dass seine Kinder und ich je wieder eine Verhaftung und eine Hausdurchsuchung über uns ergehen lassen müssen«, schluchzte sie. »Wenn ich mich nicht von ihm lossage, will außer Sandro und meinen Eltern keiner mehr mit mir sprechen, die im Haus nicht und seine Kollegen nicht. Aber das werde ich nicht. Selbst wenn er schuldig ist, bin ich immer noch seine Frau. Aber keiner will mir zuhören.«

Julia legte ihrer Freundin beruhigend die Hand auf.

»Ach, Julia! Was ist nur mit uns geschehen?«

»Erzähle von Anfang an!«

Und nach und nach, immer wieder von emotionalen Weinausbrüchen unterbrochen, erfuhr Julia, dass die *Innere Ermittlung* im Juli wieder angefangen hatte, sich mit Umberto und dem verschwundenen Protokoll zu beschäftigen. Mehrmals war er vorgeladen worden, und schließlich ließen sie durchblicken, dass sie Umberto für einen Spitzel der *Tre Condottiere* hielten, wenn nicht sogar für ein Mitglied des Syndikats, und er das Protokoll vernichtet habe, um Erasmo Saccardo zu decken. Aber sie konnten ihm nichts nachweisen.

Schließlich, so Gina, seien sie wiedergekommen, um Umberto zu fragen, woher er das Geld für seinen nagelneuen Passat habe, ihr gemeinsames Konto wies nur die Hälfte des Kaufpreises als überwiesen auf. Sie wollten Umberto einfach nicht glauben, dass er nicht mehr bezahlt hatte, dabei war es ein ganz besonderes Schnäppchen für einen erst neun Monate alten garagengepflegten Passat gewesen, der erst 25.000 km auf dem Tacho gehabt hätte. Und der Händler soll jetzt ausgesagt haben, dass er die Restsumme von einem anderen Konto überwiesen bekommen hätte und den Tacho auf Wunsch des *commissarios* von dreihundert auf 25 000 Kilometer habe vorstellen müssen. Und ihm glaube der Staatsanwalt!

»Kein Wort von wahr!«, rief Gina empört und schniefte in Julias Taschentuch. »Ich war mit beim Autokauf. Der Händler lügt. Und deshalb ist auch alles andere erfunden und erlogen! Aber mir glaubt ja niemand! Im Gegenteil: Sie haben mich gewarnt, ich könne wegen Meineides belangt werden!«

Angeblich soll die *Innere Ermittlung* dann über die Kontoauszüge des Autohändlers dem zweiten Konto Umbertos auf die Spur gekommen sein. Jedenfalls wurden sie Mitte August eines Morgens aus dem Schlaf geklingelt und mussten eine Razzia im Beisein der Kinder über sich ergehen lassen, wobei sie noch nicht mal vor den Kinderzimmern halt machten, und als sie im Wohnzimmer hinter dem Heizkörper schließlich einen Hefter mit Kontoauszügen entdeckten, verhafteten sie Umberto umgehend.

»Sie haben ihn tatsächlich in Handschellen abgeführt!«

Bei einem Haftprüfungstermin hatte man weder eine Flucht- noch Verdunklungsgefahr gesehen und ihn nach Hause entlassen. Dann aber waren aus der *questura* neue Anschuldigungen laut geworden, dass er aus der Asservatenkammer gewisse Dinge gestohlen habe, unter anderen zum Beispiel einen Manschettenknopf und wahrscheinlich eine größere Menge Kokain. Daraufhin wurde ein neuer Haftbefehl ausgestellt, auch, weil er noch ein anderes Beweismittel habe verschwinden lassen, eine Blutanalyse oder so etwas Ähnliches. Allerdings habe Sandro seinen ehemaligen Chef vorher gewarnt, und der sei, sie wisse nicht wohin, vor zwei Wochen bei Nacht und Nebel aus der Wohnung verschwunden.

»Seither habe ich kein Lebenszeichen von ihm bekommen. Die Kinder sind in Lido-Alberoni bei meinen Eltern, und ich warte, warte, warte und habe solche Angst, dass er sich etwas antut!«

»Du hältst ihn für unschuldig?«

Julia wollte es noch einmal hören.

»Die Beweise sind erdrückend! Selbst auf den Kontoauszügen waren seine Fingerabdrücke, obwohl er schwor, die Unterlagen noch nie vorher gesehen zu haben! Er soll auch noch eine Riesensumme für die Hausrenovierung abgehoben haben. Dabei hat meine Schwiegermutter etwas von einer Lebensversicherung erzählt, aber bei näherem Hinsehen gab es gar keine. Da hat bestimmt Emanuele, sein krimineller Bruder, seine Finger drin!«

»Aber du hältst deinen Mann für unschuldig?«

Ginas *Ja* sprach sie mit solcher Überzeugung aus, dass Julia lachen musste.

»Dann sind es ja schon drei!«, tröstete sie Gina, die erstaunt aufblickte.

»Drei?«

»Du, Sandro und ich! Und Roberto wird sehr genau prüfen, wie stichhaltig die Beweise sind, da bin ich sicher!«

Als eine nicht mehr ganz so niedergedrückte Gina das *Ca' Rosso* verlassen hatte, überlegte Julia, ob Umberto wirklich unschuldig sei. Dabei war sie sich lange nicht so sicher, wie sie Gina glauben gemacht hatte, denn ihr kam seine vor etwa einem Jahr geäußerte Bemerkung über finanzielle Schwierigkeiten und Verlockungen einer Bestechung wieder in den Sinn, damals, als sie den jüdischen Friedhof besuchten hatten. Auch Roberto hatte sich seinem Freund gegenüber zurückhaltend gezeigt. Seine Bemerkung, er müsse einem schrecklichen Verdacht nachgehen, konnte sich doch nur auf Umberto beziehen.

Sie wollte Sandros Meinung noch hören, der auf Ginas Betreiben auch nach einer halben Stunde erschien. Julia konnte sich nur dunkel an ihn erinnern: ein charmanter, lebenslustiger Typ in Lucianos Alter.

Ohne lange Vorrede bat sie Sandro um seine Meinung zu Umbertos angeblichen oder tatsächlichen Verfehlungen. Sandro hielt sich ziemlich bedeckt und zog sich auf seine auch gegenüber Roberto geäußerte Meinung zurück, die Beweise seien erdrückend.

»Aber wenn Sie ihn vor seiner Verhaftung gewarnt haben, müssen Sie ihn doch für schuldlos halten!«

»Wer sagt, ich hätte ihn gewarnt?«

»Gina!«

»Da hat sie wohl etwas falsch verstanden!«, sagte er und setzte ein Pokergesicht auf.

Julia seufzte und bat ihn nur noch darum, aufzupassen, dass Umberto keine Dummheiten mache. Als er schon im Weggehen war, rief sie hinter ihm her, ob Luciano wieder aus Afrika zurück sei.

Er kehrte um und kam zu ihr zurück.

»Warum interessiert Sie das, *La Tedesca*?«, wollte er wissen.

»Der *marchese* braucht wenigstens einen, auf den er sich hundertpro verlassen kann!«

»Luciano ist suspendiert, gegen ihn läuft ein Ermittlungsverfahren!«

Julia schwieg, die Neuigkeiten gefielen ihr überhaupt nicht. Von Robertos Zweifel an Zufällen angesteckt, überlegte sie, ob die *Tre Condottieri* nicht systematisch versucht haben konnten, die beiden *capitani* Tamassia und Quilla außer Gefecht zu setzen.

»Man muss sich entscheiden, wem man trauen will«, sagte sie und begleitete Sandro zur Tür.

Sie trank mit Francesca Tee im Garten und nutzte die Zeit, um sich vorsichtig nach dem keltischen Knotenparterre im *Ca'Rosso* zu erkundigen und danach zu fragen, ob es diese Art Muster noch anderswo gäbe, sie wüsste nur noch von einem im Garten des *vice-questore*.

»Hat der das gleiche?«, fragte Francesca erstaunt.

»Nur anders bepflanzt, aber das Grundmuster ist gleich«, erklärte Julia ihr und zeigte ihr das schon brüchige Pergament mit dem Entwurf ihrer Großmutter.

»Das ist mir überhaupt noch nicht aufgefallen, ich habe Giovanni nur wegen seines gepflegten Gartens beneidet. Aber nun sind wir dank deiner Hilfe mit meinem eine ernst zu nehmende Konkurrenz für ihn«, bemerkte Francesca stolz.

»Es muss noch ein drittes Parterre geben«, sagte Julia, »meine Großmutter hat jedenfalls drei entworfen, das weiß ich sicher.«

Einem plötzlichen Gedankengang folgend fragte sie:

»Wie hieß eigentlich der Vater des *vice-questore* mit Vornamen?«

Etwas erstaunt über die Sprunghaftigkeit ihrer Schwiegertochter dachte die *marchesa* nach.

»Guiseppe.«

Julia war enttäuscht.

»Aber ich habe ihn immer Onkel Stefano genannt.«
Also doch!
»Und kennst du sein Geburtsjahr?«
»Du stellst Fragen! Ich glaube, er war so alt wie der Vater vom *questore*. Er ist mein Patenonkel und wird schon zweiundneunzig.«
Julia rechnete.
»Dann sind die beiden 1908 geboren, ja das kommt hin!«
»Du sprichst in Rätseln, Giuliana!«
»Und der *vice-questore*, hat der vielleicht auch noch einen zweiten Vornamen?«
»Du meinst den Deganello junior? Der heißt auch mit zweitem Namen Stefano.«
Ihre Großmutter hatte mit dessen Vater ein Kind gehabt, danach war Giovanni Stefano Deganello ihr Halbonkel, das ihr bekannte Blumenparterre an seinem Haus bewies es! Oder war da irgendwo ein Denkfehler?
»Aber jetzt was ganz anderes, Giuliana! Der Möbelwagen kommt morgen, sagt Carlo, und du brauchst einen Abstellraum für deine Möbel. Reicht dir Pietros alte Kammer? Gut, dann müssten wir sie noch ausräumen, meinetwegen kann alles auf den Sperrmüll.«
Voller Tatkraft räumten die beiden mithilfe von zwei Lagerarbeitern alle Kisten und Kästen, und was sonst noch in der Kammer abgestellt worden war, aus. Bis auf einen kleinen, verbeulten Blechkoffer, in dem Pietro Erinnerungsstücke gesammelt hatte, lohnte sich wirklich nichts, aufgehoben zu werden.
Erschöpft erfrischten sie sich in der Halle mit einem kühlen Mineralwasser. Alles war bei der Renovierung unberührt gelassen worden, nur das Bild des alten *marchese* Massimo Visian hatte einen neuen Ehrenplatz bekommen. Wenn man jetzt durch die Eingangstür hereinkam, fiel der erste Blick automatisch auf diesen stattlichen Mann, der die Augen ein wenig abweisend auf die Betrachter richtete, wie es auch sein Enkel Roberto meistens tat, wobei er seine Mundwinkel ein bisschen spöttisch verzog und eine tiefe Falte zwischen den geraden Brauen grub. Die rechte Hand lag auf dem Kopf eines Jagdhundes, die linke wie zufällig auf der Lehne eines Stuhls, und in dieser Beleuchtung fiel Julia der Ring an der rechten Hand auf. Ob dieser Ring das Treuepfand des Gattamelata an seinen Waffenbruder Brandolini gewesen war, den ihr Großvater nicht hatte retten können?
»Was für einen Ring trägt dein Vater? Habt ihr ihn noch?«
»Den einzigen Ring der Visian hast du bekommen. Was aus Vaters Ring von dem Bild da oben geworden ist, weiß ich nicht. Ich habe ihn nie gesehen.«

Julia trat dicht an das Bild heran und betrachtete den Ring. Ganz feine Linien überzogen ihn, und staunend erkannte sie das Muster des von ihrer Großmutter entworfenen keltischen Knotenparterres wieder, dem der Plan für die drei Gartenparterres zugrunde lag; der Ring als das Treuepfand des Gattamelata.

Keine drei Stunden später hielt sie den Originalring in der Hand. Sie hatte Pietros Koffer mit in ihr Zimmer genommen; es war ihr altes, allerdings neu möbliert, da sie ihre Möbel mit in den Alten Hof genommen hatte. Vor dem Schlafengehen kramte sie in Pietros Sachen, ein paar alte Fotos, ein Kästchen mit vergilbter Spitze, eine Sonntagsweste, eine Haarlocke, seine Geburtsurkunde und ganz unten, in Zeitungspapier eingewickelt, fand sie den Ring.

In eterna! Gattamelata 1938 war innen eingraviert. Nachdenklich drehte Julia den Ring zwischen ihren Fingern, der dem Grafen Brandolin gehört hatte: Jetzt hielt sie den Beweis in Händen, dass der alte Pietro den Grafen Brandolini verraten hatte. *Tommaso ist kein Verräter, der Verräter hat den Ring*, hatte der alte Pietro in seiner Sterbestunde gesagt und sich selbst gemeint, und Julia war nun sicher, dass ihr Großvater in seinem Brief an die Witwe nichts zu seinem Vorteil geschönt hatte.

Ein Ring war aus der Vergangenheit aufgetaucht und damit die Gewissheit, dass sie mit Roberto entfernt verwandt war, denn Guiseppe Stefano, der Sohn des *vice-questore* Giovanni Stefano Deganello, war aller Wahrscheinlichkeit ihr Halbonkel! Sie musste dem *vice-questore* den Brief ihrer Großmutter, seiner Mutter, geben, den sie für ihren Sohn Stefano hinterlassen hatte. Hätte sie doch nur Sandro gebeten, Roberto von ihrem Hiersein zu unterrichten! Sie wusste nicht, wie sie ihren Mann nun erreichen konnte, ohne ihre Versprechen zu brechen, und dabei hätte sie ihm so viel zu erzählen!

Im Einschlafen dachte sie daran, dass sie nur noch ein Knotenparterre und den dazugehörigen Ring finden mussten, dann wären Robertos und ihr Problem gelöst.

Torreglia

Roberto fühlte sich im Alten Hof wieder richtig heimisch, so viel erinnerte ihn hier an Giulia, aber es lenkte ihn nicht von seinem Auftrag ab, sondern beflügelte ihn. Je schneller er Gattamelata enttarnte, desto eher konnte sie wieder zu ihm kommen.

Und so verbrachte er die Tage in der *questura*, nahm seinem Onkel das Tagesgeschäft und sogar die eine oder andere Pressekonfernz ab. Seine *squadra* erledigte die anliegenden Arbeiten allein, es herrschte Ruhe in der Stadt, so als ob die übergroße Polizeipräsenz nach den Attentaten des 11. September alle anderen Verbrechen verhindere.

Abends im Alten Hof nahm er sich viel Zeit zum Nachdenken. Kein Telefon störte ihn, für Notsituationen war die Nummer der Zanellas in der Zentrale der *questura* bekannt; sein Handy ließ er ausgeschaltet, und er überlegte, verknüpfte, entknüpfte und grübelte.

Luciano schlüpfte am dritten Abend heimlich durch die Tür, Roberto hatte alle Vorhänge zugezogen, und die beiden beratschlagten bis in die frühen Morgenstunden hinein. Schließlich entwarfen sie einen Brief an die potenziell Verdächtigen, die zu den *Tre Condottieri* gehören oder gar Gattamelata sein konnten.

Sie hatten sich schließlich auf zwei geeinigt. In drei Tagen, am nächsten Sonntagmorgen, lud Roberto die beiden gemeinsam zu einem Gespräch ins *Ca'Vecchia* Brandolin, dort, wo alles seinen Ausgang genommen hatte. Roberto bestimmte den Zeitpunkt und den Ort der Schlacht, und Luciano sollte Vorkehrungen treffen, dass die Gegenseite keinen Hinterhalt aufbaute.

Es würde schwer werden, Beweise zu erbringen, aber die Einladung an sich sollte der Verunsicherung dienen. Wer würde kommen? Vielleicht gehörten ja auch beide zu den *Tre Condottieri*, man musste abwarten.

Dies war Robertos zweites Treffen mit Luciano. Bei dem ersten, von Sandro arrangiertem, hatte er sich überzeugen lassen, dass Luciano ausgetrickst worden war und keinerlei Fingerabdrücke an den Heroinbriefchen aus seiner Wohnung gefunden werden konnten und die *Innere Ermittlung* ihm schon signalisiert hatte, das Verfahren nicht an den Staatsanwalt weiterzuleiten. Aber dann hatten die Ereignisse des 11. September alles andere überschattet, sodass man an die Rehabilitierung eines kleinen Polizeibeamten vorerst keinen Gedanken verschwendete.

Die beiden hatten auch über Umberto gesprochen, bei dem die Anklage und Beweislast einer anderen Dimension angehörten, und Roberto hatte gesagt, er müsse sich jetzt dafür entscheiden, wem er trauen könne, und habe sich für Luciano entschieden, dessen Brust vor Stolz richtig anschwoll.

Die Nacht zum Freitag verbrachte Roberto allein im Alten Hof; immer wieder wachte er auf und versuchte, sich alle Gespräche mit dem alten Pietro in Erinnerung zu rufen, möglichst wörtlich. Besonders die Passagen, bei denen Giulia im vergangenen Herbst im *Ca'Vecchia* Visian die Gesprächsführung übernommen hatte, ließ er immer wieder vor sich ablaufen.

Und endlich: Im Morgengrauen kam der Durchbruch. Der alte Pietro hatte ihnen klar und deutlich gesagt, wer sich hinter dem letzten der *Tre Condottieri* verbarg, sie hatten nur die Beziehungen falsch gewichtet.

Du bringst alles durcheinander, La Tedesca! hatte der Alte gesagt. Ja, und dann musste man Umberto und die ihm zur Last gelegten Taten in einem ganz neuen Licht sehen, er war systematisch zum Sündenbock aufgebaut worden, dessen war Roberto sich zu seiner grenzenlosen Erleichterung sicher. Möglichst umgehend musste er zu ihm Kontakt aufnehmen und ihn seines Vertrauens versichern.

Allerdings überfiel ihn auch Trauer, *Gattamelata* stand ihm näher, als er geglaubt hatte, und der Vertrauensverlust wog schwer. Roberto hatte den Richtigen eingeladen. Oder vielleicht sogar die Richtigen? Die beiden hingen wie Pech und Schwefel zusammen, und Robertos Herz wurde schwer.

Leichter wurde ihm, als er an Giulia dachte und ihrer Lebensweisheit folgte, bei jeder Sache an das Positive zu denken. Der Sonntagmorgen würde die Entscheidung bringen, danach konnte er sie nach Italien holen. Für diese Zukunft galt es, zu leben und notfalls auch zu kämpfen.

Noventa Padovana

Loyalität war sein Schicksal. Unruhig wanderte Gattamelata in seiner Bibliothek auf und ab, den Blick auf den wunderschönen Intarsienfußboden vor sich gerichtet, ohne dass er ihn jedoch wahrnahm. Sein Blick blieb nach innen gerichtet, das Pochen in seiner Halsschlagader ignorierend, dachte er über sein bisheriges und sein weiteres Leben nach.

Mehrere kleine Schlaganfälle hatte er ganz gut abgewettert, sie vor seiner Frau, seinen Kindern und auch in der *questura* verborgen halten können, obwohl sein bester Freund, wohl weil er unter den gleichen Symptomen litt und auch schon mindestens zwei kleine Schlaganfälle hinter sich hatte, ihn manchmal nachdenklich von der Seite musterte. Doch auch er hatte seine Krankheit vor seiner Frau und seinem Sohn zu verstecken gewusst.

Sie sprachen nie über ihre gesundheitlichen Probleme, die Schlaganfälle seines Freundes verwischten vielmehr die Spuren zu ihm, zu Gattamelata, noch mehr. Viele Spuren wiesen inzwischen auf seinen Freund als Gattamelata, und er fühlte sich überaus unglücklich, konnte sich aber eine zusätzliche Loyalitäts-Front nicht leisten.

Loyalität war sein Markenzeichen, sowohl als *questorino* als auch gegenüber seiner Familie. Die dritte Loyalitätsfalle, in der er saß, war seine Mitgliedschaft in der kriminellen Vereinigung der *Tre Condottieri*, von denen er als Einziger übriggeblieben war, eben wegen seiner Loyalität der *Serenissima* gegenüber. Und schließlich seine Loyalität *La Tedesca* gegenüber, deren Großvater ihn, den damals Vierjährigen, vor der Gestapo gerettet hatte. Nein, eine fünfte Loyalitätsfront war ausgeschlossen!

Irgendwann würde er jemanden opfern müssen, irgendwann müsste er sich entscheiden, wessen Loyalität er vertrauen konnte und wen er fallen lassen musste, und ihn überkam eine Ahnung, dass dies bald der Fall sein würde.

Erasmo da Narni *detto Gattamelata* hatte es einfacher gehabt, weil er sich unterschiedlichen Herren gegenüber nicht in Zwänge hatte verstricken lassen, und die *Serenissima* hatte es ihm seinerzeit gedankt. Er war geadelt worden, geachtet und allgemein anerkannt, und seine Grabrede hatte kein Geringerer als Querini gehalten: »Sein Ruhm ist unvergänglich und ewig ...«

Gattamelata unterbrach seine Wanderung und starrte blicklos auf den Schachtisch, er und sein Freund hatten die letzte Partie am 11. September nicht zu Ende gespielt, die Schreckensnachrichten aus New York hatten sie beide in die *questura* eilen lassen; danach war keine Zeit mehr gewesen.

Am liebsten würde er die Loyalität gegenüber der *Serenissima*, und damit auch gegenüber dem *Tre-Condottieri-Syndikat*, aufkündigen: Die drei Frauen, die als *Serenissima* das Syndikat kontrollierten, ängstigten ihn nachgerade, denn ihre emotionalen Fehlleistungen würden irgendwann zu einer Katastrophe führen. Ursprünglich hatten sie nur als Geldwäscherinnen und Geldverwalterinnen fungiert, dann aber damit so viel Macht erlangt, dass sie inzwischen die eigentlichen Herrinnen waren.

Doch keine dieser drei wollte sich Sachzwängen unterordnen, keine war verlässlich oder treu. Was sie an ihm, Gattamelata, schätzten, lebten sie selbst nicht.

Aber wenn er die *Serenissima* und das Syndikat opferte, verstieße er gegen die Familienloyalität, denn seine älteste Tochter war eine von ihnen. Außerdem würden sie ihn mit in den Strudel der Vernichtung reißen; also musste er auch die Loyalität gegenüber sich selbst berücksichtigen.

An die *questura* mochte er nur mit schlechtem Gewissen denken, ihr gegenüber konnte er immer nur dann loyal agieren, wenn die *Serenissima* nicht seine Dienste abforderte; den Schwur, zum Wohle der Republik zu handeln, hatte er in seiner Loyalitätenliste schon immer ganz hintanstellen müssen.

Und *La Tedesca?* Schon mehrmals hatte er sich vor sie gestellt, zum Ärger der *Serenissima* den Polizeischutz nicht verringert und dies damit entschuldigt, dass sein Freund das angeordnet habe und er es dulden müsse, um nicht in Verdacht zu geraten. Seit *La Tedesca* wieder nach Deutschland zurückgekehrt war, hatte sich diese Loyalitätsfront zum Glück entschärft, doch nun war sie wieder zurück, und das verschlechterte die Lage zusehends.

Nur seine Loyalität *La Tedesca* gegenüber hatte er bisher einigermaßen durchhalten können. Aber wie lange noch? Nicht er war es gewesen, der Carmagnola im vergangenen Dezember informiert hatte, dass sie ihn aus dem *ospedale* der Barmherzigen Schwestern angerufen hatte, auch hatte er nicht Angela davon unterrichtet, dass *La Tedesca* ins *Ca'Rosso* fahren wollte: Das waren einzig und allein Angelas elektronische Spione gewesen. Und diese letzte, die einzige Zeugin zu beseitigende Möglichkeit für den unter enormen Druck stehenden Carmagnola, die Gattamelata erst mit Verspätung an Angela weitergegeben hatte, war wohl auch der Grund für ihr leichtes Misstrauen ihm gegenüber gewesen, aber zum Glück war es bisher ohne Konsequenzen geblieben. So hatte er wenigstens das seinem Vater gegebene Versprechen nicht brechen müssen, die Familie seines Lebensretters zu beschützen.

Alles begann sich um ihn zu verwischen, die verschiedenen Loyalitätsforderungen kreisten wie Monde um ihn als Gestirn – wie er sich auch drehte und wendete: Loyalität für eine Seite bedeutete Illoyalität gegenüber einer anderen.

Sein historisches Vorbild hatte es wirklich einfacher gehabt (nur eine *condotta* mit der *Serenissima*) und sein einziger Sohn auch: Der war ohne jedes Zaudern in die Fußstapfen seines Vaters getreten, schon als Siebenjähriger hatte er seine ersten Lehrstunden in der Kriegstechnik und der Kriegskunst erhalten, angeleitet von seinem Onkel Gentile und dem besten Freund Erasmo da Narnis: Graf Brandolin.

Und was hatte sein eigener Sohn mit sieben Jahren gemacht? Mit Puppen gespielt und Mädchenkleider angezogen! Und so benahm er sich auch heute noch, im Augenblick leitete er eine Initiative für ökologische Getreidemühlen bosnischer Frauen oder so etwas Ähnliches.

»Vater?«

Überrascht wandte er sich um, seine Tochter war unbemerkt eingetreten, gut, dass er nicht laut gedacht hatte, wie er es in letzter Zeit häufiger tat, wenn er sich allein glaubte.

»Du siehst müde aus, Vater!«

Es war eine Feststellung, bar jeden Mitgefühls.

Er musterte sie, nein, mit Erasmo da Narnis Tochter hatte seine nichts gemein, sie schätzte weder Kunst noch inhaltsvolle Gespräche, für sie galt nur die Macht des Geldes, und sie stellte sie auch ungeniert zur Schau; warum musste sie sich immer mit teurem Schmuck behängen, den neuesten und teuersten Maserati fahren? Die Jacht im Hafen von Chioggia nutzte sie höchstens zweimal im Jahr. Immer öfter fand sich ihr Bild in den Gazetten, sie gehörte zu den Reichen und den Schönen, aber die Grundfarbe ihrer Seele war schwarz.

»Ich bin müde.«

Er setzte sich an den Schachtisch, und sie folgte ihm.

»Ich weiß, Vater. Und ich weiß auch, dass du dich seit dem Ausscheiden Fra Moriales und Carmagnolas nicht mehr wohlfühlst. Zugegeben, die Verantwortung für einen ist auch zu groß, zumindest für einen wie dich. Du hast mir früher immer gepredigt, was man nicht gern tut, gelingt einem auch nicht.«

Sie schwieg einen Moment und streifte ihr breites, mit Rubinen besetztes Armband hoch.

»Wir wollen die Organisation der *Tre* straffen und die Führung in eine Hand legen, aber nicht in deine.«

Wir, das war immer die *Serenissima*. Sollte es ihm wie Erasmo da Narni gehen, der ins zweite Glied zurückgetreten war, als die *Serenissima* ihm Francesco Sforza vor die Nase gesetzt hatte, weil die Sache es erforderte?

»Wir sind mit dir, mit euch – auch wenn dein Freund nie bemerkt hat, dass er durch dich mit uns zusammengearbeitet hat –, im Prinzip zufrieden gewesen. Nur den *marchese* zurückzubeordern, war eine dumme Maßnahme, ausgesprochen dumm! Jaja, ich weiß, dein Freund weiß nichts von deinem Doppelleben, und du redest dich wieder damit raus, dass er es selbst vorgeschlagen habe und du keinen Verdacht erregen wolltest! Trotzdem war es dumm.«

Ob Romagnola da Narni, verheiratete Brandolini, auch so mit ihrem Vater gesprochen hatte? Sicher nicht, damals respektierten Töchter ihre Väter noch.

»Der *marchese* wäre am 15. September so oder so zurückgekehrt«, sagte er; es klang wie eine Rechtfertigung.

»Ihr wollt ihn nur in der Hierarchie der *questura* zu einem eurer ehrenwerten Nachfolger aufbauen!«, beschuldigte sie ihn. »Und das können wir uns nicht leisten und werden es deshalb mit all unserer Macht verhindern. Der letzte Befehl von uns an dich lautet: Lass dich so schnell wie möglich pensionieren. Mit dem Tag deines Ausscheidens aus der *questura* erlischt unsere *condotta* mit dir.«

»Wer wird mein Nachfolger?«

»Dafür mach dir nicht unsere Gedanken. Besser du weißt es nicht und auch nicht, was mit dem *marchese* geschieht.«

»Ich wünschte ihn mir als Nachfolger, auch bei den *Tre Condottieri*!« Ihr Lachen klang verachtungsvoll und hallte in seinen Ohren.

»Fantasien eines alten Mannes!«

Er überhörte ihre Respektlosigkeit.

»Ich glaube, der *marchese* verdächtigt mich oder meinen Freund.«

Er biss sich auf die Lippen und wünschte, diese Bemerkung wieder zurücknehmen zu können.

Seine Tochter richtete sich kerzengerade auf.

»Berichte!«

Ihren scharfen Ton empfand er als Beleidigung. Er zeigte ihr den Brief, den er und wohl auch sein Freund unabhängig voneinander erhalten hatten. Nachdenklich las seine Tochter die kurz gehaltene Einladung ins *Ca'Vecchio* Brandolin.

»Sehr gut! Das wird seine letzte Schlacht werden«, sagte sie kalt lächelnd, »aber wir müssen es so arrangieren, dass du und dein Ruf unbeschadet aus der Sache rauskommen. Ihr werdet am Sonntag ins *Ca'Vecchia* Brandolin gehen! Dein Freund wird als Gattamelata sterben, und der *marchese* wird diese Schlacht ebenfalls nicht überleben!«

Wahrscheinlich blieb ihm nur die Loyalität gegenüber sich selbst, und ihr Vorschlag der einzig mögliche.

»Und pass du auf, dass dich nicht ein neuerlicher Schlaganfall aus dem Sattel hebt!«

»Du weißt?«

»Ich weiß!«

Er fragte nicht, woher.

»Was wird nach meinem Tod geschehen, was von mir bleiben?«

»Wenn du es schaffst, deine Identität als Gattamelata auf deinen Freund zu übertragen und den *marchese* opferst, wird man die italienische Fahne über deinen Sarg breiten und die Kissen mit deinen Orden obenauf legen. Wenn nicht, wird es eine Beerdigung in Schande und im allerkleinsten Familienkreis geben, und es wird *mamma* das Herz brechen. Sie hält dich für einen ehrenwerten Mann!«

Sie hatte ihn nie Papa genannt, immer nur Vater. Ihm blieb keine Wahl, und er wusste, dass seine Loyalitäten mit ihm sterben würden.

Gattamelata
VII

padova, veneto a. d. 1441 ff.

Tod und Vermächtnis

as *würden sie mit seiner* lorica *machen, die er von Braccio da Montone als Zeichen seiner Anerkennung erhalten hatte und die er in seinen größten Schlachten getragen hatte? Wo würde sein Kommandostab bleiben? Wer würde sich an ihn erinnern, den treuen, verlässlichen, aber letztlich unspektakulären* condottiero, *der die meiste Zeit seines Lebens im Schatten anderer gekämpft und für ihren Ruhm Großes geleistet hatte?*
Was wüssten wir ohne Homer von Achill?
Was galt Herkunft und Geschlecht?
Die Gewalt ist sein ihm ergebenes Heer.
Warum gingen ihm diese Zeilen nicht aus dem Kopf? Was hatte er dafür getan, dass man sich seiner noch in einigen Jahrhunderten erinnerte? Vom Bäckerjungen zum Mitglied der venezianischen nobiltà, *verzeichnet im* libro d'oro, *dem Goldenen Buch der Republik, keine schlechte Leistung! Aber wer würde in hundert Jahren im* libro d'oro *nachlesen?*
Gattamelata hatte viel Zeit zwischen seinen Einsätzen für die Serenissima, seit sie ihn, als es ihm wieder besser ging, mit dem Boot nach Verona und von dort nach Padova gebracht hatten, der Stadt, die ihm Heimat geworden war. Hier hatte er Freunde gewonnen, nicht so sehr in adeligen Kreisen – um die musste er nicht mehr buhlen, die buhlten jetzt um ihn –, aber in den Kreisen der Wissenschaft und der Universität. In dieser Stadt wollte er sterben und begraben werden.
Und so begann er, auf sein Ende zuzuleben. Am 30. Juni 1441, als es ihm wieder einigermaßen gut ging, ließ er den Notar Valerio da Narni holen, er hatte seine Heimat nicht vergessen. Gattamelata de Narni, Capitaneus Generalis Illustris Ducalis Dominii Venetorum *ließ in seinem Testament festlegen, dass seine Erben ihm eine Grabstätte in der Basilika des heiligen Antonius errichten sollten, sein Leben lang hatte er gottesfürchtig verbracht, lange Zeit im Dienste des Heiligen Stuhls für diesen gekämpft, vielleicht würden kommende Generationen sich seiner erinnern, wenn er eine angemessene Begräbnisstätte in Il Santo erhielt, ein ehrenvolles steinernes Grabmal, wie Valerio für ihn niederschrieb.*
Unüblich für die nicht gerade als großzügig bekannte Serenissima,

erhielt sie Gattamelatas condotta mit ihm für die Jahre 1440 und 1441 aufrecht, wenn sie auch von ihm nicht mehr ausgeübt wurde. Sein erst vierzehnjähriger Sohn Gianantonio und sein Schwager Gentile Leonessa übernahmen Gattamelatas Pflichten und seine Soldaten. Im darauf folgenden Jahr nahm Gattamelatas körperliche Leistungsfähigkeit immer mehr ab, und allen war klar, dass er sein Streitross nie mehr würde besteigen und seine einhundertvierunddreißigteilige Rüstung nicht mehr würde anlegen können, aber selbst in dieser für ihn belastenden Situation dachte er nicht an sich, sondern bat die Serenissima, seine Soldaten unter der Führung von Sohn und Schwager zu belassen und mit diesen beiden eine condotta abzuschließen.

Nun wuchs die Markusrepublik 1442 doch noch über sich selbst hinaus, sie wusste, was sie dem alten Recken verdankte: die Rückeroberung Veronas und Brescias und damit offene Handelswege über die Alpen. Außerdem hatte er an der Aushandlung eines Friedens mit dem Visconti großen Anteil gehabt, und als der seine Vereinbarungen zum wiederholten Male nicht einhielt, wurden die bewährten Lanzen des Gattamelata unter neuer Führung wieder gebraucht.

Die Serenissima entsprach Gattamelatas Wunsch, ließ ihm trotzdem seinen monatlichen Sold in Höhe von 500 Goldgulden und ernannte ihn zum capitano generale auf Lebenszeit, eine höhere Ehrung durch die Kaufmannsrepublik war nicht möglich.

Aber vielleicht war sie doch nicht ganz so großzügig, wie es auf den ersten Blick erscheinen mag, denn diese Ehrung war einem Sterbenden zugedacht. Vier Wochen nach ihrem Inkrafttreten starb Gattamelata, versehen mit den heiligen Sterbesakramenten, am 16. Januar 1443 in Padova, zweiundsiebzigjährig.

Für das feierliches Staatsbegräbnis bewilligte Venedig zweihundertfünfzig Goldgulden, eine noch größere Ehrung jedoch bildete die Anwesenheit des Dogen Francesco Foscari und der gesamten Signoria, die feierlich den Leichenzug in die San Antonio Basilika von Padua anführten.

Was für ein prächtiges Bild muss es gewesen sein: die Witwe Giacoma, umgeben von ihren fünf schönen Töchtern, einige schon verheiratet und mit ihren Ehemännern anwesend, und die zweitjüngste, Todeschina, gerade erst vierzehnjährig! Gestützt von Gianantonio und ihrem Bruder Gentile Leonessa schritt Giacoma vor der gesamten nobiltà Paduas, Veronas, Montagnanas und anderer Erasmo da Narni verpflichteter Städte in tiefster Trauer her!

Die Obersten der Dominikaner waren ebenso vollzählig vertreten wie die Professoren der Universität, und zu diesem an sich traurigen Anlass wurde deutlich, welche Wertschätzung der Verstorbene genoss. Und deutlich wurde auch, dass Tüchtigkeit und Leistung im Italien der

Renaissance höher eingeschätzt wurden als eine standesgemäße Heirat und das Festhalten an der Reinheit des adeligen Blutes, wie es zum Beispiel jenseits der Alpen für alte Familien Gesetz war.
   So viele hohe Würdenträger auf einmal hatte die Basilika noch nicht gesehen und das Volk Padovas auch nicht. Die beiden herausragenden Gedächtnisreden hielten der an Il Bò lehrende Philosoph Lauro Quirinius und der Dichter und Schriftsteller Giovanni Pontano, Ersterer ein enger Freund Gattamelatas, während Pontano in geschliffenem Latein ein eher professioneller Lobredner und Schmeichler war, wie es ihn, in der Renaissance üblich, häufig gab. Hier ein paar Auszüge aus Quirinius' Rede:
   »Sein Name wird in allen Städten, unter allen Völkern und Nationen unvergänglich und ewig sein!«
   Lauro Quirinius hielt eine mit viel Wärme und großem Lob an Gattamelatas Offiziere und Untergebene gerichtete Rede.
   »Er liebte euch wie Brüder, leitete euch wie Söhne, in Gefahren ging er euch voran. Bei Belohnungen trat er zu euren Gunsten zurück, er machte euch zu Männern, die in der Schlacht gefürchtet, im Frieden beliebt und überall angesehen waren.«
   Manch einer der Angesprochenen musste mit den harten Männern eigentlich nicht zustehenden Tränen kämpfen, der eine oder andere erinnerte sich vielleicht, wie ihr verehrter capitano generale *damals beim Übergang an der Adda gestanden hatte und sich für einen nächtlichen Brückenschlag und ein Vorrücken in den frühen Morgenstunden entschied. Mit einer kleinen Abteilung ausgesuchter Lanzen durchschwamm Gattamelata mit seinem Pferd die Adda, doch schwere Regengüsse ließen den Fluss plötzlich ansteigen, und der Brückenschlag misslang. Die kleine Gruppe sah sich allein starken, feindlichen Abteilungen gegenüber, und ein verzweifelter Kampf begann. Ein Rückzug konnte nur schwimmend vonstatten gehen, und der Letzte im Kampf und der Letzte, der sein Pferd in den Fluss zurücklenkte, war Gattamelata.*
   Querinius wandte sich nun den politischen und damit verbundenen militärischen Qualitäten Gattamelatas zu:
   »Er war beim Anfassen einer Unternehmung klug, bei ihrer Durchführung zähe, bei ihrem Abschluss genau.«
   Dann hob er Gattamelatas diplomatisches Geschick, seine Rednerqualitäten und Überredungskünste hervor und schloss seine Ausführungen mit einem Lob, das Machiavelli in dieser schon damals veröffentlichten Leichenrede hätte nachlesen können, wenn er gewollt hätte, das aber nicht in seine Vorstellungswelt vom Söldnerwesen passte. Ganz schön peinlich, nicht wahr, messer Niccoló?
   »So werden auch die Nachkommen seine Treue gegen die Republik,

seine Schnelligkeit in allen Dingen, besonders im Guten, bewundern. Gerade sie findet man selten bei Mächtigen, ganz selten aber bei denen, deren Leben unter dem Geräusch der Waffen verlief. Bei ihnen findet man oft, ich will nicht sagen immer, keine Treue, keinen Schatten von Frömmigkeit, keine Gottesfurcht, keinen Glauben, wohl aber eine unmenschliche Wildheit, die an Grausamkeit und Raub, Gewalt und Unrecht ihre Freude hat.

Aber unser Gattamelata, der doch so hoch stand, übertraf an Menschlichkeit und Güte, um es frei herauszusagen, alle früheren Feldherren.

In diesem unter den Waffen aufgewachsenen Mann war so viel Frömmigkeit, so viel Glauben, so viel Ehrfurcht vor Gott, wie man es kaum bei jenen trifft, die sich rühmen, ein beschauliches und religiöses Leben zu führen. Niemals erlaubte er die Plünderung von Städten, die Schändung von Kirchen, die Verwüstung von Feldern, die Zerstörung von Häusern und Gehöften. Niemals durften seine Soldaten Mütter oder Jungfrauen oder unschuldige Kinder rauben und misshandeln, wie wir das so oft sehen. Mit solcher einzig dastehenden Menschlichkeit verband er in wunderbarer Weise alle Gemüter.«

Der Norditaliener Giovanni Pontano sprach als Vertreter der Dichterzunft, die in den Lagern der Heerführer und während der Schlachten diese und ihre Führer besangen und beschrieben. Als späteres, gefeiertes Haupt der Akademie von Neapel war er kein Geringer dieser Zunft, aber ihm fehlte die Wärme Quirinius'.

Loyalität und Treue, signor Macchiavelli, dazu noch Menschlichkeit? Vorurteile können wie Scheuklappen sein!

Ein weiterer Freund, der aus vornehmer venezianischer Familie stammende Francesco Barbaro, widmete ihm ein Epigraph mit dem großen Lob, Gattamelata habe den sinkenden Stern Venedigs wieder zu hellem Strahlen gebracht, inclinatamque rem Venetam restituit in pristinam dignitatem, *und er nennt ihn den bedächtigsten Feldherrn seiner Zeit,* dux aetatis suae cautissimus. *Dabei mag Barbaro an die Zeit um 1438 zurückgedacht haben, als Gattamelata ihm als jungem venezianischem Statthalter von Brescia die Stadt zur Verteidigung gegen Piccinino anvertraut hatte, um mit dem verbleibenden Heer den legendären Marsch über die Berge und durch das Scarpatal anzutreten, und der dann von Verona aus Piccinino zur Aufgabe seiner Belagerung zwang und Barbaro und Brescia rettete.*

Auch der enge Freund Erasmo da Narnis und provvoditore *Pietro Loredan, ebenfalls von edlem venezianischem Blut, trauerte tief, wenn von ihm auch nichts Schriftliches oder in Stein Gemeißeltes zum Ruhme des Verstorbenen überliefert ist.*

»Sein Name wird in allen Städten, unter allen Völkern und Nationen unvergänglich und ewig sein!«, *in wie vielen Grabreden mag so vollmundig getönt worden sein, aber Gattamelatas Hinterbliebenen sorgten dafür, dass sein Name tatsächlich noch im nächsten Jahrtausend unvergänglich und ewig sein sollte.*

Und wer trägt heute im 21. Jahrhundert zur Unsterblichkeit des Gattamelata bei?

Diverse Kunstführer und das Internet!

kapitel 7
a. d. 2001/ende september

Padova

ulia schlief in der Nacht zum Donnerstag unruhig, immer wieder geisterte der schwer bewaffnete und hoch gerüstete Gattamelata durch ihre Träume und bedrohte sie, aber noch öfter schadete er Roberto, und so war sie froh, als endlich die ersten Morgenstrahlen in ihr Zimmer lugten. Plötzlich zuckte sie zusammen: Ein Steinchen flog an ihre Fensterscheibe, und sie schlich sich leise seitwärts ans Fenster.

Zuerst sah sie niemanden unten im Garten, aber dann trat eine ihr wohlbekannte Gestalt zwischen die Beete und warf wieder ein Steinchen, das nach einem leichtem Klirren an der Fensterscheibe zurückfiel.

Traue ich ihm oder nicht? Julia überlegte und entschloss sich spontan, ihrem Gefühl zu folgen. Sie trat hinter der Gardine hervor und machte Zeichen, dass sie zu ihm herunterkommen wolle, zog sich schnell an und traf hinter der Taxushecke im rückwärtigen Teil des Gartens auf Umberto.

»Wie bist du hier reingekommen?«, flüsterte Julia fragend, nachdem er sie schweigend umarmt hatte. »Die Alarmanlage sollte so etwas eigentlich verhindern!«

»Aber nicht, wenn Sandro dabei ist!«, flüsterte Umberto.

Sie setzten sich auf die Bank neben dem Faunkopf, aus dessen Mund Wasser rieselte. So sehr Julia sich zuerst über Umbertos Anwesenheit und Begrüßung gefreut hatte, umso mehr erschrak sie, als sie die Trostlosigkeit in seinem abgemagerten Gesicht wahrnahm, die durch einen vierzehn Tage alten Bart noch verstärkt wurde.

»Ich wollte mich von dir verabschieden, Giulietta, und dich bitten, Gina ein wenig zur Seite zu stehen. Und ich weiß, Roberto wird sich trotz allem um seinen Patensohn kümmern, wenn ich nicht mehr bin.«

Er starrte vor sich auf den mit Kies bestreuten Weg, seine lautlos geweinten Tränen verschwanden in den dichten Bartstoppeln. Es verschlug Julia die Sprache, und sie legte ihre Hand auf seine. Er ergriff sie wie ein Ertrinkender und drückte sie fest.

»Ich mache Schluss.«

Fast unhörbar kamen ihm die Worte über die Lippen.

»Es hat alles keinen Zweck mehr, und besser, die Kinder haben einen toten Vater als einen im Knast.«

»Das ist nicht dein Ernst! Umberto, das ist keine Lösung! Höchstens für dich!«, rief sie laut.

Umberto hielt ihr erschrocken die Hand vor den Mund.

»Es gibt keine andere, glaub mir, Giulietta, und ich verabschiede mich auch nur von dir. Ich kann es Gina nicht direkt sagen, ich weiß, das ist feige. Aber ich bin am Ende, Gott verzeih mir!«

»Das wird er nicht, Umberto, Gott wird dir nie verzeihen! Und Gina nicht, und ich dir auch nicht! Du bist unschuldig, das wird sich zu gegebener Zeit sicher klären lassen. Aber jetzt brauchen wir dich!«

»Die Beweise sind erdrückend! Roberto hat mit Sandro gesprochen, und der hatte den Eindruck, Roberto sei von meiner Schuld überzeugt!«

»Ist dir eigentlich bewusst, dass man Roberto mit dir seines Flankenschutzes beraubt hat und du ihn jetzt nicht im Stich lassen darfst?«

»Wieso?«, fragte er interessiert.

»Denk mal an die *Tre Condottieri!* Die hatten während des strategisch bedingten Rückzugs des *marchese* alle Zeit der Welt, ihr Schlachtfeld vorzubereiten und ihre Truppen zu formieren. Gattamelata ist ein alter *Bracceske*, wenn du weißt, was ich meine. Er operiert mit kleinen flexiblen Trupps, seinen Lanzen. Und er hat ganz bewusst Robertos Flankenschutz, nämlich dich und Luciano, ausgeschaltet! Und nun willst du kampflos aufgeben? Wo Roberto dich dringender als je zuvor braucht?«

Stille breitete sich zwischen ihnen aus. Umberto knetete seine Hände und brauchte einige Zeit, bis er sagte:

»Du hast eben ein Menschenleben gerettet, *La Tedesca!* Was meinst du, wo wird die Schlacht geschlagen?«

»Im *Ca'Vecchia* Brandolin«, kam Sandros Stimme aus dem Gebüsch; er setzte sich neben Julia. »Der *marchese* hat den nächsten Sonntagmorgen als Schlachtbeginn festgesetzt. Danke, *La Tedesca*, auf mich wollte dieser potenzielle Selbstmörder ja nicht hören!«

Alle Reserviertheit war von ihm abgefallen und er duzte sie in seiner Erleichterung.

»Woher weißt du das?«, fragte Umberto. »Und wer ist Gattamelata?«

»Ich glaube, der *marchese* weiß es. Aber du kennst ja sein Gesicht mit dieser Wenn-Sie-sich-ein-bisschen-bemühten-könnten-Sie-es-auch-wissen-Mimik!«

Julia kicherte.

»Aber er kann es nicht beweisen!«, sagte Sandro. »Sonst würde er nicht solch theatralische Verrenkungen machen und die Verdächtigen ins *Ca'Vecchia* Brandolin bestellen wie Monsieur Poirot bei Agatha Christie!«

Schließlich verriet ihnen Julia, wie sie Gattamelatas Identität enthüllen zu können glaubte, vorausgesetzt, sie könne in Erfahrung bringen, wer das dritte Knotenparterre besäße. Doch die beiden Männer sahen sie skeptisch an: keltische Knoten, Blumenparterre und Ringe mit Inschriften von 1938 schienen die beiden Kriminalisten jedenfalls nicht gerade umzuhauen.

Umberto kratzte sich am Kopf.

»Ich wollte mich ja eigentlich nur verabschieden, bevor ich ... Na, du weißt schon! Aber jetzt verschwinde ich tatsächlich am besten, bevor ich dich in Konflikte mit dem Gesetz und mit deinem Mann bringe! Sag mal, bist du schwanger oder hast du nur zugenommen?«

»Wie? Was? Der *marchese* und *La Tedesca*? Verheiratet?«

Sandro fielen vor Erstaunen fast die Augen raus. »Dann darf sie dieses Haus unter keinen Umständen verlassen! In den Händen des Syndikats und Gattamelatas wäre sie das ideale Druckmittel gegen den *marchese*. Schwöre, *La Tedesca,* dass du dies Haus nicht verlässt!«

Sie lachte leise und meinte, sie habe dies schon zwei Männern geschworen, warum dann nicht auch ihm? Und ja, sie sei schwanger und wisse sehr genau, dass Roberto mit ihrer Sicherheit erpressbar sei, deswegen habe er ja auch darauf bestanden, dass sie in Deutschland bleibe. Aber bei der Identifizierung von Gattamelata könne sie eben nur in Italien und mit dem Knotenparterre helfen.

»Hör auf mit deinen Blumen, Giulietta!«, befahl Umberto. »Aber was machen wir sonst? Wie können wir dem *marchese* am Sonntagmorgen helfen? Das ist schon übermorgen!«

»Ihr müsst die Schlachtenordnung des Syndikats durcheinanderbringen«, schlug Julia vor, »und Gattamelata verunsichern. Nein, noch besser: Ihr solltet ihn sich absolut sicher fühlen lassen! Du begehst heute Nacht sehr spektakulär Selbstmord, Umberto! Und wir nehmen einen venezianischen *condottiero* unter Vertrag, er hat mir seine Streitmacht angeboten!«

»Ich verstehe kein Wort!«, murmelte Sandro konsterniert. »Ich war eben saufroh, dass Umberto diese blödsinnige Selbstmordidee aufgegeben hat, und nun bestärkst du ihn wieder darin, *La Tedesca.*«

Umberto hingegen blickte Julia bewundernd an und meinte, sie wäre bestimmt die Wiedergeburt einer *condottiera* aus dem *cinquecento,* jedenfalls sei ihr Vorschlag sehr ausbaufähig.

»Du denkst an Vittorio von den *caramba*, Giulietta?«

»*Signorsi, capitano*! Der fischt dich als Leiche bestimmt gern aus der Lagune!«

»Und während alle Blicke auf Venezia ruhen und man Taucher und Hubschrauber und was sonst noch nach mir suchen lässt, bereitet Sandro den Hinterhalt am *Ca'Vecchia* Brandolin vor, und ich stoße dazu.«

»Und währenddessen bestelle ich mir den *maestro* Bertolini ins *Ca'Rosso*, der kennt alle Gärten der Umgebung und hilft mir, mein keltisches Knotenmuster zu finden!«

Sandro hatte ihrem wie ein Tischtennisball hin und her fliegenden Dialog mit offenem Mund zugehört und natürlich nichts verstanden.

»Kommt mit ins Haus!«, übernahm Julia jetzt die Führung. »Er erklärt dir alles in Ruhe, Sandro. Umberto kann in meinem Zimmer bleiben, da schaut tagsüber keiner rein. Und wenn wir für heute Nacht alles geregelt haben, braucht er mehr als nur eine Mütze Schlaf. Ich wette, du hast während der letzten Wochen nicht besonders viel Ruhe gefunden!«

Die Tür von Julias Zimmer schloss sich gerade hinter Umberto, als der Möbelwagen der Lübecker Spedition eintraf und Hektik im ganzen *Ca'Rosso* ausbrach. Zwischendurch bereitete Julia Umberto ein kräftiges Frühstück, er hatte während der vergangenen Wochen bestimmt mehr als zwanzig Kilo abgenommen, sein Hals hing faltig über dem Hemdkragen und ließ ihn doppelt so alt aussehen. Aber jetzt war er wild entschlossen, dieses Defizit durch erhöhte Kalorienzufuhr auszugleichen.

Gina kam auf Giulias Anruf hin sofort ins *Ca'Rosso*, eine halbe Stunde später verließ sie es laut schluchzend, nicht ohne Julia vorher zugeblinzelt und den Zeigefinger zum Zeichen des absoluten Schweigens auf ihre Lippen gelegt zu haben.

Der Fahrer der Spedition, der seine Frau mitgebracht hatte und mit ihr das Wochenende in Venezia verbringen wollte, bekam außer einer guten Mahlzeit auch noch den Ratschlag mit, den Möbelwagen auf dem Parkplatz in Fusina zu lassen, von dort könne man gut nach Venezia übersetzen, nicht ahnend, dass er einen blinden Passagier befördern würde.

Am Nachmittag trank sie wieder mit Francesca Tee im Garten, als Carlo von der Terrassentür her laut rief:

»Francesca, Besuch für dich!«

Der *questore* eilte durch die Blumenparterre und an der inzwischen nicht mehr bröckeligen Brunnenschale mit den Wasser speienden Delfinen vorbei auf sie zu und ließ Julia keine Chance zum Verschwinden. Dabei sollte keiner aus der *questura* sie hier sehen, obwohl Julia ihm nicht misstraute, denn Roberto hielt seinen Patenonkel für überaus loyal.

»*Buon giorno*, Francesca!«, begrüßte er die *marchesa* und gab ihr die Hand. »Und Sie wieder in Italien, *La Tedesca*? Herzlich willkommen! Auch in diesen schweren Zeiten freue ich mich außerordentlich, Sie zu sehen!«

Für Plauderei blieb keine Zeit, denn Tramontan hatte es eilig. Ob Roberto im *Ca'Rosso* wohne? Nein, das sei ärgerlich, er müsse den Jungen unbedingt sprechen, in seiner Wohnung sei er nicht, kein Anrufbeantworter sei eingeschaltet, das *telefonino* wie immer außer Betrieb. Ob Francesca nicht wüsste, wo er sich aufhalte.

Sie wusste es nicht und ihre Schwiegertochter ebenso wenig.

»Schwiegertochter? Das heißt *La Tedesca* und der *marchese* sind ein Paar? Und Vater wird er auch! *Dio mio*, ist der Junge verschwiegen, kein Wort hat er darüber verloren! Meinen ganz herzlichen Glückwunsch, *La Tedesca*, und *tanti auguri* auch dir, liebste Francesca! Endlich einmal gute Nachrichten!«

Tramonte schüttelte immer noch verwundert den Kopf.

Julia hatte diesen Mann bisher nur als wortkarg und besonnen wahrgenommen und wunderte sich nun über seinen Temperamentsausbruch, wobei sie sich darüber ärgerte, dass ihre Schwiegermutter das Geheimnis nicht bewahrt hatte. Diskretion gehörte nicht zu ihren Tugenden, wer wusste, wem sie alles schon unter dem Siegel der absoluten Verschwiegenheit und voller Stolz die Neuigkeiten in ihrer Familie verraten hatte! Francescas Bitte an den *questore*, diese Nachricht vorläufig noch für sich zu behalten, kam jedenfalls zu spät, denn Tramontan war schon wieder weg.

Jochim, der immer noch Julias Handyrechnungen zahlte, würde sich über die Summe der an diesem Tage geführten Gespräche sicher wundern.

Laguna Veneta

Das kleine Fischerboot glitt lautlos aus dem *darsena** Fusina, das Eintauchen des Ruders hörte man kaum, und suchte sich sicher seinen Weg in den *Canale Malamocco e Maghera*. Maddalena vergewisserte sich, dass weit und breit kein anderes Schiff zu sehen war, startete den Außenborder und drosselte ihn. Langsam fuhr sie an den *medi luminosi* mit ihrem orangerot scheinenden Licht in Richtung Süden. Venezia, dessen angestrahlte Sehenswürdigkeiten bis hier herüber leuchteten, lag an Backbord, und sie entfernte sich immer mehr davon.

Dieser Schifffahrtsweg wurde gut überwacht, und so atmete sie auf, als sie an der dritten *dama di pali*, die den Beginn der Fahrrinne des *Canale Lasario* anzeigte, den Hauptschifffahrtskanal verlassen konnte, obwohl sie wusste, dass beim Übergang in den *Canale di Molini* die Beleuchtung spärlicher und die Einfahrt in den *Canale Fisolo* nicht ganz einfach werden würde, wenn die dichte Bewölkung nicht aufriss.

»Dauert das noch lange?«, fragte eine erstickt klingende Stimme unter der Plane. »Ich werde langsam seekrank!«

* Hafenbecken

»Und du willst ein Pellestrino sein? Bleib unten und sei ruhig!«
Vittorio hatte ihr schon öfter einiges zugemutet, aber dies war das weitaus Gefährlichste. Wenn sie von seinen Kollegen mit einem per Haftbefehl gesuchten *questorino* aufgebracht wurde, na, dann gute Nacht!

Aber Gott sei Dank tauchten weder ein Polizeiboot noch ein anderes verdächtiges Schiff auf, sodass sie sich etwas entspannter zurücklehnen konnte, als endlich die Lichter von Alberoni und der *Faro Roconetta* backbords und der kleine *Faro** *Ceppe* steuerbords ihr den Weg in den *Canale di San Pietro* wiesen, der direkt an der Lagunenseite des *Litorale di Pellestrina* entlanglief. Hier achtete keiner auf ihr Boot. Sie warf einen Blick zurück zur Durchfahrt zwischen dem *Litorale di Lido* und dem von Pellestrina, irgendwo da draußen warteten Vittorio und seine Mannschaft, um im nächsten Akt aufzutreten.

Bei *da Memo* wurden eben die letzten Lichter gelöscht und in Porto Secco legte Maddalena bald darauf an einer Kaimauer an. Ihr bis hierher unsichtbarer Passagier verließ nur mit einem festen Händedruck des Dankes das Boot.

»Bis nachher!«, flüsterte Maddalena und machte sich auf den Rückweg nach Venezia, diesmal auf der Lagunenseite des *Litorale di Lido* und ohne Druck auf dem Herzen.

Vittorio blickte ein ums andere Mal durch sein Nachtglas, sie kannten das Gewässer vor dem *Litorale di Pellestrina* gut, immer wieder versuchten Flüchtlinge in kleinen Booten oder Rauschgift- und sogar Zigarettenschmuggler hier an Land zu kommen, weil die drei Durchfahrten in die Lagune zu scharf überwacht wurden. Er und seine Mannschaft wussten genau, wie weit sie sich an das Ufer wagen konnten und wo die Wracks lagen. Trotzdem blieb immer ein Restrisiko, besonders wenn die *bora* blies oder der *scirocco*. Aber heute Nacht herrschten optimale Bedingungen.

Sein *telefonino* klingelte, er lauschte einen Moment.

»Danke, *bella!*«

Fast gleichzeitig sah er eine Bewegung auf dem Deich und richtete sein Fernglas dorthin. Es war eindeutig eine Gestalt, die jetzt in Höhe der ersten Bootswerft südlich von San Pietro in Volta zu dem an dieser Stelle kaum existierenden Strand hinabkletterte.

Sofort ließ er eine Meldung durchgeben, offensichtlich plane ein Selbstmörder in die Adria zu springen, und forderte Hubschrauberunterstützung an. Auf die erstaunte Frage seines Steuermanns, woher er denn das wisse, vielleicht wolle nur so ein unvernünftiger Tourist ein Bad nehmen, antwortete Vittorio, das habe er so im Gefühl, im Übrigen

---

* Leuchtturm

gäbe es keine Touristen auf Pellestrina, und ein *pellestrino* würde nie freiwillig baden.

Der Scheinwerfer ihres Schiffs erreichte das Ufer nicht ganz, die Lautsprecherdurchsage blieb unbeantwortet, und die Gestalt entledigte sich offensichtlich hastig ihrer Kleider am Ufer.

»Er springt tatsächlich!«

Vittorio bediente den Suchscheinwerfer höchstpersönlich und erfasste auch tatsächlich den Kopf des Schwimmers, sein Steuermann hatte jetzt das Fernglas vor Augen.

»Mich trifft der Schlag! Das ist der *questorino*, den sie überall suchen!«

»Sofort eine Meldung an die *questura* in Padova absetzen, oberste Dringlichkeitsstufe! Und ruft ihn noch mal per Megafon an!«

Befriedigung klang aus seiner Stimme.

Plötzlich erlosch der Scheinwerfer.

»*E che cavolo!*«, hörte man den Kommandanten fluchen, und nach einer kleinen Weile leuchtete der Scheinwerfer wieder auf, aber den Schwimmer verfehlte er. Das Polizeiboot fuhr noch ein Stückchen näher ans Ufer – vergebens.

Und dann hörten sie den Hubschrauber. Gleichzeitig geriet das Schiff ins Schaukeln, als jemand über die Reling plumpste und völlig außer Atem liegen blieb.

»Los, los, unter Deck!«, ordnete Vittorio an.

Er grinste und machte mit Mittel- und Zeigefinger das Siegeszeichen, oder, wenn man so wollte, das V für Vittorio.

Nachdem einige Zeit die Meeresoberfläche vergeblich mit Scheinwerfern abgesucht wurde, wurde die Suche ergebnislos abgebrochen.

Kurz nach Mitternacht lief Vittorios Patrouillenboot den Stützpunkt an der *Piazzale Roma* an, wo eine Horde von Fotografen und Journalisten sie erwartete, aber das Boot wurde unerschütterlich ruhig für die Nacht vertäut, und alle gingen von Bord, Vittorio, um sich den Journalisten zu stellen und anschließend seinen Bericht zu schreiben, die anderen in den wohlverdienten und verschwiegenen Feierabend. Morgen früh würden die Gazetten über den Selbstmord von *commissario* Tamassia berichten. Aber sie wussten es besser.

Eine Wolkendecke hatte sich über Venezia ausgebreitet, unter der sich der Mond in verstohlenen Momenten versteckte. Ein kleines Fischerboot entfernte sich langsam von der *Piazzale Roma* in Richtung Tronchetto, und wenig später warf eine sportlich gekleidete Frau unter den Augen eines verschlafenen Aufsichtsbeamten die Parkgebühr ein und zog das *biglietto* wieder heraus.

Bald darauf fuhr ein dunkler Alfa 166 aus einem der Parkhäuser und verließ Venezia über die *ponte della Libertà*, niemand achtete darauf, dass es sich um den Privatwagen des *comandante* handelte, und niemand sah, dass der Wagen, kurz bevor er den *Canale Grande* überquerte, anhielt, eine jetzt wieder in Zivil gekleidete Person aufnahm und sich über die SS 11 von der Inselstadt entfernte.

Padova

Julia drehte sich noch einmal faul im Bett herum, nach den Anstrengungen des vergangenen Tages sah sie dem heutigen gespannt und trotzdem gelassen entgegen. Aber dann erstarrte sie: Auf der Couch lag zusammengerollt Sandro, der sie wachsam im Auge behielt.
»Nanu? Ich denke, du bist Umbertos Flankenschutz?«
»Ich habe neue Befehle!«
»So?«
»Dich nicht mehr aus den Augen zu lassen!«
Julia verdrehte die Augen in gespieltem Erstaunen.
»Ihr habt mein Wort, dass ich das *Ca'Rosso* nicht verlasse!«
»Eh! Wenn ich eure Alarmanlage umgehen kann und ohne, dass irgendwer das merkt, mich auf dein Sofa schleichen kann, können das auch andere, *La Tedesca*! Spar dir lieber deine Widerworte, Befehl ist Befehl! Ich wäre auch lieber am Ort des Geschehens!«
»Hat mit Umberto alles geklappt?«
»Alles! Übrigens musst du mich nicht verstecken, ich hab den Befehl als dein *bodyguard* von ganz oben!«
»Vom *questore*?«
»*Si, signora!* Der hat das erste Mal mit so einem kleinen Pfadfinder wie mir gesprochen.«
Nach dem Frühstück, das von dem überraschenden Selbstmord Umberto Tamassias beherrscht wurde, brachen Francesca und Carlo zu einem Geschäftswochenende nach Bologna auf.
Julia versuchte erneut, Bertolini anzurufen, und an diesem Vormittag gelang es ihr auch tatsächlich, ihn zu erreichen.
»Ich brauche deinen Rat, Bertolini! Es geht um ein kompliziertes, keltisches Knotenmuster, das als Blumenparterre von meiner Großmutter entworfen wurde. Ich würde dir den Plan gern zeigen, könntest du ins *Ca'Rosso* kommen?«
»Das wird schlecht gehen, *La Tedesca*, ich habe einen Hexenschuss, der mich völlig bewegungsunfähig macht! Aber auch ich würde dich gern sehen, wäre es dir recht, wenn ich dir meine Limousine schicke?«

Julia überlegte einen Moment; hielt die Sprechmuschel zu und fragte Sandro nach seiner Meinung.

»Meinetwegen!«

»Gut, Bertolini, ich freue mich!«

Sie verabredeten sich für zehn Uhr, und pünktlich hupte es vor der Haustür. Sandro sicherte die Straße, schaute in die Limousine, bevor er Julia das Zeichen gab, das Haus zu verlassen und in den Wagen zu steigen. Julia fand seine Vorsicht etwas übertrieben und wurde an den vergangenen Herbst erinnert, als sie ebenfalls nur mit Polizeischutz unterwegs sein durfte.

Sie stieg, gefolgt von Sandro, ein, und sie fuhren die ihr schon bekannte Abkürzung durch das Industrieviertel nach Noventa Padovana. Bertolinis Villa lag etwa fünfhundert Meter vor der des *vice-questore*, die wiederum an die des *questore* grenzte. Julia bemerkte einen Augenblick zu spät, dass sie an Bertolinis Besitz vorbeifuhren.

»Halt, Sandro! Wir sind zu weit gefahren!«

Aber als der unbeeindruckt aus dem Fenster sah, beschlich Julia eine unbestimmbare Furcht. Auch an der Villa Deganellos hielten sie nicht, sondern nahmen die Einfahrt zum Haus des *questore*.

»Sandro, was ist los! Ich wollte zu *maestro* Bertolini!«

»*Non tutto va sempre liscio*, es geht nicht immer alles glatt!«, zitierte der einen von Umbertos Lieblingssprüchen.

Hier lief etwas ausgesprochen schief. Eiseskälte umschloss ihr Herz, als sie mit zitternden Knien ausstieg und die Limousine neben den Gartenanlagen hielt. Der *questore* kam ihr von der Terrasse her entgegen, die einen Blick auf seinen schön gepflegten und sehr traditionell angelegten Garten freigab. Vier verschieden gestaltete Blumenparterre gruppierten sich um ein Rondell, in dessen Mitte sich eine *ondina* aus Marmor in einer Brunnenschale den Fischschwanz kühlte.

Eigentlich musste Julia nicht mehr genau hinschauen, sie wusste rein instinktiv, dass sie das dritte Blumenparterre gefunden hatte, tat es aber zur Bestätigung trotzdem. Wie am *Ca'Rosso* und wie bei dem *vice-questore*, ihrem Halbonkel, lag das von ihrer Großmutter entworfene, keltische Knotenparterre ihr direkt zu Füßen, die Buchsbaumbegrenzungen akkurat geschnitten, die Zwischenräume mit niedrigen Astern frisch in lauter Lila- und Blautönen bepflanzt, kühl und vollendet wirkend.

»Herzlich willkommen, *La Tedesca*! Schon beim TCCP-Ball wollte ich Sie einladen, meinen Garten anzusehen. Ich wusste, dass Sie die Enkelin des Mannes waren, der mein Leben 1943 gerettet hat. Aber es kam immer etwas dazwischen.«

Julia erstarrte, aber nicht wegen seiner Worte, sondern weil er wie selbstverständlich den Ring des Gattamelata trug, dessen Gegenstück sich in ihrer Handtasche befand.

Der *questore* schwieg und sah sie erwartungsvoll an.

Sie hatte dem Falschen ihr Vertrauen geschenkt, und nun stand ihr Gattamelata gegenüber, und Sandro kooperierte mit ihm, folglich stand auch Umberto auf der Seite der *Tre Condottieri*.

Sie hätte ihn doch fragen sollen, wie seine Fingerabdrücke auf die Kontoauszüge gelangt waren!

»Trau, aber schau, wem!«, murmelte sie, und Verzweiflung ergriff sie; mit ihr als Geisel war Roberto zu erpressen, nie würde er ihr verzeihen, dass sie sich über seine Vorsichtsmaßnahme hinweggesetzt hatte.

»*Der Verräter hat den Ring*! Waren das nicht die Worte, die der alte Pietro in seiner Sterbestunde gesagt hat, *La Tedesca*?«

Julia nickte wortlos und sah auf ihre Hände, die die Architektenrolle mit den Plänen und Zeichnungen ihrer Großmutter umklammert hielt, sie mochte Gattamelata nicht anschauen, allzu elend war ihr zumute.

Am schlimmsten war, dass sie Roberto in allerhöchste Gefahr gebracht hatte. Was mochte Gattamelata morgen früh mit ihm vorhaben? Sie hatte das Ganze so zuversichtlich angepackt, und nun verkehrte sich alles ins Gegenteil.

Guter Wille allein genügt nicht! Das waren Robertos Worte am Beginn ihrer Bekanntschaft gewesen. Wie wahr!

Colli Euganei

Roberto saß seit Beginn der Morgendämmerung auf der Terrasse des *Ca'Vecchia* Brandolin, den Blick in unbestimmbare Ferne gerichtet und keinen Gedanken an die Schönheit dieses Septembersonntags verschwendend, an dem die Sonne bald blutrot im Osten aufgehen würde, irgendwo hinter der *Laguna Veneta*, irgendwo hinter dem *Litorale di Pellestrina*, an dessen Seeseite sein Freund Umberto vorgestern Nacht seinem Leben ein Ende gesetzt hatte.

Ich hätte es verhindern können, sagte sich Roberto immer wieder, wenn ich Sandro nur gesagt hätte, dass ich an die Unschuld meines Freundes nicht nur glaubte, nein, sogar wusste, dass er in einer Falle saß, die man für ihn aufgebaut hatte!

Frühnebel verhinderte, dass er den Sonnenball sah, der milchige Dunst ließ die euganeischen Hügel in ihren Konturen nur erahnen, und auch der von Giulia so vollendet angelegte und von Clemente mit Hingabe gepflegte Garten mit seinen niedrigen Buchsbaumeinfassungen und üppigen Rosen-, Astern- und Salvienbeeten entzog sich dem unverschleierten Blick.

Nie hätte Umberto als Computerfreak den Fehler begangen, Dateien so unprofessionell zu löschen, dass man sie wiederherstellen konnte, sagte sich Roberto, und wenn, hätte das Protokoll auch auftauchen müssen.

Trotz intensiver Suche hatte man Umberto auch am gestrigen Samstag nicht gefunden. Er sah ihn sich dort unten in den Seegrasfeldern vor dem *Litorale di Pellestrina* mit der Strömung drehen und schwerelos dahindriften.

Gattamelata wollte ganz sichergehen, fuhr es ihm durch den Kopf, deshalb hat er zu viele Fallen gleichzeitig aufgestellt. Wenn Umberto wirklich über Jahre für die *Tre Condottieri* gearbeitet hätte, wären ihm nicht jahrelang keine und dann in einem Jahr so viele Fehler unterlaufen.

Langsam stand er auf und umrundete das Haus. Dort oben im Wald hielt sich Luciano auf, der verhindern sollte, dass sich jemand von hinten dem *Ca'Vecchia* Brandolin nähern konnte, die Tür an der Ostseite blieb verschlossen, und auf der Terrasse, mit dem *Ca'* im Rücken wartete Roberto relativ geschützt auf Gattamelata.

Die Trauer um den Freund hielt ihn so gefangen, dass er sich zwingen musste, an die vor ihm liegende Aufgabe zu denken und an die Welt, die sich in den vergangenen Tagen so dramatisch verändert hatte, sowohl seine eigene kleine, als auch die große, in der sie alle sich so sicher gewähnt hatten und die von einem Terrornetzwerk durchdrungen war.

Um zehn Uhr, zur verabredeten Zeit, hob sich wie abgesprochen der Nebel und brach der Septembersonne Bahn. Hinten an der Treppe zum Obstgarten erschien eine Gestalt, die er dort nicht erwartet hatte und durch die Mittelachse des Renaissancegartens auf ihn zukam. Roberto erhob sich, um den *vice-questore* zu begrüßen.

»*Buongiorno*, mein Junge! Ich weiß, ich bin spät dran, aber ich habe mich höchstpersönlich davon überzeugt, dass der Ring aus Polizisten oben am Hügelrand lückenlos ist und die Straßensperren sofort alles abriegeln, wenn er hier ist!«

Roberto machte eine ärgerliche Handbewegung, aber sein Onkel beschwichtigte ihn.

»Nein, nein! Deine Planung war mir zu sorglos, ich möchte auf Nummer sicher gehen, dass dein Gattamelata nicht zahlenmäßig in der Übermacht ist. Wir können uns jetzt ohne Risiko hierhersetzen und auf sein Erscheinen warten.«

»Du weißt auch, wer er ist? Wie lange schon?«

»Seit Pietros Tod! Du warst aus dem Verkehr gezogen und befandest dich im Lazium, weißt du noch? *La Tedesca* hat Pietros letzte Worte kolportiert: Der Verräter hat den Ring!«

Deganello zog eine Zigarre aus der Brusttasche seines Anzugs und präparierte sie mit großem Ritual, Roberto in Spannung haltend. Wohl hatte Giulia ihm die letzten Tage und Stunden des alten Pietro geschildert, aber ihre Betonung hatte auf den Worten des Sterbenden gelegen, die Umbertos Vater rehabilitierten.

»Stefano Tramontan hat den Ring! Schau nicht so entsetzt, Roberto, aber ich kann es dir nachfühlen, ich war ebenso entsetzt: mein Freund Tramontan, mit dem ich aufgewachsen bin, mit dem ich beim Militär war, mit dem ich studiert habe. Mit dem ich gemeinsam die Polizeiakademie besucht und dann Karriere gemacht habe! Er hat mich all die Jahre getäuscht, er hat mich all die Jahre benutzt! Ein verdammt schlimmes Gefühl!«, er entzündete die Zigarre und blies den Rauch genussvoll aus. »Du kennst es auch, dies Gefühl, nicht wahr? Bei deinem Freund Tamassia!«

Roberto wollte ihm widersprechen, aber der *vice-questore* fuhr ohne Unterbrechung weiter fort:

»Seit dem Tag von Pietros Beerdigung hat Tramontan den Ring nicht mehr getragen, ich wette, er liegt in irgendeinem Kanal, der Ring des Gattamelata! Und ich habe seither ohne Erfolg versucht, Beweise gegen ihn zu finden. Vielleicht gelingt es dir.«

Sein Onkel konnte richtig schön theatralisch werden, dachte Roberto.

Plötzlich hörten sie Motorengeräusche. Langsam erklomm die Limousine des *questore* den Berg und hielt seitwärts neben der Terrasse. Der Fahrer stieg aus und öffnete dem *questore* die Tür, der ohne Verzug auf seinen Vertreter und Roberto zuschritt und sie begrüßte.

»Dein Brief hat mich einigermaßen erstaunt, mein Junge«, sagte er. »Du hältst mich für den Syndikatsboss Gattamelata, stimmt's? Nicht sehr schmeichelhaft!«

»Mich hält er auch dafür. Ich habe den gleichen Brief wie du erhalten, Tramontan, in dem er mich bat, mit ihm heute Morgen über die Nachfolge Gattamelatas zu sprechen. Ich nehme zumindest an, dass du so einen Brief erhalten hast?«

»Du hast recht! Und nun sind wir zwei hier, um dem *marchese* zu beweisen, wer von uns Gattamelata ist beziehungsweise nicht ist! Roberto, das war sehr schlau von dir!«

Der *questore* schien Spaß an der Sache zu haben.

»Aber was ist, mein Junge, wenn wir beide die Jahre über zusammengearbeitet haben, sozusagen als Gattamelata und Graf Brandolin?«

»Dann habe ich den *uomo nero*, den Schwarzen Peter, und es stünde schlecht um mich; aber ich glaube nicht daran! Also, können wir beginnen?«

Roberto schenkte drei Gläser mit dem samtigen Rotwein der euganeischen Hügel ein.

»Der *vice-questore* hat schon vorgelegt«, sagte Roberto, »jetzt bist du dran, Onkel Stefano!«

»So, hat er! Ich wette, er hat über den Ring geredet, den Ring, den Gattamelata vom Grafen Brandolin bekommen hat? Das war nicht sehr fair, Gianni, aber über diesen Ring stolperst du!«

Er trank voller Genuss einen Schluck Rotwein und hob anerkennend die Brauen.

»Ein guter Tropfen! Ich hoffe, Roberto, du bist mir nicht allzu böse, wenn ich deine Inszenierung hier durcheinanderbringe, aber die Zeit drängt! Gattamelata hat seine Lanzen gut positioniert, und wir werden Mühe haben, unsere zurzeit nicht allzu große Streitmacht geschickt einzusetzen. Ich würde, wenn ich einen Decknamen annehmen müsste, den von Francesco Sforza nehmen, der hat Gattamelata einige Male in Schwierigkeiten gebracht, den historischen, meine ich! Francesco Sforza hing je nach Bedarf den Sforzesken oder den Braccesken an, mal griff er auf breiter Front an, mal mit kleinen Mannschaften.«

»Gattamelata hat seine Lanzen gut positioniert? Redest du jetzt in der dritten Person von dir?«, spottete Deganello; er wirkte sicher und gelöst und sah dem Rededuell offensichtlich gelassen entgegen.

Roberto fühlte so etwas wie Familienstolz: Der *vice-questore* verkaufte sich gut, aber auch Tramontan war keinerlei Unsicherheit anzumerken.

»Lass uns beginnen!«, schlug der *vice-questore* lächelnd vor. »Lass uns mit den Namen beginnen: Du heißt Stefano. Auch der historische Gattamelata wurde von der *Serenissima* als ihr *geliebter condottiero Erasmo da Narni, genannt Stefano,* bezeichnet! Auch dein Vater hieß so, als er in der *resistenza* unter Brandolin kämpfte.«

»Du irrst! Nicht mit den Namen, aber mein Vater hat nie unter Brandolin gekämpft, er war sich lange Zeit nicht sicher, ob die *resistenza* für das Italien stand, das er ersehnte. Und dein Vater hieß auch Stefano – Guiseppe Stefano Deganello, und auch du heißt Stefano, Giovanni Stefano Deganello. Kein Punktgewinn für dich. Aber lass uns noch ein wenig länger bei den Namen bleiben.«

»Gut! Dein Sohn, Tramontan, hast du ihn nicht Gianantonio genannt, wie seinerzeit Gattamelata seinen einzigen auch?«

»Du hast recht, aber nicht Gattamelatas Sohn stand Pate, sondern San Antonius, der Heilige der Vergesslichkeit. Nach vier Töchtern wollten wir eigentlich keine weiteren Kinder mehr, aber meine Frau hatte vergessen, wann ihre kritischen Empfängnistage waren, deshalb! Der Punkt geht nicht an dich!«

»Aber nun zu dir, Deganello!«, unterbrach Roberto. »Hast du nicht deine Tochter Romagnola genannt wie Gattamelata seinerzeit seine Lieblingstochter?«

Der Angesprochene sinnierte einer Rauchwolke nach und schien zufrieden mit sich und der Welt.

»Meine Mutter hieß Romagnola, so einfach ist das! Aber nun lass uns mit diesem abwegigen Gepländel aufhören!«, sagte Deganello und eröffnete die Offensive.

»Der Ring des Gattamelata! Hier ist ein Foto von dir, auf der Terrasse deiner Villa in Noventa Padovana. Korrekt? Und hier ein Ausschnitt. Der Ring an deiner linken Hand ist zweifellos Gattamelatas Ring.«

Tramontan warf einen flüchtigen Blick auf die Fotos und reichte sie gelangweilt an Roberto weiter, der sie aufmerksam studierte. Der Ring schien zwischen den beiden eine zentrale Rolle zu spielen. Sah er ihn wirklich zum ersten Mal?

»Auf dem Bild meines Großvaters in der Halle des *Ca'Rosso* trägt er diesen Ring«, mischte Roberto sich ein, und sein Onkel lehnte sich befriedigt zurück.

»Siehst du, Tramontan! Diesen Ring hatte der Graf Brandolin seinem Waffengefährten Gattamelata als Treuepfand gegeben und umgekehrt. Dein Vater hat ihn vom *marchese* Visian erhalten. Und wo ist er jetzt? Hast du ihn in einen Kanal geworfen, oder vergraben?«

»Lass uns die Diskussion über den Ring noch etwas zurückstellen«, sagte Tramontan gelassen, um seinen Punktverlust zu kaschieren und selbst nun zum Angriff überzugehen. »Als *La Tedesca* von den *Tre Condottieri* im vergangenen November entführt wurde, hast du den Polizeischutz für sie verschleppt. Deine Unterschriftenmappe kam einen Tag zu spät bei meiner Sekretärin an.«

»Sagt sie! Sie ist dir doch loyal ergeben, meine Unterschrift habe ich pünktlich geleistet. Dein Büro hat es verschleppt!«, widersprach Deganello. »Das hast du doch selbst zugegeben, und Tamassia hat dir geholfen!«

»Aussage gegen Aussage! Aber du hast gewusst, Giovanni oder besser Stefano, du hast gewusst und es an Carmagnola weitergegeben, dass *La Tedesca* vom *ospedale* der Barmherzigen Schwestern ins *Ca'Rosso* wollte, und er hat ihr dort auflauern können und anschließend den *marchese* niedergeschossen!«

»Aussage gegen Aussage, wir waren zusammen in meinem Büro, als ihr Anruf kam. Du kannst Carmagnola ebenso informiert haben. Roberto, wer von uns hat die Nase vorn, dein Onkel oder dein Patenonkel?«

»Soll der *marchese* dir mehr glauben, weil Blut dicker ist als Wasser?«, spottete jetzt Tramontan, bevor Roberto Partei ergreifen musste, wurde aber gleich wieder ernst. »Die Angelegenheit ist wirklich zu bedeutend, als dass wir hier weiter herumplänkeln sollten. Ich würde euch gern zwei Zeugen präsentieren, den ersten habt ihr beide nicht auf der Rechnung, aber er sitzt dort drüben in meiner Limousine. Die zweite Zeugin, *La Tedesca*, kommt später.«

Um Robertos Herz legte sich ein Ring aus Eisen: Das klang, als habe er Julia in seiner Gewalt, wie konnte er seiner Frau habhaft geworden sein? Er sah, wie Tramontans Fahrer einem Rollstuhl auf den Schotterboden stellte und einen uralten Mann hineinhob, der deutlich Ähnlichkeit mit dem *questore* aufwies; er legte eine Decke über die Beine des Greises und schob ihn direkt vor die Stufen des Portikus, wo sie saßen.

Wie verabredet erhoben sie sich. Sie waren alle drei sehr formell gekleidet, auch der alte Mann trug einen Anzug, Weste und Krawatte. Außer einem sahen sie wie eine Gruppe von ehrenwerten Männern aus. Doch einer von ihnen war ein *uomo d'onore* im Mafiasinne.

Ein zufriedenes Lächeln zuckte um die Mundwinkel des *questore*, während sein Stellvertreter mechanisch die Zigarre im Aschenbecher ablegte und sichtlich überrascht auf den Greis im Rollstuhl blickte, sich aber wieder fing.

»*Zio* Stefano?«

Der Körper des alten Mannes war ausgezehrt, man sah ihm an, dass das Sitzen ihm Mühe machte, aber seine Augen blickten hellwach, und auch die Stimme des Zweiundneunzigjährigen klang nicht matt, sondern so, als habe er sie die vergangenen fünfundzwanzig Jahre geschont, um am heutigen Tage mitreden zu können.

»Ihr hattet mich vergessen, stimmt's? Ihr habt geglaubt, ich sei in meiner selbst gewählten Verbannung vertrocknet, an Alzheimer, Parkinson oder einer anderen Geißel des Alters gestorben?«

Er richtete seine Augen auf Roberto.

»Eine Frau hat mich wieder aufleben lassen: deine *marchese*! Du musst der Sohn von Massimo sein, nein – Pardon, mir ist eine Generation verloren gegangen –: der Enkel. Und ich muss ihr helfen, denn ihre Großmutter war meine ganz große Liebe.«

Robertos Gedanken rasten, bis hierher war sein Drehbuch von den Beteiligten akzeptiert worden, aber nun entglitt ihm die Regie. Der alte Stefano Tramontan! Ihn kannte er nur aus den Erzählungen seiner Mutter, deren Patenonkel er gewesen war. Sie hatte von ihm als einem tragischen Helden in einem Liebesdrama gesprochen, der sich, 1976 war es wohl gewesen, ohne Angabe von Gründen kurz nach seiner Pensionierung ins Gebirge bei Asolo zurückgezogen habe, angeblich habe die unglückliche Beziehung zu einer Frau ihn dazu getrieben.

»Und du musst Deganellos Sohn sein!«, rief der Alte mit Blick auf den *vice-questore*, und die nächsten Worte fielen wie Hammerschläge. »Dein Vater war Gattamelata während der Zeit der *resistenza*, und er trug den Ring des Grafen Brandolin.«

Der alte Mann schloss erschöpft die Augen. Stille breitete sich aus, jäh abgelöst von einem wie zum Hohn einsetzenden Vogelgezwitscher.

»Ja, und?«

Deganello räusperte sich.

»Mein Vater hat mich nie als seinen Nachfolger aufgebaut, weder im Polizeidienst, wo dein Sohn, *zio* Stefano, mir als *questore* vorgezogen wurde, noch bei den *Tre Condottieri*, wo er auch wieder deinen Sohn Stefano als Gattamelata vorzog, der Ring in seinem Besitz beweist es. Nun Tramontan, jetzt habe ich wieder die Nase vorn, dein Zeuge ist wertlos.«

Der *questore* wiegte den Kopf hin und her.

In Roberto krochen Zweifel hoch. Der alte Pietro hatte damals im letzten Herbst gesagt: *Natürlich hat Brandolin die Besserwisser nicht ihrem Schicksal überlassen. Er, Gattamelata, Giuseppe Deganello, und ein paar andere haben sie begleitet.* Giulia und er waren davon ausgegangen, dass Pietro von drei Personen gesprochen hatte, Brandolin, Gattamelata und Deganello. Aber gemeint hatte er, dass Guiseppe Deganello *Gattamelata* gewesen war. Das alles hatte sich jedoch auf Deganellos Vater bezogen, doch was wäre, wenn sein Onkel jetzt die Wahrheit gesagt hätte, dass der junge Stefano Tramontan ihm als Gattamelata vorgezogen worden war?

In diesem Moment drangen laute Motorengeräusche vom Tal her zu ihnen herauf: Ein Möbelwagen quälte sich den schmalen Schotterweg zum *Ca'Vecchia* Brandolin hoch, *Otto Langbartel Lübeck* stand deutlich sichtbar in großen Lettern an der Seite und über dem Fahrerhaus. Bis zum ersten Brunnen war die Fahrspur breit genug, und dort, etwa fünfzig Meter von der auf der Terrasse versammelten Gesellschaft entfernt, hielt der Wagen an. Voller Schrecken erkannte Roberto Julia, die vom Beifahrersitz des Möbelwagens kletterte und auf sie zueilte.

Asolo

Später sollten die Ereignisse des Wochenendes Julia wie eine Abfolge von mehr oder minder gelungenen Überraschungen vorkommen, wobei eine die andere übertraf. Am frühen Samstagmorgen erfolgte die erste an der Villa des *questore* in Noventa Padovana, wohin Bertolinis Fahrer sie gebracht hatte. Ihr war kalt vor Angst, als sie das dritte Blumenparterre identifizieren konnte und sie glauben musste, dass der den Ring des Grafen Brandolin tragende *questore* der gesuchte Gattamelata sei.

»Sie suchen das dritte Blumenparterre mit dem keltischen Knotenmuster und den Ring des Gattamelata, sagte mir Sandro. Ihre Suche hat ein Ende: Hier finden Sie beides. Ihre Großmutter hatte sich diese wunderschöne Arbeit bei einem Ausflug nach Grado ausgedacht, dort hinter der Kirche fand sie Steine mit Mustern aus keltischer Zeit. Ich nehme an,

Sie haben die Pläne Ihrer Großmutter in jener Architektenrolle. Darf ich mal?«

Er nahm ihr die Rolle aus den zitternden Fingern, zog die brüchigen Pergamente heraus und schien Julias Anwesenheit völlig zu vergessen.

Sie sah sich um. Konnte sie nicht einfach weglaufen? Aber Sandro stand dicht hinter ihr.

Fast ehrfürchtig entrollte der *questore* die Pläne. Gleich der erste zeigte das Knotenparterre. Selbstvergessen fuhr er mit dem Zeigefinger die Linien entlang.

»Nach dreiundsechzig Jahren lüftet es sein Geheimnis und das Gattamelatas!«

Julia startete einen neuen Versuch, aber ihre Stimme klang flach und brüchig.

»Ich will zu *maestro* Bertolini, *signor* Tramontan!«

»Wie? Was? Das ist jetzt unnötig! Sie wollten mit ihm über das Knotenparterre sprechen. Ich wusste, Sie würden ihn fragen, und bat ihn, mir Bescheid zu geben, wenn Sie anriefen. Und Dank Sandros guter Mitarbeit sind Sie jetzt bei mir.«

Julias Mut sank, Bertolini würde sie nicht vermissen, Francesca würde erst übermorgen wiederkommen, und die beiden Männer schienen entschlossen, das auszunutzen.

»Keine Angst, Juliana«, sagte der, den sie für Gattamelata hielt und der sie mit dem Namen ihrer Großmutter ansprach; erst jetzt schien er zu merken, dass ihre Hände vor Furcht zitterten. »Ich brauche deine Hilfe! Ich kann dir versichern, dass ich nicht Gattamelata bin. Der Ring? Das erkläre ich dir gleich! Die Sache mit dem Ring war sein einziger Fehler bisher, und mit ihm und deiner Hilfe legen wir ihm morgen das Handwerk.«

Er drehte an dem festsitzenden Ring – diese Bewegung weckte in ihr eine Erinnerung –, streifte ihn ab und reichte ihn ihr; er glich dem von ihr gefundenen aufs Haar, und sie drehte ihn so, dass sie die Inschrift erkennen konnte.

In eterno! Brandolin 1938 müsste darin stehen, aber sie fand nichts, nur grobe Schmirgelspuren, als ob jemand die Schrift entfernt hatte.

»*In eterno! Brandolin 1938* hat darin gestanden«, hörte sie den *questore* sagen, »jemand hat die eingravierte Schrift sehr unprofessionell, wahrscheinlich in Panik, unsichtbar zu machen versucht. Aber ein Goldschmied hat mir die Inschrift bestätigt.«

Wieder kam eine Erinnerung hoch, sie schloss die Augen und vor ihrem inneren Blick erschien der Abend des TCCP-Balls. Ja, da war es gewesen!

Der *questore* war nicht Gattamelata, mit Sicherheit nicht, und nicht nur intuitiv wusste sie, dass sie jetzt mit der Wahrheit konfrontiert wurde, und ganz spontan teilte sie ihm ihre Erinnerung mit. Tramontan verheimlichte ihr, welch große Bedeutung ihre Beobachtung hatte und auch, in welche Gefahr sie dieses Wissen brachte.

Stattdessen rief er seinen Freund Bertolini übers Handy an und bat ihn, *La Tedesca* zu beruhigen, was dem *maestro* sehr schnell mit der Bemerkung gelang, sie könne ihrem Halbonkel voll vertrauen.

»Du wusstest das all die Zeit, Bertolini? Warum habt ihr mir nichts gesagt?«, fragte sie ihn erstaunt.

»Deine Großmutter wollte es so und Tramontan auch, und ich habe wirklich einen Hexenschuss!«

»Traue, aber schaue, wem!«, sagte Julia hintergründig. »Ihr habt mich ganz schön verwirrt.«

Julia wusste nun sicher, dass ihre Großmutter und der Vater des *questore* ein Liebespaar gewesen waren, dem der hier vor ihr Stehende sein Leben verdankte. Er hatte die blauen Augen seiner Mutter, ihrer Großmutter. Warum war sie nicht schon früher darauf gekommen? Sie konnten sie genau so forschend ansehen wie die ihrer Großmutter.

»Dann muss Robertos Onkel, der *vice-questore,* Gattamelata sein«, sagte sie bestimmt, worauf der *questore* lächelnd meinte, sie habe ihren Beruf verfehlt, sie solle unbedingt zur Polizei gehen und für sie arbeiten.

»Wobei soll ich dir helfen?«, fragte sie, ihn wie selbstverständlich duzend.

»Meinen Vater von seinem fünfundzwanzigjährigen Schweigen erlösen! Er müsste Deganellos Vater noch als den Gattamelata der *resistenza* gekannt haben, er könnte ihn identifizieren. Ich brauche meinen Vater als Zeugen, und nur du kannst ihn dazu bringen. Man sagt, du seist deiner Großmutter, meiner Mutter so ähnlich.«

Zusammen mit Sandro machten sie sich auf den Weg in die Nähe von Asolo, wo der alte Tramontan sich während der vergangenen fünfundzwanzig Jahre ausschließlich dem Weinanbau gewidmet und sich geweigert hatte, über die Zeit davor zu sprechen. Er war weder bereit, seinen fachlichen Rat als Polizeichef zur Verfügung zu stellen, noch sich über den Grund zu äußern, der ihn zu den Hügeln der Sette Commune getrieben hatte.

»Das Letzte, was er mir halboffiziell mitteilte – 1976 war das, glaub ich –, war, dass ich bald meine Mutter kennenlernen würde«, sagte der *questore.* »Ich fiel aus allen Wolken, als ich dann erfuhr, dass meine in den Wirren des letzten Kriegsjahres verschollene Mutter gar nicht meine war! Doch Juliane Müggehoff, meine richtige Mutter, verweigerte das Wiedersehen, und daraufhin ging mein Vater in die innere Immigration. Ja, und auch in die äußere, eben hier rauf in die Einsamkeit.«

Der im Rollstuhl in Decken eingepackte Greis bemerkte ihr Kommen nicht. Das Bauernhaus, in das er sich damals zurückgezogen hatte, ähnelte dem Haus des Petrarca in den Euganeischen Hügeln. Durch die Rundbögen einer überdachten Loggia blickte man in die hügelige Landschaft, Weinhänge wechselten ab mit Obstplantagen, ein Kürbis hatte seine Ranken bis in die Spitze einer Zypresse vorgetrieben, und zwei riesige, runde Früchte lugten aus dem dunklen Grün und bogen die Zweige herunter; es war nicht mehr die flirrende Hitze des Sommers, die über der Ebene hing, sondern der leicht frühherbstliche Dunst, der schon an das Ende der Reifezeit erinnerte und der dies Ende durch eine noch einmal üppig überquellende Natur ankündigte, bevor die kühlen Herbstnebel und die feuchtkalten Wintertage den Jahreslauf beschließen würden.

Der alte Tramontan ignorierte sie weiterhin und weigerte sich, seinen Sohn anzuschauen.

»Ich will sie nicht sehen.«

Störrisch wandte er sich ab; im Profil sah er aus wie ein Raubvogel.

»Du solltest das respektieren, *zio* Stefano.«

Julias ruhig geäußerte Bemerkung bewog den alten Mann, seine Zurückhaltung aufzugeben. Ruckartig bewegte er den Kopf und sah sie mit großen lebhaft wirkenden Augen an.

»Deine Stimme! Deiner Stimme kann ich nicht widerstehen! Du sprichst wie sie und du siehst tatsächlich aus wie sie! Komm setz dich her zu mir, mein Kind, und lass mich an längst vergangene Zeiten anknüpfen!«

Bis zu dem einfachen Mittagessen, das die Haushälterin ihnen auftischte, die gleichzeitig als Pflegerin arbeitete, ließ sich der alte Tramontan von Julia ausführlich alles berichten, was mit ihrer Großmutter zusammenhing. Ihr schien es, als habe er sie wirklich über all die Jahre geliebt, oder es sich zumindest jahrzehntelang eingeredet.

»Ich bin zwar ihre erste große Liebe gewesen«, sagte er, »aber dein Großvater war ihre größere. Oder vielleicht habe ich sie ihm auch nur in die Arme getrieben, mit der Bemerkung, ich hätte sie nur dazu benutzt, mir einen Stammhalter zu gebären. Meine Frau war einverstanden, sie hätte alles getan, um ein Kind zu bekommen, und ich schickte sie zu Juliana ins Exil nach Amalfi. Sie lebten dort drei Monate zusammen, bevor Juliane meiner Frau das Neugeborene übergab und sie nach ihrer Rückkehr Stefano als ihr eigenes Kind ausgab. Danach hat Juliana allen Kontakt zu uns abgebrochen. Sie hat ihren Sohn nie wiedergesehen.«

Arme Großmutter, dachte Julia, du hast ihn geliebt, konntest ihm aber nicht mehr vertrauen.

»1976 antwortete sie auf meinen Brief, dass sie mich nicht wiedersehen wolle. Falls ihr Sohn sie kennenzulernen wünsche, obwohl sie ihn sozusagen verkauft habe, könne er zu ihr kommen. Das habe ich ihm damals allerdings nicht gesagt. Jedenfalls habe ich mich dann aus der Welt zurückgezogen.«

»Sie hat Sie geliebt, sonst hätte sie Ihre Briefe nicht aufbewahrt, vom ersten an. Hier!«

Julia nahm die Briefe, die sich noch in ihrer Handtasche befanden, und legte sie neben ihn.

Nur den Brief, den ihre Großmutter ihrem Sohn zugedacht hatte, nahm sie heraus und gab ihn ihrem Halbonkel. Der zog sich damit in den Obstgarten zurück und erschien erst nach einer halben Stunde wieder mit einem Lächeln im Blick.

Julia hätte noch stundenlang hier in der milden Septembersonne sitzen und mit dem Greis über die Liebe reden können, aber sie bemerkte die Ungeduld seines Sohnes, der ganz andere Absichten verfolgte, und schlagartig kamen ihr wieder Gattamelata und seine Identifizierung in den Sinn.

»Würden Sie, mir zuliebe, wenigstens ab und zu, wieder in unsere Welt zurückkehren?«

Julia kokettierte mit ihm, und er genoss es.

»Was wollt ihr von mir?«

Als ihn sein Sohn informierte, erklärte er sich einverstanden, Gattamelata zu identifizieren, und bot sogar an, sich persönlich einzubringen.

Vergeblich versuchte Sandro, Roberto zu erreichen, sie wollten ihn unbedingt informieren, aber aus der *questura* erfuhren sie nur, dass er sich inzwischen ins Wochenende abgemeldet habe, und dass die Leiche des *questorinos* immer noch nicht aus der Adria gefischt worden sei.

»Armer Tamassia, das hätte nicht sein müssen!«, seufzte der *questore*.

Nun setzte Sandro ihn von der Inszenierung des Selbstmords von Umberto ins Bild und erwartete herbe Kritik, aber Tramontan atmete sichtlich erleichtert auf.

»*Dio sio laudate!*«, lobte er Gott jetzt. »Ich habe mir schon große Vorwürfe gemacht, mich nicht genug um seine Entlastung gekümmert zu haben. Damit haben wir einen ausgezeichneten *capo di lancia* vor Ort! Ich bin sicher, Gattamelata aktiviert seine Streitmacht. Das Prinzip der *condottieri* war, möglichst viele Lanzen zu schonen, um sie dann gezielt und frisch in die Schlacht werfen zu können«, fabulierte er, »ich bin sicher, so wird er vorgehen. Und wer die frischesten Lanzen hatte, gewann.«

»Wie die *Braccesken*?«

Julia freute sich über seinen bewundernden Blick.

»Ich habe meine *condottieri*-Hausaufgaben gemacht!«, sagte sie bescheiden.

Sandro blickte sie verständnislos an.

»Muss ich das verstehen? Nein? Also, wie geht's weiter?«

»Gattamelata wird vielleicht sogar reguläre Polizeitruppen einsetzen, die nicht einmal merken, dass sie für das *Tre-Condottieri*-Syndikat arbeiten«, entwickelte der *questore* ein Schreckensszenario.

»So wie ich Deganello einschätze: mit Sicherheit!«, bekräftigte Sandro.

»Dann müssen wir unsere Lanzen anderweitig rekrutieren«, warf Julia ein. »Also: wieder einmal Vittorio und *i caramba*?«

Ihre Planungen zogen sich bis in den späten Nachmittag hinein. Vittorio und seine Kollegen aus Abano Terme wurden in einer Konferenzschaltung hinzugezogen. Gegen fünf Uhr nachmittags erschien Vittorio höchstpersönlich mit einem General der *carabinieri*, der sich mit dem *questore* zu »kooperierenden Beratungen« zurückzog, wie sie es nannten.

Später gingen sie die Einzelheiten durch, aber das Problem, wie sie ihre größte Streitmacht, eine Spezialeinheit der *carabinieri*, als Sforzesen an den Ort des Geschehens bringen sollten, lösten sie erst mit Julias Hilfe, der zum Glück der in Fusina parkende Möbelwagen aus Lübeck einfiel, anschließend erhoben sie alle zur *condottiera* des Jahres. Sie setzte sich auch durch, im Führerhaus des Möbelwagens mitzufahren, erstens würden sie durch keine Straßensperre ohne sie kommen und zweitens konnte sie den wahren Gattamelata anhand des Knotenparterres und des Ringes identifizieren.

Die Großkopferten zogen sich zur erneuten Beratung zurück, während Julia und Sandro sich die Zeit vertrieben, indem sie mit Umberto Kontakt aufnahmen und eine SMS nach der anderen austauschten.

»C6?«, begann Sandro.

Auf Julias fragenden Blick erklärte er:

»Das ist ein Kürzel für: *Ci sei*? Bist du noch da?«

»Wo sollte ich sonst sein?«, kam Umbertos Gegenfrage.

»Np? Cost?«, sendete Sandro. »*Nessun problema? Come stai?* Kein Problem? Wie geht's?«, erklärte er.

»Kein Problem, alles bestens!«, antwortete Umberto.

»Was willst du ihm sagen, *La Tedesca*?«

Sandro machte die Sache offensichtlich Spaß.

»Ich vermisse dich sehr! MMM, *mi manchi moltissimo!*«, sendete er.

Umbertos Antwort ließ nicht lange auf sich warten:

»XXX per Giulietta.«

Sandro grinste und übersetzte:

»*Baci, baci, baci!*«

Zur Not konnten sie also ohne jedes Geräusch Umberto per SMS erreichen. Aber dann wurden sie wieder ernst, und Sandro bestätigte noch einmal, dass Umberto sich ausschließlich auf den Schutz des *marchese* einstellen solle, alles andere habe man im Griff.

Am Sonntagmorgen – Vittorio sah in seinem Overall und der Schirmmütze mit Speditionsaufdruck aus wie jemand, der zeit seines Lebens nichts anderes tat, als Möbelwagen zu fahren – hielt tatsächlich eine Straßensperre der Polizei kurz hinter Battaglia Terme den Möbelwagen auf. Die Beamten ließen ihn aber nach einem kurzen Blick auf die offensichtlich voll mit Möbeln bepackte Ladefläche und nach Julias ausführlichen Erklärungen durch, die passenden Papiere hatte sie im Handschuhfach gefunden.

Am *Ca' Vecchia* Brandolin sollte Julia aussteigen und die dort Anwesenden ablenken, während Vittorio der im Möbelwagen versteckten Spezialeinheit die Türen öffnen würde. Aktion *Trojanischer Möbelwagen* hatten sie ihre Aktion genannt. So weit gelang alles nach Plan. Julia stieg auf der Fahrerseite und Vittorio und Sandro stiegen auf der Beifahrerseite aus, die nicht von der Terrasse aus einzusehen war. Sie ließ Vittorio und Sandro im Rücken und ging betont fröhlich auf die Wartenden zu, obwohl sich ihre Knie wie Pudding anfühlten und die schusssichere Weste sie behinderte.

Hinter ihrem Rücken wurde Vittorio – von Julia unbemerkt – am Entriegeln der nur von außen zu öffnenden Türen von Andrea Longhi mit einer schussbereiten Pistole gehindert, im gleichen Moment wurde Sandro von Angelo Longhi lautlos niedergeschlagen.

Derweil agierte Julia wie vorgesehen, ohne zu ahnen, dass das Drehbuch sich dramatisch geändert hatte.

»Hallo, ihr alle! Nun ist meine Überraschung leider ins Wasser gefallen! Denn eigentlich wollte ich die Möbel aus Lubecca heimlich ins Haus schaffen lassen!«

Sie trat auf Roberto zu und umarmte ihn, während er stocksteif stehen blieb, enttäuscht, dass sie seine Wünsche missachtet und sein Drehbuch völlig durcheinandergebracht hatte.

Die Rücksicht auf sie und das Kind würden sein weiteres Handeln bestimmen, genau das hatte er vermeiden wollen, und er ärgerte sich, dass sie sich und das Ungeborene damit in Gefahr brachte. Er hoffte zwar, dass die Auseinandersetzung der beiden Männer, die jeder für sich Gattamelata sein konnten, weiterhin auf intellektuellem Niveau ausgetragen werden konnte, aber garantieren konnte er es nicht.

»Ich hätte deine Frau als Zeugin gern geschont, Roberto«, hörte er den *questore* sagen, »aber ich brauche sie, um der Posse ein Ende zu setzen. Ja, du und mein Vater, nur ihr beide könnt beweisen, dass Deganellos

Vater der Gattamelata der *resistenza* war, er aber nicht unabdingbar der Nachfolger. Das könnte schon eher ich sein, weil ich schließlich den Ring des Gattamelata habe. Was hatte Pietro in seiner Sterbestunde gesagt?«

»*Der Verräter hat den Ring*!«, soufflierte Julia, und alle setzten sich wieder.

Als Roberto seiner Frau neben sich einen Stuhl zurechtrückte, merkte sie an seiner abweisenden Haltung, wie ärgerlich er auf sie war.

»Und da beging Gattamelata seinen einzigen, wirklich einzigen Fehler«, übernahm der *questore* wieder die Gesprächsführung, »voller Panik meinte er, Pietro meine ihn, denn er hatte den Ring.«

»Aber Pietro hat weiter gesagt«, sprang Julia wie auf Stichwort ein, »dass Tommaso kein Verräter sei. Der Ring, auf den sich Pietro bezog, war der, der ihn selbst als Verräter auswies und den er dem Grafen Brandolin abgenommen hatte.«

Sie kramte in ihrer kleinen Umhängetasche und legte ein in Zeitungspapier gewickeltes Päckchen auf den Tisch. Dann öffnete sie es, sodass jeder den Ring sehen konnte.

»Er hat sich selbst als Verräter bezeichnet. Mein Großvater hat es gewusst.«

Sie grub erneut in ihrer Tasche und legte einen an die *marchesa* Beatrice Visian gerichteten Brief neben den Ring. Roberto nahm den Brief an sich und las ihn laut vor.

»Die Schlussfolgerung stimmt!«, war sein knapper Kommentar; keine Gefühlsregung.

»Und Tramontan hatte den zweiten Ring, das Foto beweist es, und das beweist auch, dass er der Nachfolger meines Vaters war.«

Deganello zündete sich mit großer Gelassenheit eine neue Zigarre an.

»Tramontan *hat* den Ring, muss es heißen«, verbesserte der *questore*, zog ihn aus der Brusttasche und legte ihn neben den anderen Ring.

»Du gibst also zu, der Gattamelata der *Tre Condottieri* zu sein?«

Der *vice-questore* schien mit sich und der Welt zufrieden, aber das Lächeln seines unmittelbaren Vorgesetzten schien noch eine Spur selbstsicherer zu sein.

»O nein! Als du Pietros Worte nach der Beerdigung hörtest, bezogst du sie auf dich, und danach konntest du den Ring nicht schnell genug loswerden. An mich!«

»Aussage gegen Aussage, du hattest den Ring immer schon! Er war nie in meinem Besitz«, sagte Deganello und blies eine Rauchwolke in die Luft und wartete.

»*La Tedesca!*«

Die Aufforderung in der Stimme Tramontans war unüberhörbar.

»Beim Sommerball des TCCP war der Ring noch im Besitz der Familie Deganello«, sagte Julia in möglichst neutralem Ton, und plötzlich knisterte eine fühlbare Spannung in der Luft, die sich bei ihren weiteren Ausführungen entlud. »Ihre Frau trug ihn, *dottore*, wohl in Erinnerung an ihren Vater, und sie drehte pausenlos an ihm herum. Mir fiel es mit Hilfe von *zio* Stefano wieder ein.«

Wie um Entschuldigung bittend, wandte sie sich an Roberto: »Ich konnte dich nirgendwo erreichen, um es dir zu erzählen!«

Er reagierte nicht, und Julia befürchtete, dass das wunderbare Zusammengehörigkeitsgefühl des vergangenen Sommers durch ihre Einmischung wieder verflogen war

Roberto war sich im Klaren, dass Julia eben ihr eigenes Todesurteil gesprochen hatte, wenn sie die Oberhand verlieren sollten.

Der *questore* durchbrach die eingetretene Stille:

»Bring meinen Vater wieder in die Limousine!«

»Nein, er bleibt hier! Und der Fahrer auch!«

Die Stimme, die den Befehl gab, kam von der rechten Hausecke, auf der sich jetzt Angelo Longhi zeigte, eine entsicherte Pistole in der Hand, die auf Roberto gerichtet war, und alle Anwesenden, außer dem alten Mann im Rollstuhl, der eingeschlafen war, hoben automatisch die Hände.

»Schluss mit dem Gerede, *capitano generale*! Wir müssen die Sache jetzt schleunigst beenden!«, sagte er mit einem Blick auf den *vicequestore*, der seufzend nickte.

»Du hättest deine Zeugin in Deutschland und in Sicherheit lassen sollen, Tramontan! Die Schlacht hätte unblutig enden können, aber nun werden einige von uns in ihr fallen müssen.«

Eine weitere bewaffnete Person erschien an der Hausecke: Carina Schulz-Berger als *capo di lancia*. Roberto verfluchte seine Leichtgläubigkeit – ihre Anwesenheit in Rothenhusen war also kein Zufall! Aber wo zum Teufel war Luciano? Er hätte dies verhindern sollen!

Roberto und der *questore* wurden aufgefordert, ihre Dienstwaffen nacheinander auf den Tisch zu legen. Dann wurde Tramontans Fahrer durchsucht, entwaffnet und mit seinen eigenen Handschellen gefesselt.

Angelo trat ein paar Schritte auf Roberto zu.

»Eine Bewegung, *marchese*, und du bist tot.«

Carina stellte sich zwischen zwei der Säulen, ihre Pistole auf den *questore* gerichtet, was dieser besorgt zur Kenntnis nahm.

»Giuli, wie konntest du nur meine …«

»Ruhe, *marchese! La Tedesca*, tritt neben ihn!«

Angelos Ton duldete eigentlich keinen Widerspruch, zumal er seinen Befehl mit einem leichten Anheben der Pistole unterstrich, aber Julia dreht sich nur herum und stellte sich zwischen ihn und Roberto.

»Zur Seite!«, blaffte Angelo noch einmal, aber Julia reagierte nicht,

Roberto schob sie neben sich und wollte sich nun vor sie stellen, aber Carinas Befehl hinderte ihn daran.

»Stehen bleiben, *marchese*! Angelo, du nimmst den *marchese*, ich *La Tedesca*!«

»Meine Lanzen befehlige immer noch ich, und du als mein *capo di lancia* gehorchst mir!«

Gattamelata alias Giovanni Deganello richtete sich auf, er ähnelte entfernt dem *condottiero* aus Bronze, wie er vor *Il Santo* stand und auf seine Stadt blickte.

»Hier schießt niemand!«, wandte er sich an Angelo.

»Siehst du, Angelo, die *Serenissima* hatte doch recht: Gattamelata ist äußerst loyal, es sei denn, es geht um *La Tedesca*, da verweigert er den Gehorsam! Also los! Du ihn, ich sie!«, Carina übernahm das Kommando.

Roberto sah aus den Augenwinkeln, wie in diesem Moment die Türen zur Ladefläche des Möbelwagens aufschwangen, eine Spezialeinheit der *carabinieri* Mann für Mann heraussprang, ein Teil hinter dem *Ca'Vecchia* Brandolin verschwand und der andere Teil auf sie zu rannte, aber sie würden zu spät kommen, die fünfzig Meter hier rauf genügten Carina und Angelo, um ihn und Julia wie die Hasen abzuschießen. Er dachte nur an sie und das Kind in diesem Augenblick, packte sie so vorsichtig wie möglich und drückte sie, sich über ihren Körper legend zu Boden, doch unglücklicherweise blieb Giulias Kopf in Carinas Schussfeld und sein Rücken war Angelo schutzlos ausgeliefert, Roberto drehte den Kopf und sah, wie sich der Finger Angelos krümmte. Und dann peitschten Schüsse durch den Morgen.

Colli Euganei

Lucianos Teil der Abmachung mit seinem Chef bestand darin, dass er sich bereits am Samstagnachmittag von Turri aus über den Hügel hinter dem *Ca'Vecchia* Brandolin hatte in Stellung bringen sollen, sodass er dem *marchese* den Rücken deckte. Allerdings kumulierten einige unglückliche Zufälle zu einer Beinahekatastrophe, die Roberto und Julia in höchste Gefahr brachten.

Zunächst fand er seinen in der vorvergangenen Nacht gebauten Unterstand verwüstet, sein Gewehr unbrauchbar gemacht und die Munition gestohlen. Leise schlich er sich aus der Gefahrenzone, versteckte sich im Unterholz und wartete ab. Die Geduld der Gegenseite war entweder größer als seine oder die Gegenseite war gar nicht mehr vor Ort.

Bei einbrechender Dunkelheit wollte Luciano sich ganz davonschleichen, um sich mit neuen Waffen zu versorgen, eine Pistole allein reichte vielleicht doch nicht, aber auf dem Weg über den Berg lief er ausgerechnet einer Polizeistreife über den Weg. Dachte er. Als er seinen Fehler bemerkte, war es bereits zu spät. Die in echten Polizeiuniformen steckenden *Tre-Condottieri*-Mitglieder vierer verschiedener Lanzen überwältigten ihn und zwangen ihn zu seinem Unterstand zurück, fesselten und knebelten ihn und ließen ihn allein.

Die ganze Nacht über versuchte Luciano, sich seiner Fesseln zu entledigen, und scheuerte sie stundenlang an einem Stein, Blut rann an seinen zerschundenen Handgelenken herab, aber er gab nicht auf, bis sich das Seil in seine Fasern auflöste. Eben war er dabei, seine Fußfesseln zu lösen, als Andrea Longhi zurückkam, einer der *capo di lancia*, und ihn kommentarlos und brutal mit einem Gewehrkolben niederschlug.

Als Luciano wieder das Bewusstsein erlangte, hatte die Dämmerung bereits eingesetzt. Furchtbare Schmerzen hämmerten in seinem Kopf. Die nächsten Stunden verbrachte er damit, sich langsam an die Oberfläche seines Bewusstseins und seines Gedächtnisses zurückzutasten und immer längere Augenblicke wach zu bleiben, und irgendwann erinnerte er sich schließlich, dass er hier war, um eine Aufgabe zu erfüllen. Aber welche?

Das Blut aus einer tiefen Kopfwunde hatte seine Augen verklebt. Aber dann merkte er, dass sie ihn nicht erneut gefesselt hatten, weil sie ihn wahrscheinlich für erledigt hielten. Er versuchte, sich aufzurichten, seine Augen mit Speichel zu säubern und aus dem Unterstand zu kriechen. Gleichgewichtsstörungen verhinderten einen aufrechten Gang, und so schleppte er sich wie ein waidwundes Tier kriechend bergab durch das Unterholz, dort, wo der Chef war, dem er helfen sollte, den er jetzt aber nur warnen konnte, dass hinter seinem Rücken die Feinde die Oberhand hatten, und das auch noch in Polizeiuniformen.

Sie mussten sich weiter oberhalb am Berg befinden, denn Luciano kroch den Hügel bis fast zum Brunnen des *Ca'Vecchia* Brandolin hinab, ohne auf jemanden zu treffen. Vor dem Brunnen verlor er erneut das Bewusstsein, zu groß waren die Strapazen des Weges gewesen.

Als er erwachte, wusste er nicht, wo er sich befand. Die Räder eines riesigen Lastwagens rückten in sein Blickfeld, und dann sah er Angelo und Andrea Longhi am Brunnen kauern, sie sahen gespannt nach vorn. Luciano stellte sich weiter bewusstlos und erkannte mit blinzelndem Auge einen Mann in einem Overall an der Seitenwand des Lasters nach hinten gehen, schließlich entdeckte er Sandro, der, vorsichtig die Umgebung prüfend aus der Beifahrertür stieg. Dann sah er, wie Angelo und Andrea Longhi hinter dem Brunnen mit entsicherten Pistolen aus dem Schatten glitten und Angelo Sandro in dem Augenblick mit dem Pistolenkolben niederschlug, als dieser gerade die letzte Stufe des Ausstiegs erreicht hatte. Als der Möbelwagenfahrer den Hebel zum Öffnen der Türen umlegen wollte, trat Andrea lautlos hinter ihn und zwang ihn, die Hände hochzunehmen. Dann verschwanden beide Männer hinter dem Laster.

Instinktiv ergriff Luciano einen Stein, über dem er zusammengesunken war, stellte sich mit fast übermenschlichen Kräften auf die Beine und taumelte auf den Laster zu. Für Vorsicht fehlte ihm die Kraft, er torkelte um die Ecke, aber glücklicherweise drehte Andrea ihm den Rücken zu und Luciano schmetterte den Stein mit aller ihm verbleibender Kraft auf dessen Hinterkopf.

Wie Andrea versank auch Luciano im Land der schmerzhaften Träume, und so konnten beide nicht verfolgen, wie Vittorio jetzt in Windeseile die Türen öffnete und die Spezialtruppe der *carabinieri* ihre Tätigkeit aufnahm.

Ca'Vecchia Brandolin

Umberto fand in der Nacht von Donnerstag auf Freitag nach seinem inszenierten Selbstmord ein perfekt von Sandro vorbereitetes Lager im ersten Stock des *Ca'Vecchia* Brandolin vor. Vittorio und Maddalena hatten Umberto bis an den zum Haus führenden Schotterweg gebracht, und er hatte lange Zeit in der Dunkelheit des Obstgartens gewartet, ob sich irgend etwas um ihn herum bewegte.

Als Nebel aufkam, tastete er sich vorsichtig neben dem Weg hoch, obwohl die Gegenseite wohl morgen erst die Gegend besetzen würde, um eine vorzeitige Entdeckung zu verhindern.

Umberto erreichte das Haus ohne Zwischenfälle und fand die Leiter hinter einer Säule, denn eine Treppe existierte nicht mehr. Nachdem er problemlos in den ersten Stock gelangt war, zog er die Leiter hinter sich hoch, nun konnte er sich frei bewegen und trotzdem nicht entdeckt werden. Von hier oben war es ihm ein Leichtes, den Bereich hinter den Säulen des Portikus und dem mit Brettern vernagelten Haupteingang zu überblicken.

Durch ein Fenster in der Vorderfassade überblickte er die Terrasse; der von Giulietta angelegte, zauberhafte Renaissancegarten, von dem am anderen Ende eine Treppe in den Obstgarten führte, in dem er eben so lange gewartet hatte, lag romantisch vor ihm im klaren Vollmondlicht, das den Nebel ersetzt hatte.

Sandro hatte wirklich an alles gedacht: eine Luftmatratze und einen Schlafsack, Lebensmittel und genug Getränke, eine Pistole, ein Gewehr und Munition, sogar Bücher und Zeitschriften. Er schlief ziemlich schnell todmüde ein, seine Hauptaufgabe bis zum Sonntagmorgen bestand darin, lautlos zu warten und die Gegend zu beobachten.

Den Samstag verbrachte er mit Beobachten, Lesen, Essen und Schlafen. Es geschah absolut nichts. Er hatte reichlich Zeit, über all das nachzudenken, was die Staatsanwaltschaft ihm vorgeworfen hatte, doch in ihm war keinerlei Spur von Unruhe.

Am meisten belasteten ihn die Fingerabdrücke auf den Kontoauszügen, und er ärgerte sich, dass er nicht einmal nachgefragt hatte, wo sich die Fingerabdrücke befanden: auf der Hülle oder auf den einzelnen Auszügen. Damals hatte ihn Panik ergriffen: Er fühlte sich in eine Falle gelockt. Er dachte über die Besonderheiten der letzten Monate nach. Er konnte sich nicht erinnern, dass irgendwelche Fremden aufgetaucht wären, weder Handwerker noch Vertreter, noch sonst jemand; Gina hatte das beeidet und ihn damit ungewollt belastet.

Demnach musste es in der *questura* gewesen sein! Was war anders gewesen als sonst? Außer dass er sich furchtbar geärgert hatte, dass irgendjemand seinen Schreibtisch dauernd als Müllabladeplatz benutzt hatte, fiel ihm nichts ein. War es das? Jeden Morgen hatte er eine Menge Altpapier und Kartonreste, alte Aktenordner und Zeitschriften wutentbrannt von seinem Schreibtisch in den Papierkorb geworfen, vielleicht war auch eine leere Kontoauszugsmappe darunter gewesen, nun wunderschön mit seinen Fingerabdrücken versehen.

Und dann hatte diese Müllbelästigung schlagartig aufgehört. Ja, das schien eine plausible Erklärung, doch wenn er daran dachte, dass sein unbekannter Gegner schon jahrelang geplant haben konnte, ihm eine Falle zu stellen, wurde es ihm etwas mulmig.

Das Verschwinden des kleinen Plastikbeutels mit den Blut- und Hautpartikeln, den Roberto ihm nach Giuliettas Befreiung übergeben hatte, war auch so eine Sache, die der Staatsanwalt ihm kalt lächelnd nicht geglaubt hatte. Er habe Beweismaterial verschwinden lassen, lautete die Anklage: Strafvereitelung im Amt!

Sicher, bis zum Jahresbeginn hatte er das Beutelchen in seiner Brieftasche herumgetragen, weil er die Analyse im Interesse von *La Tedescas* Sicherheit erst machen lassen wollte, wenn kein anderes Beweismittel Erasmo Saccardo überführen würde. Okay, das war nicht ganz in Ordnung gewesen, aber nach dessen Tod andererseits auch nicht mehr eigentlich wichtig.

Eines Morgens hatte er zu Hause seine Brieftasche ausgeräumt, weil er nach einer Benzinquittung suchte, und dabei das Plastikbeutelchen liegen lassen. Und wie das Unglück es wollte, hatte Gina an dem Tag ihren Putzfimmel und das vermeintlich schmutzige Plastiktütchen wahrscheinlich kurzerhand entsorgt.

Die Erklärung, wenngleich sie auch stimmte, war vom Staatsanwalt nicht besonders gut aufgenommen worden, und Ginas Erklärung, sie würde das beeiden, mit einer unwirschen Handbewegung bei Seite geschoben worden.

Der Samstagnachmittag brach an, ruhig, friedlich; draußen bewegte sich nichts. Für eine Dusche hätte Umberto jetzt einiges gegeben. Auf Sprech- und Polizeifunkverbindung hatten sie bewusst verzichtet, weil Gattamelatas Polizisten über die gleiche Frequenz senden und empfangen würden. Umbertos *telefonino*, eigentlich war es ja Julias, war nur für lautlose SMS und Notfälle gedacht, und die SMS-Kommunikation hatte er am Samstagnachmittag mit Sandro und Giulietta als einzige Unterbrechung der eintönigen Warterei ja auch weidlich ausgenutzt.

Am Sonntagmorgen nahm er seinen Beobachtungsposten noch im Dunkeln ein, lange bevor sein Freund in der Morgendämmerung eintraf. Gern hätte er sich seinem Freund zu erkennen gegeben, aber einerseits hatte die Gegenseite voraussichtlich vor Ort Beobachtungsposten aufgestellt und andererseits konnte er nicht sicher sein, ob Roberto ihn nicht doch nach Einstufung des Belastungsmaterials für ein Mitglied des Syndikats hielt, was er ihm bei der Beweislast auch nicht hätte verübeln können.

Gegen neun Uhr schickte ihm Sandro eine SMS, dass alles nach Plan verlaufe.

Punkt zehn erschien der *vice-questore,* kurz darauf die Limousine des *questore.*

Umbertos Aufgabe an diesem Tag war eindeutig definiert: Er sollte Roberto schützen. Nichts weiter. Punkt. Was allerdings gegen jede im Vorfeld getroffene Abmachung verstieß, war die Anwesenheit *La Tedescas*, und deshalb machte sich Umberto große Sorgen.

Seine Isolation in der ersten Etage des *Ca' Vecchia* Brandolin bewirkte, dass er weder Lucianos Leidensgeschichte noch den verzögerten Angriff der Spezialeinheit aus dem *Trojanischen Möbelwagen* registrierte. Sein Auftritt in diesem Drama kam erst, als die beiden Lanzenführer des Syndikats, Angelo und Carina, die Bühne betraten, was seine Sorge erheblich anschwellen ließ, denn die Frau stellte sich unbewusst so geschickt zwischen die Säulen des Portikus – der einzigen Stelle, die er von oben nicht kontrollieren konnte –, dass er nur den Lauf ihrer Pistole hinter dem Säulenschaft hervorragen sah.

Wenn Roberto hier an meiner Stelle wäre, würde er den Lauf treffen, schoss es ihm durch den Kopf. Aber bei seinen Schießkünsten?

Die Ereignisse überschlugen sich: Als Carina den Schießbefehl erteilte und er sah, wie Roberto sich über *La Tedesca* warf, reagierte er blitzschnell. Seine Kugel traf Angelo, bevor er abdrücken konnte, im gleichen Moment peitschte ein weiterer Pistolenschuss durch die Stille. Umberto glaubte seinen Augen nicht zu trauen, als er sah, wie Carina Schulz-Berger den Schaft der Säule umklammerte und langsam an ihm herunterrutschte.

Gattamelata stand aufrecht am Tisch. Behutsam legte er Robertos Dienstwaffe zurück und setzte sich wie in Zeitlupe auf den Stuhl; plötzlich kippte sein Körper seitwärts auf den Terrassenboden und blieb zusammengesunken und bewegungslos liegen.

In dieser Sekunde stürmten die Elitesoldaten der *carabinieri* um die Ecke. Die Schlacht war zu Ende, die Braccesken hatten den Sieg eingeleitet, und die Sforzesken sicherten ihn.

Ca'Vecchia Brandolin

Der *questore* rief nach einer Ambulanz, kniete neben seinem Freund nieder und drehte ihn vorsichtig auf den Rücken; seine Augenlider zuckten, und eines öffnete sich halb. Julia kniete auf der anderen Seite, lockerte dem schwer Atmenden die Krawatte und knöpfte sein Hemd auf.

»Loyal … Gattamelata … Loyalität … Familie«, röchelte er, während Julia ihm den Puls fühlte und beruhigend auf ihn einsprach.

»*Colpo d'apoplessia*. Schlaganfall!«, sagte Julia tonlos.

»Gianni, halte durch, eine Ambulanz ist unterwegs!«, beruhigte der *questore*, die Hand seines Freundes haltend.

»Verzeih mir, Stefano. Einmal im Leben habe ich getan, was ich wollte, nicht was ich musste.«

Die Worte waren kaum zu verstehen.

Plötzlich lief ein Zucken durch seinen Körper. Noch einmal hob er den Kopf und umklammerte Julias Hand.

»Wahrscheinlich ein zweiter Schlaganfall«, murmelte sie, sich ihrer Hilflosigkeit bewusst.

Sie hob sein Augenlid und fühlte nochmals nach dem Puls.

»Exitus!«

Tramontan zog sein Jackett aus und breitete es über den Toten, dann half er Julia hoch und sagte leise:

»Es ist gut so! Gott sei sein Richter, nicht wir Menschen!«

Und laut, mit autoritätsbewusster Stimme fügte er für alle hinzu:

»Der *vice-questore* Giovanni Deganello ist eben einem Schlaganfall erlegen! Gott sei seiner Seele gnädig!«

Roberto und Vittorio hoben fragend die Augenbrauen.

»Wir werden in diesen schweren Zeiten, in denen die Bevölkerung in Angst und Schrecken lebt, sie nicht weiter beunruhigen! Terroristen haben die Polizeiführung hier im *Ca'Vecchia* angegriffen, aber dank der hervorragenden Zusammenarbeit verschiedener Dienste konnte der Anschlag vereitelt werden. Ich bitte euch, dies mitzutragen!«

Der *questore* sah sie eindringlich an. Roberto dachte, dass auch bei der Polizei die Bitte die schärfste Form der Weisung war. Er nickte, ebenso Vittorio.

Aus dem Fenster des ersten Stocks senkte sich eine Leiter hinunter.

»Hält mal einer dieses wackelige Stück?«, ertönte Umbertos Stimme. »Sonst breche ich mir zu guter Letzt noch den Hals.«

Roberto umklammerte die Leiter. Sein Blick ruhte voller Unglauben und unendlicher Erleichterung auf Umbertos breiter Rückseite.

Zwei Sprossen über dem Erdboden hielt Umberto inne, drehte sich um und grinste breit zu ihm hinunter.

»Mach den Mund zu, Roberto, ich lebe noch! Habe ich meine Ehre wieder hergestellt?«

Er nahm die letzten beiden Sprossen, und sie umarmten sich.

»Du hattest sie in meinen Augen nie verloren!«

»Danke, das ist der schönste Satz des heutigen Tages! Wo ist Giulietta? Ihr ist doch nichts geschehen?«

Robertos Miene verfinsterte sich.

»Sie sitzt auf der Bank an der Ostwand des *Ca'Vecchia*.«

Seine Stimme drückte Ärger aus.

»Diese Einmischung werde ich ihr so schnell nicht verzeihen!«

»Vielleicht war sie unumgänglich.«

»Nichts kann ihr Handeln entschuldigen!«

»Sei nicht so hart!«

Während der *questore* sich an Umberto wandte, um sich mit ihm für den Montagmorgen beim Staatsanwalt zu verabreden – der Autohändler würde in diesen Minuten verhaftet, und für die Fingerabdrücke gäbe es sicher auch eine plausible Erklärung –, ging Roberto langsam auf Julia zu.

Eben wurden die Verwundeten mit einer Polizeieskorte in einer Ambulanz und acht unverletzte Syndikatsmitglieder in Handschellen in einem Mannschaftswagen abtransportiert. Diese acht waren zwischen die beiden Fronten der von oben und unten anrückenden *carabinieri* geraten und ohne großen Widerstand oder gar Blutvergießen festgenommen worden. Nur Andrea Longhi war im allgemeinen Getümmel entkommen.

Roberto setzte sich ein wenig entfernt von Julia auf die Bank und schwieg.

»Ich musste mitfahren«, sagte sie.

Er schwieg.

»Nur ich konnte Gattamelata mit den Dokumenten, die ich in Lübeck gefunden hatte, und mit meiner Aussage vom TCCP-Ball überführen«, erklärte sie.

Doch er schwieg weiterhin.

»Ich habe immer wieder versucht, dich zu erreichen, Roberto! Aber du warst nicht in deiner Wohnung, und dein Handy war tot, nicht einmal eine SMS konnte ich dir schicken!«

»Während der Dienstzeiten war ich jederzeit in der *questura* zu erreichen!«

Sein unnachgiebiger Ton ängstigte sie.

»Du hattest gesagt, ich solle nicht versuchen, dich dort zu erreichen, niemand solle eine Verbindung zwischen dir und mir herstellen können. An diese Weisung habe ich mich gehalten«, sagte sie ein wenig vorwurfsvoll.

»Aber das ist auch das Einzige und Unwichtigste, woran du dich gehalten hast!«, fuhr er sie an. »Was hast du dir eigentlich dabei gedacht, dich und unser Kind so einer unberechenbaren Gefahr auszusetzen?«

»Ich wollte dir helfen.«

»So, helfen?«

Seine Stimme triefte förmlich vor Sarkasmus.

»So ganz nebenbei hast du dich in meinen Beruf hineingedrängt, hast mir die Zügel aus der Hand genommen und mich wie eine Marionette bewegen lassen! Ich hoffe, wenigstens du hattest Spaß an deinem Räuber-und-Gendarm-Spiel! – Habt ihr Gina auch in dem Glauben gelassen, ihr Mann habe den Freitod gesucht? Ich jedenfalls hätte beinahe alles hingeworfen und habe mir die schwersten Vorwürfe gemacht, denn Umbertos Tod wäre die Identifizierung Gattamelatas nicht wert gewesen!«

Julia schwieg. Sie wusste, dass es bei Roberto diesmal mehr war als eine bloße Überreaktion auf eine überstandene Gefahr, und im Grunde hatte er ja recht: Sie hätte sich und das Kind nicht in diese Gefahr bringen dürfen. Es hatte ihr einfach Spaß gemacht, von allen Beteiligten so wichtig genommen zu werden und teilweise im Mittelpunkt des Geschehens zu stehen. Keinen Gedanken hatte sie an das Kind verschwendet und Sandro und die schusssichere Weste als ausreichenden Schutz betrachtet. Aus Robertos Sicht hatte sie tatsächlich unverantwortlich leichtsinnig gehandelt.

»Verzeih mir, Roberto!«

»So schnell geht das nicht! Ich war stolz darauf, eine starke Frau zu haben, die mir mein Leben und mein Selbstwertgefühl zurückgegeben hat. Aber jetzt muss ich erst einmal darüber nachdenken, wie stark sie eigentlich wirklich ist und wie stark sie sich in meinen Beruf drängt. Dafür werde ich ein Weilchen brauchen.«

Sein Zorn war zwar verraucht, aber sein Stolz war verletzt und sein Vertrauen in sie gesunken.

»Willst du unsere Ehe stornieren?«, fragte sie leise und drehte an ihrem Ehering.

Bevor er antworten konnte, bog Umberto um die Ecke.

»Hier seid ihr! Gute Nachrichten: Luciano kommt durch, Sandro hat eine Gehirnerschütterung! Die beiden angeschossenen Anführer sind nicht schwer verletzt, ich habe Angelo in die Schulter getroffen und der *vice-questore* die von Carina. Alles in allem eine unblutige Schlacht, würde Machiavelli gesagt haben.«

Obwohl er die gedrückte Stimmung der beiden spürte, gab er sich betont locker:

»Wer ist nun eigentlich Gattamelata? Tramontan oder Deganello? Ich glaube, ich hab da was verpasst!«

»Gattamelata?«, sagte Roberto. »Der ist seit 558 Jahren tot!«

»Jaja, ich weiß! Reden ist Schweigen und Silber ist Gold! Wisst ihr was? Ich habe einen tierischen Hunger! Kommt ihr beide heute Abend zu einer Siegesfeier zu uns nach Hause? – Eh, was macht ihr für Gesichter? Nein, es gibt keine Fertiggerichte, ich habe einen Kochkurs absolviert, Zeit dafür hatte ich ja mehr als genug. Also, was ist? Kommt ihr?«

»Nimm *La Tedesca* mit, ich habe jede Menge Arbeit in der *questura*.«

»Dann komm später, wir warten auf dich!«

»Vielleicht!«

Gina, Umberto und Julia warteten bis weit nach Mitternacht. Doch Roberto kam nicht …

Gattamelata
VIII

padova a. d. 1443–1477

Donatellos Reiter und Giacomas Grabkapelle

Sein Name wird in allen Städten, unter allen Völkern und Nationen unvergänglich sein.«
Eine vermessene Grabrede? Nein, der glückliche Umstand, dass sich einer der begnadetsten Bildhauer gerade zu der Zeit in Padua befand, als Gattamelatas nun zum Manne herangereifter Sohn seinem Vater ein Denkmal setzen wollte, das unvergänglich und ewig von seinem Ruhm künden sollte. Gianantonio Gattolin Melata stand eine glänzende militärische Laufbahn bevor, die condotta des Vaters und damit auch die nicht unbeträchtlichen Einnahmen machten ihn unabhängig, später nach dem Tode seines Onkels Gentile erbte er noch mal reichlich, und er führte die Truppen seines Vaters mit Auszeichnung.

Gianantonio und seine Mutter legten das durch Kriegshandwerk erworbene Kapital des condottiero Gattamelata nicht ausschließlich wieder in kriegerischen Unternehmungen an, sondern in Werken des Friedens und in frommen Stiftungen. Und sie investierten in Kunst. Lange hat man die Serenissima für die Auftraggeberin des Reiterstandbilds gehalten und sie hat es nie dementiert, aber ihre dankbare Erinnerung erschöpfte sich in dem einzigartigen Staatsbegräbnis.

Seit 1855, nach dem Auffinden einer neuen Urkunde, kann mit Sicherheit behauptet werden, dass Gianantonio Gattolin Melata der Auftraggeber war, und Donato di Niccolò di Betto Bardi der geniale Bildhauer, den die Nachwelt als Donatello kennt, machte sich daran, das erste, freistehende Reiterstandbild der Renaissance zu schaffen, von vielen als seine glücklichste Schöpfung gleich nach dem Kruzifix des Hochalters in Il Santo empfunden, ursprünglich war er seinetwegen nach Padova gekommen.

Diesen Auftrag für den Hochaltar erhielt der florentinische Künstler 1447, und er begann im selben Jahr mit der Arbeit. Und noch in diesem Jahr wurde auch der massige Trachytsockel für das Reiterstandbild errichtet, dessen gerundetes Hauptstück sich aus steilen Stufen emporhebt. 1453 endlich wurde das bronzene Pferd mit seinem unvergleichlichen Reiter aufgestellt, nachdem ein Rechtsstreit im Juni desselben Jahres in Venedig ausgetragen worden war. Es ging wieder einmal um Geld. Acht Sachverständige, darunter sechs Künstler, Bildhauer, Maler und Goldschmiede, entschieden, dass dem Donato di Niccolo di Betto Bardi detto Donatello unter Nichtanrechnung aller gezahlten Beträge für sein Meisterwerk noch 1650 Golddukaten zustünden, wahrscheinlich hielt auch damals schon keiner einen Kostenvoranschlag ein, die geplanten Kosten stiegen um ein Mehrfaches, und der Auftraggeber zahlte nicht, und der Künstler klagte. Die Gattamelatas beglichen dann offensichtlich doch ihre Schulden, denn im September wurde das Kunstwerk auf dem alten Friedhof vor Il Santo enthüllt, sicher nicht ohne Protest, denn Privatpersonen gebührte nach altem venezianischem Recht kein persönliches Standbild vor einem öffentlichen Gebäude.

Auf dem Trachytsockel befindet sich eine rechteckige Marmorplatte, die die Fußstellung des Pferdes ganz eng umreißt. Pferd und Reiter harmonieren, er führt das Pferd in klar begrenztem Schritt, trotzdem scheinen sie eins zu sein; Gattamelatas Würde zeigt sich in seiner einfachen, gelösten Haltung: kein sich in die gepanzerte Brust werfender, kein sich mit den Füßen in die Bügel krallender Feldherr. Und was am meisten besticht: Der condottiero reitet barhäuptig und beherrscht trotzdem mit dem locker vorwärts geneigten Kommandostab Raum und Zeit.

Der rechte Vorderhuf berührt eine Geschützkugel, ein Hinweis Donatellos auf die neue Zeit und ein unbewusst in die Zukunft deutender Hinweis darauf, dass so eine Kugel dem Initiator des Denkmals, Gianantonio Gattolin Melata, zum Verhängnis werden sollte.

Gattamalata wäre begeistert gewesen, wenn er dieses Meisterwerk hätte sehen können. Eine Jugendfreundschaft mit dem später berühmten Architekten Brunelleschi ließ ihn seinerzeit mit ihm eine Reise nach Rom unternehmen. Bei der Gelegenheit hatten sie das Reiterstandbild des Marc Aurel bewundert, das einzige römische Reiterstandbild, das den Christensturm überstanden hatte. Allein die Tatsache, dass man dieses Standbild fälschlicherweise als das des Kaisers Konstantin ansah, dem Begründer der christlichen Staatsreligion, hatte es gerettet.

Nie hätte sich der Jüngling Erasmo da Narni träumen lassen, dass dieses berühmte Reiterstandbild einmal Vorbild sein würde für das schönste der Renaissance, das ihn als Gattamelata darstellen sollte!

Schön und gut, aber im Testament Gattamelatas war von einem Reiterstandbild keine Rede gewesen, ein ehrenvolles, steinernes Grabmal in Il Santo wollte er haben, und auch das bekam er, dafür sorgten die Testamentsvollstrecker, messer *Michèle da Foce*, sein Sekretär, die Witwe und ihr Bruder Gentile.

Die Verhandlungen zwischen Giacoma und der Kirche zogen sich hin; sie wohnte mit ihrem Sohn, wenn er denn nicht für die Serenissima unterwegs war, ab 1447 in Verona im Palazzo dal Verme. Gentile Leonessa *wurde vier Jahre später zum venezianischen Generalkapitän ernannt, und alles hätte so schön weitergehen können, wenn nicht das Jahr 1453 ein so schreckliches für die Familie Gattamelatas geworden wäre.*

Der Rechtsstreit mit Donatello war noch das kleinste Übel, aber im Laufe des Jahres starb der Generalkapitän Gentile Leonessa, und Gianantonio wurde bei der Belagerung von Castiglione delle Stiviere bei Mantua durch die Kugel einer cerbottana, *eines kleinen, neu entwickelten Geschützes, schwer am Kopf verwundet. Geheiratet hatte er bisher nicht, er lebte mit einer Kurtisane zusammen, die ihm die Tochter Catarina Gattesca gebar. Seine fromme Mutter war über diese Verbindung bestimmt nicht glücklich. Aber der Junge hat doch noch so viel Zeit, mag sie gedacht haben, irgendwann macht er eine gute Partie, sein Vater steht schließlich im* libro d'oro.

Aber dann traf ihn das Schicksal eines condottiero, *zwei Jahre später starb Gianantonio achtundzwanzigjährig an den Folgen seiner Kopfwunde, und mit ihm erlosch der männliche Zweig der Gattamelata-Linie 1455 im Mannesstamm.*

Jetzt beeilte sich Giacoma, musste das ehrenvolle, steinerne Grabmal doch nun Mann und Sohn aufnehmen, und auch für sie selbst sollte noch Platz sein. Gattamelatas Wunsch wurde spät erfüllt, dafür aber in weit glänzenderem Maße, als es der bescheidene Erblasser verfügt hatte; wenn auch die von ihm dafür bestimmten 500, allerhöchstens 700 Golddukaten bei Weitem nicht reichten, Giacoma wollte nicht nur ein Grabmahl, eine ganze Kapelle sollte gebaut werden!

Am 15. November 1456 erbat sie von der Kirchenbehörde die Erlaubnis, die Mauer des rechten Seitenschiffs nach Süden zum Kreuzgang hin durchbrechen zu lassen, um eine würdige Grabkapelle errichten zu können, die dem heiligen Franziskus und dem heiligen Bernhard geweiht werden sollte.

Doch Giacoma musste sich weitere zweieinhalb Jahre gedulden und in dieser Zeit die Finanzierung sicherstellen. In einem Anhang zu ihrem Testament am 23. Mai 1459 verfügte sie, dass statt der vorgesehenen maximal 700 Dukaten 2.500 für Errichtung und Ausstattung der Kapelle verwendet werden sollten. Wann genau die Grabkapelle baulich fertiggestellt wurde, lässt sich aus den Rechnungsbüchern der Kirchenbehörde nicht ersehen, Giacoma erlebte die gänzliche Fertigstellung der Kapelle mit ihren prächtigen Fresken nicht mehr, erst zehn Jahre nach ihrem Tod vollendete Jacopo da Montagnana seine wunderbaren Fresken, ein Schüler Mantegnas.

Aber die aus Marmor gehauenen Sarkophage und die marmornen Gestalten ihres Mannes und ihres Sohnes hatte Giacoma in Auftrag gegeben, beraten von ihrem Beichtvater, Giampetro di Belluno. Gattamela-

ta und Gianantonio Gattolin Melata liegen in voller Rüstung auf den die Sarkophage deckenden, marmornen Paradebetten, links der Vater, rechts der Sohn, und barhäuptig schlummern sie dem Tage des Jüngsten Gerichts entgegen. Die Familienähnlichkeit ist unverkennbar, die Gesichtszüge des Vaters herber, mit sorgenvollen Falten, die jugendliche Schönheit des Sohnes rührt in dieser Todesruhe besonders an.

Der Künstler des Gattamelata-Sarkophages ist bekannt, Bartolomeo Bellano, ein Schüler Donatellos; der des Gianantonio nicht, gleichwohl wird ihm ein höheres künstlerisches Niveau zugesprochen. Nicht nur ihr Beichtvater, auch der Ehemann ihrer über alles geliebten Enkelin Caterina, Antonio Francesco Dotti, beriet Giacoma in künstlerischer, Dotti außerdem auch in finanzieller Hinsicht.

Obwohl Giacoma vielfache Großmutter war, zog sie es vor, bei ihrer, wenn auch illegitimen, Enkelin Caterina zu leben. Alle feierten 1460 die prächtige Hochzeit von Gattamelatas zweitjüngster Tochter Todeschina mit dem Conte Antonio di Ranuccio di Manno di Marsciana. Die beiden lebten auf Montegiove, dem Heimatkastell Giacomas. Sie hatte es eigentlich Gianantonio vererbt und nach dessen frühem Tod persönlich für die Restaurierung gesorgt, und nun lebte Todeschina hier mit ihrem Antonio. Den Beginn des reichen Kindersegens aus dieser Ehe mit insgesamt neun Söhnen und nur zwei Töchtern erlebte Giacoma noch mit, ebenso wie den gewaltsamen Tod ihrer Zweitältesten 1462. Cornelia di Manfredi, die reiche Schwester des Taddeo von Manfredi, Signore di Imola, sollte den Platz an der Seite von Tiberto VIII. Brandolino einnehmen, dafür musste Polissena-Romagnola, geborene Gattamelata, sterben.

Als Giacoma 1466 im Haus ihrer Enkelin Caterina in Montagnana starb, wusste sie, dass ihre Gebeine neben denen ihres Mannes und denen ihres Sohnes ruhen würden, und sie konnte sicher sein, dass Caterina und ihr Mann Francesco für eine Beendigung der Arbeiten in der Kapelle sorgen würden.

Was also blieb von Gattamelata?

Ein weltberühmtes Standbild vor und ein eindrucksvolles Grabmahl in Il Santo *und einige Epitaphe wie das unter der Grabfigur Gattamelatas eingemeißelte von Porcellio:*

> … Imperio Venetum sceptra superba tuli
> Munere me digno et statua decoravit equestri
> Ordo senatorum nostraqu. Pura fides.

Vielleicht noch ein Bild aus der Schule Giorgiones, das den jungen Gattamelata mit einem Pagen zeigt? Eher wahrscheinlich ist jedoch, dass es Gianantonio Gattolin Melata darstellt.

Der große Maler Mantegna hatte eine wunderschöne Freskenreihe aus dem Leben Gattamelatas für ein Haus in der Via Malvasia in Padova geschaffen. Das Kunstwerk wurde durch einen Brand 1760 vollständig vernichtet.

Doch mit Sicherheit ist es Donatellos Reiterstandbild zu verdanken und dem glücklichen Umstand, dass am 11. März 1944 keine verirrte Bombe der Amerikaner das Kunstwerk traf und es so dem Feuersturm entkam, dass aus der Grabrede des Lauro Quirini nicht Vermessenheit, sondern Wahrheit spricht: »Sein Name wird in allen Städten, unter allen Völkern und Nationen unvergänglich und ewig sein!«

epilog

Veneto a. d. 2001

ie *Tre Condottieri* existierten nicht mehr. War es Zufall, dass sie alle wie ihre historischen Namensgeber ums Leben gekommen waren?
Fra Moriale hingerichtet in Rom?
Carmagnola enthauptet im Veneto?
Gattamelata einem Schlaganfall erlegen und mit Ehren beigesetzt?
»Wie ich es gesagt habe!«, freute sich Angela und sah ihre Freundin Romagnola, geborene Deganello an. »Deinem Vater konnten sie nicht nachweisen, zu den *Tre Condottieri* Verbindungen gehabt zu haben, geschweige denn als Gattamelata zu ihnen gehört zu haben. Ein herrliches Begräbnis, wenn du mich fragst, fast ein Staatsbegräbnis! Weil alles über die Konten deines Mannes lief, bleibt Deganellos Name makellos. Und der *marchese* ist nicht auf die Idee gekommen, auch seine Cousine könne beteiligt sein?«

»Der doch nicht!«, antwortete Romagnola befriedigt, und abfällig fügte sie hinzu: »Ich habe Vater nie verstanden, der den *marchese* unbedingt in unsere Organisation einbinden wollte. Dem schaut doch die Ehrpusseligkeit aus den Ohren raus. Er ist höchstens ein Graf Brandolin wie sein und mein, also unser gemeinsamer Großvater. Und so einen können wir uns nicht leisten.«

»Und was sagt dein Bruder, Ludovica?«

Angela wandte sich der immer noch Trauer tragenden Dritten zu, Ludovica Gallardi hatte den Tod ihres Vaters Fra Moriale nicht verwunden.

»Der König ist tot, es lebe der König!«, zitierte die ihren Bruder. »Er möchte so bald wie möglich in Vaters Fußstapfen als Fra Moriale treten.«

»Dem steht doch nichts entgegen?«

Angela referierte wie eine Aufsichtsratsvorsitzende, die Bilanz zieht.

»Sie haben die drei *condottieri* getötet. Die Strukturen unserer Organisation aber sind heil geblieben, wenn man von den drei Lanzen Gattamelatas absieht, die uns fehlen, und bis auf den einen *capo di lancia*, der entkommen konnte.«

Romagnola sah Angela fragend an.

»Und was ist mit meinem Bruder?«

»Garantierst du für seine Integrität?«, fragte Angela skeptisch.
»Ein zweiter Gattamelata wird er nicht, ihm fehlen nicht nur Führungsqualitäten. Aber er löchert mich und möchte unbedingt mitmachen.«
»Ach, ich weiß nicht, vielleicht etwas später, wenn wir ihn ordentlich geschult haben.«
Obwohl sie sehr genau wusste, was sie wollte, tat Angela, als entwickele sie gerade eben den Gedanken.
»Eure Brüder sollten sich neue Namen suchen, die Lanzen müssen sich an neue Gesichter, warum nicht auch an neue Namen gewöhnen. Sforza! Vorwärts! Wie wäre es mit Francesco Sforza ? Malatesta? Oder Braccio statt Fra Moriale? Piccolomini, Dal Verme oder Alberico statt Gattamelata.«
Erwartungsvoll sah sie die beiden anderen an.
»Ja, neue Namen sind nicht schlecht«, bemerkte Romagnola, »aber warum nicht Colleoni statt Gattamelata?«
»Den Namen habe ich schon für jemand anderen vorgesehen.«
Angela sah geheimnisvoll in die Runde.
»Wir, die *Serenissima*, brauchen jemand Neues in der *questura*, und ich habe da einen alten Studienfreund entdeckt. Dann kann dein Bruder, Ludovica, der jetzt noch als Staatsanwalt tätig ist, aber ins Richteramt wechseln möchte, genau das Vermächtnis deines Vaters übernehmen. Und dein Bruder, Romagnola, übernimmt die Anwaltskanzlei meines armen, verstorbenen Mannes.«
Und gesteuert wird alles nur durch einen Mann: Colleoni, aber das muss ich euch ja jetzt noch nicht sagen, dachte sie.
»Gab es eigentlich auch eine *condottiera* in der Vergangenheit?«, fragte Ludovica bewundernd. »Nein? Du wärst die ideale Besetzung gewesen, Angela, bei deinem strategischen Denken!«
Und nicht zuletzt bei deiner Skrupellosigkeit!, setzte sie in Gedanken hinzu. Bei der Abstimmung über den Tod des eigenen Mannes doch die schwarze Kugel genommen zu haben! Und auch beim Tod meines Vaters Fra Moriale hatte sie ihre wohlmanikürten Finger im Spiel. Das wird sie mir irgendwann einmal schrecklich büßen!
»Wie Angela es vorgeschlagen hat, so soll es sein«, stimmte Romagnola zu. »Es lebe *die Serenissima*!«
Angela ist viel zu oft in Milano, dachte sie bei sich, sie wird gar nicht merken, wenn ihr die Führung hier entgleitet und ich sie übernehme!
Die drei rechten Hände der Frauen legten sich wie zu einem Schwur übereinander, Angelas Brillantring funkelte im Kronleuchterlicht, ebenso Ludovicas riesiger Rubin und Romagnolas herrlich gefasster Smaragd.
Der Champagner perlte im Glas, sie stießen noch einmal auf die *Sere-*

nissima an, und Ludovica, die ewig Stichelnde, konnte sich nicht enthalten zu fragen:

»Und, Angela? Hast du den *marchese* aufgegeben?«

»Niemals!«

Angela hielt das Glas gegen den Kronleuchter, und ihre Augen funkelten, aber sie gab keine weiteren Erklärungen ab, obwohl die beiden anderen an ihren Lippen hingen.

Ich werde Colleoni beherrschen, dachte sie, aber den *marchese*, den werde ich eines Tages besitzen, und das in nicht allzu ferner Zukunft!

Zufrieden mit sich und der Welt nahm sie einen letzten Schluck des ausgezeichneten Champagners, strich mit der Zungenspitze über ihre dunkelrot gemalten Lippen und blies ein nicht vorhandenes Stäubchen von den gleichfarbig lackierten Fingernägeln.

Literatur

Die Texte zu den historischen *condottieri* Fra Moriale, Carmagnola und Gattamelata haben biografischen Charakter.
Authentisch sind auch die historischen Villenbeschreibungen.
Viel Wissen verdanke ich folgenden Autoren:

Block, Willibald: Die Condottieri (Studien über die sogenannten unblutigen Schlachten). Berlin 1913
Burckhardt, Jacob: Die Kultur der Renaissance in Italien. Rev. Ausg. Stuttgart 1958
von Graevenitz, G.: Gattamelata und Colleoni und ihre Beziehungen zur Kunst. Leipzig 1906
Köster, Baldur: Palladio in Amerika. München 1990
Machiavelli, Niccolò: Der Fürst. Frankfurt 2001
Palladio, Andrea: Die vier Bücher zur Architektur. Zürich 1983 und München
Semerau, Alfred: Die Condottieri. Jena 1909
Schelle, Klaus: Die Sforza. Bauern – Condottieri – Herzöge. Essen o. J.
Trease, Geoffrey: Die Condottieri. Söldnerführer, Glücksritter und Fürsten der Renaissance. München 1974
Wittkower, Rudolf: Palladio and English Palladianism. New York 1983

Personen, Namen, Orte und Dienstgrade der Romanhandlung sind frei erfunden, Übereinstimmungen mit der Wirklichkeit wären rein zufällig. Die Geschichte hätte auch in jeder anderen norditalienischen Stadt angesiedelt sein können, soweit sie über eine Universität verfügt.

Meiner Mutter danke ich, dass sie mich zur Veröffentlichung der Condottieri-Trilogie gedrängt hat, die Drucklegung dieses dritten Bandes konnte sie leider nicht mehr miterleben.

Wiebke Lübbers